埃及神话

李娟 ◎ 主编

中国华侨出版社
北京

图书在版编目（CIP）数据

埃及神话 / 李娟主编 .—北京：中国华侨出版社，2017.12
（世界经典神话丛书）
ISBN 978-7-5113-7298-7

Ⅰ . ①埃… Ⅱ . ①李… Ⅲ . ①神话—作品集—埃及 Ⅳ . ① I411.73

中国版本图书馆 CIP 数据核字（2017）第 318670 号

埃及神话

主　　编 / 李　娟
责任编辑 / 姜薇薇
责任校对 / 孙　丽
经　　销 / 新华书店
开　　本 / 787 毫米 ×1092 毫米　1/16　印张 /18　字数 /280 千字
印　　刷 / 三河市华润印刷有限公司
版　　次 / 2022 年 2 月第 1 版第 2 次印刷
书　　号 / ISBN 978-7-5113-7298-7
定　　价 / 48.00 元

中国华侨出版社　北京市朝阳区静安里 26 号通成达大厦 3 层　邮编：100028
法律顾问：陈鹰律师事务所
编辑部：（010）64443056　　64443979
发行部：（010）64443051　　传真：（010）64439708
网　　址：www.oveaschin.com
E-mail：oveaschin@sina.com

前言

在绚丽多姿的世界文化史中，神话故事是现代文明灿烂发展的起点，对世界各地文学文化的发展和繁荣产生了深刻和久远的影响。它如珍珠一般闪闪发光，在世界文学宝库中成为一朵不可多得的奇葩。神话故事构思奇特，风格多样，其丰富的内容和无穷的艺术魅力展现了该民族的历史与价值观。

本丛书以世界范围内广泛流传和为人关注的八大神话派系展开，包括希腊神话、罗马神话、埃及神话、印度神话、北欧神话、非洲神话、俄罗斯神话和中国神话。

各文化派系的神话故事各有特点。如希腊神话中，无论是人是神，都有善良和感性的一面，同样有欲和恶的一面，和凡人很相似。因为这种相似，让他们在理智和情感之间，在神性与人性之间，在公正与偏私之间，留下了广阔的想象空间。

再如北欧神话。北欧神话中的世界不是永恒的，神不是万能的，像神王奥丁，他也需要以一只眼睛为代价穿过迷雾森林，从而得到大智慧。另外，北欧神话相信当万物消亡时，新的生命将再次形成，世界上的一切都是无限循环的。

……

不同的特点造就了这些神话的多彩多样性。

本丛书立足不同神话的特点,通过搜集整理大量资料,根据中国读者的阅读特点,进行了细致认真地选编和译注,在保证原神话故事民族文化特点的基础上,让阅读更符合国人的习惯,从而加强可读性。

本丛书内容丰富多彩,故事引人入胜,语言精练有趣,人物栩栩如生,是读者了解世界古代文化与文明的窗口。

目录
Contents

第一章 / 诸神的传说

美尼斯与尼罗河神 003

太阳神和月亮神 006

太阳神和他的儿女们 010

太阳神的太阳船 011

拉神治理人间 014

伊希斯逆袭拉神 017

风神舒 019

地神和苍天女神 022

智慧神图特 025

众神之神阿蒙神 032

短命的最高神：阿吞神 040

第二章 / 风俗人文神话故事

源远流长的尼罗河 051

菲莱岛神庙的迁移 054

神秘的卡纳克神庙　　　　　　　057
赛拉比斯神与萨瓦里石柱　　　　059
亚历山大灯塔的传说　　　　　　062
不朽的亚历山大图书馆　　　　　064
圣凯瑟琳教堂传奇　　　　　　　068
神奇的阿布辛拜勒神庙　　　　　072
涅菲尔蒂蒂和她的雕像　　　　　074

第三章　金字塔和法老的传说

金字塔的传说　　　　　　　　　079
法老和他的八个儿子　　　　　　094
法老斗魔鬼　　　　　　　　　　113

第四章　广为流传的智慧故事

朱哈的故事　　　　　　　　　　125
美丽智慧的佳米拉　　　　　　　131
大魔术师沃包乃勒　　　　　　　137
牧羊人与神女　　　　　　　　　140
善良的尤素福　　　　　　　　　154
聪明人和糊涂蛋　　　　　　　　163

第五章 / 纳吉布寻宝的传说

狮口脱险　　　　　　　　　183

被强盗劫持　　　　　　　　185

玩物丧志　　　　　　　　　189

巴格达之旅　　　　　　　　191

地神的委托　　　　　　　　196

纳吉布的堕落　　　　　　　199

第六章 / 王子亚特与杜赫的传说

法老的心事　　　　　　　　207

设计害手足　　　　　　　　208

被卖到庄园　　　　　　　　210

庄园脱困　　　　　　　　　211

山洞遇险　　　　　　　　　213

舍身救友　　　　　　　　　214

沙漠危机　　　　　　　　　215

驼队之殇　　　　　　　　　216

女城脱险　　　　　　　　　217

杜赫妙策　　　　　　　　　222

智救少女　　　　　　　　　224

进入京城	227
再次入狱	228
杜赫入宫	230
父子重逢	233
亚特登基	235

第七章 / 人类之王俄赛里斯的传说

巧计除魔	240
游历人间	242
首次被害	246
伊希斯的努力	251
第二次被害	255
荒堡逃生	258
泰凡的叛变	263
托付何路斯	266
全家团聚	267
就任冥国之主	269
何路斯的复仇	272
赛巴克的救赎	276
保护俄赛里斯的尸体	278

第一章 诸神的传说

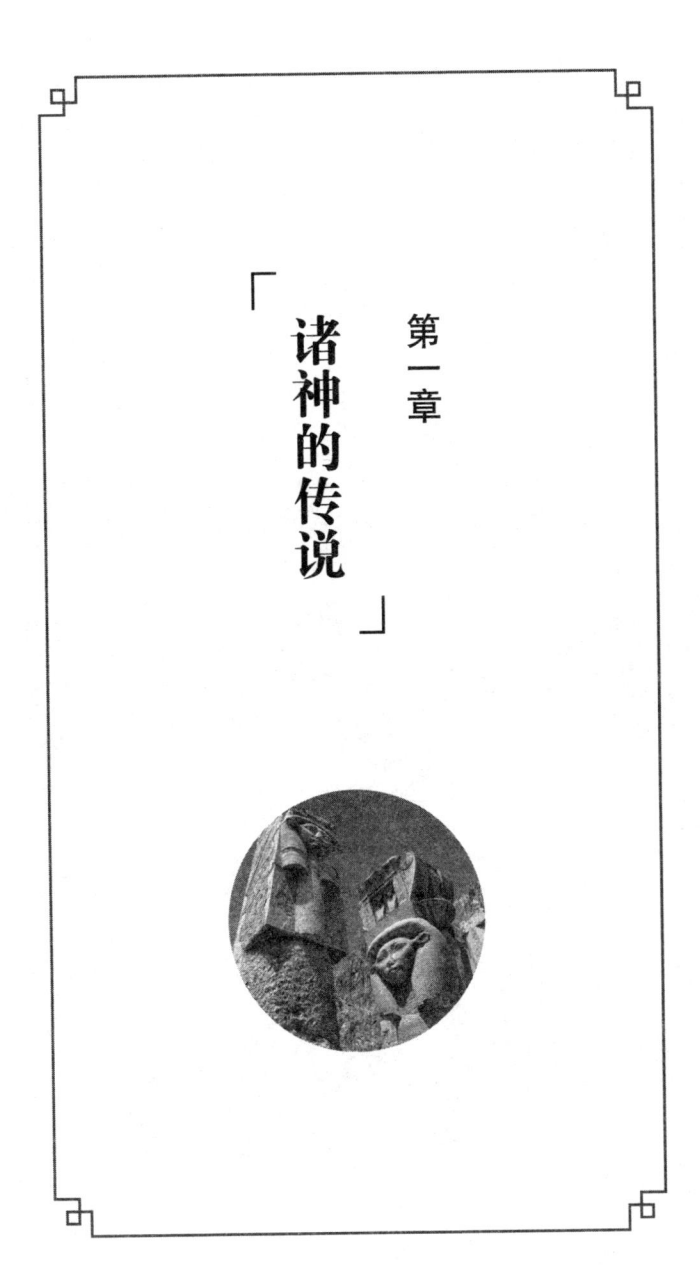

美尼斯与尼罗河神

传说美尼斯是古埃及的第一代法老，他知人善任，身边聚集了许多能人异士为他出谋划策。在美尼斯的英明领导下，国家日渐繁荣，百姓安居乐业。

以农业为主的古埃及人定居在尼罗河的两岸，这里土地肥沃，物产丰富，人口也就越来越多。然而，当人口达到了一定的数量时，危机也就不可避免地发生了。毕竟土地的产量是有限的，无法给越来越多的人提供足够的口粮，为了得到足够的土地来种植庄稼，各个不同的部族之间大规模的械斗时有发生。

有一年，尼罗河的河水泛滥，冲毁了下游的大量农田，许多快要收割的庄稼毁于一旦。人民饥寒交迫朝不保夕，各地抗税、抢粮的事件此起彼伏，眼看大规模的起义就要发生。可是刚刚经过连年的战争导致国库空虚，仅有的一点赈济也是杯水车薪无济于事。

美尼斯法老获悉后，急忙召集手下的大臣谋士商议对策。大家绞尽脑汁想出了许多方案，有说调兵镇压的，有说分流灾民的，有说任由灾民自生自灭的，但是这些都不是爱民如子的美尼斯所能采纳的。

难题又被踢回到美尼斯这里，他闷闷不乐地回到了寝宫。这时已经到了午饭的时间，御厨已经为他准备好了丰盛的午餐，可是他满腹心事，虽然满桌的美味佳肴香气诱人，却根本食不下咽。在王后的劝说下，法老勉强举起了筷子，漫不经心地看着桌上的食物，当看到盘子中的一条鱼时，美尼斯的眼睛亮了。有办法了！只要人们能有鱼勉强果腹，就能支撑到他从其他的地方调来救济粮，到时所有的问题迎刃而解！

美尼斯连饭都不吃了，立刻带着侍卫来到尼罗河的岸边，求见河神克赫努姆。

这时克赫努姆正陪同太阳神在天上巡游，听到美尼斯法老的请求后，便请示太阳神自己该怎么办。太阳神说："你回去吧。美尼斯是埃及的第一位法老，既然他有事求你，能帮你就尽量帮帮他吧。"

获得太阳神的批准后，克赫努姆立即回到尼罗河边接见美尼斯法老，问他："法老，你有什么事需要我的帮助？"

美尼斯恭恭敬敬地向克赫努姆神行了礼，毕恭毕敬地说："尊贵的尼罗河神，在太阳神的恩惠下，埃及人民一直过着丰衣足食的日子，不过前些天尼罗河水泛滥，我们的良田被淹没，有些地方甚至颗粒无收。眼下国库空虚，从其他地方调集粮食也来不及了，我发现尼罗河中鱼产丰富，可以帮助人们渡过灾荒。因此我想请您允许人们到河里捕鱼，不知您意下如何？"

"完全可以，"尼罗河神克赫努姆听了法老的诉说，满口答应，"尼罗河是埃及的母亲河，它存在的意义就是造福于埃及人民。既然灾荒是尼罗河造成的，帮助你们也是尼罗河应尽的职责。"

"那可太好了！"美尼斯听了不胜欣慰，连连致谢，"我代表埃及人民感谢您的慷慨。"

"不过你们要记住，打鱼只是一个应急措施，耕种才是你们温饱的基础。另外，任何资源都不是取之不尽用之不竭的，尼罗河中的鱼同样如此，你们不要竭泽而渔。"

克赫努姆说完就隐去了身体。

饥肠辘辘的灾民得到河神的许可，便纷纷准备各种捕鱼的工具。他们把木棍削尖到河中扎鱼，用藤条编成筐子捞鱼，把椰枣树干剜空制成小船到河心打鱼，甚至还有人堵起河湾舀干河水抓鱼。尼罗河流域的农民一下子都成了渔民，看到打鱼比种地轻松，他们把地都抛荒了。美尼斯见灾民安定了下来，调集粮食的事也就懈怠了。

不久，因为人们无节制的大肆捕捞，尼罗河中的鱼很快就明显减少了，大鱼已经绝迹，半大不小的鱼也所剩无几，最后就连小鱼都不见了。人们抓不到鱼吃，想继续种地又误了农时，整个尼罗河流域再次陷入动荡之中。

消息传入王宫，美尼斯法老又着急了，心想这些家伙真能吃，连河里的鱼都吃光了，当初河神可是警告过不能竭泽而渔，不过现在粮食还没有调过来，也不能眼睁睁地看着他们饿死呀。美尼斯开始盘算让灾民吃什么：埃及的山林少，导致野兽也少，沙漠中的动物也不多，靠打猎养活这么多人是不可能的，只能还打尼罗河的主意。他想，河马膘肥体壮，应该能顶一阵子。于是又去求见尼罗河神克赫努姆。

克赫努姆出现了，有点不高兴地问他："你又有什么事？"

美尼斯满脸愁容，哀求道："尊敬的尼罗河神，尼罗河里的鱼都吃完了，可是灾荒还没有过去，我的臣民又在挨饿了。您能不能让我的臣民捕杀河马食用？"

克赫努姆本来就对尼罗河中鱼类的濒临灭绝极为不满，只是灾害是由尼罗河泛滥引发的才隐忍不言，眼下又听美尼斯法老提出捕河马来吃，心里很是生气，就冷冷地说道："作为一个君王，未雨绸缪是你应尽的责任。上次我允许你们打鱼救灾只是权宜之计，当时你就应该迅速采取其他补救措施，但是你又做了什么？一直到尼罗河中的鱼类都要灭绝了你都没有任何动作。现在你是想要再灭绝一个物种吗？你就不要打河马的主意了，还是让你的臣民去辛勤耕作吧！"

听了尼罗河神克赫努姆的话，美尼斯法老满面羞惭，讪讪地退了回去。

各地的灾情日益严重，美尼斯法老不断地听到侍卫说某地又饿死人的消息，他忧心忡忡，沿着尼罗河到处安抚百姓，在路上有时也会打些猎物送给灾民充饥。这天，当他在岸边狩猎的时候，一头小河马在河里露出了头，美尼斯下意识地抬手就是一箭，小河马被射中了。旁边是灾民欢声雷动，跳到河里把受伤的小河马拖了上来，饥饿难耐的人们一拥而上，把可怜的小河马杀死后分吃了。

小河马的妈妈见心爱的幼子遭此厄运，悲痛万分，便向尼罗河神克赫努姆状告美尼斯法老，说："仁慈的尼罗河神，您已经下旨不允许人类捕猎河马，可是美尼斯法老却罔顾您的旨意，把我的孩子射伤，他的臣民又把它残忍地分食了。这样下去，我们河马就会和鱼类一样要灭族了，您一定要为我们做主呀！"

克赫努姆十分震惊，几乎不敢相信美尼斯法老会违背他的旨令。他安慰老河马说："你回去吧，我马上就警告美尼斯，不会允许这种情况发生的。"

尼罗河神说完就出现在美尼斯法老面前，斥责他道："我已经告诉过你，不允许人类捕食河马，为什么你不服从命令？再这样下去，后果自负！"

美尼斯法老为自己的行为羞愧难当，再三向河神保证不会再让百姓捕食河马，然后闷闷不乐地回到宫中，几天都没有出门。

这天一个大臣匆匆忙忙地跑进来向他禀告："陛下，大批灾民在尼罗河畔捕杀河马，都快把河马杀完了！我劝他们停下，他们说，陛下能杀他们也能杀！您快想个办法吧！"

听了大臣的话，美尼斯法老又惊又怒，马上带着侍卫来到尼罗河畔。这里到处都是死去的河马，尼罗河的河水都被河马的鲜血染红了。他命令灾民住手，可没有一个人听他的，他急了，就亲自跑来跑去的制止他们，可是这边停下，那边又开始了。这时，一头大鳄鱼从河中窜了出来，趁美尼斯不注意，咬住他的腿把他拖入河中。接着鳄鱼们一拥而上，美尼斯就此消失在河中。

太阳神和月亮神

天国的国王努有两个儿子，老大叫赫，后来成了月亮神，老二就是我们熟知的太阳神——拉。

努在老年的时候得了重病，自知不行了，就把两个儿子唤到病床前告诉他们："孩子们，我快不行了。我死之后，整个天国和我的全部财产由你们两个平分。赫，你已经成家了，长兄如父，以后你要好好照顾拉的生活，他的那份遗产由你暂时保管，等他长大能够自立了再交给他；拉，你以后要记得尊敬兄嫂，不能违背他们的意愿。"

赫和拉都痛哭流涕，答应一定会按照父亲的意愿行事。努安排好身后的事情，不久就去世了。

因为拉的年龄太小，父亲的丧事几乎都是赫一个人独力操办。料理完父亲的丧事，赫带着弟弟回到自己的府邸，无微不至地照顾着拉的生活，一时间兄友弟恭，堪称兄弟关系的楷模。

可是赫的妻子却不是一个贤惠的女人。她觉得小弟年幼，家里的财产都是赫和公公起早贪黑辛苦挣来的，况且公公的身后事也是赫一手操办，能把拉养大就不错了，为什么要分给拉一半财产呢？于是就给赫吹起了枕头风，煽动赫不必按照努的遗愿行事，把所有的财产都归于自己的名下。赫也起了贪心，对拉的态度逐渐改变，由亲密无间到不闻不问，最后又到了以奴仆视之的地步。年幼的拉除了哥哥以外举目无亲，只能苦苦忍受，在兄嫂的谩骂和殴打中一年年的熬了过来。

拉终于长到了十八岁，已经成人的拉按照父亲的遗嘱，去向哥哥赫讨要属于自己的那份财产。可是赫矢口否认父亲有把财产一分为二的遗嘱，恶狠狠地说："父亲根本没有这样的想法，我是长子，家里的一切都是我的！我和你嫂子把你养这么大已经是情至意尽了，你不要想从我这儿得到任何东西！如果你再想这些白日做梦的事，我一定会给你好看！"

拉听哥哥说出这样的话，就知道他想要昧下属于自己的那份财产，再继续留在他们家里说不定什么时候就会有灭顶之灾，不如远走高飞先保全自己的性命，然后再图东山再起。当天晚上，拉就连夜逃出哥哥家，到邻国隐姓埋名去避难了。

在邻国，拉被国王雇来放羊。拉很勤快，每天都早早地把羊赶到水草丰美的地方放牧，趁羊吃草的时间见缝插针地开始准备冬天喂羊的牧草，晚上又把羊赶回羊圈，临睡前还要清理羊圈里的粪便。在拉的精心照料下，国王的羊个个膘肥体壮，肥肥壮壮的，国王对拉的工作非常满意。

国王的爱女很欣赏拉的聪明勤劳，认为这是一个可以托付终身的人，拉也喜欢这个美丽善良的姑娘，两个年轻人擦出了爱的火花。拉认为对自己心爱的人不能隐瞒身份，便把自己的来历和遭遇告诉了公主。公主又把拉的情况告诉了国王。国王得知拉就是邻国先王的儿子后，更是喜出望外，决定立刻为他们举行婚礼。婚后国王又准备了大量财物，让新婚夫妇回国探亲。

拉带着妻子回到了家乡，还给兄嫂送了丰厚的礼物。他认为那些身外之物都是生不带来死不带去的东西，不能为了这些礼物失去兄弟之情，所以绝口不提遗产的事情，以求相安无事。

赫心里有鬼，不免以小人之心度君子之腹，而且此时的弟弟有钱有势，害怕弟弟找自己分家产；而且拉的妻子年轻貌美婀娜多姿，和她一比自己家的黄脸婆简直都可以扔了！赫有了非分之想。

一天，赫假惺惺地对拉说："弟弟，以前你小，还没有当家做主的能力，所以你的那份财产我不能给你。不过该是你的就是你的，我都给你留着呢。你的那份财产我都换成了金银珠宝，怕别人知道了给抢走，我就把它深埋在山中。既然现在你带着弟媳回来了，就应该在家乡置办一些产业，不能靠着弟媳的嫁妆坐吃山空啊！现在咱们就把你的那份财产给挖出来！"

拉信以为真，跟着赫来到深山中的一个四周怪石嶙峋的深坑。赫指着坑中的一块地方说："我把你的财产埋在那儿了，你去挖吧，我在上面接着！"

拉不疑有诈，就带着工具下到坑中。他刚下去，赫就把坑边一块摇摇欲坠的大石头推进坑中，拉当时就被大石头给砸的粉身碎骨。

赫没想到他的计策如此轻易地就成功了，不禁欣喜若狂，掉头就跑回到家里，又装出一副悲痛的样子告诉公主："弟媳呀，拉非要去上山挖宝，结果被大石头给砸死了！你原谅我吧，是我没有保护好他。"

公主闻听此言大惊失色，赶紧让赫带着跑到坑边，看见丈夫果真死在了坑中，不由得悲从中来痛哭失声。这时她想起王宫中的巫医曾经教过她起死回生之术，便在掩埋丈夫的时候从尸体上割下一点肉，偷偷带回家放在一个葫芦中，每天往里面放些食品。

葫芦越来越大，三个月之后，葫芦自己破了，拉从里面走了出来，身材容貌说话举止和以前一模一样。看到丈夫真的活过来了，妻子不由得欣喜若狂。拉告诉了妻子自己死亡的真实原因，妻子为了防止消息泄露后赫再来加害，就把拉藏在房里，不让任何人见他。

根据天国的传统风俗，如果弟弟死了，三个月丧期一满，弟媳就要改嫁哥哥。拉死后，天国的好多人都像拉的妻子一样，沉浸在悲痛之中。可是拉的哥哥赫却是喜不自胜，因为他终于达成自己的梦想，再也没有人来分他的家产了，美丽的弟媳也快要成为他的新娘了。他根本不管弟弟的丧事，一心忙着操办迎娶新娘的盛典，向国内的文武大臣、王公贵族和公主的父母都发出了请柬，让他们来参加他和公主的婚礼。

公主的父母收到赫的请柬后，既为拉的不幸身亡深感悲痛，也为女儿重新组成新的家庭欣慰不已，决定参加女儿在天国的婚礼。

结婚的日子终于到了，满面笑容的赫安排好了各位来宾，就邀请公主的父亲为自己主持婚礼。公主的父亲站起身，说了几句祝福的话后，就宣布新娘入场。所有的来宾都把视线投向结婚礼堂的入口。

盛装的新娘进来了，然而喧闹的礼堂却忽然间鸦雀无声，人们惊讶地看到，风姿绰约的新娘挽着的竟然是死去几个月的拉！只见他挂着镶满宝石的长剑，穿着漂亮的衣服，容光焕发，一如当初刚从邻国回来的样子。

在公主的陪伴下，拉昂首挺胸地登上了礼堂的主席台，这时人们才惊醒了过来，礼堂内爆发出一阵喜悦的欢呼声。身着华丽新郎盛装的赫看到拉复活了，就知道自己的阴谋必将败露，等待他的将是身败名裂的下场，不由得脚底一软瘫倒在地。

这时候没有一个人去关心丑态百出的赫，人们纷纷围了过去询问拉死而复活的原因，以及他遇险的真相，迫不及待地想知道事情的来龙去脉。

拉向宾客们讲述了自己的遭遇，他从先王的遗言、兄嫂的迫害、自己的逃亡，讲到邻邦国王的恩惠、夫妻归国、赫蓄意谋害，最后被公主施展妙术救命还魂。人们静静地听着，对拉的遭遇无比同情，而对赫的狠毒十分愤慨，大家一致要求处死赫。

赫吓得浑身发抖，抱着拉的腿声泪俱下，苦苦地哀求道："亲爱的弟弟，饶了我吧！这个世界上还有比我们更亲的人吗？我是做了对不起你的事，我违背了父亲的遗愿，可是不管如何都改变不了我们一奶同胞的事实！看着死去的父亲的份上，你就饶了我吧！只要你给我一条生路，让我干什么都行！"

然而，大家对赫的话根本就不屑一顾，他们再也不会相信这个奸邪小人了，所有来宾一致的意见就是处死他，否则难以安慰老国王的在天之灵。拉一时也左右为难，举棋不定。

这时，公主的父王站出来，说道："大家请安静一下！我认为这是赫和拉的家务事，我们外人就不要参与意见了，还是让拉自己决定吧！"

拉沉思了许久，才悲痛地说："赫是我的哥哥，我不想兄弟相残；但他罪无可恕，我也不愿徇私使他逃脱惩罚。我决定，把他流放到天边，永远为我们大家守夜！"

大家都认为拉的做法非常英明，既顾及到了情也考虑到了法。于是赫就被发送天国遥远的边陲，每个夜晚都要为大家守夜，从来没有一天的休息时间。他就成了赫神——月亮神。

而拉则成为天国的统治者——众神之主。

太阳神和他的儿女们

太阳神拉在古埃及的地位是最高的,当时的埃及人认为世间万物都是历史创造的,他也是人类幸福的源泉。

拉神在出生的时候是一只能发光的蛋,漂浮在茫茫无际的水面上,这个水面就是他的父亲,叫"努",是个水神,在拉神之前是至高无上的最高神。至于太阳神这个名字只是一个统称,其实在每天不同的时间他的名字是不一样的:他早上叫卡佩拉,白天叫拉,而傍晚却叫塔姆。

拉神的能力非常神奇,如果他想要哪个神出现,只要说出那个神的名字就可以了。因此,不久后其他的众神就出现在神的天国,他也成了众天神的父亲和宇宙的主宰者。

拉神住在太阳城赫里尤布里斯里,创造了儿子风神舒和女儿湿气神特夫瑞特,舒和特夫瑞特长大后结为夫妻。湿气神特夫瑞特狮首人身,能呼风唤雨,负责向人间降雨的工作,又叫作喜雨神。"双子座"代表的就是风神和雨神。

舒和特夫瑞特的儿子地神盖布和苍天女神努特结为夫妻。盖布和努特有二子二女,大儿子俄赛里斯和大女儿伊希斯成了亲,小儿子赛特和小女儿纳夫塞斯也是一对夫妻。

赛特从小娇生惯养,脾气很暴躁,因为哥哥俄赛里斯娶了姐姐伊希斯怀恨在心,又嫉妒哥哥的人类之王的地位,后来设计将哥哥钉进木箱投入河中淹死了;在伊希斯复活了俄赛里斯后又再次将他分尸抛洒在埃及各处,使俄赛里斯成为冥神。俄赛里斯和伊希斯的儿子何路斯为父报仇,杀死了作恶多端的赛特。

太阳神的太阳船

拉神是太阳神,他的座驾就是太阳船,停放在天河的尽头。拉神的女儿努特神变成一头神牛,每天拉着太阳船巡游天空。

每天清晨拉神睁开眼睛的时候,天空中就会出现灿烂的朝霞,天地间一片金光。拉神起床后,众神也都次第来到拉神的身边,向他请安并侍候他沐浴更衣。

拉神每天早晨都要沐浴。他每次沐浴都要用四罐清洁的露水,由阿努毕斯神提来并慢慢地往拉神身上泼洒,何路斯神负责清洁拉神的身体,努特神负责给拉神擦干身体。拉神沐浴后穿戴好金光闪闪的衣裳,然后在众神的簇拥下登上太阳船,开始了一天的工作。

当太阳船出现在天空中时,大地上的温度就开始上升了。人类和动物的身体被阳光晒得暖洋洋的,大地上的植物也开始蓬勃生长,世间万物无不欢欣,以各种方式赞美着造物主拉神,对他顶礼膜拜。他们都知道,没有太阳神,就没有永恒的天空和大地;没有太阳神,就没有灿烂的阳光和无穷的欢乐。

太阳船到了哪里,哪里的官员和民众都会倾城而出,大家一起唱着赞美拉神、崇拜拉神的诗歌之歌。拉神很享受这种万民称赞的感觉,随时随地都会赐予他们祝福。

到了下午,拉神乘坐着太阳船来到银河阿鲁园的门口,在众神的簇拥下进入巨大的宫殿中休息。星星慢慢地出来了,大地逐渐变得一片黑暗起来。

拉神休息了一会儿,乘坐着太阳船开始夜航。拉神每夜都要巡视12个夜王国,为了照亮冥间之路,他吩咐12位夜女神在太阳船上点起火把。

阴森可怖的死人城位于黑暗的地狱里,这里住着邪恶的蛇怪艾波非斯神。拉神非常讨厌他，因为他对拉神充满了敌意，妄图在夜间（因为艾波非斯神不能见到阳光，只能夜里出来）害死拉神，离开阴暗潮湿的冥界。不过拉神并不在乎蛇怪艾波非斯神的那点小伎俩，因为不管拉神到了哪里，哪里都是阳光普照，艾波非斯神只有躲到阴暗的地洞里才能保住他的小命，对拉神无法构成任何威胁。

当然，对拉神有敌意的不止蛇怪艾波非斯神一个。为了避免那些邪恶的鬼神伤害拉神和太阳船，在太阳船巡游时，苍天女神努特和大气神舒作为先导走在太阳船的前面，其他的天神作为守卫站在太阳船的周围。

拉神把夜晚从天黑到黎明分成了12个小时，每个小时都有不同的夜女神来带路。夜里一点钟的时候，太阳船的第一站到了，这是一个叫作"拉神之河"的王国，第一位夜女神引导着太阳船走过"拉神之河"王国的城门。河的两岸有六条巨大的蟒蛇，它们不停地晃动着脑袋，嘴里喷射着灼热的火焰。

在两点钟的时候，第二位夜女神来了，开始引导太阳船去"吴努斯"王国。"吴努斯"王国的河面上有四条大船，大船上还有许多小船，这些小船可以轻松地驶到河流的任何地方。这个王国由掌管农事的神灵管辖，城里到处都是仓库和货栈，城门上点着火把为进出的人们照明，城门外面站着凶悍的卫兵。

三点钟的时候，第三位夜女神接班了，引导太阳船来到了冥界。冥界也是一条神奇的河，河岸边耸立着巨大的神像。冥界的王是俄赛里斯，他掌握着每个死人的命运，凡间的人死后都得在此地称量心脏。俄赛里斯有一个天平，一个秤盘里放死人的心脏，另一个秤盘里的砝码则是真理的羽毛，以羽毛的多少来判断此人在世时的善恶。俄赛里斯的宝座在深水里，旁边有一朵娇艳的睡莲花，上面站着他的四个孙子，这四个孙子负责帮助俄赛里斯进行公平、公正、公开地称量死者的心脏，并保护死者的遗体。他们分别面对着东、西、南、北四个方向，都是人身，但是头的形状不一样：第一个是正常的人头，第二个像猴子，第三个是张狼脸，第四个是鹰头。

很快就到了四点钟，第四位夜女神接班了，引导太阳船来到"坟墓之国"。这里一片荒芜寸草不生，除了一些发着咝咝叫声的巨蛇，没有其他任何的生物。为了不引起这些巨蛇的攻击，太阳船也变成一条巨蟒在曲折狭窄的河道穿过。

五点钟到了，第五位夜女神接手了引导的工作，领着太阳船来到"隐蔽王国"。"隐蔽王国"可以称得上是实至名归了，隐藏在地中心幽暗的洞穴里，由坟墓之神——荼隼神掌管，他的手下是两个狮身人面神，坐骑是一条三头蛇。荼隼神人身隼首，最厌恶的就是背叛者，他只要抓到了这些人就会把他们扔进翻滚着热浪的湖中。湖的四周有鸟，不过这些鸟都是作为附近那些双头蛇的食粮存在的。

六点钟，太阳船在第六位夜女神的引导下来到"泉源之国"，这个国度也属于俄赛里斯神的管辖范围。河的两岸雕刻着许多神秘的石像，例如有七根象征着权势的权杖和雄狮。这里还有三个宝藏，旁边盘绕着蟒蛇作为守卫。最令人奇怪的是，这三个宝藏都有着不同的形象，一个长着人头，另一个身体上长着鸟的翅膀，最后一个是雄狮的利爪。"泉源之国"是冥界最远的国度，从王国的城门出去就是通往日出地点的大路。

七点钟夜女神准时接班，带着太阳船来到"岩洞王国"。"岩洞王国"里到处都是隐蔽的岩洞，里面藏着邪恶残忍的妖怪。这儿是蛇怪艾波非斯的觅食地，血盆大口饕餮一般不断吞食着河水中的食物。这里也是他袭击拉神的主要地点，因为在这里他占着天时地利，他希望能杀死拉神，让邪恶和黑暗势力统治世界。不过蛇怪艾波非斯太高看自己了，根本用不着拉神出手，他刚一有动作，伊希斯女神就来到了船头。伊希斯的声音就是最有效的武器，只见她微启樱唇慢张馋口，银铃般的歌声就如同珠落玉盘般传遍四方。随着她那柔美的歌声，各种蛇聚集到了太阳船的周围，护送着拉神缓缓通过。艾波非斯当然不会就这么放弃，就玩起了偷袭的卑劣伎俩：一条巨蟒从暗处猛地蹿了出来，张开血盆大口扑向躺在太阳船里的拉神。然而他注定无法成功，一只硕大无比的猫从太阳船里跳出，死死地咬住巨蟒，直到太阳船驶出这一危险区域才放开了它。

时间已经到了八点钟，新的引导者——第八位夜女神出现了，太阳船顺利地来到了"死神之国"。这儿的居民都是死神，他们身上裹着亚麻布，把自己包的像个木乃伊一样。与其他国度不同的是，在这里太阳船的前面是九个奇形怪状的神仙，谁也不知道他们的身份。他们的前面又是四个公绵羊精，头上的羊角异常尖锐，它们在羊角上挂着不同的王冠，分别是羽毛的，红色的，白色的，还有一个是太阳形的。

第九位夜女神在九点钟的时候领着太阳船进入"烈焰王国"。这个国度的来历是因为这里有12条大蟒蛇，它们口吐烈焰，整个城市都被照的通红。河里波涛汹涌，是最危险的一段旅程，太阳船在这里需要20个神守护，还需要生活在水中的鸟类帮助驮起船筏才能安全通过。

十点钟了，该轮到第十位夜女神了，太阳船安全进入"泉水之国"。这儿是拉神的直属领地，风景秀丽，泉水叮咚。高高的岸上站着四位女神，她们高举着火把，水中则是一条巨大的双头蛇在前面引路。拉神的臣民看见太阳船后都要跪下行礼，还要目送太阳船离去。

在十一点钟的时候，第十一位夜女神到了，在她的引导下，太阳船来到"洞穴之国"。这里也是拉神的直辖区，水的流速不快，太阳船行驶得非常平稳。不过河里到处都是燃烧着火焰的洞穴，这些洞穴就是魔鬼最终的归宿，被女神们杀死的魔鬼的尸体就被扔进洞穴里面。

终于到了十二点，急不可耐的第十二位夜女神接班了，带着太阳船来到了"女神之国"，复活女神就生活在这里，所以这里到处都洋溢着生命的活力。而且这里也不像前面那十一个王国漆黑一片，一抹曙光就出现在远方。

太阳船没有停下它的脚步，终于从东方的地平线下上来了。船上的拉神睡醒了，又开始了他每天白天的工作。

拉神治理人间

仁慈的拉神不仅给予了人类生命，而且还给人类提供了生存所必需的空气、水和土地。

在拉神的关爱下，人类不断地繁衍生息，不久世界各地都布满了人类。人多了，各种丑陋的、阴暗的事情也不可避免地发生了。有人觉得拉神老了，已经无暇顾及他们的小动作，开始对拉神阳奉阴违，更有人公然违抗他的命令，拒不执行他的旨意。

最初的时候拉神并没有把这些看在眼里，认为只有一小撮人兴风作浪，无法危及他的地位。可是后来情况有了根本性的变化：已经有人秘密串联，要发动反叛推翻他的统治，准备自立为王！

拉神大惊失色，根本想不到因为自己的轻视导致如此严重的后果，对这些人已经不能坐视不管了，必须要采取断然措施来平息目前的局势，保证自己的权力不受侵犯！他立刻宣来众神召开紧急会议，向他们介绍了目前面临的严重情况。诸神对人间的反叛也是极为震惊，因为他们和拉神一体，拉神的统治是他们享受人间祭祀的基础，一旦拉神被推翻，他们的好日子也就到头了。所以，当拉神决定对反叛的人类进行惩罚时，他们都投了赞成票，并纷纷要求亲自出马。他们争先恐后地展现自己的本领，表达自己的决心和忠诚，宫殿内顿时像菜市场一样变得闹哄哄的。

最后眼睛神赫特尔走了出来，她大声地对众神叫道：

"你们都不要再争了！若论本事，谁有我的本事大？我即使站在那里不动，人类都没有人敢动我，因为谁看见了我谁就会当场毙命。只有我才能最快的平息叛乱！"

拉神一直都很看重眼睛神，既然她主动请缨，就决定让她去给那些反叛的人类一个教训。

赫特尔觉得拉神的决定很长自己的面子，傲慢地瞥了众神一眼，就带着一把神剑出发了。

她来到人间，看到那些阴谋叛乱的就义愤填膺，一挥神剑就把这些人杀得干干净净。这一下算是把她深藏在内心深处的暴力因子给释放了出来，看谁都像是叛乱者，随手就是一剑。不久，人间很快便尸横遍野、血流成河。这样赫特尔就不是平叛，而是杀戮无辜了。她所到之处，凡是人类都无一幸免。

拉神开始的时候还觉得赫特尔杀伐果断，是为自己着想的好部下，心里还为自己识人的英明沾沾自喜；可是在赫特尔杀红了眼后，拉神有点傻眼了。本来，拉神决定平叛是为了稳固自己的统治，对人类小惩大诫，让他们继续做他的良民，可是像眼睛神这样不分敌我的见人就杀，那就是灭绝人类了。如果把人都杀了，谁给他供奉祭品？他这个人类的统治者做着又有什么意义？于是他果断下令赫特尔停止平叛，立即回到天国。可是这时的赫特尔已经杀人成瘾了，对拉神的命令阳奉阴违，继续以杀人为乐。

拉神对赫特尔生气了，这已经是挑战他的权威了，他一边再次派遣天神去阻止她，一边做了其他的安排。他派神行使者去厄里芬特采集一种叫作"美德之草"

的植物，这种植物是一种麻醉剂，不管是人还是神，只要吃下去就会立刻陷入昏睡，并且丧失一段时间的记忆。

"美德之草"很快就送到了拉神这里，拉神让人把它捣碎取出里面的汁液，然后混入美酒里面配制成血红色的药酒，一共配制了几千坛。随后拉神就施展神力把这些酒放在赫特尔的必经之路，而且把几个酒坛子打碎，酒水洒了一地，空气中酒香四溢。

赫特尔是个酒鬼，嗜酒如命。她正要去另外一个城市去继续杀人，到了这里忽然闻到诱人的酒香，登时停下了脚步，一对神眼四处扫了一遍周围，就发现那些美酒。这下子她也不去杀人了，跑过去抱起一坛子就开始贪婪地喝起来。喝了一坛不过瘾，就接着喝下一坛，最后几千坛酒被她喝得一干二净。这时候她也喝醉了，身子一软就躺在地上开始睡觉了。过了许久，她才摇摇晃晃地从地上爬了起来，迷迷糊糊地回了天国，连神剑都忘在了人间，更不用提继续杀人的事了。她一回去拉神就把她给逮捕了，残余的人类知道仁慈的拉神救了他们的性命，纷纷对拉神表达自己的忠诚，反思自己以前的那些邪恶的思想，从此勤恳劳作、安居乐业。拉神对这次平叛虽然不十分满意，但是这个结果也是他乐意见到的，就赦免了一些人以前所犯的过错。这个血淋淋的教训也把人类给吓坏了，再也不敢目无法纪、胡作非为，还不断检点自己的言行，改过自新，乞求拉神的宽容。

又过了很长时间，拉神因为年事渐高，就把统治人类的王位让给了儿子舒神，自己去天庭颐养天年。然而，这种舒心的日子没过多久，就又有人向他报告，说人类中有人又开始挑战他的权威，甚至研制了一架巨弓，准备用箭射死拉神。

拉神老了，已经没有了年轻时的冲动，而且上次的赫特尔事件不仅对人类是个教训，对他也是个教训。他意识到打击面不能太大，只要能够解决掉叛逆者就行了。于是他告诉人类，只要交出叛逆者，其他的人都可以得到宽恕。人类也害怕遭到灭顶之灾，就把叛逆者抓起来交给了拉神。拉神也没有杀掉那些叛逆者，而是命人用一些公牛和禽鸟作为替代，由祭司们念起咒语，杀死那些公牛和禽鸟，然后把叛逆者训斥了一番后放走了。叛逆者深受感动，也认识到了拉神的伟大与宽容，纷纷表示要洗心革面，重新做人。拉神与人类又进入了相安无事的平稳期。

不过从这件事情上拉神也认识到了自己的不足之处，作为天地之王，不能对人类不管不问，应该深入民间了解人类的情感和需求，这样才能使他的地位更加稳固。于是他决定每天要乘船在天地间巡游一趟，这样就可以随时知道天上人间发生的一切了。

伊希斯逆袭拉神

拉神法力无边，不管他想要任何东西，只要他金口一开，那个东西就会立刻出现在他的面前。

拉神之所以能够恣心所欲，最大的秘密就是"名字"，只要他说出名字，拥有这个名字的事物就会出现。在他的心里藏着许多名字，只有他自己知道，他也绝对不会告诉其他的神。作为地位最高的天神，他的政治智慧也是极高，他很清楚，如果让其他的天神知道了这个秘密，他的统治地位就会受到挑战，整个天国也会陷入一片混乱之中，甚至战争也不是不可能发生，天国和人间的秩序将荡然无存。

随着岁月的流逝，拉神年事渐高，他的精力也越来越差，对天国和人间的治理逐渐力不从心，只好把部分权力下放到其他的神手里，他现在保证权势的唯一手段就是那个无所不能、无所不及的名字。为了维护自己至高无上的地位，他在任何情况下都不肯说出这个名字，其他急着接班的神开始有了觊觎之心，其中最急迫的就是他的女儿伊希斯。

伊希斯是个很有心机的女人。她在天国也拥有极高的地位，可以说想要什么就能得到什么，即使她自己没有能力得到，借助父亲无上的权威也可以达成她的心愿。不过她仍然贪心不足，想要获得和父亲一样大的权势，说白了就是想篡位。于是她就时时处处观察着拉神的一举一动，潜心研究分析拉神法力无边的秘密。在一个偶然的机会里，她知道了拉神有个极其秘密的，具有最终效果的"名字"

还没有说过。这对她来说是一个天大的机会，只要她知道了那个名字，她就可以成为众神之神！她开始苦苦思索让拉神说出这个名字的方法，然而在拉神浩瀚无垠的法力下，所有的阴谋诡计都无法得逞，而且所有他所创造的物种都无法伤害到他。正无计可施的时候，她忽然想起拉神曾经在一次闲谈中告诉过她，他的口水和血液也有着创造生命的能力，顿时就有了主意。

伊希斯来到拉神的身边，对他曲意逢迎百般讨好，逐渐赢得了拉神的欢心和信任，让她随时服侍在自己的左右。

拉神年纪大了，经常不知不觉地就歪在椅子上睡着了，头偏在一边，不时就有口水流到地上，一会儿就把地上的土打湿了一片。伊希斯就赶紧蹲下去，把这些被口水打湿的土挖出来包好，用法术保持湿润，找机会带回家里。天长日久，伊希斯终于攒到了足够的数量，她的计划可以实施了。

这天，伊希斯到家就开始了行动。她把湿土全部拿出来，先是搓成长条，最后捏成一条世上从来没有过的毒蛇——眼镜蛇，这也是目前唯一一种不是由拉神创造的生物。

伊希斯带着毒蛇来到拉神每天散步的小路，命令它隐藏在路边的草丛中，并运用法术使它隐形，不管是神或凡人都觉察不到它的存在。

不久，拉神摇摇晃晃地走了过来。刚走到毒蛇附近，在远处观望的伊希斯就下达了攻击的指令，那条毒蛇突然蹿了起来，在拉神的脚上狠狠地咬了一口。

拉神毕竟老了，不可与年轻时同日而语，虽然他已经感觉到了危险，但是迟钝的反应让他无法做出有效的闪避动作。被毒蛇咬到的伤口迅速肿了起来，毒素在他的体内蔓延，很快就倒在地上无法动弹。

因为这条毒蛇不是拉神创造的，拉神也就无法抵御它的伤害，虽然他以无上的法力保住了自己的性命，可是那种痛苦也是无法忍受的。拉神已经堕落成了一个贪恋权位的老人，可是他仍然不失当年的风采，即使到了这个地步，他还是不肯说出那个名字来解除自己的痛苦。后面跟随的侍从看到拉神倒在地上，急忙七手八脚地把他抬了回去。

一直在暗处观察着这一切的伊希斯又喜又气，喜的是自己的计划顺利实施，气的是拉神宁愿忍受巨大的痛苦也不肯说出那个名字，她在那里急得团团转，可是也不敢贸然出去引起拉神的怀疑。

拉神被毒蛇咬伤的消息很快就传开了，他的子孙们争先恐后地前来探望他，在他面前尽力地表现自己，以期获得拉神的青睐，得到继承众神之神位置的机会。伊希斯是其中最积极的一个，她一步也不离开拉神，因为她怕错过拉神说出那个名字的机会。每当看到拉神的痛苦有所缓和，就再次默念咒语加重拉神的伤势。

这个时候的伊希斯心里非常矛盾，她既想让拉神因为不堪忍受痛苦说出那个名字，又害怕拉神忍受不了那种痛苦而死去，使自己前功尽弃。她灵机一动，又想出了一个绝妙的主意。她开始念一种缓和拉神痛苦的咒语，拉神很快就清醒了过来，可是她马上就又念起了加重痛苦的咒语，拉神又一下子回到痛苦的深渊。

拉神都快被这种折磨弄疯了，此时他的心里已经有了明悟，自己的遭遇应该就是伊希斯设计的。可是他再也忍不下去了，他宁愿放弃他的权位！就在痛苦再一次有了缓和的时候，他把其他众神都赶了出去，只留下伊希斯一个。

伊希斯知道拉神已经有所决定了，紧绷着的脸上露出了一丝笑意。拉神目光复杂地看着伊希斯，他没有想到这个自己最宠爱的女儿竟然对自己干出了这种事！可是形势逼人，他只好低下自己高贵的头颅，说出了那个他一直在保密的名字。随后他的痛苦解除了，可是他也跌下了众神之神的云端。

伊希斯满意地笑了。她终于知道那个名字是什么了，她已经成为最大的神，即使是以前高高在上的拉神以后也不得不服从她的命令。

风神舒

舒是太阳拉神的儿子，他的样子很奇怪，人的身子，鸵鸟的脑袋。他一出生就被拉任命为空气之神——风神。后来，拉又运用神力创造了女神特夫瑞特，她的样子就更奇怪了,女人的身体,狮子的头,有时候干脆就是一头母狮。拉让舒与她结成夫妻,后来生下儿子盖布和女儿努特。拉把盖布封为大地之神,努特封为苍穹之神,并命令风神舒支撑着苍穹不让努特碰到大地。

每天清晨,风神舒就把太阳神拉举起来,放到变成神牛的努特女神的背上,太阳神拉开始他例行的巡查工作,温暖的阳光就洒满了大地。到傍晚的时候,太阳神拉要休息了,就又让舒把他从牛背上扶下来,大地便笼罩在一片黑暗之中。

刚开始的时候,拉是人类之王,他老了之后就把这个位置传给了儿子舒。于是,舒便成为人类的最高统治者。

舒的王宫在阿特·拉布,他和王后特夫瑞特住的宫殿雕梁画栋富丽堂皇。他们的后代很兴旺,舒都给他们分封了职务,有管人类生命长短的,有负责风调雨顺的,有主持婚丧嫁娶的,不一而足。他们在各自的工作中都取得了很好的成绩,也发展出了庞大的势力,每个人都盼望着继承舒人类之王的位置,宫斗的事时有发生。

几百年之后,舒也老了,精力大不如前,处理政事的时候开始力不从心,各种纰漏和失误频频出现。看到舒这个样子,不仅是他的子孙,其他的神也开始琢磨着谋取舒的位置了。

阿帕卡家族就是其中的一个。这个家族的地理位置很好,当地物产丰富人口众多,是周围诸多诸侯中最强大的一个。

这天阿帕卡家族的队伍突然包围了舒神的王宫。舒神由于精力不足,平时都是在宫中深居简出,根本想不到会有人造他的反。现在看到叛军把他围得水泄不通,措手不及之下顿时乱了阵脚,急忙召集朝中的文武大臣。因为他整日浑浑噩噩不理朝政,上行下效,个个整日花天酒地腐化堕落,现在见舒神让他们平叛,他们又有什么办法?于是一个个的不是想办法调兵遣将,而是开始互相攻击推脱责任。舒神见手下的大臣这个样子,气得七窍生烟又无可奈何,万万没想到这些人平时大言不惭事到临头却束手无策。

眼看叛军攻势凶猛,而舒神一直无法拿出有效的平叛策略,军队始终无法得到指挥,将有退意兵无战心,王宫已是危在旦夕。

就在舒神急得团团转的时候,王后特夫瑞特来到了大殿上。她先安抚了一下舒神的情绪,然后给他出了一个主意:"我们本来是天上的神,人间的荣华富贵权势地位不过是过眼云烟。既然你年纪大了无法平定叛乱,那就让我们的孩子来平定。你发一道旨令,许诺他们,谁能够平息这场叛乱并且杀掉罪魁祸首,你就把人类之王的位置禅让给他。至于我们,大不了回到天上就是了,你也不用这样天天劳心劳力了。"

舒神贪恋权势,本来不想采纳妻子的建议,可是眼下别无良策,也只能这样做了。他唉声叹气又无可奈何地发布了命令。舒神的子孙们闻风而动,很快就全部来到王宫,又是一场激烈的唇枪舌剑,最后舒神的儿子大地神盖布胜出,由他主导平叛事宜。

在人类之王位置的诱惑下,盖布精神抖擞的带领自己的侍卫来到王宫的城墙上,鼓励将士们努力杀敌,许诺给他们胜利后必将不吝赏赐,一时间士气大振,遏制住了叛军的攻势,战局进入相持阶段。盖布又重金悬赏,募集勇士杀出重围到各地调集援军,命令援军在规定的时间到达王宫围歼叛军。

叛军包围王宫后,本来想一鼓作气拿下王宫,抓住舒神后逼他让位,不料王宫的守军越战越勇,进不能攻下王宫,退又怕舒神秋后算账,搞得进退两难,战事就这样迁延了下来。到了盖布规定的时间,叛军的背后突然杀声四起,几支军队抄了他们的后路;紧接着王宫大门洞开,盖布一马当先杀了出来。叛军阵脚大乱,惊慌失措之下一败涂地。盖布穷追不舍,直到杀死了阿帕卡家族的首领方才收兵,平叛至此大获全胜。

舒神遵守了自己的诺言,把人类之王的王位让给了儿子盖布。参加了盖布的登基典礼后,他带着妻子特夫瑞特一步三回头地离开王宫回到了天上。随着他们的离开,地上的万物生灵都流下了依依不舍的眼泪,大地似乎也有所感应,一连下了九天暴雨,在地面形成了辽阔的海洋。

地神和苍天女神

地神盖布和苍天女神努特是舒神和特夫瑞特的孩子，也是神力无边的太阳神拉的孙子。按照埃及神族的传统，哥哥要娶妹妹为妻。两个孩子从小就相亲相爱，感情非常深厚，都盼着早日喜结连理。

盖布和努特终于长大了，然而令人想不到的是，在他们找祖父为他们主持婚礼的时候，不知道为什么拉神却不同意他们的婚事。盖布听了后如同一瓢冷水浇到了头上，陷入深深的失望之中，但是他又不敢违抗拉神的旨意，只能独自伤悲；可努特从小就是一个蔑视权威叛逆好胜的女孩，对拉神的决定极为不满，她要想办法嫁给自己的哥哥。

努特与智慧神图特的关系很好，她把自己的想法告诉了她的好朋友。图特建议努特，让他们私下里把婚礼办了，等木已成舟，等拉神知道时已经生米煮成了熟饭。于是，努特与盖布在图特的帮助下，秘密地结婚了。

无所不能、无所不知的拉神很快就知道了这件事，他勃然大怒，他立即召来舒神，声色俱厉地对舒神说："盖布和努特违背了我的旨意私自成亲，这是不可原谅的！你去把他们分开，让他俩永远不得相见！"

舒神的心里暗暗叫苦，他为两个孩子以后的命运感到担心，可是他又不能违抗拉神的旨意，只好赶过去用力把地神盖布和苍天之神努特分离开来。他用脚踩住盖布的胸膛，双手抓着努特的腰把她高高举起，努特和盖布哭泣着要求他们的父亲成全他们，可是舒神根本就不理睬他们，尽力加大他们之间的距离。

地神盖布痛苦万分，眼看着心上人被舒神高举到天空，离自己越来越远，他的心痛如刀绞。他用力地挣扎，高举的双手和弯曲的膝盖形成了地面上连绵起伏的山峰；他的血液流动，形成大地上的条条大河，身体上的毛发变成了片片青翠的花草树木。他竭力向努特伸出手想抓住她的手，可是始终都抓不到。

努特也尽力弯下她的身体，双手双脚尽量的下垂，可是她镶满星星的腹部却被舒神用手臂托着，整个身体形成一个拱状的苍穹。从远处看，盖布与努特好像连在了一起，可实际上天与地之间还有着那么远的距离。他俩都努力地把手伸向对方，希望能够摸到爱人的指尖，但是始终无法达成这个愿望，不过他们没有放弃，每时每刻都在做着努力，日日夜夜保持着这种不变的姿态。

图特非常同情他们，没想到自己的建议竟然让他们落到了这般田地，心里很是自责，就到拉神面前为他们求情。拉神觉得盖布和努特无视他的尊严，严词拒绝了图特的求情。不仅如此，他还变本加厉地又颁布一道旨令，命令盖布和努特全年360天（当时的埃及历法全年只有360天）不得会面。

图特见事不可为，只好退下来另找办法。他苦思冥想，终于有了一个让盖布和努特见面的办法。这天他来到月宫找月亮神下跳棋，并且和月亮神约定了彩头。月亮神是个赌徒，见到从休闲的下棋变成了赌博，马上就高兴的和图特开始下棋。不过他不是智慧神的对手，不一会儿就把他的财产输得一干二净。这样图特神就自己创造了五天，原来的每年360天就变成了365天。因为这五个闰日不在拉神法定的360天之内，那么，盖布和努特也就可以在这五天里会面了。他俩万分感激好友图特为他俩争得的结合良机，便在这五天内连续生下了五个儿子。

拉神一直没有原谅努特，他把努特变成一头神牛，骑着努特到人间巡视。后来，人类发生了叛乱，拉神就离开了人间，骑着努特升上天空。可是拉神太沉了，努特都快驮不动了，就要求拉神下去。拉神当然不可能会下去的，他就施法把牛的四条腿牢牢地固定在地神盖布的身上，这样牛的四条腿便成了四根天柱，牛也就可以继续驮着他了。地神盖布趁机抓住神牛的四条腿不放，夫妻俩总算是永不分离了。努特也放松了自己，把身子舒展开让舒神托着，拉神则在上面布满了耀眼的星星，点缀着广袤的夜空。

因为舒神分开了他们夫妻，盖布对他一直怀恨在心，在舒神接任地球之王后，盖布终于找到了报复的机会。盖布利用自己的优势，在各地拉拢扶持对舒神有意见的人，逐步发展壮大他们的力量，尽力增长他们的野心，最后这些人群起反叛舒神。而在舒神的亲信中，盖布也极尽挑拨离间之能事，让舒神众叛亲离焦头烂额。这时的舒神已经年老体弱，无力应付这种错综复杂的局面，于是盖布趁机逼迫舒神退位。平息了叛乱后，盖布成了登上王位的人类的第三位统治者——法老。

据说拉神在位时将自己的手杖、一绺头发和一个叫作乌拉尤斯的金盒留在了人间，就放在帝国东部边界的一个城堡里，作为以后人类之王的护身法宝。

以前盖布就想把这些东西据为己有，现在他成了人类之王，立刻下令把它们送到王宫里面来。盖布打开了乌拉尤斯金盒，不过他没有看到宝贝，只有一条披着金色鳞甲的毒蛇趴在里面。盖布好奇地拨弄了一下毒蛇，蛇猛地从金盒里蹿了出来，从嘴里喷出团团灼热的毒雾，毒雾迅速扩散，笼罩住了盖布和他周围的人。盖布的全身马上起了一层水泡，那些没有神力的人都被毒雾毒死或烫死了。

闻讯赶来的努特和图特急忙将拉神的头发放到盖布的头上，他身上的水泡立刻消失不见；可是他仍然没有一丝力气，努特和图特又递过拉神的手杖让盖布挂着，盖布逐渐恢复了元气。后来他们把那绺头发放进艾特·拉布湖中，自此水中又出现一个新的物种——鳄鱼，而头发却没有了踪影。

盖布恢复了健康，从此开始用心治理国家，因地制宜地制定了各种政策和计划，为埃及的繁荣昌盛做出了杰出的贡献。几百年过去了，盖布也老了，不过他没有一直赖在王位上，而是主动把统治人类的大权移交给冥界之王俄赛里斯，自己回到天国，担任拉神的传令官和众神的调停者。

智慧神图特

图特是太阳神家族的重要成员，为这个家族立下了汗马功劳，赢得了许多人的尊敬。是功名显赫的功臣。例如他帮助伊希斯从恶魔手中夺回了俄赛里斯的生命；当何路斯被叛变的蝎子王泰凡蜇死之后，又是他从何路斯的体内取出蝎毒，挽救了何路斯的生命，何路斯的肿瘤也是他治好的。他还作为法官审理了何路斯和赛特的王位继承案，是他最终判决俄赛里斯的王位继承人是何路斯而不是赛特。俄赛里斯一家都很看重他，俄赛里斯做人类之王的时候任命他为首相；何路斯聘请他做自己的高级顾问，最后甚至把王位都传给了图特。

因为图特公平公正又天资聪颖，埃及人认为他是智慧的化身，由衷地尊敬崇拜着图特，把他尊为月神、科学文化的保护神、智慧和创造之神。图特鹭首人身，头上顶着一轮新月，有时候干脆就以鹭的形象出现在人们面前。

他知识渊博，智慧过人，发明了算术、测量、几何学、天文学、占卜术、魔术、医药、外科、风管乐器和弦乐器，他还擅长绘画和书法等。他高超的技艺和创新精神，是埃及人民得以生存和延续的基础、发展的保证。

他还是一个高明的魔法师，被后人尊为"长者"。他的信徒们宣称，他们曾经找到过一个地窖，里面都是图特存放的魔法书，记载着"可支配所有自然力量和神本身的咒法"。他又是古埃及象形文字的发明者，被称为"神圣文字之主"。

他对人间的贡献和功绩在诸神中是最大的，埃及人民世代传诵着他的事迹，树碑立传纪念他。不仅如此，当图特来到天宫后，拉神也将他倚为左右手，而且他乐于助人，和众神都保持着良好的关系。

他还是月亮的保护者。月亮船在夜间的天空移动时，恶魔经常会跑过来想吞掉月亮。可是图特就在月亮的身边，恶魔的希望总是难以实现，即使有时候恶魔趁图特离开的机会将月亮慢慢吞下，但是仍然无法摆脱图特的追杀，不得不将月亮慢慢地吐出来，这样才能保住它的性命。图特还给埃及人规定了年、月的概念，将一年分成四个季节。

他还是一个史官，被称为"管理神"，记录着埃及各地的地理划分、面积和资源；他保存着众神的档案，翔实地记录着各个王朝的更替；每个法老诞生的时候，他都会在神树的树叶上记下未来法老的姓名和出生的时间；他还在棕榈叶上记录太阳神的丰功伟绩和太阳神的语录。

图特还是冥神俄赛里斯审判死者的重要助手，负责称量死者的心脏。如果被称量的心脏和作为砝码的羽毛平衡，那么这个人就是无罪的；否则就会得到严格的公正的审判。他的公正、公平、公开的作风，受到众神的肯定。

无论是在天上还是在人间，所有的神和人都认为图特是一位好神。埃及人把一年开始的第一个月叫作"图特月"，月圆之后的"图特月"的第十九天作为庆祝图特神的主要节日，人们相互用"甜是真理"的话来作为祝福词，赞美图特神的圣明。

在太阳神与其女儿特夫瑞特发生矛盾时，也是图特神去把特夫瑞特哄回去的。女神特夫瑞特还是个小女孩的时候，因为一件小事和她的父亲狠狠地吵了一架，特夫瑞特一气之下离开了埃及，独自一人到了努比亚。

图特神听说了，急忙赶到努比亚劝她回去。他告诉特夫瑞特："其实太阳神是非常疼爱你的，他是为了你好才会跟你吵架。你现在不管不顾地离家出走，你知道你的父亲是多么伤心吗？事情都已经过去了，你就回去吧。我知道你喜欢听故事，路上我给你讲故事好不好？"

特夫瑞特一听图特神要给她讲故事，就同意了图特神的建议，跟着他回家了。在路上，图特给她讲了许多故事——

"春天到了，一对燕子飞到了大海边，准备在这里建筑自己的爱巢。它在岸边仔细寻找，终于找到了一个合适的地方，于是就不辞辛苦地四处衔来草和泥巴，精心构筑了一个小巢。过了一段时间，小燕子出生了，燕子更加忙碌了，每天都要飞出去寻找食物来精心喂养小燕子。眼看着小燕子一天一个模样，燕子的心里别提有多么高兴了。

　　这天早上，燕子要飞到很远的地方去寻食，担心自己不能及时回来，就请大海照顾它的孩子。这次燕子出去了整整一天，直道暮霭死沉的时候才到家。可是就在它想要给自己的孩子喂食的时候，却伤心地发现小燕子不见了！它心急如焚，赶快飞到大海上，求大海把小燕子还给它。

　　可是，任凭燕子哭泣哀求，大海却始终一言不发，我行我素的推着浪涛玩。

　　看到大海这个样子，燕子气坏了，发誓一定要向大海报这个血海深仇。后来它每天从岸边衔着泥沙和小石块投向大海，企图把大海填平。"

"在荒凉的原野上住着一只母鹫和一只母猫。它们的关系不错，平时互相帮助，是一对好邻居。后来它们各自都有了自己的孩子，问题开始出现了。

　　为了养活自己的孩子，母鹫和母猫每天都要去远方捕猎，只能把孩子单独留在家里。它们也有着共同的顾忌，就是担心在自己外出捕猎的时候，自己的孩子会被对方吃掉。但是不出去捕猎更是不可能的，为了能够放心地离开，它们商量了一下，决定都不去伤害对方的孩子。

　　这天，母鹫捕获了一个小猎物给小鹫送了回来，然后又接着捕猎去了。母猫出去转了一圈，却两手空空的回来了，正在沮丧的时候，看到小鹫正在那里撕咬着母亲送回来的食物，就起了贪心。它把小鹫抓出鸟巢，抢走了小鹫的食物。小鹫见母猫不遵守和它母亲的约定，欺负它一个小家伙，十分气愤，张牙舞爪的扑向母猫，试图夺回自己的食物。看见小鹫竟然敢抵抗，母猫就咬伤了它，衔着食物去喂小猫了。小鹫哭哭啼啼地挣扎着要飞回到巢中，却因为流血过多，终于惨死在鸟巢外面。

　　母鹫衔着猎取到的食物兴高采烈地飞回来，却悲伤地发现自己的孩子惨死在地上，顿时心如刀绞。它仔细查看了现场，发现了母猫的脚印和毛发，确定是母猫造成的惨剧。它怒火中烧，决定要杀死母猫的孩子，为自己的孩子报仇雪恨，也让母猫尝尝丧子之痛！

　　第二天，母鹫趁母猫外出的时候抓起了小猫，把它狠狠地摔死在地上。"

"茂密的丛林里住着一只狮子，它力大无比凶猛无敌，所有的动物都不是它的对手，被称为丛林之王。

这天它在林间散步时看到一只豹子，浑身是血地躺在那里，便问豹子是谁把它弄成这副样子。豹子奄奄一息地告诉它是人干的，而且警告狮子人非常狡猾，以后和人打交道的时候一定要留心，千万别上了人设下的圈套。

狮子不是多相信豹子的话，难道这个世界上还有比它更厉害的？看来要去和人比试一下，让人知道知道自己的厉害。

狮子走出了丛林，准备去掂量掂量人的本事。在路上它看到许多不可思议的现象：马和毛驴都被套着笼头、拴上缰绳；被剁掉熊掌的狗熊；拴着铁链子的狗，甚至还有一只狮子被压在大树下面！它很奇怪地问这些动物，为什么它们会成了这副模样，马、毛驴、熊、狗和那只狮子告诉它，这都是人干的！特别奇怪的是，那只狮子竟然是被人的甜言蜜语所骗，才成了这个样子。因为人告诉它，大树是它的保护神，如果被大树压着就会长生不老。

狮子心里有点嘀咕了，难道人真的会这么厉害？但是它不想承认这一点，就继续往前走。一只小老鼠惊慌失措地跑到它跟前，它一脚踩住了小老鼠，想把它吃掉。小老鼠向它求饶说，自己太小了，没有多少肉，狮子即使吃了它也吃不饱；而且狮子再往前面走就会遇到大麻烦，如果放了它，说不定它就会起到意想不到的作用。

狮子觉得小老鼠的话有道理，就放了它继续往前走。这时候已经到了人类经常活动的区域了，远远的它就看到有个人在那里又蹦又跳，前面还有一张网。狮子不假思索地就扑了上去准备把人吃掉，这样既显示了自己的力量，也给其他的动物报了仇。可是，它还没有扑到人的跟前，那张网就落下来把它捆得一动都不能动。这是人设下的圈套！这时它才知道人的厉害，后悔不迭。

眼看着人手里拿着刀向这里走来，显然不怀好意。就在狮子准备认命的时候，小老鼠把网咬破了，狮子一溜烟地逃回了丛林。

狮子虽然力大无穷，可是小老鼠却好像不怕它，经常和它吵嘴。

一天，狮子说：'小老鼠，你太没有自知之明了。看看你那小身板，再看看我这强壮的体型，你说你有什么信心和我抗衡？'

老鼠说：'你说的不对。强大与否并不在于体型的大小，而在于是否有智慧。我虽然只是一个小小的老鼠，但是我的智慧却是你这只体型大我无数倍的狮子望

尘莫及的，所以我比你强大。从这个角度讲，人是最强大的，因为人最聪明。'

但是狮子认为老鼠这是胡搅蛮缠，依然固执地认为自己是世间最强大的动物。

一天，有个人来森林里伐木。老鼠发现了，就去叫醒了狮子，说你不是一直认为你比人强大吗？现在人来了，你去和他比一比，看看究竟是谁厉害！狮子一听就爬了起来，心说就让你看看我的厉害吧，免得你以后再宣扬你那套智慧至上论。

狮子找到那个伐木的人，告诉他自己要和他决斗。那人却没有答应，说自己今天只带了伐木的工具，没有把力量带来，如果狮子真的要决斗的话就要等他回去把力量带来才行，不然就是不公平，他死了都不服气。狮子一想，决斗当然要公平呀，而且要是就这样打败了人，小老鼠也不会服气的，就答应了人的要求。可是那人还不走，说他的力量很强大，要是狮子害怕了，趁他回去的时候跑了怎么办？狮子说不可能，我是世间最强大的动物，岂能怕你一个小小的人类？人说我不相信你的保证，除非你让我把你绑在树上证明你真的不会逃跑。狮子觉得无所谓，反正它也不打算逃走，绑在树上也没什么，就答应了下来。人把狮子牢牢地绑在树上，说：'你就在这儿等着吧，等我回去拿来了力气就和你一决高低。'人说完就转身走了。

被捆在树上的狮子在那儿傻等了好长时间，人却一直没有回来，它心里渐渐开始怀疑人说的话了，越来越焦躁不安，可是又怕人真的回来了嘲笑它不守信用，还是耐心地等了下去。这时小老鼠来了，问狮子：'你不是说你比人厉害吗？怎么被人给捆了起来？你被他给骗了，他再也不会回来了！你现在觉得是你强大，还是人强大？'

狮子这才明白自己上了人的当。小老鼠咬断了绳子，狮子活动了一下发麻的身子，仰天怒吼一声，就向人的家里跑去，它发誓一定要把这个狡猾的人吃掉。

它来到那个人家里，看见那个人正在吃饭，顿时火冒三丈，心想你把老子绑在树上忍受蚊叮虫咬，自己却在家里大吃大喝，也太过分了吧？正想要扑上去，人说话了，他说你这个家伙不守信用呀，我正准备吃了饭就去找你决斗呢，你怎么来了？算了，你也先在这里吃点吧，免得等会打起来没了力气你不服气。说着人就拿出许多肉类，狮子听了信以为真，又见人请它吃东西，态度就软了下来，讪讪地走过去开始吃了起来。人又说：'你先吃着，这点东西太少，我去厨房再给你做点。'人说完就走了出去，看似不经意的随手关上了房门，在外面锁了起来。

他烧了一大锅热水提到屋顶上,然后揭开屋顶开始一瓢瓢地往下浇,把狮子烫得遍体鳞伤嗷嗷大叫。最后,狮子拼死把门撞开,才勉强留了一条小命。

狮子吓坏了,觉得再待在这里免不了要遇到那个人,到时候难免有性命之忧,就跑到另外一片森林中,和那里的狮群一起围猎。那个人也害怕狮子回来报复他,也搬家了,好巧不巧地正好搬到狮子去的那片森林。看来不是冤家不聚头,他们也是恩怨未了啊。

有一天那个人去森林里砍柴,看见一群狮子向他的方向走过来,就到树上躲了起来。不料有只狮子看见了他,就告诉了狮群有人在树上。那只狮子一眼就看出树上就是那个狡猾的人,它气哼哼地告诉了伙伴们自己被这人欺骗的经过,狮子们都怒了,一致同意要吃掉这个家伙,免得以后人类看扁了它们。

它们用树木做成一个梯子,那只狮子第一个站了出来,自告奋勇要爬上去把人抓下来让大伙吃掉。眼看着狮子就要抓到人了,人却在上面一声大喝:'泼热水了!'那只狮子一听见热水,就想起了那出在人家里的遭遇,吓得浑身一哆嗦,爪子一松就掉了下来,那群狮子也转身就跑,慌乱中都掉进大树旁边的一条深沟里了。看见人从容不迫地从树上下来走到沟边,狮子们以为人是到这里拿热水泼它们,只好央求那人饶它们不死,而且让他做狮子们的王。从此,那些狮子就成了人的仆人,人走到哪里它们就跟到那里。"

特夫瑞特听得聚精会神,不知不觉地就到了家里。拉神见心爱的女儿回来了,高兴得一把抱起了她,连连亲了好几下才放下来。父女二人从此重归于好。

据说图特神有两个妻子,一个叫赛斯哈特,生的儿子叫赫尔努布;另一个叫娜赫玛耶特,她为图特生的儿子叫纳夫尔·赫尔。

赛斯哈特也被称为智慧女神,她的头顶上有一颗刻在倒转的新月里的星星,上面饰有两根又长又直的羽毛,那新月像似两只长长的倒转过来的角,因而获得萨费克赫—奥比的称号,意为"她举着两只角"。

她负责书写和记录历史,还帮图特发明过文字,被称为"书房的女主人";她还擅长搞建筑设计,又被称为"建筑师之家的女主人";她会计算时间,被太阳神封为掌管时间的星神。她是法老神庙的奠基人,她借助星星帮助法老确定神庙的轴心,用木柱制作神殿的四角,这种高明的设计为她赢得了广泛的赞美和永恒的尊敬。

赛斯哈特还负责记录历史和神的行程。她曾经帮助丈夫图特在太阳城的神树树叶上记录下历代法老的姓名，在长棕榈叶上详细记录下他们的编年史；她还记录过50年节的庆典。在物品统计方面她有着别人难以企及的专长，据说第十八王朝的王后哈特普苏特远征普特岛，获得了大量的战利品，为了登记入库，她就请赛斯哈特清点这些缴获的财宝，要求这个工作要在大军回到底比斯之前完成。图特闻讯后也来帮妻子的忙，夫妻二人分工明确，她负责清点财宝的类别和数量，图特负责登记。他们只用了一天的时间就完成了这个工作，厚厚的一大本清单让哈特普苏特王后足足花了整整三个月的时间才看完。

后来，图特又娶了真理和正义女神玛特为妻。玛特的形象是一个跪坐的女子，头上戴着鸵鸟的羽毛，这正是她的名字"真理和正义"的符号。她被尊称为法律、真理和正义之女神，象征着至高无上的法律、真理和正义。

玛特也是冥王俄赛里斯的手下，她的工作和做众神判官的丈夫图特一样，都是负责对死者进行审判和心脏的称量。在神的审判大堂里，有两个模样相同的玛特女神立于两端，这个大堂由此也被称为"双重正义之堂"，她有时也被称为"玛特的主人"。

人在死后要在身上放护符和《死者之书》上的口令，这样死者才能顺利地通过人间和冥界的那段路，不然死者就会因为迷路。走过这段路后，死者就在安努毕斯带领下进入"双重正义之堂"。这是一个巨大宽敞的大殿，大殿的中间是一个巨大的天平，一边是真理和正义女神玛特，另一边蹲着"吞食者"阿米迈德，这个怪兽是由狮子、河马、鳄鱼混合而成的，负责吞食"有罪之人"的心脏。

俄赛里斯的左右有42个裹着包布、手持利剑的判官，每一个都有不同的形象，有的是人首，有的是狗头，也有的是狮首，分别代表埃及不同的省份。他们对每一个死者生前的功过是非都有着详细的记录，最后综合判断此人是否有罪。

在这42位判官面前，每一个死者都要陈述42遍自己的生平，称作"否定性供词"。死者若是能够说出这些判官的名字，就说明他生前积德行善，问心无愧，否则就是生前作恶。

在称量心脏的时候，由安努毕斯或者何路斯把死者引到那个巨大的天平之前，将死者的心脏放在天平的一端，另一端便是玛特。如果天平两端重量相等，就说明死者无罪，于是俄赛里斯作出最终判决："死者可以同众神共享天国之乐。"这样，这个"无罪"的死者就可以在俄赛里斯的王国里永远幸福地生活。他可以在神的土地上耕种，在神的佑护下，他耕种时不会感到辛苦，而且每次收获都是大丰收；如果他不想干活了，神就会让他的陪葬品"沙布提斯"或"听差"去干。

如果天平倾向玛特或她那象征真理的羽毛标志那一端时，图特就会宣布"有罪"。俄赛里斯就会严厉地宣布："死者生前作恶多端、罪大恶极，应该下地狱！"

俄赛里斯一说完，阿米迈德就将"罪人"的心脏一口吞下。"罪人"的陪葬品也被判官们全部没收，"罪人"从此在地狱里就永无宁日，每天都要辛苦的劳作，吃不饱穿不暖，还要受到其他恶灵的打骂和欺辱。

由于玛特是真理、法律和正义的象征，人们也经常把公正的人叫作"玛特"。

玛特的神像也是埃及历代法老最喜欢供奉的神像之一，因为他们都愿意以此来表达自己维护真理和正义的心愿，玛特神像在祭神仪式中是不可缺少的。

众神之神阿蒙神

号称"众神之神"的阿蒙神是埃及人心目中最伟大的神。阿蒙是生育神，代表着生育繁殖的力量，能够创造生命并使生命绵延不绝；他又是丰收之神，出现在国王播种和收割的仪式。阿蒙还是地位最尊贵的法老的保护者，法老们认为自己是阿蒙神的儿子，阿蒙神会帮助他们战胜自己的敌人。

阿蒙神最初只是底比斯地区的一个地方神。阿蒙的形象是头戴王冠头饰，上有两根高直平行的羽毛。膝间的无头雕像是受他保护的吐特—安克赫—阿蒙。在艾赫纳通统治时期，阿蒙曾经一度失去了最高神的位置，后来才恢复了至高至尊的地位。从第十二王朝的第一位国王阿曼纳姆特开始，底比斯和它的城神阿蒙神的地位越来越高，在第十八王朝时期，阿蒙逐步取代孟特而成为整个国家的最高神，底比斯也因此成为首都。

底比斯的神阿蒙逐渐和太阳神拉合并，信徒们认为他的名字应该叫作"阿蒙—拉"，当人们将阿蒙当作拉的时候，阿蒙也就占据了古太阳神的位置，从而成为宇宙的造物主，以及九柱神之首。

阿蒙的儿子科恩斯

据说，阿蒙与穆特结婚后一直没有孩子，这成了阿蒙的一个心病。他非常希望穆特能给他生下一个儿子，以成就底比斯的三联神体系。在没有亲生儿子的情况下，阿蒙认了一个义子，就是科恩斯，这才实现了底比斯三联神体系。

科恩斯的意思是"航行者"或"乘船越过天空者"。自从他作为阿蒙的义子成为伟神之一后，他就被当作一位祛魔师和巫医而受到广泛的崇拜。

他的形象是头顶新月的木乃伊，手里拿着权杖，一边太阳穴上梳有王室儿童的发辫但是其他的地方都没有头发；他有时头戴铁盔，顶着新月镶于其中的盘子；在奥姆波斯，他改名叫科恩斯·何罗，成了塞巴克三联神中的第三位神，这时他的形象则是人身鹰头，在头上顶着新月圆盘。每年之中有一个月份被命名为帕克胡斯，意为"科恩斯之月"。

在新王国时期，不管是埃及人还是其他国家的病人都来找他祛魔治病。那些重病缠身或者是其他医生治不好的病人，都会不远万里来这里求医问药。特别是那些着魔的人，只要到了这里，恶魔就会被科恩斯的威名吓得自动逃逸，着魔的也就恢复了健康。

传说叙利亚巴克赫旦王爷的女儿曾经着了魔，日夜寻死觅活哭闹不止，搅得一家人都不得安宁。巴克赫旦王爷不惜重金找了许多巫师来为女儿驱魔，却一点作用都没有，病情反而更加严重。后来巴克赫旦王爷听说埃及有个叫科恩斯的祛魔师，所有的魔鬼都害怕他，便不顾路途遥遥千里迢迢地来到埃及，请求科恩斯出手为女儿驱魔。

但是叙利亚太远了，一来一回要一个月的时间，科恩斯不可能为一个病人花费这么长的时间。好在科恩斯还有分身术，以前有太远的病人需要驱魔时，如果科恩斯本人无法前往，就会让分身去施法，和他亲自去的效果是一样的。这次也是一样，他派去的是他的分身。

"科恩斯"随着巴克赫旦来到叙利亚，这时他的女儿已经不省人事了。"科恩斯"看到她的头里有一个魔鬼，正在那里又蹦又跳地折磨她，而且这个魔鬼的道行不低，见了"科恩斯"竟然不跑，还做出挑衅的动作试图激怒"科恩斯"。"科恩斯"念了一段咒语后取出一根长针，对准她的太阳穴插了进去，正好刺中魔鬼的心脏，魔鬼当即灰飞烟灭。巴克赫旦王爷的女儿不一会儿就醒了过来，吃了一点东西后就像正常人一样地有说有笑了。

看到女儿恢复了健康，巴克赫旦对"科恩斯"感激不尽，非要留他在这里住上一段时间，赏玩一下叙利亚的秀丽风景。不过这个"科恩斯"毕竟只是一个分身，而且科恩斯那里还有着繁杂的事务，显然不能留在这里游山玩水，于是"科恩斯"告别了巴克赫旦王爷，变成一只金鹰飞回埃及，与在埃及的科恩斯合二为一，继续为人治病。巴克赫旦为了感谢并纪念科恩斯救女儿的大恩，便举行隆重的仪式迎回科恩斯的神像，在卡尔纳克神庙科恩斯巨大石像下摆放了许多礼品。

亚历山大与阿蒙神庙

信奉阿蒙为最高神的地方越来越多，即使在荒凉的沙漠里也不乏他的虔诚信徒。在著名的锡瓦绿洲就有一座祭祀阿蒙神的神庙，名为朱庇特·阿蒙神庙，据说亚历山大大帝就曾经来这里拜祭过阿蒙神。

一代人杰亚历山大大帝占领埃及后，为了美化自己侵略者的身份，减轻埃及人民对他的敌意，使自己对埃及的统治合法化，就决定去锡瓦绿洲朝拜埃及的众神之主。

亚历山大大帝带领一些随从和一支部队从古埃及的都城孟夫出发，经过拉库台（即后来的亚历山大城）、马特鲁后进入沙漠。

沙漠的自然条件无疑是极端恶劣的，放眼望去都是茫茫的沙海，到处寸草不生，天空中连个飞鸟的影子都看不到。亚历山大一行人在酷热的沙漠中艰难地跋涉，体内的水分迅速流失，没有沙漠行军经验的他们就大口大口地喝水，因此仅仅进入沙漠几天他们携带的饮水就即将告罄。在沙漠中水无疑就是生命，如果没有了水，他们这些人就会成为沙漠中的一群干尸。这时候想要派人去前方的锡瓦绿洲或者后面取水都是不可行的，因为剩下的水已经无法支撑到取回水的时候。

部队的军心开始躁动了，虽然严格的纪律让士兵们不敢骚乱，但是谁都害怕自己会活活地渴死在这里。

亚历山大大帝绞尽脑汁也没有好办法，或许只有前去拜祭的太阳神能解决他的困境。他跳下了战马，五体投地地趴在沙子上，开始虔诚地祈求太阳神的帮助。太阳神也一直关注他进入沙漠后的一切，听到了他的祈求，就派雨神去给他们送水。只见天边迅速飘来了一片白云，而且越来越大，越来越黑。很快，他们头上的天空就被乌云笼罩，刹那间电闪雷鸣，暴雨如注。士兵们兴奋地仰面张大嘴巴，吞下天降的甘霖，又摆开所有能够盛水的容器。最神奇的是，他们刚刚灌满最后一个水袋，天空中就云收雾散，重新现出了一轮红日。

经过这个神迹，亚历山大的队伍士气大振，又精神抖擞地继续前进。可是他们的磨难还没有结束，就在他们即将到达锡瓦绿洲时候，一场沙暴从远方刮过来了。沙暴很快就到了他们跟前，天好像一下子就黑了下来，伸手不见五指；在裹着沙粒的狂风中，他们无论地位高低官职大小，都不得不按照向导的要求把身子藏在骆驼的身下。

在沙漠中遇到沙暴是极其危险的，渺小的人力根本无法与庞大的天威抗衡，阿蒙神就曾经以他无上的神力消灭过一支军队。那是公元前525年，居鲁士大帝侵入埃及，为了打击埃及人的信心，派他的儿子冈比西斯带着5万士兵去捣毁锡瓦绿洲的阿蒙神庙。他们在沙漠中跋涉了七天，就在绿洲的附近他们遇上了沙暴，从此再也没有这5万人的消息。

亚历山大大帝见黄沙向他们袭来，非常害怕会和冈比西斯一样葬身在沙暴之中，就急忙命令所有的士兵和官员跪下祈祷阿蒙神保佑。阿蒙神没有放弃他们，不一会儿沙暴就消失了。可是沙暴过后所有的地形都有了变化，就是向导也找不到去绿洲的道路了。就在他们惊恐万状、不知所措的时候，天上突然出现了一群白颈乌鸦，鸣叫着飞往某个方向。他们迅速集合了队伍，随着白颈乌鸦飞去的方向快速前进，终于找到了锡瓦绿洲。

锡瓦绿洲的神庙祭司们见赫赫有名的亚历山大大帝莅临绿洲，急忙组织大家盛装出迎。亚历山大大帝向祭司和民众致意后，恭恭敬敬地来到神庙，脱掉鞋，赤脚进入大殿。在祭司的指导下献上祭品后，他谦恭地跪在神像前，向阿蒙神像叩头，问道：

"伟大的阿蒙神，请您帮我指点迷津。我是谁？我又该往哪里去？"

神像开口了，殿里殿外都听到了一个慈祥的声音：

"孩子，你是我——众神之神阿蒙的儿子。我授权你向东挺进，以我的名义去开拓东方的国土。"

能够亲耳听见阿蒙神的神谕，所有的人都兴奋不已。亚历山大大帝当即在大殿里举行加冕仪式，祭司给他戴上代表阿蒙神的羊头桂冠。从此，亚历山大大帝便以这顶桂冠为标志，被尊为双角神。

方尖碑

第十八王朝的法老登基和加冕后，都会建造方尖碑来宣示自己是阿蒙神的儿子，具有统治上下埃及的合法性。

在卢克索城卡纳克神庙庭院内，图特摩斯一世用玫瑰色花岗石建造了两座方尖碑，耸立在第三和第四大殿中间，每座碑重143吨，高21.75米。

后来在第四和第五大殿之间，哈特舍普苏女王也效仿图特摩斯一世为阿蒙神造了两座方尖碑，每座碑高29.5米、底座边长2.6米、重323吨，比图特摩斯一世建造的大得多。这两座碑由无接头、无裂缝的一整块花岗石制成，整整用了七个月的时间才完成。

哈特舍普苏女王建造的方尖碑旨在歌颂、赞美阿蒙·拉神的功德。碑上铭刻着：我追随着图特摩斯一世的脚步，谨为圣父阿蒙·拉神树立此碑，我的心中充满对阿蒙神的爱。这两座碑将永远为世人瞻仰、传颂，我的名字也将随之流芳百世。

图特摩斯四世则开了单碑的先河。他制造的单碑高达30.7米，君士坦丁大帝于公元前230年将此碑运到亚历山大，后又搬到拜占庭（今伊斯坦布尔），至今仍耸立在那里。

方尖碑是用整块花岗石制成的，碑呈正四方柱体，由下而上逐渐缩小，碑顶部成棱锥体，一般约二三十米高，上百吨重。碑顶表面用金箔包上，在阳光的照耀下，宛如光彩夺目的万缕阳光。古埃及人把它作为神和太阳的象征，置于神庙中永世供奉，这是因为阿蒙神是古埃及人心目中最受崇敬的神。

由于碑体高大、沉重，古埃及人为建造象征阿蒙神的方尖碑耗费了大量心血和劳力。建造方尖碑需要经过开采、运输和竖立几个复杂而繁重的过程，整个建造工程异常宏大而艰巨。

方尖碑的选材要求极为严格，必须要精选十分坚硬而纯净的花岗石，绝对不允许存有任何孔隙部分和质脆的成分，以免在搬运和竖立过程中发生断裂或倒塌的情况。在埃及南部的阿斯旺采石场，人们发现了一块被废弃的碑体，高41.75米、底座边长4.2米、重达1168吨的巨碑，当时已经基本开采完毕，但是后来发现有一条裂缝，所以被古埃及人毫不犹豫地放弃了。由此可见古埃及人对于方尖碑质地的要求是多么的严格，从这一点我们也可以推断出，他们对阿蒙神的信仰又是多么的自然、纯粹。

选好制造方尖碑的石料后，下一步就是开采了。在没有大型切割工具的情况下，古埃及人充分发挥了他们的聪明才智。他们首先按照设计图在石材上画好方尖碑的形状，然后就在画好的形状四周开凿间隔距离很近的孔，楔入圆锥体的木橛子后注水，利用木头浸水后膨胀产生的张力将洞打开。随后再继续这个过程，直到碑料四周形成与山体相分离的过道，并使过道到碑料之间的厚度只有75厘米。接着把碑料两侧掏空，再断开下面的一面，碑料的开采就算完成。断开最后一个连接面是整个开采工作的重中之重，稍微一点失误就有可能前功尽弃，而且还要提前绑好绳子以方便随后的运输。

古埃及人当然不会有载重卡车之类的运输工具，他们运输碑石的办法很简单也很有效：在碑石下面垫上圆柱形的硬木做成的滚动器，一点一点地向前移动碑石。在运输过程中，他们会在碑石和木头之间垫上干木，以免碑石和木头在运动中摩擦发热而起火。一旦起火，最好的结果是把碑石熏黑，或者木头烧焦后碑石因为受力不均匀而损坏。

碑石运到目的地后，雕刻工匠们开始将碑石进行细加工，仔细地雕刻、磨光使之成为理想的方尖碑。下一步就是将巨大的石碑竖立起来，这个工作也不是轻而易举就能完成的。竖立方尖碑时，先把方尖碑的上部三分之一或一小半移到一个用石头和土垒成的斜坡上，将碑的底端放入填满细沙的底座坑中，当碑往沙坑里沉放时，不断把沙掏出，这样，碑就缓缓地平稳地落到底座上竖立起来，而不致发生任何危险。

方尖碑以其精湛的建筑艺术、优美的图案雕刻和碑文书法，受到历代帝王特别是罗马皇帝们的赞赏。现代人对方尖碑的喜爱也溢于言表，在埃及沦为殖民地的那些年代，很多方尖碑流入了意大利、法国、英国和美国，不得不在那里担任埃及的文化使者，埃及本土只剩下了九座方尖碑。

在这些国家中以意大利的方尖碑数量最多，有 18 座，多是古罗马时期从埃及被运往罗马帝国的，在圣约翰广场耸立的方尖碑高 32 米，是图特摩斯二世建造的世界上最大的方尖碑，来自赫利奥波利斯城的太阳庙；伦敦有一座为埃及艳后克娄巴特拉建造的方尖碑，高 20 米、重 180 吨，也是来自赫利奥波利斯城，英国的其他地方还有三座；纽约的方尖碑是图特摩斯三世建在艾因·沙姆斯庙前的，于 1878 年运到美国。另外，法国、以色列、土耳其、波兰也各有一座方尖碑。

要在这里着重提出的是，法国巴黎的那座方尖碑来自卢克索神庙，碑上雕刻着群猴拜日图和尼罗河神向阿蒙神献礼图，碑重 227 吨。从这座方尖碑可以看出，阿蒙神当时已经成了众神之神。

阿蒙的故乡：底比斯

神圣的底比斯古城位于开罗以南 700 公里处。尼罗河纵贯全城，将其分成东西两个部分。古埃及人把日出看作生命的象征，把日落比作死亡，因此尼罗河的东岸以神庙为主，西岸则是陵墓区。东岸的神庙由两部分组成，即南部的卢克索神庙群及相距 3 公里的卡纳克神庙群。西岸的陵墓区有上百个法老的陵墓、贵族墓地以及法老的祭殿。以拉美西斯祭殿为中心，向南是哈布区，向北是代尔巴哈和区、爱·奎尔纳区，这些都是法老的祭殿集中的地方；向西是王后谷，历代的王后都埋葬在这里；埋葬历代法老的国王谷在最偏僻的西北角，著名的图坦卡蒙法老就长眠在这个地方。在南部的沙漠边缘地带是阿蒙赫特普三世的祭殿。

底比斯在古王国时期称为瓦色州，因为那里最初是一位名叫瓦色的贵族的领地。在第四王朝时候，这里成了地方行政中心。在中王国的第十一王朝（公元前 2133—前 1991 年）时，法老孟苏好代布把王庭迁到了这里，从此这里就成了中王国的首都。其实"底比斯"只是希腊人的叫法，古埃及人称其为"诺威"。

在第十二王朝时期，底比斯仅仅是埃及的政治中心，在经济上并不繁荣，因为当时的主要财富集中在三角洲地带，文化艺术中心也保留在以旧都孟斐斯为中心的下埃及，所以贪图享受的法老们在开罗西南部的法尤姆地区建了别墅，每天在这里寻欢作乐。

在法老的父亲、保护者、众神之神——阿蒙神的神庙在底比斯兴建后，这里又成了宗教中心，底比斯才开始有了起色。不过底比斯真正开始繁荣是在锡克索斯人入侵埃及后，埃及人因为战场上的失败被迫退守在底比斯，众多的王公贵族、祭司僧侣和商人都到了这里，底比斯便成为埃及人抵御入侵者的重要基地，让底比斯有了明显的发展。在战胜锡克索斯人后，底比斯迎来了它最辉煌、伟大的时期。

公元前 1400 年左右的阿蒙赫特普三世统治时期，是底比斯的鼎盛时期。但是，当阿蒙赫特普三世的儿子阿蒙赫特普四世（后来改名为阿赫那吞）继位后，将首都迁到了阿玛尔纳，虽然图坦哈蒙法老又将首都迁了回来，但是底比斯已经有了后劲不足的征兆。

到了第十九王朝的赛特一世和拉美西斯二世时期，底比斯再次兴旺了起来，这里建起了宏大的神庙、祭殿神坛和陵园地宫。拉美西斯时代之后，底比斯每况愈下，从此以后再也没有了原先的辉煌。第二十一王朝时，首都迁到了三角洲的塔尼斯城，底比斯只剩下一个宗教中心的身份。

公元前 611 年，亚述帝国洗劫了底比斯，曾经的首都成了一片废墟。虽然后来赛特斯重建了底比斯，但是它再也没有宗教中心的光环了，已经沦为了一个普通的城市。可是底比斯的灾难还没有结束，到了公元元年的时候，底比斯已经变成了一个小村庄。

短命的最高神：阿吞神

公元前1380年，阿蒙赫特普三世宣布退位，将王权交给了他与泰伊所生的儿子，这就是阿蒙赫特普四世。

阿蒙赫特普四世从小就博闻强记学富五车，也很有政治才能，不过他有个致命的缺点，那就是刚愎自用，一点也听不进别人的意见。在他还是一个王子的时候，就对阿蒙神庙中的祭司们极为不满，因为这些祭司拉帮结派排斥异己，以神的名义鱼肉百姓，而且还插手政务侵蚀世俗的权力。阿蒙赫特普四世登基后，就准备削弱祭司们的权力，于是，他换了新宰相，又找借口罢去几个祭司，换上忠于自己的人。

和大部分埃及人不一样的是，阿蒙赫特普四世真正信奉的不是阿蒙神，而是阿吞神。阿吞神是以前拉神的化名，不过现在已经沦落到了一个小地方的神灵，大部分埃及人都没有听说过他的名字。负责宫廷朝仪的长官穆伊通过仔细观察看出了阿蒙赫特普四世的秘密，就投其所好地写了一首颂扬阿吞神的诗词，他看了以后十分满意，立刻提升了穆伊的官职，而且这也给了他一个错觉，就是阿吞神在埃及人民的心里地位还是相当高的，于是下旨废黜阿蒙神全国最高神的地位，改以阿吞神为全国最高神。

当时的埃及对神的崇拜非常复杂，在公认阿蒙神为最高神的前提下，各个地方同时有各自崇拜的地方神。这个地方神可能是某个具体的东西或者动物，如石头、土地、河流、雨水、泉水、牛、猫、蜘蛛、鳄鱼等；也可以是某种自然现象，如雷、风、电等；还可以是人类制造出来的东西，如弓箭、某种雕刻品等。对于当地人来说，你可以向他们收取苛捐杂税，摊派无尽的徭役，即使累到吐血穷到卖儿卖女还是可以做顺民，但是如果你不让他们祭祀他们认为的神就绝对践踏了他们的底线。

阿蒙赫特普四世的这个旨意对于埃及民众来说简直就是晴天霹雳。一直以来，他们知道的最高神就是阿蒙，然后他们想信什么神就信什么神；现在法老忽然说他们的阿蒙神是伪神，要改信一个从来都没有听说过的阿吞神，底层的民众一下子就炸了。有些政治敏感度高的人就意识到马上就要有高层的争斗，就从底比斯躲到了乡下；胆大的就向政府请愿，要求法老废除这个旨意；更多的人则是对此不知所措，看着大家怎么做自己也怎么做。

贵族和祭司们也慌了，也纷纷向阿蒙赫特普四世进谏，请他收回成命，可是阿蒙赫特普四世根本不为所动，反而厉声斥责他们要执行旨意。贵族和祭司们就又找到已经退位的阿蒙赫特普三世和太后泰伊，请求他们向阿蒙赫特普四世施加压力，希望能够让他改变主意。

阿蒙赫特普三世也觉得儿子的做法不妥，就对阿蒙赫特普四世说："作为一个君主，一言一行都要考虑各方面的影响，不能够独断专行。我们一直宣称法老是阿蒙神的儿子，这就是天授神权，是我们统治国家的基础。贵族、大臣、祭司是我们统治国家必不可少的助手，老百姓是给我们创造财富的人。经过我们上千年的宣传，大家都知道只有阿蒙神才是最高神，如果贸然废黜阿蒙神的地位，势必会受到朝野上下的一致反对，对你的统治是极大的威胁。为了避免天下大乱，为了保证咱们的政权世代相传下去，你最好撤回废黜阿蒙神的旨意！"

阿蒙赫特普四世听完父亲的话，诚恳地说："父王，这件事我已经有了充分的考虑，有些谣言也是正常的。那些传播谣言的人都是切身利益受到了损害，是别有用心的，我已经安排了执法机关，只要有人敢以身试法，等待他们的就是毫不犹豫地镇压。我知道您是为了我好，是为了我们的家天下能够千秋万代，但是现在确实到了不能不变的地步了。多年以来，这些贵族和祭司以祭祀阿蒙神为借口，时时处处染指世俗的权力，甚至已经开始干涉王权。长此以往，法老还会有什么权力？千秋万世又从何谈起？"

"你说的也有一定的道理，这个问题我在位时也注意到了，但是并没有你说的这么严重，况且，你可以采取其他的办法来消除他们的影响力。如果改立阿吞神为最高神，就是把矛盾摆在了桌面，也没有回旋的余地了。你还是三思而后行吧！"

"父王，我主意已定，是绝对不会改变的。他们的情况不是您说的那样不严重，而是非常严重，现在我的圣旨比不上祭司的一道神谕！我已经想好了对付祭司的方法，就是把都城迁到北方去。既然阿蒙原来是底比斯的地方神，那他还做底比斯的保护神好了，而且我把他的神庙和祭司都留给他，这样我就摆脱了祭司。至于贵族，这些都是墙头草，只要兵权牢牢地把握在我的手中，他们就翻不起浪花。而且都城迁到北方还有利于下埃及和亚洲行省的管理。"

听说儿子要迁都，阿蒙赫特普三世就知道儿子不会听从自己的意见了，他沉默了许久，叹了口气就让儿子回去了。

阿蒙赫特普四世也没有了谈下去的心情，他认为父亲年纪大了，已经没有了战斗的激情，只想得过且过地度过余生。他回到了王宫，坐在宝座上仔细考虑目前的形势，祭司们反对在他意料之中，毕竟这是他们的根，可能为什么有这么多的世俗官员和平民反对呢？哪个神是最高神根本就不会影响到他们的利益啊！他有点后悔自己操之过急，想要撤回圣旨缓和一下眼下紧张的局势，可是他随即就打消了这个想法。不能退！要是这一次退了，法老的威严就丧失殆尽，以后的政令就再也执行不下去了。作为一个法老，就应该言出必践！再说了，他们反对又有什么用？刀把子说的话才是最有道理的！想到这里，阿蒙赫特普四世嘴角露出了一丝残忍的微笑，起身回了后宫。

翌日上朝，阿蒙赫特普四世就颁布了更加严厉的圣旨：因为阿蒙神庙的祭司们不服从命令，自即日起关闭全国各地阿蒙的神庙，祭司们勒令还俗。所有公共建筑和纪念物上的阿蒙的名字改为阿吞的名字。帝国的所有臣民统统改信阿吞神，各地官员要带领民众向阿吞神献祭，宣誓永远忠于伟大的造物主阿吞。把阿蒙神庙改为阿吞神庙，原来阿蒙神庙的财产一律划归阿吞神庙。命令阿伊在底比斯以北三百公里的希尔摩营建新的都城，把希儿摩改名为"埃赫塔吞"，意为"阿吞垂青的地方"。命令赫伦希布率领军队执行取缔阿蒙神庙、查抄财产、驱逐祭司的任务，如有反抗格杀勿论。

圣旨一下顿时满朝愕然，可是没有一个人敢于在这个时候提出反对的意见，因为他们已经看见了法老残忍的笑容，殿内的侍卫也都手握刀柄跃跃欲试地盯着他们的动作。当天下午，军队就查抄了底比斯的各个阿蒙神庙，将里面的祭司们赶出庙门。阿吞神的祭司们也开始欢天喜地地接收庙宇、财产、田地、奴隶和佃户。埃及的宗教改革开始了，阿蒙神成了过去，阿吞神开始登上了最高神的位置。

阿蒙赫特普四世在位的第六年，新都埃赫塔吞竣工，在那里建造了可与底比斯相媲美的宏伟王宫，富丽堂皇的贵族住宅。那里的阿吞神庙比原来的阿蒙神庙更为壮观、显贵。

阿蒙赫特普四世得到这个消息后大喜过望，立刻把自己的称号改为"埃赫那吞"，意为"对阿吞有益的人"。法老让新祭司选定良辰吉日，亲自率领满朝文武及其家眷奴仆，由拱卫京师的御林军簇拥着，浩浩荡荡地向新都迁移。

令埃赫那吞法老遗憾的是，阿蒙赫特普三世以及太后泰伊、嫔妃等极少数人没有离开底比斯。

迁入新都后，埃赫那吞法老认为自己已经取得了胜利，可以开始享受了，就将政务交给阿伊、军事交给赫伦希布，他自己只顾和王后涅菲尔蒂蒂吟诗作赋，却疏于朝政，也放松了对朝中的监督。没有了法老的坐镇，阿伊和赫伦希布根本就压不住场面，那些心怀不满的官员开始阳奉阴违，国家的政务虽然能够运行，但是已经没有以前那样简洁高效了。

过了几年，除了都城埃赫塔吞，其他地方对阿蒙神的崇拜开始死灰复燃，而当地的官员却没有向埃赫那吞法老报告，只顾着中饱私囊贪污腐败，老百姓因为赋税和徭役太重而牢骚满腹。亚洲和努比亚这些殖民地的民众也开始了骚乱，巴勒斯坦在新兴强国赫梯的支持下乃至发生了叛乱。埃及派往耶路撒冷的官员甚至给法老上书说，要么你赶紧给我派援军平叛，要么让我也去新都避难。

这时候的埃及真的称得上是内忧外患了，可是埃赫那吞却对这些不管不顾，整日生活在自己的理想世界里，认为只要有了阿吞神的佑护，所有的问题都会被他的臣子很快解决。所以他的生活轨迹仍然没有改变：白天带着王后、王子、公主一起到阿吞神庙里去祷告、献祭，晚上在后宫吟诗作赋，吃喝玩乐。

他十分喜爱诗歌和雕刻艺术，所以也就喜欢诗人和雕塑艺术家，能够经常见到他的也只有这些人。以穆伊为首的一帮文人创作了许多歌颂阿吞神和他的诗歌，都是像什么"因为阿吞神的出现，我获得了新生""您像阿吞一样圣明，您说的话都是真理！因为听了您的教导，贫穷从此离我而去"。每当他看着诸如此类的诗句，都会让他觉得阿吞神无所不能。

他还让宫廷雕刻师为他和王后及王子、公主雕出真实生活的"写真"图像。于是，宫廷雕刻师们就按照他的命令雕塑了他们家庭的各种"生活照"。而且雕刻师也会按他的要求创作一些特殊的作品，例如有一尊涅菲尔蒂蒂的半身雕像，就按照法老的要求把她的脖子塑得比较长一些；还有法老的一座雕塑，法老的四肢要比正常情况下长得多。他每天都沉醉于对阿吞神和他进行肉麻颂扬的诗词和欣赏不断出现的各种雕刻作品中不能自拔。

阿蒙神庙的祭司和信奉阿蒙神的贵族一直在为恢复阿蒙神的荣光努力着。他们没有放过这个机会，一方面派人请太后去游说法老，企图能使他改弦易辙，一方面又收买刺客准备暗杀埃赫那吞，试图一劳永逸。

这时候阿蒙赫特普三世已经去世了，自从丈夫死后，泰伊太后唯一挂在心上的就是这个儿子了。当她听到埃及内外交困的消息后，就立刻驱车到了新都。法老见他的母亲匆匆忙忙地赶来，很是奇怪，就问：

"您有什么事吗？怎么来的这么突然呀？"

泰伊说："有人告诉我，你现在无心上朝，只知道在后宫饮酒作乐。现在国内的百姓要造反，殖民地要独立，我想来看看你究竟有什么办法。"

法老对太后的话不以为然，笑了笑说："母亲，那都是我的敌人造的谣言，您看我这里像是有事的样子吗？"

泰伊见儿子脸色平静，宫中也没有惊慌失措的样子，虽然不是太相信法老的话，但是也不好再说下去了。再说了，母子刚刚见面，她也不愿意多说让儿子不高兴的话，反正以后有的是机会。于是，她就跟着法老去赴宴、休息了。

第二天上午，法老就用自己的御辇带着太后去阿吞神庙祭祀。法老看样子今天情绪不错，一路上给母亲介绍着路边的雕塑和建筑物，谈笑风生地和母亲唠着家常话，让泰伊有了儿子"还是一个称职的国君"的错觉。

法老正兴奋地介绍着路边的美景，忽然看见路边跪着一个健壮的年轻人，手上举着一卷草纸。他就让卫士长去问问那个年轻人想要干什么，卫士长回禀说那个人是告状的，而且只有法老能给他报仇，所以一定要亲自把状纸呈给法老本人。

法老听罢不由大喜，就向母亲吹嘘道："母亲，您看到了吧？这里的子民都把我当成父亲一样啊！"

法老向卫士长挥了挥手，卫士长就把那个年轻人带到御辇前面跪下。骑马随行的阿伊刚想去接状纸，那个年轻人突然一跃而起，从纸草卷中抽出一把锋利的短刀向法老刺去！法老惊叫一声，身体向后一躺躲过了这一刀，可是久处深宫的老太后泰伊哪里见过这种场面？又惊又怕之下，眼睛一翻就晕倒在御辇上。

这一切都发生在电光石火之间，还没等卫士长的刀抽出来，刺客就飞身跃进御辇，准备给还没有翻过身来的法老补上一刀。就在这千钧一发之际，御辇旁边的卫士将手中的长矛扎向刺客的后背，锋利的矛尖一下子就刺进胸腔。在长矛的冲击力下，刺客的短刀没有命中法老的胸膛，贴着法老的耳朵插进名贵的地毯里，刺客的尸体也重重地压在法老颤抖不止的身上。

卫兵们赶紧把法老和太后从御辇中搀了下来。阿伊一边安慰着刚刚醒过来的太后，一边试探地问法老："陛下，太后受到了惊吓，要不咱们还是回宫吧？"

法老见危机已经解除，也不害怕了，反而装出了一副若无其事的样子。随口安慰了太后几句，又让人把太后送到另外一辆车上送她回宫，这才轻蔑地回答阿伊说："把太后送回去就行了。这点小事对我来说算得了什么？我有阿吞神的保佑，来再多的刺客也伤不了我一根毫毛！继续向神庙前进，我要去谢谢阿吞神的救命之恩。"

法老遇刺未遂的事情很快就传开了，法老手下的大臣纷纷来到王宫向法老和太后请安，表示阿吞神果然不愧是最高神，时刻佑护着法老和埃及人民的安全，以后自己一定要更加虔诚的信奉阿吞神，云云。法老听了笑得合不拢嘴，可是泰伊却从这些大臣的话里听出了法老没有意识到的危机，心情也更加沉重了。

等请安问候的大臣们都走后，她对还沉浸在虚幻的阿吞世界的埃赫那吞法老说：

"情况已经很紧急了，今天这件事说明反对你的人已经联合了起来，不然那个刺客如何能够来到新都？而且你的敌人胃口也更大了，以前他们还只是希望恢复阿蒙的神光，现在已经想要你的命了！你的大臣们也有问题，今天我没有听到一个大臣进谏，也没有一个大臣对你的出行安全提出有效的建议，说的全都是阿吞的神奇和伟大，这些都是你想要听到的。现在看来你必须要改变了，再这样下去你不仅有危险，甚至可能祸延子孙。"

法老对太后的话一点都没有听进去，漫不经心地说："母后倒是提醒了我，看来对这些大臣是有些放纵了，我会敲打他们的；至于这次刺杀，除了让您老人家受惊了，我倒认为这是一件好事，首先这说明了阿吞神果然是护佑我的，其次也说明了那些人黔驴技穷了，只能采取这些下三烂的手段。既然他们跳出来了，我就命人彻查这个事件，把所有参与此事的人都挖出来，在全国范围内进行大清洗，把所有不崇拜阿吞神的人都消灭掉！"

泰伊听得魂不附体，惊恐万状地对法老说："孩子，不能这样做呀，你这是在逼他们造反啊！"

一意孤行的法老已经不愿意再听下去了，不耐烦地说："母后，您就不用再说了，我明白您的意思，不就是想让我下旨重新恢复阿蒙的地位吗？这是不可能的！我是法老，既然我信阿吞神，那么作为我的子民，他们也就只能信阿吞神！"

法老说完就气呼呼地回到寝宫。王后涅菲尔蒂蒂见丈夫回来了，就关切地询问他今天遇刺的事，还告诉他不要树敌太多，千万注意自己的安全。

法老一听就火冒三丈，对泰伊他不敢发火，对涅菲儿蒂蒂就不一样了。他生气地说："你怎么也这样说？君为臣纲、夫为妻纲，你应该无条件地支持我所做的一切，而不是人云亦云地反对我。我原以为我们夫唱妇随，没想到你竟然质疑我的做法！"

涅菲尔蒂蒂坚持说了下去："不是这样的，我对你的爱从来没有改变。正因为我们是夫妻，我才不能看着你在错误的路上越走越远。你是一个国君，不能只生活在对阿吞神的信仰中，你要面对现实，而且阿吞神根本就不是最高神。"

法老气得暴跳如雷浑身发抖，大吼道："你怎么可以这么说？阿吞神是我的父神，我绝不允许你对阿吞神有丝毫的不敬！"

法老说完就离开了寝宫，独自来到宫内阿吞神的神位那里去虔诚地祈祷。涅菲尔蒂蒂见法老连话都不让自己说，也越想越生气，就带着孩子离开了王宫，准备去城北的离宫居住一段时间，等法老回心转意后再回来。

法老在阿吞神的神位前待了很长时间，激动的心情终于平静了，这才回到了寝宫，准备和王后好好谈谈。可是当他回到寝宫的时候，却发现王后不辞而别，还把几个小女儿和幼子图坦哈吞也带走了。他又一次勃然大怒，当即下令把新都建筑物上凡标有王后名字的装饰一律除掉，换上他心爱的大女儿美丽塔吞的名字。但是他没有把他最喜欢的涅菲尔蒂蒂的长脖颈雕像毁掉，而是令人将它装入箱子里。在思念美丽的王后时，就独自一个人在夜深人静时取出来看看，回想起以前点点滴滴的幸福时光，不由得潸然泪下，后悔不应该向王后发火。可是到了第二天，他就又变成了那个我行我素的暴君，为了把阿吞神推上最高神的位置愿意付出任何代价，而且更加的丧心病狂。他给军队的最高统帅赫伦希布下旨，让他将参与刺杀事件的、反对他换神政策的全部杀掉，重申不准崇拜阿蒙神，违者杀头。在他的暴政下，再也没有人敢于公开祭祀阿蒙神，也没有人敢于向他进谏，整个国家陷入了死气沉沉的病态的"稳定"之中。埃赫那吞法老见民众的情绪重新"安定"了下来，以为自己真的让阿吞神成了最高神，心里更是骄傲，也不去接王后，又像以前那样沉浸在虚幻的阿吞世界里。

泰伊见儿子听不进去自己的话，还把王后给气得带着几个孩子走了，就知道再说什么也没有用了。于是也不再去见法老，与涅菲尔蒂蒂和几个孙子、孙女告别后就失望地返回了底比斯，从此再也没来过新都。

埃赫那吞登基后的第十五年，他让一直忠诚于他的斯门卡勒作为摄政王辅助他，并把大女儿美丽塔吞嫁给了他，然后把斯门卡勒夫妇派到了底比斯，为他监督那里的一切。因为王后涅菲尔蒂蒂一直不肯回到王宫，埃赫那吞把自己的三女儿安开逊巴阿吞立为新的王后。

斯门卡勒与美丽塔吞在底比斯执政不到三年，就双双死在了那里，从死亡的现场来看应该是谋杀，但是一直找不到凶手和指使者。女儿和女婿的死亡对埃赫那吞的打击非常大，他知道他的敌人开始反扑了，就开始准备再次镇压。可是这次他发现，所有的人都当面答应得好好的，可是一转身就把他的话抛到了脑后，法老又气又急，一下子就病倒了，不久就撒手人寰。涅菲尔蒂蒂始终不肯原谅他，就连他的葬礼都没有参加。

埃赫那吞法老逝世后，王子图坦哈吞即位，年仅九岁，由太后涅菲尔蒂蒂监国。朝中的守旧势力和原来阿蒙神的祭司开始复辟，要求将首都迁回底比斯，同时要求新法老把最高神改回阿蒙神，为阿蒙神庙祭司们彻底平反，归还庙宇财产。在强大的复辟势力的压迫下，法老的名字"图坦哈吞"也改成了"图坦哈蒙"，名字的从意为"阿吞的鲜活形象"改成意为"阿蒙的鲜活形象"的图坦哈蒙。

然而埃赫那吞法老宗教改革引起的恶果还没有结束：9年之后，图坦哈蒙法老离奇逝世，埃赫那吞法老的宠臣阿伊却成了法老；不久后，赫伦希布又发动军事政变从阿伊手里夺取了法老的宝座，这是第十八王朝的最后一个法老，也是第十九王朝的奠基者。

埃赫塔吞城也被宣布是"不洁之城"，在王室、贵族和祭司迁往底比斯后，城内居住的平民也纷纷离开这里。这座阿蒙赫特普四世强行改为首都的城市仅仅存在了十几年就成了一片废墟。

第二章

「风俗人文神话故事」

源远流长的尼罗河

尼罗河全长 6700 公里，是非洲第一大河、世界第二大河。它是埃及的母亲河，是埃及文明的发源地。尼罗河的河神叫哈庇，深受古埃及人的尊敬和崇拜。

在埃及的神话中，哈庇是个半人半兽的神，既具有男性的特征，也具有女性的特征。其男性特征是下巴上长着胡子，身体壮硕肥胖；女性特征则是腹中孕育着生命，还有两个滴着乳汁的丰满乳房。在部分画像中他是水手和渔夫的打扮，腰间系着一条窄窄的腰带，紧紧束缚着他突出的肚子，头上戴着一顶由水生植物制成的王冠。这个王冠在不同的区域是由不同的水生植物制成的：在上埃及用的是莲花，在下埃及用的是纸草。如果他带的是莲花制作的王冠，那他代表的就是南部的尼罗河；如果他带的是纸草制作的王冠，那他代表的就是北部的尼罗河。尼罗河河岸的化身也是两个女神，南、北尼罗河各有一位，她们的形象非常相似，都是两个向河面伸出手臂、祈求尼罗河赐福的美丽姑娘，我们很难区分究竟哪个是南尼罗河的河岸女神，哪个是北尼罗河的河岸女神。

关于尼罗河的起源，有着许多优美的神话故事。

古埃及人认为，尼罗河的河水来自努，努是最早的神，代表的是所有我们可以看见的和无法看见的水；也有人认为，哈庇有化身居住在比格赫岛的第一瀑布这个地方，用一口大缸向天上和人间倒水，倒在人间的水就形成了尼罗河；还有人认为，是伊希斯的眼泪形成了尼罗河。当恶魔赛特设计害死俄赛里斯后，伊希斯悲恸欲绝，哭了整整一个月，她的泪水后来形成了尼罗河。

现代的地理考察发现，尼罗河发源于赤道山地，流域很广，干流流经如今的布隆迪、卢旺达、坦桑尼亚、乌干达、埃塞俄比亚、肯尼亚、扎伊尔、苏丹和埃及九个国家。它的上游由两条河流组成，分别是西边稍长的白尼罗河与东边稍短的青尼罗河。西源长，东源短。西源卡盖拉河出自布隆迪南部终年多雨的群山之间，经非洲最大的湖维多利亚湖向北流出，被称为白尼罗河。白尼罗河也叫卡盖拉河，全长2900公里。沿途群山叠翠，河水在崇山峻岭间盘旋绕行，因为有些地方落差大而形成一些大瀑布。其中最大的默奇森瀑布高达40米，状如匹练，声如雷鸣，是当地著名的景观。

青尼罗河是尼罗河的东源，又称阿巴伊河，长1700公里，发源地是埃塞俄比亚高原上的塔纳湖。由于上游夏季雨量充沛而集中，为尼罗河提供了七分之六的水源。

青、白尼罗河在苏丹首都喀土穆会合后，形成尼罗河主流，水量大增，流量变化加大。同时，支流阿特巴拉河的河水汇入其中后进入埃及境内，从南到北，纵贯埃及全境。

尼罗河在埃及境内长达1530公里，到开罗北部又分成为两个支流注入地中海：东支流叫杜姆亚特河，长214公里；西支流叫拉希德河，长235公里。两条支流之间就是尼罗河三角洲。

尼罗河是莲花的故乡。在尼罗河两岸那大大小小的湖泊里，亭亭玉立的莲花比比皆是。尼罗河畔的莲花品种繁多，从颜色来区分，主要有红、白、蓝三色。红色的莲花来源于印度，是公元前525年经波斯湾传入埃及的，希罗多德称其为"尼罗河的红百合花"，而埃及的土著人称其为"科普特蚕豆花"或"埃及蚕豆花"。数量最多的是白莲花，当地人称为"百合花"或"香翘摇"。蓝莲花又称"阿拉伯睡莲"或"水甘兰"。莲花盛开时是当地的一道靓丽的风景，密密层层的绿叶之间绽开着硕大的花朵，红莲花妖艳似火，白莲花素净典雅，蓝莲花妩媚嫣润，看上去宛如仙女下凡、美人出浴。

对于尼罗河，埃及是爱戴和无奈交织。每年的夏天，尼罗河的水位升高，河水也由清澈变得混浊起来，这是上游的洪水带来的泥沙所致。而且因为水流湍急，又翻起了河底的淤泥，如果河水泛滥了，就会在两岸留下肥沃的泥土，这些泥土是农民获得好收成的最好的肥料。尼罗河之所以被称为是埃及人的母亲河就是来源于此，也正是由于尼罗河的泛滥才使得古埃及文明得以孕育和发展，并最终成为四大古文明之一。

然而河水的泛滥带来的也不只是肥沃的土地，随之而来的还有水灾，给两岸的人民带来了沉重的苦难。古埃及人还没有掌握尼罗河水泛滥的规律，也不知道要做好防御的措施，对于洪水带来的灾害无能为力，只能无奈地接受这一切，认为是自己对尼罗河神的供奉不足导致尼罗河神发怒所造成的。

为了让尼罗河神不再发怒，为了让河水只带来肥沃的泥土而没有灾难，每年在河水开始泛滥时，人们都会备下丰厚的祭品，甚至挑出最美的姑娘献给哈庇，以祈求尼罗河神息怒行善，不再祸害他们。

在古埃及国王法老时期，"河神娶妇"是一个非常严肃而又隆重的仪式。法老提前就下了命令，在全国范围内筛选出最美的少女，送到祭祀的地点等待仪式的举行。在每年夏天尼罗河水的水位达到最高点的那天，人们用最好的衣服和饰品将她打扮得雍容典雅，让她端坐在披红挂绿的轿中，在长老、祭司、奴隶主等贵族们的护送下来到尼罗河边。在岸边等候的人们敲锣打鼓地欢迎新娘的到来，大祭司拿出早就写好的祭文，大声念出献给尼罗河神的颂词。随后把新娘送到一艘小船上，法老一声令下，人们就把小船推到河里，随着汹涌的激流晃晃悠悠地漂向下游。

在新娘出嫁的当天晚上，人们在"新娘"下水的地方举行盛大的庆典，灯火通明的河岸上，人们穿着自己最好的衣服载歌载舞，庆祝哈庇又娶了一个美丽的新娘，庆祝自己即将获得大丰收而不是灾难。

这种仪式在古埃及持续了很长时间，刚开始的时候大家都认为把自己的女儿嫁给河神是无上的荣幸，会主动送上自己的女儿。可是后来大家的热情越来越低，毕竟谁也不愿意把自己辛辛苦苦养大的女儿送给从来没有见过的尼罗河神，而且谁也没有见过嫁给河神的女儿回来过，大家都明白，嫁给河神的美女必定是丧身河里。所以只要法老下达了选美的命令，家里有适龄美女的人家就会想出各种办法，避免女儿遭受这可怕的结果。法老看到这种情况，就把有美丽女孩的人家集中起来，让他们抽签来决定自己女儿的命运。

埃及还有另外一个与尼罗河有关的神，他就是河流神克赫努姆。

克赫努姆和阿蒙神的形象差不多，都是一位长着羊头的男子，不过他们头上的角不一样，阿蒙神的角是弯的，克赫努姆的角是尖的。他又被称为多产之神、创造之神，经常变幻成公羊来到尼罗河的两岸，因此也被称为尼罗河的象征。克赫努姆的神庙在尼罗河的上游埃里方汀岛上，信徒众多香火旺盛。

克赫努姆有两个妻子，一个叫赛蒂，她头戴白色王冠，侧边上饰有两只长角，手中拿着弓箭，是卡拉克神庙的保护神。赛蒂是一个百发百中的神箭手，射出去的箭疾如奔马，她也可以加速河中流水的速度，让河水快得像离弦之箭一样，因此她被称为"奔跑快如箭的神"。埃及的第一个省赛赫尔岛就是以她的名字来命名的。克赫努姆的另一个妻子叫阿努克丝，头上戴着高高的用羽毛装饰的王冠。她被人们称为"钩子"，任务就是钩住河岸，以便尼罗河水在拉菲和西奈半岛的山石间流过。

克赫努姆也是陶匠的保护神，曾经用自己的陶轮制作了世界蛋，拉菲人称他是"塑造了人和神的陶匠"。他在制作世界蛋时还为俄赛里斯塑造了手和脚，众神和人类的生殖器也是他制造的，他的能力是让母亲的子宫内形成胎儿，所以他也被称为掌管世间动物繁殖与生长的"多产之神"。他还可以在雕刻盘上为法老们制作身体，例如哈索姆图斯法老（恺撒大帝和埃及女王克娄巴特拉的儿子，出生在阿曼特）就是他制作的。

令人遗憾的是，虽然克赫努姆被称为"多产之神"，但是他却没有自己的后代，不过这并不影响埃及人民对他的尊敬和礼待。

菲莱岛神庙的迁移

菲莱岛是一个长 460 米，宽 146 米的小岛，位于埃及南方阿斯旺地区的尼罗河中。关于这个小岛有着一个美丽的爱情故事。

据说在古埃及的阿拔斯时代，国王座下的大臣有一个名叫萨巴哈的女儿，长得花容月貌，国色天香。在一次宴会上，国王的儿子见到了萨巴哈，立刻就被美貌的姑娘吸引住了；萨巴哈也对英俊的王子非常有好感，两个年轻人很快就坠入了爱河。

但是大臣却对这门婚事不看好，因为他知道国王的脾气暴躁、喜怒无常，担心女儿以后在国王的宫廷里受委屈。于是他就不顾萨巴哈的反对，把女儿送出了开罗，藏在四面环水的菲莱岛上。

王子知道后非常伤心，就去找大臣询问萨巴哈究竟在哪里，大臣当然不会告诉他。王子的心中只有萨巴哈一个人，决定哪怕走遍天涯海角也要找到萨巴哈的下落，就这样，王子的足迹踏遍了大半个埃及，但是一直没有萨巴哈的消息。

后来，有人被王子的痴情打动了，告诉他，大臣把女儿藏到了菲莱岛。王子得知后兴奋不已，日夜兼程地赶到了菲莱岛对面的河岸。但是，到了这里王子又面临着新的困难：没有桥，也没有船，菲莱岛的四周遍布着凶猛的鳄鱼。

王子一时间无计可施。就在这时，鳄鱼的首领游了过来，告诉其他的鳄鱼说："这个年轻人经常保护动物，可以说是动物的朋友，又是个痴情种子，我们应该帮他一次。"其他的鳄鱼听了就让出了一条路，鳄鱼的首领让王子骑在他的身上，把他送到了菲莱岛上。

萨巴哈被她的父亲锁在岛上的小楼里，虽然她日日思念着她的爱人，但是无法走出这座小楼，也是无可奈何。这一天，就在她又一次站在窗前看着窗外的飞鸟，幻想自己变成飞鸟飞出小楼飞到爱人身边的时候，她发现河里的鳄鱼有了不同寻常的举动：一只巨大的鳄鱼驮着一个人向岛上游来，其他的鳄鱼排着整整齐齐的队伍护卫在他们的身边。那个人越来越近，他上岸了！萨巴哈惊喜地发现，竟然是自己日夜思念的王子来了！她欣喜若狂，在窗边大声地呼喊着王子的名字。

王子谢过鳄鱼后就向小楼跑去，可是小楼的门被封死了，王子没有办法。萨巴哈灵机一动，取下身上洁白的饰带，把一头系在窗上，另一头扔到楼下让王子拉紧，她拉着饰带滑到情人的怀中。两个有情人终于相聚了，他们在小岛上兴建了新的家园，生儿育女，过着美满幸福的生活。

由于他们善待动物，各种动物都愿意到这个岛上和岛周围生活。这个小岛也因此被称作"圣岛"，岛上的水被誉为"圣水"。

因为这个故事，这个小岛久负盛名。两千多年前，古埃及人在菲莱岛上兴建了一组神庙，其主神庙叫爱兹丝神庙，长122米，宽70米，是古埃及的建筑瑰宝。神庙的石壁上雕刻着古埃及的象形文字，反映古埃及人民生产、社交、娱乐活动，以及神话故事的图画，还有一些神态各异的飞禽走兽，神态逼真，工艺精湛。由于岛上有许多辉煌而奇特的建筑、宏伟而精美的石雕以及神奇、优美的神话，被称为埃及的"明珠"。

由于尼罗河水常年泛滥以及自然风化，该地区的神庙都受到了不同程度的毁坏。在19世纪，埃及人为了充分利用尼罗河丰富的水利资源，准备在阿斯旺以南十几公里处的尼罗河上建设一座高水坝。大坝建成后，上游会形成一座巨大的人工湖，菲莱岛神庙及附近的名胜古迹势必会被淹没在浩瀚的水波之中。为了保护这些文化财产，埃及人决定把菲莱岛上的神庙群完整地迁移到阿吉勒基亚岛上去。

为了完整地迁移神庙，埃及人首先进行实验性的迁移较小的卡拉布沙神庙。这个实验很成功，人们把卡拉布沙神庙分成了1600多块石头，顺利地在新址上复原了这座神庙。

菲莱岛上的神庙群的迁移是整个迁移工程的重点。在迁移工作开始的时候，工人们首先在菲莱岛周围的水底打下了3000多根长达17米的铁柱，再用铁板筑起一道临时护堤，把里面的水抽干，把庙群以至全岛原貌描绘下来。接着把周围数万立方米的砂石清除掉，冲洗干净被淤泥埋没的部分，然后把神庙切割成37362块。其中，各种石雕柱子就有100多根，从水底还捞起来900多块大石头，每块重半吨到12吨，总重约5000吨，每块石头上都有艺术价值很高的雕刻。为了防止在搬迁过程中发生差错，每块石头上都编着号码，注明它原先所在的位置，然后再把它们运到新址按原样重新拼装复原。经过5年的努力，埃及人民把菲莱岛上的神庙群全部迁移到阿吉勒基亚岛上，使之重新焕发出动人的光彩。

在搬迁菲莱岛神庙的同时，距阿斯旺280公里的阿布辛贝尔神庙也开始了迁移工作。这座神庙建于法老拉美西斯二世时期，高33米，长60米，正面是4尊高达20米的拉美西斯二世的巨大雕像。整个庙宇几乎就是一个整体，壁上布满了各种各样的浮雕和壁画，栩栩如生巧夺天工。

阿布辛贝尔神庙计划要切割成1041块，然而石壁的质地松脆，稍不留神就有可能把古建筑毁坏，整个工程必须靠手工操作。切割后的石块每块重13吨至30吨，搬运难度之大可想而知，在新址的重新组装还需要极其复杂的工序。勤劳的埃及人民充分发挥了他们的聪明才智，搬迁、复原后的神庙完美地保留了原貌，连一点接缝的痕迹都看不出来！

小庙宇阿玛达神庙长 22 米，宽 9 米，高 4.68 米。这个神庙虽小，需要的工程量却不小。埃及人用铁箍把它紧紧夹住，小心翼翼地连根拔起，在它的底部加上钢筋水泥的梁，然后连梁一起吊到 11 辆大平板车上。在旧址和新址之间，埃及人还专门修建了三股铁道，11 辆平板车在三股铁道上一点点地向新址方向移动。这短短的 2600 米的路程，他们足足用了 3 个月的时间。令人欣慰的是，尽管小神庙的搬迁费时良多，但是它的运气却很好，没有被肢解切割，而是完整无损地平移。

神秘的卡纳克神庙

开天辟地之初，四处一片汪洋，并没有陆地的存在。不知道过了多长时间，从海里冒出了一个岛屿，小岛越来越大，后来就成了非洲大陆。人类出现以后，在此地建立了底比斯城（就是现代的卢克索），古埃及人认为，这是世界上第一个城市，也是埃及文化的发源地。古埃及的许多王朝都把底比斯城作为都城的所在。这是一个巨大的城市，光城门就有 100 多个；这也是一个繁华的城市，建筑鳞次栉比，豪华的宫殿和巍峨的神庙比比皆是，浩大的规模和精湛的工艺令人赞叹不已，在世界古建筑史上具有不可替代的地位和极高的艺术价值。在这些神庙中，就有人类历史上的第一个神庙——卡纳克神庙。

在卢克索的神庙群中，卡纳克神庙是规模最大的。这座庞大建筑物在 3000 多年前就开始建造了，整个工程持续了几个朝代，主体工程完成于新王国第十八王朝及十九王朝的拉美西斯二世和三世。

在神庙的前面有一条路，两边整齐地排列着狮身羊头石像，如同威严的武士守卫着这座充满神奇色彩的古建筑群，石像相向而卧，左为母羊，右为公羊。路的尽头就是神庙的北大门，城门有两吨重，用石块垒成的城墙大约有 15 米高，石块打磨得非常精致，几乎看不到接缝的存在。

神庙内布局严整，街道纵横，就像一个大棋盘一样，所有的建筑物都以中央大厅为中心四散展开。中央大厅以巨大的石柱承重，入口处有两尊巨大的神像：左边是太阳神，高约 7 米，犹如高大威武的武士；右边是月亮神，体略小，形似娇柔美丽的女性。两尊神像都是用整块的岩石雕成，美轮美奂。

中央大厅其实就是阿蒙神的寝殿。大厅所使用的石柱都是用凿平磨光后的大石块砌成，柱子的顶端以石条搭成屋顶。在屋顶上、柱子上、墙壁四周，到处都有浮雕、绘画、象形文字，记载着神界和人间的奇闻轶事。

阿蒙神的祭司和仆人住在中央大厅的周围。中央大厅的南面是两块方尖碑，由整块的青色玄武石雕成，一大一小，其中的大碑大约有 30 米高，下面是一个约 8 米见方的四方底座，自下而上书写着碑文。

在中央大厅的西南方向是圣湖，大约有两千平方米大小，水深数米清澈无比，圣湖和神庙的历史一样悠久。非常神奇的是，3000 年来，圣湖既不曾溢出，又不曾干涸，水位线总是保持在同一个高度。

在底比斯郊外空旷荒凉的田野里，有两座孤零零的石像，人们称之为会唱哀歌的美姆农石像。关于这两座石像传诵着一段古老而凄婉的故事：

美姆农是黎明女神的儿子，从小就酷爱武术，长大后身高体壮、英勇过人，深得国王的赏识，成为军队的将领。在战斗中，美姆农总是冲锋在第一线，刀枪不入，所向披靡、无往不胜。人们不知道的是，他有一个致命的弱点，那就是他的左脚踝，如果这里受了伤美姆农就会立刻死掉。原来，黎明女神为了让美姆农刀枪不入，就为他配制了专门的药水，用来浸泡他的全身，不过在浸泡的时候黎明女神用手抓住他的左脚踝，所有他的左脚踝没有沾上药水，所以这里就成为他浑身唯一的弱点。

敌军见无法在正面打败美姆农，就请来巫师来了解美姆农的身世，不得不说这个巫师还是有神通的，他透露了美姆农的这唯一的致命弱点。敌军的统帅大喜，立刻重整旗鼓向美姆农挑战，他们埋伏了许多弓箭手，在战斗中对美姆农形成火力覆盖，美姆农一不留神被射中了左脚踝，英勇地葬身沙场。

黎明女神得知儿子牺牲后悲恸欲绝，每天都在黎明时分为儿子的魂灵祈祷；美姆农也英魂不散，因为牵挂着母亲，每当夜晚便悲伤地歌唱、呼唤着女神。

因为美姆农石像常常发出如泣如诉的声音，埃及人认为这是美姆农的英魂在呼唤他的母亲黎明女神。许多人觉得这是神明显灵，不远万里来朝拜石像，还在石像身上刻下赞美的词句。据说，罗马皇帝哈德良就曾偕王后在石像旁留恋不返三日之久，就是为了倾听石像美妙的歌声，并在石像上刻下自己的名字。

赛拉比斯神与萨瓦里石柱

托勒密一世自封为埃及国王后，把首都定在了亚历山大城，赛拉比斯神就是他创立的。后来，托勒密三世在亚历山大城建筑了一座神庙用来供奉赛拉比斯神，用巨大的石柱组成环绕神庙的柱廊，庙门口匍匐着两只狮身人面像。

罗马皇帝德克里希统治埃及的时候，驻守在亚历山大城的大将阿赫利兴兵叛乱。德克里希亲自率兵平叛，围困了亚历山大城八个月之久，最终攻下该城，并对叛军进行了残酷的清洗。战后的亚历山大城一片凄凉，饿殍遍野瘟疫盛行。为了安抚百姓、巩固统治，德克里希从全国各地调来粮食，赈济灾民。

公元前297年，埃及执政长官勃恩图莫斯为了让亚历山大城记住德克里希的大恩大德，在赛拉比斯神庙的广场中央竖起一根巨大石柱，并在柱基西侧石壁上刻了字，上书："为战无不胜的亚历山大监护神、公正的德克里希皇帝，勃恩图莫斯谨立此柱。"这就是萨瓦里石柱的由来。

阿拉伯人占领亚历山大城时，看到那里竖着400根石柱，其中一根最大的石柱，好似大海中一群帆船的桅杆，便惊呼"桅杆！桅杆！"在阿拉伯语中，"桅杆"发音是"萨瓦里"，所以后来的人们就把这些石柱称为"萨瓦里石柱"。

萨瓦里石柱分成三个部分，分别是柱基、柱身、柱顶，高 26.85 米，重约 500 吨。柱身呈圆柱形，上部直径 2.3 米，下部 2.7 米，全长 20.75 米，由一整块红色花岗石凿成。柱顶为古罗马科林斯式，刻着爵床花图案。石柱的石料采自上埃及的阿斯旺，由平底船经尼罗河及其支流运抵亚历山大。

4 世纪基督教传入埃及后，赛拉比斯神庙遭到很大的破坏，不过高大的萨瓦里石柱和周围的柱廊得以保存了下来。在 1167 年欧洲十字军入侵时，萨拉丁手下的大将为了加强海防，命令手下的士兵把组成柱廊的石柱大都抛入海中。不过他们没有动萨瓦里石柱，因为萨瓦里石柱已经成了赛拉比斯神庙的象征和亚历山大城的城徽。

石柱西面数十米的洼地里有一个岩洞，里面供奉着一尊赛拉比斯神像。这个神像是用黑色闪石岩雕成的，牛犊状，两只牛角之间有一轮太阳，两个耳朵像喇叭一样向前张开，似乎在聆听跪在它前面的子民在祈求什么。洼地的南面有一条宽阔的地道，往东通往石柱的下面，两旁的岩壁上凿的一个个格子和放置油灯的小洞。这条地道是用来储存赛拉比斯神庙的图书、资料的，后来成为亚历山大图书馆的分馆。地道的南面有几个古代的蓄水池。

48 年，古罗马的著名将领庞培败于恺撒之手，逃亡到亚历山大，不久被埃及国王托勒密十二世的侍从杀死。后来庞培的后人兴起后，把他的骨灰罐放到了萨瓦里石柱的顶部，从此欧洲人便称萨瓦里石柱为"庞培柱"。

伊本·白图泰是著名的旅行家，曾于 1349 年访问过亚历山大，在他的游记里记述了这么一段有趣的故事：有一人被警察追得上天无路入地无门，慌不择路下跑到萨瓦里石柱下面，这时警察从四面八方围了过来。他看到已经没有了逃出去的可能，就把随时携带的一根绳子绑在箭上，把箭射到石柱的柱顶让绳子紧紧地缠住，然后就拉着绳子爬到了柱顶。警察到了石柱的下面，却对上面的他无计可施，只有喊话劝他下来，可是他对警察的话置若罔闻，坐在柱顶上就是不肯下来。附近的居民见了这个奇观，纷纷赶过来看热闹，一时间闹得沸沸扬扬。消息传得很快，不久亚历山大的市长就听说了，他觉得太不可思议了，以前从来没有发生过这样的事，于是就带着人匆匆忙忙地赶了过来。还没有走到石柱那里，远远地就看见有一个人坐在柱顶，市长认为这个人的头脑和判断力都超乎常人，就有了爱才之心。他询问了警察，知道这个人没有什么大罪行，就当场宣布赦免他的罪行，那人才从柱顶上顺着绳子下来了。

法国人对这个石柱也曾经有过觊觎。在法国路易十四和路易十五时期，有谣言说萨瓦里石柱倾斜了，很快就要倒下来，于是就有人向当时的法国国王建议，把倒下来的石柱运到巴黎，在柱顶上竖立国王的雕像。法国当时甚至都做好了运输的计划，后来因谣言破灭才不了了之。就连一代伟人拿破仑也曾有过抢走萨瓦里石柱的想法。

1798年，拿破仑指挥法国远征军发起了埃及战役，登陆的地点就在亚历山大的西部。战斗发起之前，拿破仑骑着马亲自去观察附近的地形，在萨瓦里石柱前，他看着石柱沉吟了许久，想起以前有人制订过把石柱运回法国的计划，盘算等胜利后让谁去执行这个任务。

一名官员以为拿破仑是想登上石柱观察对面的地形，就凑了过去，问道："将军，您是不是想登上石柱的柱顶？"

拿破仑随口回答："是啊，你有办法吗？"

"以前有几个英国士兵上去过。他们在箭上系上一根长长的结实的细线，细线后面又绑上一根50多米的麻绳，然后把箭向上射过柱顶。这样细线就搭在石柱的顶部，他们慢慢地拉动细线，又把麻绳拉了上去，等麻绳的一端从柱顶拉到地面时，石柱的两边就都有了绳子。他们把麻绳固定好后就顺着绳子爬到了柱顶上。"

拿破仑对这个方法很感兴趣，就吩咐手下人照方抓药，果然顺利地上到石柱顶端。拿破仑也亲自爬了上去，只见亚历山大的地形一览无余。他又让手下的军官们也爬了上去，仔细观察并记录下全城的主要工事、道路，随后就制订了具体的作战方案，攻城的战斗不久后就开始了。

不过攻取亚历山大城的战斗并不顺利。虽然法军迅速突破了城防，但是不甘心亡国的亚历山大市民却拿起了武器，誓死抵抗法军的入侵，在巷战中给法军带来了很大的伤亡，就连拿破仑本人也差点儿死于非命。在战斗最激烈的时候，拿破仑亲自到前线督战，一名妇女看到他身穿法军高级军官的服饰，就从房子里向他开了一枪，幸运的是妇女的枪法太糟糕了，子弹没有打中拿破仑，不然日后横扫欧洲大陆的战神就窝囊地死在一个名不见经传的妇女之手了。看到有人从屋子里向拿破仑打黑枪，拿破仑的警卫们吓得脸都白了，随即闯进了这个妇女的家里，残忍地杀死了她的一家。

不过英勇的埃及人没有被吓倒，他们的抵抗更加英勇了，这直接导致了拿破仑埃及战役的失败。拿破仑把他心爱的萨瓦里石柱搬到巴黎去，永远保存在法国的企图也成了泡影。

1000多年来，亚历山大城经历了无数劫难，无数的著名古迹或消失于天灾，或灭亡于人祸，只有萨瓦里石柱仍然高耸在那里，成为亚历山大人不畏强暴、不屈不挠的精神的象征。

亚历山大灯塔的传说

埃及的亚历山大港附近有个叫法罗斯的小岛，岛上有一座古朴庄严的古城堡，名为卡特巴城堡。古代世界七大奇迹之一、举世闻名的亚历山大灯塔的原址就在这里。

332年，马其顿国王亚历山大大帝占领了埃及。时年25岁的亚历山大大帝正是血气方刚、雄心勃勃的时候，为了赢得埃及的民心，决定去朝拜埃及人的最高神阿蒙。在途经地中海海滨的拉库台渔村时，看到这里地理位置极其重要，认为如果在这里建设一座港口，肯定会是一个重要的运输枢纽，也有无可比拟的军事价值。于是就下令在这里兴建一座城市，并以自己的名字命名为亚历山大城。

事实证明亚历山大大帝的眼光是高明的，不久后亚历山大城就成为东西方贸易的集散地和地中海沿岸最大的海港，进港的船只逐年增多。为了适应发达繁荣的贸易往来，为频繁往来的船只引航、安全地停靠码头，亚历山大市政当局决定在港口附近修筑一座灯塔，并且面向全世界招标设计方案。

在众多的设计方案中，一位希腊设计师的设计方案脱颖而出，得到了亚历山大市政府的认可，并且于公元前 300 年开始了施工。几年之后，世界上第一座灯塔建成了。

这座灯塔的塔底为四方形，中间是八角形，塔顶呈圆形。灯塔有十几层，120 米高，在当时是仅次于金字塔的世界第二高的建筑物，但是它的名气却远远超过了金字塔。塔的四角都有海神波塞冬的巨大青铜铸像，平台下面、正门上方雕刻着一行题词：生于开俄斯的台克西凡斯之子——苏恩特拉图斯以海员的名义敬献给两位救世神。

灯塔在建成后的 1000 多年里，为进出亚历山大港的船只导航做出了巨大的作用。在地中海航行的船只在五六十公里外就能见到这座巍峨壮观的灯塔。灯塔的顶端有一个巨大的金属镜子，在白天以反射阳光的方式告诉来往的船只自己的位置；晚上会有专门的人员点燃塔顶的木柴，为进港的船只导航。塔顶的灯室内有一个用于眺望远方的工具，以无色的水晶或玻璃制成。这种工具就是现代的望远镜的原型，在当时落后的科技条件下，能够制作出来这种神奇的东西无疑是不可思议的，所以很多人都对它有着强烈的好奇和崇拜的心理。来过亚历山大的水手和商人回到家乡后四处传播这个"望远镜"的神奇，以讹传讹的情况下，这种"望远镜"被描绘成了"魔镜"，功能被无限的夸大而且有了强大的魔力。诸如能通过"魔镜"看到遥远的伊斯坦布尔；如果来船有敌意，就用"魔镜"把"魔光"照射到来船上，来船就会人船俱灭。

这座灯塔命运多舛，在多次的地震中损伤严重，虽然历经修复，最终还是被大地震所毁灭。700 年，灯塔的灯室和波塞冬塑像在强烈的地震中倒塌，随后在 880 年被修复；1100 年，又一次强烈的地震把灯塔震倒，只剩下了底层。后来又经历了两次大地震，这座古代世界七大奇迹之一的灯塔彻底从人间消失了。

在土耳其入侵埃及时，当时的马穆鲁克苏丹卡特巴来亚历山大城检查战备，看到这个地方地势险要，便下令在灯塔的原址修建一座占地约 1 万平方米的城堡，取名卡特巴城堡，用作抵御土耳其侵略的重要据点。城堡内屯有重兵，四周高墙围绕，里面有营房、操场等，后面临海的地方还修了一座三层楼房，可谓是"城中之城"。这座牢固的城堡从此成为亚历山大城的海防要塞。

500多年过去了,历经风雨的卡特巴城堡依然屹立在灯塔的原址上,现在成为埃及的航海博物馆,用模型、拓片、油画、照片向人们介绍从独木舟到万吨轮的埃及航海发展史。城堡内还有一个埃及现代史博物馆,主要介绍古灯塔的模样,可以让人们凭吊亚历山大灯塔的风采。

不朽的亚历山大图书馆

据说亚历山大大帝在出生时有很多吉祥之兆,例如电闪雷鸣、红光满室、异香扑鼻,等等,人们都一致认为这个孩子长大后一定是个胸怀大志的一代人杰。

亚历山大在小时候就表现出了他聪明、勇敢、好学的一面。他少年时在希腊城内知识最渊博的学者亚里士多德的门下就读,长大后更是手不释卷,一生都没有丢弃读书的好习惯。他曾经说过,"我爱亚里士多德胜过爱我的父亲腓力,腓力仅仅给了我生命,而亚里士多德则给了我宝贵的知识"。

他非常崇拜《荷马史诗》中的阿喀琉斯,在很小的时候就立志做出一番惊天动地的事业。每当腓力打了胜仗的消息传来,他不是为父亲的胜利欢欣鼓舞,而是满怀惆怅,担心以后自己长大后无法超越父亲的文治武功,因此他在16岁时便迫不及待地投笔从戎。亚历山大在战场上勇冠三军、指挥若定,攻必克战必胜,很快就成为腓力手下的一名能够独当一面的将领,深得腓力的信任与重用。在腓力远征拜占庭时,亚历山大受命监国,在国都马其顿代行国王的职权,再次显示了他在内政治理方面的才能。

亚历山大的父亲非常喜欢这个儿子,特别欣赏他的军事和政治才能。曾经有人开玩笑说亚历山大为才是马其顿的国王,腓力只不过是他的一员大将而已。腓力听说后哈哈大笑，认为这是对亚历山大最高的夸奖。

亚历山大很小的时候就有雄心壮志，他的理想就是要建立一个横跨亚、欧、非三大洲的超级马其顿帝国，即位后就派了许多人到遥远的地方去了解当地的情况。公元前 323 年，亚历山大大帝将巴比伦定为帝国新的首都，并在这里开始了远征阿拉伯半岛的准备工作。当年的 6 月，就在战备完成准备出征的时候，亚历山大突然得了重病，连续几天高烧不止，就此撒手人间（也有人说他死于恶性疟疾），时年仅 33 岁。

亚历山大大帝虽然没有完成世界大国的梦想，可是他派出去了解其他地区情况的人却带回了大量的资料，使后人有了了解周围世界的强烈愿望。托勒密一世就是一个具有这种强烈愿望的人。

托勒密一世就任埃及法老后，在亚历山大城修建了一个庞大的建筑群，包括图书馆、学校、实验室和天文观测台等，任命亚里士多德的弟子底米特瑞斯为皇家图书馆的馆长，让他四处搜罗各种书籍。后来，亚里士多德的另一个学生、哲学家法拉雷乌斯来到亚历山大城，建议托勒密一世修建"穆斯雍"（就是"博物馆"的意思）和图书馆，广招各国学者前来从事学术研究。托勒密一世认为这个建议很好，就拨款在海滨王宫内兴建"穆斯雍"和图书馆。这就是亚历山大图书馆的雏形。

建成后的亚历山大图书馆美轮美奂，阅览室的大厅宽敞明亮，里面有太阳神和女神缪斯的大理石雕像。著名的希腊地理学家斯特拉波在 1 世纪的时候来到亚历山大，在这里生活了 5 年之久，他在回忆录里写道：穆斯雍是王宫的一部分，里面有一座花园、一个柱厅和一个学者聚会的会议厅，宽敞宏大。

托勒密王朝的国王们继承了托勒密一世的遗志，对图书的搜集不遗余力，不惜一切代价地收购和抄录各国的图书。亚里士多德逝世后，国王花费重金买下了他的藏书；托勒密三世听说索福克勒斯（希腊三大悲剧诗人之一）的剧本原稿还存在希腊，就派人到希腊提出抄写的要求，希腊人断然拒绝。托勒密三世不以为意，就提出用大量的黄金作为抵押，将原稿带回亚历山大誊抄。抄完后，托勒密三世决定放弃押金，把原稿留下，只把抄本送回雅典。他还下令凡是到亚历山大来的船只、游客所携带的书籍，一律由亚历山大图书馆收购，原主可得一份抄本。同时，国王还派人到其他地方搜罗各种书本。

在历代国王的努力下，亚历山大图书馆收集了大部分希腊文学、学术作品和其他一些国家的著作，最盛时有50万卷之多。这些藏书几乎涵盖了亚历山大帝国及周边一些国家几乎所有科学家、哲学家和文学家的主要著作，计有希腊文、古埃及文、腓尼基文、希伯来文等多个文种。当时印刷术还没有发明，所有的书籍都是用各种文字书写在草纸或羊皮纸上，然后卷起来作为一卷。每一张草纸或羊皮纸能够书写的文字不多，每一部书都有几卷乃至几十卷。由于搜罗的图书太多，而图书又都是用草纸或羊皮纸书写，体积太大，这个图书馆很快就难以容纳，于是又在塞拉比雍神庙建立了分馆，两馆藏书共达70多万卷。这在当时可以说就是一个天文数字了。

鉴于图书馆的藏书浩如烟海，为了查找书籍方便，托勒密二世聘请希腊学者、诗人卡利马科斯为藏书编写目录。卡利马科斯以作者的名字作为索引，按书籍的内容分为哲学、医学、历史、诗歌等不同的类别，编写好的图书馆藏书目录就有120卷。

托勒密国王对学者非常尊敬，对于国内的学者，让他们享受朝廷官员相同的待遇，免除社会义务，此外还有额外的奖励和馈赠。经常派人到希腊和地中海各国访问学者、文人，邀请他们到亚历山大图书馆进行学术研究、演讲。国王还赞助这些国外的学者周游埃及各地，传播各国的学术文化，埃及人从这些学者身上学到了很多东西。

正是因为有了亚历山大图书馆，托勒密王朝各种人才层出不穷，涌现出一大批天文学家、地理学家、数学家、医学家和语言学家，对埃及乃至整个世界的科技文化都做出了杰出的贡献。例如数学之父欧几里得在这里完成了著名的数学巨著《几何原本》；古代理论力学的创始人、发明家阿基米德在这里推导出了直径与圆周的比率，他发明的阿基米德螺旋杆即使到了现在还在使用；地理学之父埃拉托色尼发现，夏至时日晷在南方的阿斯旺地区没有日影，在量出日晷在亚历山大地区的日影后，推算出地球的周长为46695公里（地球实际的赤道周长为40012公里，考虑到当时简陋的测量工具，这个数字算是比较精确了）；解剖学的奠基人希罗菲卢斯在这里对大脑进行研究后，认为大脑才是人的神经系统中心，他在历史上首次对人体进行了公开解剖；天文学家、地理学家托勒密在亚历山大完善了他的地心说理论，阐述了太阳、地球和各个行星的关系……

也有很多学者在亚历山大图书馆写出了脍炙人口的作品或者其他文学活动。著作等身的诗人卡利马科斯在这里创作了著名的宫廷诗《柏勒尼的一绺头发》；这里还是著名大诗人塞奥克里托斯的主要作品都是在这里创作的，这里堪称是他的"书房"。学者们还将《圣经》从希伯来文译成希腊文等。

可惜的是，虽然亚历山大图书馆为人类培养了许多英才，做出了卓越的贡献，最后却毁于大火之中。后世的人们对亚历山大图书馆被烧毁的具体原因有着不同的看法，不过毁于人祸是无疑的。

有人认为亚历山大图书馆被烧毁是罗马执政官恺撒的原因。公元前48年，恺撒追杀庞培来到亚历山大城。当时托勒密王朝克娄巴特拉女王正与其弟托勒密十四争夺王位。恺撒爱上了女王，参与了埃及的内战。希腊历史学家巴鲁塔里克认为，恺撒的军队登陆时遇到了危险，为了尽快登陆，恺撒就下令烧毁停泊在东港的船只，结果火势失控蔓延到市内，烧毁了亚历山大图书馆。他估计图书馆内的各类图书大约有40多万卷被烧掉了，剩下的20多万卷图书被恺撒送给了女王，存放在萨瓦里石柱西面的地道里，然而这些图书又在后来的战乱中丧失殆尽。

在埃及历史上，从公元前331年到公元30年，这一段时间被称为希腊时代。这个时候亚历山大城是当时世界最大的都市之一，也是亚非欧各地经济和文化交流的中心，创造了灿烂的文化，被称为后期希腊文化或亚历山大文化。亚历山大图书馆便是这一文化的重要代表。

如今的亚历山大市也有一个亚历山大图书馆，可是藏书不到20万册图书，根本无法承受"亚历山大图书馆"的耀眼光环。早在20世纪的70年代，就有人提出了重建亚历山大图书馆的建议，可是一直到了1995年才在联合国的帮助下得以动工，到2002年才全部竣工。

重建的亚历山大图书馆总面积6.5万平方米，是由挪威的一家建筑公司设计的，主体是一座倾斜的圆形大厦，直径160米，高80米，根部深埋在地下，顶端由一面巨大的半圆形高墙作为支撑，墙上刻着世界上几乎所有的文字，其中包括中国最早的甲骨文和现代文字。这种匠心独运的斜式结构有着奇妙的作用：倾斜的屋顶可减少海风的破坏和海盐的侵蚀；建在地下的部分不会受到地面上噪音的干扰；倾斜的角度则有利于采集自然光。

圣凯瑟琳教堂传奇

圣凯瑟琳修道院位于西奈半岛的西奈山，前身是雅利克教堂，545年扩建，为了纪念圣女凯瑟琳改成了现在的名字。

圣女凯瑟琳出身名门，她的父亲是亚历山大城的统治者，287年生于亚历山大城。她从小就系统地学习过哲学、修辞学、诗文、音乐、医术和数学。长大以后，她以美貌聪慧成为当地有名的才女，求婚者络绎不绝，可是她把全部的精力都投入到了学业，对那些求婚者从不假以辞色。

当时正是基督教传入埃及的前期，亚历山大城的人们都处于迷茫之中，不知道该保持原来的信仰还是改信基督教，凯瑟琳也有着这样的疑惑。一天夜里，凯瑟琳梦见圣母玛利亚来到她的身边，微笑着温柔地抚摸她的头。她很奇怪为什么自己会做这样的一个梦，就去向一个叙利亚的神父请教，神父告诉她，这是圣母让她皈依基督教的启示，并且送给她一本《圣经》。凯瑟琳打开《圣经》，没有读几页就被吸引住了。没有多久，凯瑟琳就精通了《圣经》的全部教义，成了一个虔诚的基督徒，不仅如此，她还劝说许多人皈依了基督教。

后来，罗马皇帝马克西米安来亚历山大城巡查，对于有人改信基督教很是生气，就严令不准信仰基督教，并且对城内的基督教徒挥起了屠刀。凯瑟琳为了教友的安全，不顾个人安危求见罗马皇帝，想要向他当面进谏。马克西米安皇帝早就听说过这个才女，听说她要进宫，就答应了她的要求。

凯瑟琳落落大方地走进马克西米安的宫殿，恭敬地向皇帝施礼后就谈起了基督教的优点和皇帝滥杀无辜会引起的后果。可是凯瑟琳的劝谏没有起到任何作用，从她一进来，马克西米安就目不转睛地看着她，欣赏着她的动人姿色。马克西米安已经很长时间没有遇到过这样青春靓丽的女孩了，很快就被她的美貌所倾倒。看到凯瑟琳在自己面前侃侃而谈，马克西米安更加动心了，看来这个女孩不仅人长得漂亮，胆子也不小，头脑智慧更是没得说，如果把这个女子纳入后宫，绝对能成为自己的贤内助！

马克西米安打断了凯瑟琳的话，告诉她自己非常欣赏她的美丽和智慧，如果她能迷途知返并嫁他为妃，保证能让她有享不尽的荣华富贵，读不完的天下名书。可是凯瑟琳却没有给这个皇帝一点面子，严词拒绝了他的求婚。马克西米安不愿意落一个仗势欺人，欺负小女孩的名声，为了让她心悦诚服地嫁给自己，就打算在凯瑟琳最擅长的方面折服她。于是他就让人喊来50名当地著名的文学家、哲学家，告诉凯瑟琳，如果她辩不过这些人，就要答应嫁给他，不过他没有说凯瑟琳赢了怎么办，可能他认为凯瑟琳根本就不可能赢吧。

凯瑟琳答应了这个不公平的要求。大辩论开始了，面对着50个饱学宿儒，凯瑟琳并没有怯场，条理清晰地和他们辩论起来。刚开始的时候那50个人还不是多看重这场辩论，认为皇帝摆出这么大的阵容，却只是为了欺负一个小姑娘，即使赢了也是胜之不武，都是漫不经心地问她几个稍微有点难度的问题应付一下。可是随着凯瑟琳深入浅出的阐释，他们的脸色慢慢地变了。辩论开始变得越来越激烈了，凯瑟琳也发挥得越来越好，她以渊博的知识、雄辩的口才让一众大儒张口结舌无言以对，最后竟然都皈依了基督教。

马克西米安皇帝见50名学识渊博的才子竟败给一个不起眼的小姑娘，又背叛了自己的信仰，自己赢得佳人芳心的打算也落了空，顿时恼羞成怒，当场下令把那50名学者、哲学家处以极刑，又把凯瑟琳关进大牢里严刑拷打，试图用暴力改变她的想法。可是他没有想到凯瑟琳的信念是那么坚定，尽管他在凯瑟琳身上用遍了所有的酷刑，凯瑟琳仍然没有放弃对上帝的忠诚。马克西米安皇帝一计不成又生一计，这次他打算用怀柔的方式来感化凯瑟琳，就让他的皇后和宫廷卫队司令来到监狱假装看望凯瑟琳，趁机劝说她改变主意。凯瑟琳早已看透这些人的来意，不但没有被他们说动，反而利用这个机会向他们宣讲基督教的教义，宣扬上帝的无所不能和仁慈的胸怀。皇后和宫廷卫队司令听得入了迷，感觉凯瑟琳的话让她们明白了以往的疑惑，纷纷向她请教心中的疑问，最后也成了基督徒，等回宫之后竟然当起了凯瑟琳的说客，劝说马克西米安皇帝把基督教立为国教，他本人也干脆皈依基督教算了。马克西米安本以为她们会带回让自己心想事成的佳音，不料自己最信任的两个人竟然也背叛自己，当下又惊又怒，随手抢过旁边侍卫的腰刀杀死了皇后和宫廷卫队司令等人。

马克西米安皇帝决定亲自出马，采用双管齐下的方法折服凯瑟琳。白天，他让狱卒对凯瑟琳百般折磨；晚上，他带着美食伤药对凯瑟琳甜言蜜语极尽诱惑。可是他显然高估了自己的魅力，也低估了凯瑟琳虔诚的信仰，她既没有在酷刑下屈服，也没有在诱惑前迷失。马克西米安皇帝黔驴技穷，又不想在朝中的大臣和治下的百姓面前丢了面子，就悍然下令处死了凯瑟琳，以美貌和智慧著称的圣女凯瑟琳殉道时年仅 18 岁。

在押往刑场的路上，凯瑟琳面无惧色，激情澎湃地向路边和刑场围观的民众宣传基督教的教义，即使在刽子手的屠刀落在她脖子上的那一刻，人们还听见她在背诵着《圣经》。

传说马克西米安最初准备把凯瑟琳处以"磔轮"（就是用轮子把人活活地撕裂，类似中国的车裂或五马分尸）的极刑，可是她刚碰到了轮子，轮子就四分五裂了，一连换了几个轮子都是如此，最后才不得不换成斩首。

后来她的无头尸体被埋在西奈山上。传说，一开始她的尸体并不是在这里，因为她对基督教的虔诚感动了上帝，上帝命令天使将她的尸体运到了西奈山。有一天清晨，山下的几个修士发现了一个奇怪的现象：一群鸟儿在院中的泉水里把自己弄湿，然后飞到西奈山上的某处抖了抖身子又飞了回来，重新弄湿自己的身体，又飞到山上。整整一个早上，鸟儿们都在重复这样的行为。修士们很纳闷，鸟儿们这是在干什么呢？于是就几个人一起爬上了西奈山，就在鸟儿盘旋的地方，他们发现了凯瑟琳的尸体。后来他们就将凯瑟琳的遗体抬了回去，安葬在修道院的院内。

200 多年后，为了纪念以身殉教的圣女，人们又把凯瑟琳的遗骨移到新修的修道院里，安置遗骨的教堂命名为圣凯瑟琳教堂。从那以后，修士们就有了一个沿袭至今的习惯，就是修士死后要先葬在院内的墓里，等肌肉腐烂后再取出尸骨存放在墓旁的教堂里。

圣凯瑟琳修道院所在的西奈山位于埃及西奈半岛南部，构成山体的岩石大多为花岗石。西奈山有很多山峰，著名的有摩西山、塞伯尔山、乌姆舒马尔山与圣凯瑟琳山等。

圣凯瑟琳修道院左面是南西奈山，右面是圣凯瑟琳山，两座山峰如同尽职尽责的卫士，日夜守护在修道院的两旁。古老的修道院隐藏在一片古树之中，微风拂过的瞬间，偶尔能从树尖上看到修道院的房顶，给人一种"不似在人间"的错觉。院内遍栽树木，常见的杏、梨、樱桃、橄榄等不以为怪，最珍贵的是一种阿蒙树，树高5米鲜花满树又经年不败，一年四季散发着袭人的幽香。

圣凯瑟琳修道院是仿照中世纪城堡建造的，长300米、高15米的花岗岩围墙上有箭孔、垛口、望楼、钟塔、悬梯和3个狭小的铁门。院内大都是两层或3层的建筑，形态各异风采不同，在历史的沉淀下斑驳陆离色彩不一，主要的建筑物有雅利克教堂、凯瑟琳教堂等。院内还有7个祭坛，每个祭坛都附属着两个小寺，这种小寺很独特，只能让一两个人做礼拜。3层的钟塔是最高的建筑物，里面有9口铜钟和1口木钟。这些钟大小不同、音色各异，只有在举行祈祷或圣餐仪式时才能敲响。

圣凯瑟琳教堂的内部风格是拜占庭式的，装潢得十分豪奢，奇珍异宝数不胜数。凯瑟琳的头骨和手骨就在这里的两只银匣内盛着，每年12月的第一个星期都会向前来做弥撒的人们展出。富丽堂皇的祭坛镶嵌着珠宝、钻石与黄金，天花板上画着一幅精致的画：耶稣在中间，摩西与依利亚赫站在两边，脚下是彼德、约翰和詹姆斯3个圣徒。教堂四壁也挂着宗教色彩极为浓重的彩色绘画，最著名的一幅是穿着拜占庭军装的萨尔裘斯和巴赫斯两位圣贤骑马并辔而行的彩画。另外还有些古代雕刻，上面的内容都是历代帝王圣贤、花草水果、鸟兽鱼虫。教堂的木门上雕刻着黎巴嫩的雪松，以及拜占庭裘斯迪南大帝和皇后的像。教堂内黄金镶嵌的祭坛上，仰卧着耶稣和圣女凯瑟琳的铜像，最为引人注目。

修道院中还有一个图书馆，最珍贵的藏品就是《圣经》的手稿，就数量和价值而言，只有梵蒂冈图书馆才能超过它。这里收藏的手稿有3000本，绝大部分都是古希腊文，最名贵的一部手稿是5世纪的一部叙利亚《圣经》抄本，其次是一部希腊文《福音》，是717年拜占庭皇帝狄奥多西三世赠予修道院的。以前这里还有一部世界上最早的、4世纪时的西奈抄本，据说被沙皇亚历山大二世"借"到圣·彼得堡，到了1933年，英国大不列颠图书馆以10万英镑高价从苏联购回。

除了这些极其珍贵的《圣经》手稿外，图书馆里还珍藏着 5000 多本古书，其中三分之二为希腊文，其余为阿拉伯文、古叙利亚文、格鲁吉亚文、阿美尼亚文、科普特文、阿姆哈拉文和波斯文写成的。有些书是印刷术刚发明的时候印刷的。

凯瑟琳修道院因为圣女凯瑟琳而远近闻名，虽然西奈半岛是个四战之地，修道院也经历了多次战争，但是它却没有任何损伤，即使是占领埃及的外国人也都予以保护。在土耳其征服埃及后，塞利姆一世苏丹下令保护好修道院的一草一木，对修道院的主教也另眼相看。1797 年拿破仑征服埃及，也公告要保护修道院，甚至还拨款修建了修道院的北翼部分。

埃及政府一直将凯瑟琳修道院作为国家重点文物单位加以保护，使圣女凯瑟琳的精神永世相传。

神奇的阿布辛拜勒神庙

拉美西斯二世是古埃及第十九王朝的法老，在位 66 年，是古埃及在位最长的君主。他不仅是一名杰出的政治家，还是一位出色的建筑师，在埃及的许多地方建造了宏大的神庙、祭殿、神坛和陵园地宫。在这些建筑中，最出名的就是阿布辛拜勒神庙。

法老都认为自己是太阳神的儿子，拉美西斯二世更是太阳神的狂热崇拜者，所以他的作品也都和太阳有关，阿布辛拜勒神庙就是因为他对太阳神的崇拜而为自己建造的神庙。

阿布辛拜勒神庙在埃及的最南端，北距阿斯旺 280 公里，南面毗邻苏丹共和国。这座神庙建于公元前 1257 年，雕凿在尼罗河西岸 166 米高的峭壁上，高约

30 米，宽约 36 米，深约 60 米。神庙门前左右两侧分别有 2 尊巨大的拉美西斯二世的石雕坐像，每尊高约 20 米，从肩至肘 4.7 米，两肩宽 7.6 米，耳长 1 米。4 尊石雕坐像的上方有石檐，上面坐着 20 多只狗头猴身的石像，伸着双臂似乎在拥抱冉冉升起的温暖的朝阳。每尊拉美西斯二世的石像下面都有一些小石雕像，还不到拉美西斯的膝盖高，据说那是法老的母亲、爱妻及儿女的雕像。中间两尊雕像旁有纸草和莲花石雕，纸草代表上埃及，莲花代表下埃及。

阿布辛拜勒神庙还具有极高的数学、天文学价值。数千年来，只有拉美西斯二世生日的 2 月 22 日和拉美西斯二世登基日的 10 月 22 日这两天的清晨，太阳光才能透过大门穿过 61 米深的柱廊不偏不倚地照在端坐在神庙尽头的拉美西斯二世石像上。这两天人们称之为"太阳节"，2 月的太阳节象征着麦收的结束，而 10 月的太阳节则标志着尼罗河水不再上涨。

20 世纪 60 年代，埃及政府决定建造阿斯旺高水坝，水坝建成后上游就会成为一个水库，神庙也将会消失在浩渺的水波中。为了保存这块人类的瑰宝，联合国教科文组织发起了一场抢救古庙的运动，有 50 多个国家也为此捐款 4000 多万美元。埃及政府采用瑞士人的方案，组织了 3000 多名工人挖掉峭壁的顶部，然后将神庙切割成 1036 块石头，每块重 9 吨至 30 吨重，上移 60 米后再重新组装。整个迁移工作花了 5 年的时间，迁移后的神庙和原来一模一样。

尽管参与这个工作的现代科学家们付出了巨大的努力，也运用了一切所能使用的计算工具进行计算，但是他们仍然败在了拉美西斯二世的手下：太阳节时间提前了，从原来的 22 日变成了 21 日！如果拉美西斯二世泉下有知，不知道他是高兴还是生气。

能够到阿布辛拜勒亲眼看看"太阳节"这一奇观，不仅是游客的愿望，也是众多历史学家、考古工作者的心愿，所以每年的太阳节这里都会吸引来高达几万人次的游客。当然，能够进入神庙最里面的屈指可数，不过仅仅是外面的开放区域就让他们大呼不虚此行了。

神庙包括一个 61 米长的狭长柱廊和 3 个"串"形排列的大厅。四壁都雕刻着壁画，一共有 50 幅。大部分壁画讲述的是拉美西斯二世的一生，偏向于军事方面，形象生动逼真、栩栩如生，有着极高的艺术价值。尤其是描写著名的卡迪什战役的那幅壁画：拉美西斯在战车上指挥若定，拉车的战马四蹄飞腾，无畏的战士奋勇向前。还有一些壁画描写拉美西斯二世与众神聚会的场景以及一些祭祀活动。在柱廊的尽头有四座石雕人像，从左到右依次是地狱与黑暗之神普塔、拉美西斯二世、太阳神、太阳升起之神哈拉克蒂。

清晨的 5 点 30 分，一缕霞光出现在神庙的门口，神庙内的亮度越来越高。到了 5 点 50 分，阳光准时越过神庙狭窄的正门，水平地穿过三道大门和 61 米长的狭长隧道，正好照在拉美西斯二世雕像的脸上、身上。在灿烂的阳光下，拉美西斯二世的面容清晰可鉴，栩栩如生：鼻子上翘、嘴角下撇、紫色的眼角眯成一线，犹如光芒四射的金刚微笑着俯视眼前的芸芸众生。过了几分钟，阳光开始缓缓地向北边移动，逐一照到太阳神、太阳升起之神的身上，不过他们的表情好像没有拉美西斯二世那样生动，也没有拉美西斯二世那样威严。20 分钟之后，阳光在隧道的底部消失了，神像们又重新陷入了黑暗之中。

在每年两次的太阳节时，拉美西斯二世、太阳神、太阳升起之神都享受到了阳光的沐浴，可是坐在拉美西斯二世座像右侧的地狱与黑暗之神普塔却一直没有得到阳光的垂怜，黑暗始终笼罩着他的身体，数千年来这个奇怪的情景从没有改变过。

涅菲尔蒂蒂和她的雕像

涅菲尔蒂蒂的父亲是协助法老管理朝政的大臣，在她出生时，祭司们就认为她以后会是一个大有作为的王后。涅菲尔蒂蒂从小就显示出了非凡的才能，不仅长得花容月貌，而且聪明伶俐、勤奋好学，上知天文下知地理，还能帮助父亲处理政务，朝野上下好评如潮。

埃赫那吞（就是阿蒙赫特普四世，埃赫那吞是他迁都后改的名字）还是王子的时候，在一次宫廷舞会上见到了涅菲尔蒂蒂，马上就被她的才华和美貌所吸引，整天缠着法老让他跟涅菲尔蒂蒂成亲。他的父亲被他缠得不耐烦了，就为他和涅菲尔蒂蒂举行了隆重的婚礼。当时的埃及风行早婚，涅菲尔蒂蒂成婚的时候只有11岁。

就在涅菲尔蒂蒂与埃赫那吞结婚的那年，阿蒙赫特普三世退位了，埃赫那吞继承了王位，成为古埃及第十八王朝的埃赫那吞法老，而涅菲尔蒂蒂则成为王后。

因为埃赫那吞法老的关系，涅菲尔蒂蒂的才能得到了充分的发挥。她帮助丈夫料理国事，将埃及治理得社会安定、经济繁荣。埃赫那吞法老才华横溢，夫妻俩郎才女貌，经常吟诗赋词，早年间家中充满了幸福和欢乐。

后来埃赫那吞法老把最高神由阿蒙神改为阿吞神，把首都从底比斯迁到了中部，受到了许多人的反对；晚年固执己见，又把涅菲尔蒂蒂逼出了王宫，后来又纳自己的女儿为王后，涅菲尔蒂蒂为此伤心欲绝。她与法老生有6个女儿，只有一个男孩。在埃赫那吞去世后，涅菲尔蒂蒂立图坦哈吞为新王。当时的图坦哈吞只有9岁，所以实际上是涅菲尔蒂蒂垂帘听政。

在埃赫那吞法老去世后，阿蒙祭司和贵族施行了复辟。他们胁迫年幼的法老图坦哈吞颁布新令，终止了埃赫那吞所推行的宗教改革，重新信奉阿蒙神，法老也更名为图坦哈蒙，并将首都迁回底比斯。

绝代佳人涅菲尔蒂蒂死后，图坦哈蒙法老找来了工匠，按她的容貌精心地雕成石像(还有一说是埃赫那吞法老自己命人雕刻的)，放在埃赫那吞的墓前。

1912年12月6日，一支德国考古队在上埃及的埃尔·阿玛尔纳荒凉的沙漠中进行考古发掘时发现了一座房屋的地基。队长小心翼翼地亲自挖掘，一个如同人体肤色的脖颈露了出来，仔细清除掉周围的泥沙后，一个倒置着的跟真人一般大小的女子胸像呈现在眼前。这就是古埃及绝代佳人涅菲尔蒂蒂的胸像，雕像高48厘米，外表涂着油彩，虽然在沙土中埋了3000多年，但仍鲜艳如新，除两耳和左眼球稍有损坏外，其他部分均完好无损。雕像完美地呈现了这位绝代佳人的美丽容颜：长长的眉毛又浓又黑，下面是用铜镶成的眼眶，眶内以石膏做的眼白、闪亮的水晶石做的眼珠透着无比的妩媚与俊秀；嘴唇鲜红，嘴角边带着一丝笑意，显露出女性的娇柔与艳丽；细长的脖子下面挂着色彩缤纷的胸饰，头上戴着缀有彩带的浅蓝色王冠。整个雕像显得眉清目秀、安详端庄。人们从中不难看出，涅菲尔蒂蒂王后不仅才华盖世，而且更是一位身材苗条、雍容华贵的古典美人。

考古队还在那里发现了一些残存的壁画，上面记录着埃赫那吞法老与涅菲尔蒂蒂一起祭拜神灵、与孩子玩耍的情景，人物形象生动逼真，栩栩如生，富有浓厚的生活气息。涅菲尔蒂蒂的胸像和这些壁画是这一时期的代表作，更是稀世奇珍。

当时的埃及人对胸像并没有足够的重视。直到1923年，胸像被偷盗到柏林博物馆的消息被披露后，埃及的舆论一片大哗，胸像的名声也自此大振。

第二次世界大战爆发后，胸像突然销声匿迹，直到1945年才在法兰克福北面的一个矿井内找到。1956年，胸像劫后余生，被送到柏林博物馆的埃及分馆，安置在严密封闭的玻璃框内展出。

第三章

「金字塔和法老的传说」

金字塔的传说

胡夫和他的陵墓

大约在 4600 年前，当时还是古埃及的第四王朝时期，胡夫法老带人来到了开罗西南部的沙漠，到这里来亲自考察他的墓地。跟着他的除了建筑师海迷昂，还有他的四个儿子胡尔杜夫、哈佛拉、达达夫拉和考阿布。

离尼罗河的不远处有一个小山，法老带人登上了山顶，他极目远眺，四周都是开阔的平原，只有很少的小山和丘陵，面对尼罗河的秀丽景色，一时令人心旷神怡。法老对比了一下以前考察的地点，觉得这个地方最让他满意，就做下决定，告诉海迷昂："就是这里了，你可以开始做准备了。"

跟随的人员一听就围了上来，对法老的决定大拍马屁，有说这里地势开阔的，有说这里风景秀丽的，等等。负责设计和修建法老坟墓的海米昂更是从专业的角度讨好法老："伟大的陛下，您的眼光真是高明！这里有山有水，正是书中传说中的风水宝地啊！也只有这样的宝地才配得上您上下埃及的统治者的身份，如果您的陵墓建在这里，您的身体和英灵也会和金字塔一样永垂不朽！您万年以后就可以随时去拜会伟大的太阳神！现在请陛下回宫，微臣为您呈上详细的建筑方案和建设计划。"

和所有的埃及人一样，法老也认为人死只是暂时离开了这个世界，他的灵魂到了另外一个世界开始了一段新的生活，如果保护好了尸体，以后灵魂回来了就会复活。所以他对自己的陵墓十分重视，不仅要他最信任的堂弟海迷昂为自己设计、建造陵墓，还要亲自选择陵墓的地址。

海米昂十分了解胡夫法老的心理，一回到王宫就把早已准备好的图纸呈上，为了法老可以直观地理解他的设计意图，还制作了一个小小的陵墓模型。这个模型果然带来了意料中的效果，法老捋着假胡子，满意地左右打量着那个模型：这是一个方锥形的建筑物，气势壮观，新颖别致。

海米昂见胡夫法老对这个模型很感兴趣，而且现在的情绪不错，就进一步地讲解具体的方案："陛下，这座金字塔高 146.5 米，角度为 52 度，底面呈正方形，每边长 232 米，占地面积达 5.29 公顷。整个金字塔由 230 万块巨石砌成，外层石块约 115000 块，平均每块重 2.5 吨。如果把这些石块凿成平均一立方英尺的小块，可沿赤道排列成一行，其长度相当于地球周长的三分之二。金字塔的基线长度为 365.24 埃尺，和我们历法一年的天数一致。首相已经答应我全力支持这个工程，他可以征集 10 万民夫，让我来调用，埃及人民也都愿意为您的陵寝出钱出力。而且尼罗河神哈庇也是保佑支持我们的，每年 4 个月的尼罗河泛滥期就是他赐予我们施工的最好机会。有了这些有力的帮助，我保证以最短的时间为您建造一座最好的陵墓！"

胡夫法老满意地点了点头，说："王宫的金库里有着充足的金币，你不必担心资金方面的问题。至于建设陵寝的材料，我记得陵寝不远就有一个小山包，你们可以就地取材。阿斯旺地区有几个花岗岩石料场，建造庙宇、殿堂和墓室所需要的石材从那里通过尼罗河运过来，如果不够努巴和赫尔谷地也有。开采和运输石料的问题我给你们一个建议，在尼罗河泛滥的 4 个月集中所有的人力来运输，其他的时间全部用来开采，这样才能事半功倍。这样你们的准备工作就要做好了，特别是 10 万民夫的安置，大部分民夫恐怕要长期住在这里，这个应该是重中之重，应该在金字塔的工地和石料场附近修建长期的营地，让他们能够得到良好的休息条件。吃饭的问题也要注意，毕竟人不吃饱就没有力气干活，要给他们发放足够的粮食。另外，派去修建陵寝的官员在经济方面要有适当的补贴，民夫们的组织要抓好，一定要避免工作效率低下甚至的怠工的发生。"

与修建陵墓有关的各级官员都围在法老身旁，拿着笔仔细地记录着法老的旨意，纷纷表示一定遵照执行。海米昂代表大家表明决心："请陛下放心，我们一定会尽心尽力地完成这个工作，保证让陛下满意，让伟大的太阳神满意！"

海米昂见自己的计划被胡夫法老批准了，就把全部身心投入到了法老的陵墓之中。按照法老的旨意，他首先在离金字塔不远的地方修建了民夫的生活区，还给不时前来视察工程进度的法老建了一个行宫，随后就开始了这个史无前例的巨大工程。

测量工作是最先开始的，也是最重要的，一旦测量有了误差，那么所有的工作就成了无用功。在确定方位时，埃及人民充分显示了他们的聪明才智，他们以计算星辰与地面夹角的方式测出子午线，从而掌握南北方向，确保金字塔的四条棱线对准东南西北，还用放水找平法找平地基。

在当时的条件下，建造如此宏伟巨大的金字塔面临的困难是巨大的，也是我们现代人所无法想象的。不过这些困难没能难倒埃及人民，都被他们用智慧一一解决了。没有大型的运输工具，他们就靠人力肩拉手推；没有炸药，他们就用热胀冷缩的办法开采石料；没有抛光机器，他们就用一些天然形成的金属来做磨光器……

金字塔所使用的石块都很重，在没有起重机的情况下，想要把几顿甚至是上百顿的巨石提升到预定的高度是极其困难的。埃及人民那时候就发现了坡道原理，在金字塔的周围用碎石和沙土堆成"凹"字形的墙，既是建设金字塔的脚手架也是用来运输巨石的坡道，用大量的民夫和牲畜一寸一寸地往上拽拉巨石，一直拉到预定的位置为止。随着金字塔的增高，这些坡道也相应地升高、延长。在金字塔全部完工后，这些坡道就会被清除，露出金字塔的雄姿。

金字塔的最外层用的是雪白的石灰石，在朝阳的照射下，整个金字塔显得熠熠生辉，散发出神秘的色彩。

胡夫金字塔的修建整整用了23年的时间，花费了大量的人力物力终于竣工了。就在金字塔竣工不久，胡夫法老魂归天国，他的遗体被葬进金字塔中，随后金字塔的大门也被严严实实地封闭起来。又过了一段时间，修建大金字塔的伟大的建筑师海米昂也病逝了，法老下令将他安葬在胡夫金字塔的西边，以便胡夫法老需要的时候仍然可以找到他。

不朽的金字塔群

据统计，埃及的历代法老在漫长的时间里先后修建了96座的金字塔，这些金字塔有大有小，大部分位于尼罗河西岸的沙漠边缘，其中有40座被考古发掘过。

最古老的金字塔古埃及第三王朝开国法老左塞王的陵墓，大概建于公元前28世纪，位于距古城孟菲斯附近的萨卡拉。金字塔也有着不同的形状，在所有的金字塔中，有9座"梯形金字塔"，37座角锥形金字塔（也叫作"真正的金字塔"），1座"弯曲型金字塔"，其他的都是"石棺状金字塔"。胡夫、哈佛拉和门卡乌拉3座金字塔及其附属建筑物在内的吉萨金字塔群都属于"真正的金字塔"；古老的孟菲斯金字塔属于"梯形金字塔"；罗姆波道尔金字塔是埃及唯一的"弯曲金字塔"；其余的则多为"石棺状金字塔"。

我们通常所说的金字塔一般都是指开罗西南的金字塔群。这个塔群有大大小小的10余座梯形金字塔，其中有9座相对完整的保存了下来，这里面的胡夫金字塔是世界上最高的大金字塔，古希腊人称之为"齐奥普斯"。与其相邻的是胡夫法老的儿子哈佛拉的金字塔，古希腊人称其为"齐普芬"。胡夫金字塔西南方向的3座较小的金字塔是王后的陵寝，东南方向那些更小的金字塔是古埃及人祭祀用的。胡夫金字塔是埃及最为宏伟壮观的金字塔，被称为古代世界七大奇迹之一。

1881年，胡夫金字塔被考古学家霍华德·维斯打开过；但是，直到1989年夏天，才首次对公众开放。

胡夫金字塔的入口内外简直就是两个世界：外面人声嘈杂、热浪袭人，而塔内却幽暗静谧、阴冷凉爽。从入口向里面大概十几米的地方，墓道就变成了两条，通往下方呈方形的那条墓道又矮又窄，只能蹲着前行，有时候甚至要爬着过去。这条墓道大概有100米长，尽头是一个巨大的石坑，就在金字塔的正下方，可能是当时做墓穴用的，后来不知道什么原因放弃了这个用途。另一条大的墓道大约宽两米，有七八米高，自入口处一直向里伸展，六七十米后开始上升，坡度很大，一直到达金字塔的核心——法老的墓穴。这条墓道的最后一段有一个岔道也通往法老的墓穴，岔道没有坡度，但是高度不足一米，无法直立行走。法老的墓穴是用红色的阿斯旺花岗岩修筑的，里面空气污浊，不能在这里长时间停留，没有一点声音也没有一丝光线。长方形的墓室约30平方米大小，高五六米，东西走向，四壁都是坚硬的又凉又滑的花岗岩，靠西墙有一口巨大的石棺，不过里面什么都没有。

令人感到不解的是，不管是古代的典籍和现代的科考，都没有胡夫法老的木乃伊的记录，因此有人说大金字塔并不是胡夫真正的陵墓，也有人说大金字塔确实是胡夫的陵墓，但是现在找到的这个墓室不是真正的殡宫，真正的殡宫尚在金字塔内某个隐蔽的地方。针对后面这种说法，诺贝尔物理学奖得主法尔兹教授用宇宙射线对胡夫金字塔进行过穿透试验，斯坦福大学的学者们也曾在金字塔内用电磁波探射，但是都没有发现有新的空间存在。

被认为是埃及最早的金字塔的左塞王梯形金字塔高58.6米，东西长约143米，南北125米，一共有6级阶梯，它建造于5000多年前，建筑师是伊姆霍太普。这个金字塔并不是一次建成的，而是多次扩建的结果。它最初就是一个典型的"马斯塔巴墓"，即长方形平顶砖墓。主墓的地面部分是长宽约60米、高近8米的方形建筑，墓室是一个深18.6米的竖穴土坑砖壁墓，四周连着墓道。后来伊姆霍太普扩建了陵墓的地面部分，南北增加了5米，东西方向增加了10米，同时他又增加了陵墓的高度，达到了原来的四倍，底部又向外扩大3.5米，形成了一个4级的梯形金字塔。他又在其北面增建祭殿，后又在北、西两面扩建，高度再增2级，最终成了我们现在看到的6级梯形金字塔。

作为最早的金字塔，梯形金字塔的建造成功开始了古埃及建筑史上新的篇章，古埃及人第一次可以把建筑物建到将近60米的高度，而且把陵墓建筑群是完整的轴对称布局。在一个东西长544.9米的台基上，整个建筑群以金字塔为中心，北面正中为祭殿，东面是正门，内有两个天井，连着两个举行典仪的小屋。左塞王的石雕坐像位于祭殿东西面的边室内，角落里存放着随葬品。环绕台基的是高9.6米、厚14.8米的围墙，北墙入口恰位于南北轴线上。这种布局对以后的金字塔的建造影响极大。

梯形金字塔的另一个代表是萨卡拉金字塔（其实更应该叫作萨卡拉金字塔群），又被称为法老城，位于吉萨金字塔区的东南面，离狮身人面像只有大约500米的距离，也是在胡夫法老统治期间建造的。这个金字塔深埋于纳兹勒、萨曼小城镇及周围的沙漠之下，面积约8平方公里。

法老城最兴旺的时候大约有3万人，200年后才逐渐衰落并最后消失。在这里考古发掘的成果很大，从遗迹中可以看到，当时古埃及人已经把土坯砖作为住房和仓库的主要建筑材料；数千件古埃及人在日常生活中使用的土陶器和石器，大量的动物骨架、粮食以及用土坯或石灰石堆砌成的残缺城墙等。

在萨卡拉金字塔群的发掘中，还发现了一些贝贝一世时期的壁画，这些壁画记载了一段不为人知的历史：贝贝一世的宠妃伊姆茨因宠生骄，甚至想要推翻贝贝一世的统治，后来阴谋败露被法老处决。法老接受了这个教训，不再遵从法老必须娶有王室血统之女为妻的惯例，续娶了手下官员的两个女儿阿安艾丝姐妹，她们死后也都葬入萨卡拉金字塔中。

1988年，以法国著名的古埃及学家让·利克兰为首的考古队来到了埃及，他怀疑贝贝一世金字塔南面的那座高达30多米的沙丘下面有着其他的金字塔。经过3年的努力，把掩盖在上面的沙子全部运到一边时，事实证明了让·利克兰的猜想是正确的，下面果然有3座金字塔！据让·利克兰考证，这样的金字塔应该是埋葬王后所用的。这3座金字塔高20多米，已残缺不全，基座为石灰石，入口通道为花岗石，金字塔有早年盗墓者留下的洞。让·利克兰分别命名为东王后金字塔、中王后金字塔和西王后金字塔。

后来又在这里发现了另外两座王后金字塔，由此可见贝贝一世最少娶了5个妻子，这还没有算被处决的伊姆茨，因为她已经没有资格埋葬在金字塔中了。在其中一座金字塔里，人们在建造墓道的石灰石上发现了一幅女人石刻像，旁边还注明她是金字塔的主人努卜·威尼特王后，旁边还刻有"上下埃及法老贝贝一世"的字样，这证明贝贝一世有一位妻子叫努卜·威尼特。

这些金字塔还记载了贝贝一世的另外几个妻子的名字。在另一座金字塔的石块上，有文字注明这是贝贝一世的一个叫伊尼克妻子，她生下了法老贝贝二世。1991年，考古工作者在第三座金字塔的两块石灰石发现刻有"王后玛丽特·艾特·艾丝"的字样，说她是一个如花似玉美若天仙的女子，最受贝贝一世的宠爱。在第四座金字塔的入口通道上有一行文字写道：尊贵的公主伊蒂王后。还有一些岩画，其中一幅画的是一个女子坐在椅子上闻一朵花香的图案，另外还有一些岩画描述的是人们朝拜她的场面。

根据这里的发掘现场并结合历史典籍，考古工作者们初步断定，在开罗以南的尼罗河河谷应该有137座古代法老们的金字塔，也有人认为不止这个数字。

对埃及金字塔的发掘与研究一直都在进行中，尤其科学技术日益发达的今天，关于金字塔的秘密一直都是各国媒体关注的焦点之一。在1999年3月，三座金字塔古墓初次发掘和一座王后金字塔重新开启就进行了电视直播，美国福克斯电视台以6.5万美元买断了电视现场直播权，香港凤凰卫视中文台同时获得了泛亚地区独家中文转播权。这次对金字塔考古重大发现堪称 20 世纪末揭示人类古代文明秘密的一个辉煌成就，令世人为之瞩目。

这次新发掘的三座古墓都有着 4600 年的历史，分别是凯和他的妻子、女儿的墓。

凯是古埃及第四王朝的大祭司，是个三朝元老，先后为三位法老——桑夫鲁、胡夫、哈佛拉——负责主持法老的重大宗教和祭祀活动，还兼任着朝中大臣，又是法老教育子女的王家教师，还负责法老家族墓穴修建及其施工工匠的管理工作，在当时的地位可谓炙手可热。

凯的墓有一个平整光滑又精致小巧的墓门，只有一米多高，宽仅半米左右，只容得一个人出入。进门以后就是一个长约 2 米，宽 1 米，高 1.5 米的空间，地上铺着细软的沙土，没有什么无用的杂物。入口上方及两侧雕刻着象形文字和壁画，色彩艳丽清晰可辨，记述着凯的名字和事迹以及表达当时宫殿、民间生活的内容。场面恢宏、内容丰富，有描绘农夫牵牛耕田、挑夫肩挑丰收谷物满载而归、狩猎者弯弓搭箭的雄姿、人们在节日里泛舟、划船比赛的场景。画中的男子都是赤裸上身，下身只用一块布包着。北面墙壁上有一幅很生动的画：一男一女面东而立，男前女后，男子体魄健壮神态威严，女子丰腴饱满表情安详，可见在当时人们剽悍和丰腴的审美观。

凯的妻子、女儿的墓室在凯墓的前面大约 5 米的地方，地面上有两口井状墓穴，直径 1 米左右，深约 1 米。其中的一个墓穴里有一具比较完整的人体骨骸，可能就是凯的妻子或女儿的尸体。这里也有文字和壁画，但是没有凯墓中的文字和壁画保存的好，脱落严重，很多地方都模糊不清了。

凯的墓穴就在他的妻子、女儿墓室的旁边，墓穴入口的直径大约有 1 米，可以轻松地让一个人进去。通往墓穴的通道是一个大约 9 米的扶梯，墓穴的面积有 5 平方米，西侧墙壁处有一口黑木棺，前面已经被打开了。

在哈佛拉金字塔与狮身人面像之间还有一个墓穴，位于地下三层 40 余米处。从入口沿扶梯下去 10 米就到了第一层，这个墓室大概有 13 平方米大小，里面什么东西都没有；再下面 20 米是第二层，有 7 间墓室，其中两间摆放着大石棺；再下行 10 多米就是第三层，面积有六七十平方米，中间摆放着巨大的石棺，上置一铁横杠，通过固定在杠上的滑轮铁链将石棺盖吊置一旁。整个石棺浸泡在一个

4平方米左右的水池中，这水池的四角有四根巨型方柱的残基。由于在墓穴入口的上方有一个标志，上面用象形文字写着"家"或"地方"这个词，人们由此确定这便是冥神俄赛里斯的墓穴，也就是埃及所说的"俄赛里斯神的象征墓"了。

除入口处外，墓室其余三面墙根处的水槽都有几十厘米深的积水，呈淡蓝色，应该是从入口右前方石壁裂缝中渗进来的。人们都非常奇怪，古埃及人是怎么在如此坚固的岩石中挖掘、制造出如此深的墓室？那三具沉重的石棺又是怎么搬到墓室里来的？

重新开放的那座小金字塔是哈佛拉法老的女儿、也是门卡乌拉法老的妻子的陵墓，就在第三座大金字塔的旁边。早在1837年就已经发现了这座王后金字塔的入口，1902年开始开放，后来沙土逐渐封住了这个入口，这次经过了现代化的清沙工作才得以重新开放。

这次发掘的成果当然不止这些，在狮身人面像东南还发现了建筑金字塔的技工们的住所遗址及其坟墓。人们曾发掘出了一座墓穴，三块色彩艳丽的石碑上面耸立着一座坟墓的假门。石碑上面有碑文和石刻，石刻上面有两个人，一个男人坐在祭祀桌前的椅子上，旁边的女人是他的妻子。人们从碑文得知，这个女子是哈特胡尔女神的祭司，哈特胡尔女神又被称为"无花果树主人"。哈特胡尔女神在当时的上层社会中的地位非常高，在许多古埃及贵族的墓中，人们曾发现了50多个带此头衔的女人在王后金字塔前面祭祀房前跳舞情景的壁画。从石碑上以及其他地方的文字可以看出，这些坟墓的主人是金字塔的监工、管理人、工头、工人、技工等。这说明古埃及技工也可以在这里为自己修坟墓，也显示了他们也想像法老显贵们那样流传千古的愿望。

正如金字塔的铭文所写："乌纳斯国王长眠在通向天堂的阶梯上，他能由此迈向天堂。"古埃及人深信，伟大的太阳神永远与金字塔在一起；太阳神是永恒的，金字塔也是永恒的。金字塔的稳固坚实给人一种永久性的高不可攀的形象。

世界上不止埃及一地有金字塔，在印度、墨西哥、希腊、意大利、苏丹、埃塞俄比亚、塞浦路斯及太平洋上的一些岛屿，都有着金字塔或类似金字塔式的建筑，美国人詹姆斯亦曾耗资1000万美元修建了镶金的现代金字塔。不过这些地方的金字塔都没有埃及胡夫法老的大金字塔有名气。被称为"吉萨金字塔"的大金字塔因为它悠久的历史、宏大的规模、神奇的建筑、雄伟的气势以及空前绝后的设计,被誉为"人类所曾经创造的最伟大的纪念物",排在世界古代七大奇迹的首位。

神秘的金字塔

金字塔是人类历史上的一个奇迹,经过了将近5000年的风吹日晒、地震冰灾,仍然耸立在埃及大地,傲然面对烈日黄沙,诉说着它的骄傲和经历。因为它的诸多难解之谜,世界各国的学者、探险家、古董商和崇拜者络绎不绝地来到金字塔,进行研究、探宝、发掘,甚至盗卖有关金字塔的一切。虽然世界上的古迹星罗棋布,但是从来没有一个能像金字塔这样让各界人士保持长久的兴趣和热情,不厌其烦地花费大量的金钱和精力去探索它的奥秘。

对于金字塔的建造者,现代大多数人认为是古埃及的人民,但是仍然有着许多科学无法解释的难解之谜。

有个观点认为金字塔是"外星人"的作品。瑞士人丹尼肯写了一本名为《众神之车》的书,他在书中宣称"所谓的上帝就是外星宇航员",认为大概在1万至4万年前,一群外星人驾驶着飞船多次来到地球,解脱了当时人类的蒙昧状态,也为人类留下了屹立至今的金字塔。

也有人说金字塔是由残存的亚特兰蒂斯人建造的。据说亚特兰蒂斯人居住在传说中的大西洲,有着超乎想象的科学技术和精神文明,后来因为地质灾难导致大西洲沉入了海底,形成了现在的大西洋,亚特兰蒂斯人也几乎灭族,侥幸逃生的亚特兰蒂斯人来到了埃及,帮助法老营建了金字塔。

还有人认为,金字塔建设是人力无法完成的,应该是懂得法术的北非柏柏尔人用法术造的。因为金字塔的工作浩繁,所需要的法力也很多,几乎每一座金字塔都是柏柏尔人法术师用透支生命的方式来完成。随着金字塔的数量越来越多,柏柏尔人法术师的数量也越来越少,终于,在最后一座金字塔建成后,最后一位柏柏尔人的法术师也失去了他的生命。由于柏柏尔人当时还没有文字,所有的法术都是口口相传的,最后那位法术师死时还没有教会他人这个法术,金字塔的建筑术就此失传!

也有人说建筑成金字塔的巨石并不是真的石头,而是当时的人们用特殊的方法浇注的,这个说法是法国工业化学家大卫·杜维斯提出的,他说他从化学和显微的角度化验出了这个结论。不过这个说法是否真实和科学现在也未可知。

对于金字塔的用途也是众说纷纭。有人说它是外星人在地球上降落时的塔台，也是外星人的宿舍；也有人声称它是一座神秘的庙宇、永恒的仓库、不变的归宿和"档案室"，用来存放记录着过去、现在和未来的所有事件的文件，当然这些文件我们这些凡人是看不到的，即使某些特殊的人能看到文件也看不懂上面的文字写的是什么东西。也有人认为它是一座观象台，当时的天文学家用来观测星辰、确定子午线、辨别方位；还有人推测说，这只不过是法老的一个祭坛而已，唯一的用途就是祭祀神灵，保佑风调雨顺、国泰民安。

更为神秘的是，金字塔的一些数据与自身和天文上的数字有着密切的联系。例如胡夫法老金字塔，它的高度的平方恰好和它的每面三角形的面积的数字一样，它的四个底边的周长除以高的两倍，等于3.14，相当于圆周率的值，把它的高度乘以10亿倍，便约等于太阳与地球之间的距离。如果说这些是古埃及人有着极高的数学素养，那么各个金字塔的位置分布就体现了他们更高天文方面的认识，它们都是按天上某个星辰的位置安排的，而且胡夫大金字塔的位置，刚好处于地球各个大陆的中心！如果延长把它的底面东西平分画一条线，南北延伸后就会到达地球的南极和北极，也就是说，这是一条地球的子午线！

金字塔还有一些令人称奇的神秘的功能：如果把死去的猫、狗等小动物放到金字塔内，它们的尸体不像在自然界中那样腐烂，而是逐渐失去水分干瘪起来，最后形成一个动物木乃伊；如果将生锈的金属放入金字塔内，一段时间后锈迹就会消失，重新呈现原来的金属光泽；从同一个动物身上挤出的奶分成两杯，一杯放在塔内，另一杯放在塔外，几天后会发现塔外的那杯已变酸变质，而塔内的那杯却像刚挤出来的一样；经过脱水处理的花放入塔内，这朵花会一直就是放进去的样子，既不会枯败也不会褪色；置于塔内的茶水、咖啡、果汁之类的饮料味道更浓，蔬菜、水果、肉类、蛋类，可长期保鲜不腐烂；同一品种的植物苗，置入塔内的那株比塔外的那株生长茁壮，而且开花结果早。金字塔对一些疾病也有着明显的治疗和改善的效果。患有皮肤病的人在塔内进行治疗要比在外面治疗效果好几倍，牙痛、头疼、风湿病、关节炎患者进入塔内会明显感到症状减轻；用放置在塔内的水洗过脸的妇女，人说年轻了许多；饮用置于塔内的水可改变消化不良及肠胃不适症状，用此水清洗伤口，可以让伤口不发炎、更快痊愈；用放入塔内的铝铂包肉来煮，肉熟得快，用这种铝铂制成帽子戴，头就不痛了；神经衰弱、长期失眠的人，在塔内待一会儿就会进入梦乡；曾经被带进塔内的普通菜苗、白糖，仿佛已经被附上了某种特殊的魔力，爱吃菜苗、白糖的虫子不敢靠近，反而绕行逃走，等等。金字塔为什么有这么多神奇的功能呢？有人说这是一种微波现象，可以称之为"金字塔能"。

新做的金字塔模型也有这种神奇的"金字塔能"，一个法国人按胡夫法老金字塔千分之一的比例，用木板制作了一个缺底的小金字塔模型，按南北方向放置，并在中轴线距塔底三分之一高的地方（也就是胡夫法老殡宫的位置）放置一只刚死的猫。许多日子过去了，这只死猫没有腐烂，变成了一具木乃伊。

捷克无线电工程师杜拜尔也做过这样的试验。他曾把一个用钝的刮胡刀片放在按胡夫金字塔比例制成的模型中，结果刀片又变得锋利如初，多次试验的结果都没有任何改变。

"金字塔模型"从此名声大噪，不少人也做了这样的试验，结果和前文介绍的各种神奇效果是一样的，这就使得金字塔的神秘更加为众人所知。

法老的"御船"

因为胡夫法老希望死后能够每日随时去造访伟大的太阳神，天才的建筑师海米昂就为法老设计制造了"御船"——太阳舟。

海迷昂应该为法老制作了多艘太阳舟，在胡夫法老金字塔附近已发掘出五艘船。最大的一艘太阳舟长 43.4 米，最宽处为 5.9 米，船头高 6 米，像一根木柱一样立在那里，上面雕刻着草纸花的图案。船尾高 7.5 米，呈 S 形弧度先向里弯后向上弯；按照船上的设施来计算，全船共 24 名水手。有些桨上刻有箭头，可能是让胡夫法老登天时降妖除怪的；船上有一根篙，便于随时测量水深；也有抛锚时用的一把木槌和一根木楔。

法老们信奉太阳神，认为自己是太阳神拉的儿子，渴望能够像太阳神一样永享天界的快乐。他们之所以在金字塔旁仿制太阳舟的目的，就是为了让自己在驾崩之后、还没有复活的那段时间里，可以和众神一起乘着太阳舟跟随太阳神巡游天界。

埃及有个著名考古学家叫玛尔·马拉赫，1954 年 5 月，他在胡夫法老大金字塔南侧 18 米处清理沙石时，意外发现一截土墙，就此揭开了埃及古代法老的"太阳舟"的面纱。他翻阅了大量的资料，结合出土的文物，考证出这艘太阳舟就是当时运送胡夫法老遗体的那艘。史料记载，当法老的木乃伊从当时的埃及首都孟菲斯运至吉萨后，胡夫法老的儿子就命人将太阳舟拆成 650 个部件、1224 块，放在一个长 31 米、宽 2.6 米、深 3.5 米的石坑中，上面覆盖着 41 块石板，代表当时法老管辖的 41 个州；每块石板长 4.5 米、宽 0.8 米、厚 1.8 米，平均重 1.8 吨。人们在坑内放置了大量的麝香等香料防止太阳舟腐烂。

制作太阳舟的木材都是杉木，这些杉木都是胡夫法老的父王圣法鲁在世时，派人从黎巴嫩由水路运回来的。每根杉木上面都有洞眼，在组合成太阳舟时，用每根重达 5 公斤的棕绳穿过洞眼，如同缝衣服那样把长长短短的杉木密密麻麻地"缝"在一起。组成全船的杉木上有 4000 多个洞眼，经水浸泡后，杉木膨胀棕绳收缩，根本看不到有洞眼的存在。发掘出的太阳舟经过埃及著名古物修复家尤素夫几年的努力，终于焕发出了昔日的雄姿。

神奇的斯芬克斯

在大金字塔东北方向的不远处有一个小山，由于小山的主体是含有贝壳之类杂质的岩石，结构松散，不便用于建造金字塔，所以民夫们就没有用这里的石头，仍然是保持了原来的形状。

在大金字塔的建造过程中，胡夫法老经常亲自到这里视察工程的进展。就在金字塔基本成形时，胡夫法老发现这座小山与大金字塔的布局格格不入，脸上马上就难看了起来。跟随在左右的大臣不知道法老为什么不高兴，一时间都面面相觑，想不出安慰法老的办法。这时，善于揣摩法老心理的海米昂看到法老看的是那座小山，灵机一动就有了主意，就走上来向法老鞠躬致敬，说道：

"微臣知道陛下忧虑的是什么，对此事微臣早就有了统筹安排。请恕微臣卖个关子，过些日子陛下会看到一个与众不同的作品。"

法老非常信任海迷昂，点了点头就不再提这件事情。其实，海米昂以前对这座小山也很头疼，他也知道这里的石料质量太差，不能用于建造金字塔。那么为了金字塔布局的平衡，就势必要把小山铲平、移走，可是这个工程量太大了，需要调用大量的人力物力，而且要花费大量的时间，而这时候时间才是最宝贵的，不能因为这个影响金字塔的建设。所以此事一直迁延了下来。

　　这次在法老威严的压力下，他想起了埃及古代神话故事中的一个形象，结合小山的外形，他有了一个绝妙的主意。在神话中，狮子一直是陵墓和庙宇这些圣地的卫士，但是狮子又有其凶残的一面，常拒人于其领地之外，在埃及的历史上，部落首领的主要任务就是负责抵御外部的入侵、保护本部落安全，人们常常把自己的首领比作勇猛的狮子。海迷昂的想法就是把这座小山的主体雕成一只雄狮的身子，最高的山峰雕成胡夫法老的头像，这个狮身人面像便作为金字塔陵墓圣地的卫士。这样工程量就比把小山铲平、移走小多了，也取得了法老的欢心。于是，一件与金字塔齐名的千古不朽之作问世了——狮身人面像出现了。它高 20 米、体长 57 米，如果加上两只前爪，共长 72 米。其人面部分的脸宽 4.075 米，鼻子长 1.75 米，嘴长 2.30 米，耳长 1.925 米。它头戴皇冠，两耳侧有扇状的"奈姆斯"头巾下垂，前额装饰着能喷射毒液的"库伯拉"圣蛇浮雕，下颚挂着显示法老威仪的长须，脖颈上围着项圈。狮身部分主要装饰着雄鹰的羽毛。整个石像面貌慈祥，微微露出笑意。

　　在公元前二三世纪希腊人统治埃及时，有许多希腊人到埃及观光游览，最初见到这座雕像的人认为，这就是希腊神话中的斯芬克斯的雕像，从此"斯芬克斯"就作为狮身人面像的代称在西方世界广为流传开来。在希腊神话中有一头可怕的怪兽就叫作斯芬克斯，它的身体是一头狮子，可是却长着一颗女人的头，还有两个翅膀。关于斯芬克斯有一个著名的故事，就是斯芬克斯坐在忒拜城附近的悬崖上，拦住过往的路人，用缪斯所传授的谜语问他们，猜不中者就会被它吃掉，这个谜语是："什么动物早晨用四条腿走路，中午用两条腿走路，晚上用三条腿走路？腿最多的时候，也正是他走路最慢，体力最弱的时候。"伊底帕斯猜中了正确答案，谜底是"人"。斯芬克斯羞愧万分，跳崖而死（一说为被伊底帕斯所杀）。希腊人和西方人谈斯芬克斯色变，不过狮身人面像显然不是希腊神话中的"斯芬克斯"。

　　埃及人认为狮子是力量和权势的象征。在胡夫法老开了在自己的陵墓前面雕塑狮身人面像的先河后，以后的历代法老纷纷追风。特别是在第五、第六王朝的一些国王，为了炫耀自己的战功，不仅塑造了许多仿照自己脸型的狮身人面像浮雕，还在浮雕前的地面上雕刻着被他们战败的敌人的像。在公元前 1580 年至前 1090 年时期，最盛行的是在神庙前雕刻两排狮身像，像头的种类很多，有的是人头，有的是鹰头或者羊头。其中以第十九王朝国王拉美西斯二世的石像（竖立在古都孟菲斯）、开罗博物馆展出的哈特舍普苏女王的石像最为出名，特别是哈特舍普苏女王的石像，这尊石像的独特之处是古埃及唯一戴长须的男装女狮身人面像。但是在所有的狮身人面像中，规模最大最宏伟的还是胡夫法老的狮身人面像。

在新王国时期，埃及人认为狮身人面像是太阳神的标志，是冉冉升起的太阳的化身，又是万物复苏的象征，人们每天来此朝拜。可是，这时候胡夫法老的狮身人面像已经被深深地埋在黄沙之下，人们已经看不到它的身影，也不知道它的位置在那里。

1936年，埃及考古学家哈桑进行考古发掘时，在石像周围挖掘出一道泥砖墙，墙的用途是为了阻挡滚滚而来的风沙，他还发现了打着图特莫斯四世印记的泥砖和一些石碑，上面刻着祈求神灵保佑的碑文，记述了狮身人面像重见天日的故事。

当时的图特莫斯还是一个王子，他酷爱打猎，经常在野外露宿。一天，他骑着马到很远的地方猎取羚羊，一时兴起就忘记了时间，虽然收获了不少猎物，但是回程的时间已经晚了。他快马加鞭，可是在到了吉萨地区的大金字塔的时候就无法接着走了，他决定就在这里休息一个晚上，等天亮后再回王宫。沙漠中也没有什么地方可挑的，他随便找了个沙丘就躺了下去。

因为累了一天，他刚躺下不久就进入了梦乡。不知道过了多长时间，他忽然听到有人在喊他的名字，听见有个老人说：

"图特莫斯，你仔细听着。我是胡尔·乌姆·马赫特，我身上的沙子太多了，压得我都喘不过气来，可是我一直都没有找到合适的人来弄走它们。如果你能清理掉我身上的黄沙，我就会让你做上、下埃及的法老。"

图特莫斯就问老者："请问您被埋在什么地方？"

那个老人说："就在你的身下。"

图特莫斯一听大喜，一骨碌翻起身来就想去清理沙子，等站了起来才发现只是自己做了一个梦。他沉思了良久，觉得这应该是太阳神对自己的启示，因为据王宫中的典籍记载，狮身人面像就埋在这附近。

图特莫斯再也睡不着了，就在刚才睡觉的地方做好了标记，天一亮就向都城赶去。一进王宫，他就找到了太阳大祭司，告诉了他自己梦到的一切。

太阳大祭司对他说："这件事应该是真的。在埃及悠久的历史中，伟大的太阳神胡尔·乌姆·马赫特显灵的事迹数不胜数。而且可以肯定的是，狮身人面像的确应该是被埋在了沙子下面，因为在几百年前的书籍中还记载着有人在那里看到它的消息。既然太阳神这么说了，我们就必须按照他的旨意行事，将来你成为法老之后也必须要执行神的一切命令。你现在尽快召集民夫和军队去金字塔那里，找到太阳神所在的位置，清理掉他身上的沙子，让世人能够重新瞻仰真神的面容。"

图特莫斯欣喜若狂，立刻带人来到他做了标记的地方，向下面挖了没有多远就发现了狮身人面像，他立即派士兵们做了清理，还其本来面目。在清理工作完成后，他还在旁边花岗岩石上刻下碑文，记载了这次清理的事迹。后来，图特莫斯继承了父亲的王位，成为图特莫斯四世自称为太阳神的儿子，并自立为埃及国王。

在阿拉伯人统治埃及后，狮身人面像的名字由古埃及语言变为艾布·胡尔，意为"恐怖之父"，是威严、宏大和力量的象征。

在几千年的历史长河中，狮身人面像也是灾难重重，多次被沙土湮没，1.7 米长的鼻子塌了进去，圣蛇不翼而飞，那一把长长的"胡子"也已残缺不全了，脸上也有缺失，如今已经变得老态龙钟面目皆非，显得有些狰狞。如果把它的人面修复完整，它与珍藏在埃及博物馆内的哈佛拉国王雕像是很相像的，其实并不可怕。

至于它的鼻子缺失的原因，传说是拿破仑进攻埃及时用炮给毁掉的。但是按照有关史料的记载，早在拿破仑入侵埃及之前它的鼻子就不完整了。

狮身人面像在刚建造好的时候是有"胡子"的。古埃及法老为了显示自己的威严，有装假"胡子"的习惯，所有他们也给狮身人面像装上了长约 5 米的"胡子"，只是不知道后来什么时候没有了，有种说法是被入侵者弄断的。1737 年前后，英国人和丹麦人去埃及旅行时画的狮身人面像上都没有"胡子"的全图，说明在此之前"胡子"就被破坏了，但是具体的时间已经无从考证。

1817 年，一位意大利人在这里进行考古发掘时，在狮身人面像的前足旁边发现了断掉的"胡子"。第二年，"胡子"辗转流落到了英国伦敦博物馆，成了大英帝国的"珍藏"。埃及政府闻讯后一直找英国讨要"胡子"，但是英国却不肯归还，双方为此事纠缠了将近两个世纪。直到 1982 年，英国才决定把狮身人面像的"胡子"还给埃及。

英国返还的"胡子"长约 75 厘米，直径约 40 厘米，只是整个"胡子"的一部分，即使加上狮身人面像上残留的那一段还不到原来的一半。想要把"胡子"修复好是一件极其困难的工作,从"胡子"本身来说,它重量很大,又是石灰岩的质地,经过几千年的风吹日晒已经风化严重,几乎一碰就碎;其次是狮身人面像的地质,附近的地下水是咸水,必须要在周围挖井抽水去掉盐碱;最后还要把狮身人面像下颌剩余的部分去掉,然后再重新装上,不然的话就是弄巧反拙了。

为了修复狮身人面像,埃及政府邀请了各国专家来商议修复方案。美国专家认为,它的"胡子"不仅仅是个装饰品,因为原来的"胡子"从下颌垂到地面,起着一种支撑的作用,所以要对狮身人面像的头部进行支撑。按照这个建议,法国工程师巴莱斯在1925年费了将近两年的时间,用灰浆和石料把石像的头部支撑固定。

经过几千年的风雨侵蚀,狮身人面像已经变成了一个不复当年青春的老人,身体的各项机能都在退化,已经到了必须给它保养和维护的时候了。1988年2月7日,石像的右肩突然掉了两块石头,一块长82厘米,宽8厘米,第二块长85厘米,宽55厘米,这说明石像的风化很严重了,在埃及也引起了轩然大波。随着工业现代化进程的加速、环境污染的侵蚀以及恶劣气候的加剧,石像被损坏的程度日益严重,如果再不对它加以保护,最多再过200年,我们就会永远失去这个人类的瑰宝。

法老和他的八个儿子

法老的年纪大了,在日常活动和处理事务时已经有了力不从心的感觉。但是他还不能现在就放下担子,虽然他有八个儿子,却不知道哪个儿子有治理好国家的能力。为了挑出最好的继承人,他把儿子们召集到一起,让他们讲述各自的亲身经历，或者自己听过的故事，然后说一下从这个故事里面得到的启示，比较一下他们的能力、智慧孰高孰低。八个王子都知道父王的用意，为了继承王位，每个人都使出浑身解数，尽展自己的优点和特长，以期获得父亲的青睐。

富家子弟的教训

大王子首先站出来讲述了自己经历过的一件事：两年前我在街上游玩的时候，看到一个年轻人在沿街乞讨。这个人眉清目秀，衣着虽烂但是可以看出是用质地很好的料子做的，从这里可以看出他以前肯定是个富家子弟。我很奇怪，是什么原因让一个富家子弟沦落到沿街乞讨的地步呢？我一直尾随着他，观察着他的一举一动，仔细分析着他的性格特点。他在一家饭馆门口停住了，眼睛直勾勾地盯着饭馆里热气腾腾的美味佳肴，喉咙不时地上下蠕动，显然是在咽口水。我想要知道他的经历，就走过去问他："这位兄弟是饿了吧？想进饭馆吗？"

他发现有人注意到了自己的举动，脸红了起来，语无伦次地说："是的。啊，不是，不是，我只是路过，不想进去。"

我能够看出他的心情十分尴尬，便诚恳地对他说："四海之内皆兄弟。你既然饿了，就进去吧，我请客。"

他露出半信半疑又有点感激的神情，紧张地搓着双手，呐呐地低声说着什么。我把他拉进饭馆，找了一张桌子坐下，先给他倒了一杯水，接着让老板给他上了一桌子美味佳肴。他见我真心想请他吃饭，大滴大滴的泪水从眼里涌出，随后就开始狼吞虎咽。他吃完后给我讲述了他的经历：

他叫哈里，是个独生子，从小在家里娇生惯养，结交了一些不三不四的朋友。他的父亲是个勤勉的商人，死后给他留下了一笔可观的遗产。如果他不挥霍浪费的话，足够他和他的母亲花一辈子也用不完。

可是他的那些狐朋狗友得知他继承了一大笔钱，纷纷找上门来套交情。有的向他借钱，有的带他去四处鬼混，后来他就染上了赌博的恶习。一开始他的运气似乎还不错，赢了一点钱。可是，就在他上了瘾后，他就霉运连连，最后把所有的家产都输给了别人。

在他刚刚踏上邪道时，他的母亲就苦苦哀求他悬崖勒马，指出跟着那些人混下去是没有好下场的。然而他鬼迷心窍，母亲的忠告一点儿也听不进去。母亲说得多了，他干脆直接天天躲在外面，不愿意回家听母亲唠叨。在他倾家荡产后，母亲靠给别人洗刷缝补艰难的度日。

他那些所谓的朋友见他已经没有什么油水可搜刮、榨取的了，便一哄而散，全都不再登他的门。当他上门求助时，都翻脸不认人，将他拒之门外。他又没有一技之长，为了活命，只好沿街乞讨。

哈里说完，趴在桌子上泣不成声。

我很同情他的遭遇，就极力安慰他，对他说："哈里，逝者已矣，事情已经过去了，光是后悔、难过是没有用的。你的当务之急还是要面对现实，洗心革面重新做人。人犯了错误不可怕，可怕的是没有重新再来的勇气。你还年轻，一切都有希望，以后还是会有好日子过的。"

他说："像我这样一无长处的人，还能做什么事呢？"

我说："你还年轻，能做的事情太多了。你又经历过挫折，从另外一个角度来说这也是你的资本之一。只要你去努力，什么都有可能！"

我把他安排在我的卫队中，他比其他人更珍惜目前的生活，更能吃苦耐劳，不久成为卫队中的佼佼者。由于他头脑灵活又对我忠心耿耿，我把他提拔为侍卫队的队长，现在是我的心腹之一。

法老听了大王子的故事，高兴地点点头，称赞他知人善用。

骆驼和狐狸

二王子见大王子说完了，就站出来说道："父王，请您听听我的故事！"

去年夏天，我在沙漠中打猎时遇到一只火红的狐狸，我正想拿出弓箭，狐狸却扭头跑了。我急忙策马追了过去，也不知道撵了多远，最后狐狸在一个沙丘后面不见了。我搜遍了沙丘的每一个角落，连一根狐狸毛都没有找到。我只好失望地走下沙丘。

然而就在我准备上马的时候，发现我的骏马竟然倒毙在沙丘下面，马身上驮着的饮水也洒得一点不剩。在干燥的沙漠中如果没有水无疑就是死路一条，我只好背着武器和食物一步步的沿着来时的脚印艰难地前行，试图在筋疲力尽之前找到水源。然而更令人绝望的事情发生了，一阵狂风吹过，沙上的脚印没有了！游目四顾，我根本就不知道该往哪个方向走。

就在我的精神几乎要崩溃的时候，我看见远方走来了一头骆驼。骆驼好像知道我处在困境，径直走到我的面前，一双明亮的大眼温柔地注视着我。我试着摸了一下它的头，它就用嘴舔我的手，就好像是我的亲人一样。我想到自己的处境，不由悲从中来。这时骆驼开口说话了：

"王子，我知道你是被我的死对头狐狸精骗到这里的，而且是它弄死了你的马。不过你不用担心，我会把你送回法老身边的！"

骆驼说完就卧了下来，示意让我喝它的奶。我吃饱喝足，就靠在它的身上美美地睡了一觉，我发誓，即使在宫中的床上也没有那么舒服。夜幕四沉的时候我醒了过来，发现自己精神焕发，仿佛又有了无穷的力气。骆驼见我醒了，就告诉我那里是狐狸精的地盘，我最好尽快离开那里，以免受到它的伤害。

我觉得骆驼说得有道理，就骑到骆驼身上迅速离去。

没走多远，后面就刮起一阵狂风，风中的沙粒铺天盖地，连天上的星星和月亮都看不见了，我的身体也摇摇欲坠，几乎都要被狂风刮走了。这时骆驼让我下来，站在它的后面，用它强壮的身体为我构成一道屏障，使我免于风沙的侵袭。它还鼓励我说："这是那个可恶的狐狸精在施展妖术想把你卷走。你一定要坚持住，不然你以后就永远见不到你的父王和母后了。"

在骆驼的帮助下，我咬紧牙关坚持了下来。沙暴突然没有任何预兆地停了下来，骆驼催促我赶快骑上去，向着回京城的方向亡命狂奔。

不幸的是，我们刚跑了不远，前面就出现了一头怪兽。那头怪兽长着尖尖的脑袋，鼻子像大象的一样长，4条腿如同柱子般粗，牙齿像匕首一样锋利，目露凶光，张开血盆大口向我们扑来。骆驼急忙调头向另外一个方向跑去。怪兽则穷追不舍，无论我们跑到哪里怪兽都紧紧地跟在后面。骆驼急了，索性迎着怪兽冲过去，与它展开面对面的战斗。骆驼用蹄子猛踢怪兽的头，咬住它的大腿。怪兽也不甘示弱，蹿过来咬住骆驼的脖子，殷红的鲜血从骆驼的脖子上洒下，染红了下面的黄沙。我趁机抽出腰里的长剑，狠狠的刺向怪兽。在我们的浴血搏斗下，怪兽终于退走了。

受伤的骆驼带着我来到一个绿洲。我就地取材搭起了一个窝棚，和骆驼住在里面。又在附近采来草药，用清水为它清洗伤口后敷在上面。我还割来青草喂它，顺便采集了一些野果充饥。几天后，骆驼的伤势明显好转，已经可以自己去喝水、吃草。看到骆驼的伤势痊愈得这么快我也非常高兴，因为这意味着我就可以早日回到京城了。

附近的草已经被骆驼吃完了，这天骆驼就去了更远的地方吃草，我躺在窝棚里昏昏欲睡。突然我觉得有人来到了身边，睁开眼睛一看，发现窝棚里站着一个婀娜多姿、千娇百媚的妙龄少女。她身穿一件火红色的长裙，艳丽的不可方物的脸蛋有着欲拒还迎的羞涩，浑身上下散发着动人的青春气息。我从来没有想象过，世间竟然有如此漂亮的女人，呆呆地坐在地上，目不转睛地看着她。少女看到我的样子捂嘴一笑，用银铃般的声音说道：

"英俊的王子，欢迎你来到我的家乡做客。可能你还不知道，你身边的那头骆驼其实是个妖怪，它霸占了这个地方，杀死了我的亲人，让我成了一个无家可归的孤女。我恨死它了！只要你把它赶走，我就是你的人了，你让我干什么都行。不然我永远不会再来见你！"

这时我已经被美色冲晕了头脑，根本无法放弃这么美丽的女人；又觉得一头骆驼有什么可惜的，王宫中我想要多少就有多少，于是就答应少女赶走骆驼。

骆驼不久就回来了。我走出窝棚，大声命令它离开，骆驼疑惑地看了我一眼，继续向我走来。我抽出锋利的长剑向骆驼刺去，骆驼根本没有想过我会向它动手，身上留下一个深深的伤口。我看见它眼中涌出伤心的泪水，仰头大吼一声，凄厉的哀鸣令人撕心裂肺，然后就绝望地慢慢走向远方。

我对骆驼的离去无动于衷，扭头就进了窝棚。令我惊奇的是，就这一会儿的工夫，简陋的窝棚内部就变成了一座华丽的宫殿，地板上铺着绒绒的地毯，美轮美奂的几案上摆着各种美酒佳肴。美女斜靠在地毯上，露出动人的曲线，招手让我坐在她身旁，陪着她吃喝。我已经好几天没有吃过像样的饭菜，毫无防备地大吃大喝起来。不久我就醉了，抱着美女进入了梦乡。

忽然间我感到身上一阵剧痛，猛地睁开了眼睛，面前是一个面目狰狞的怪兽，一双利爪抓着我的双肩，血盆大口正想要吞掉我的头颅！死亡的恐惧使我勇气大增，我竭尽全力用左手抵住怪兽的下巴，右手抽出短刀向怪兽刺去。在父王的保佑下，那一刀正中它的心脏。怪兽惨叫一声，松开了它的爪子，变成一只火红色的狐狸死了。

我满头冷汗地站了起来，发现窝棚里还是原来那个样子，什么华丽的宫殿、什么美酒佳肴，一切只不过是幻觉而已！这时，我明白了一切，悔不该色迷心窍，上了狐狸的恶当，险些丧命。

我也明白了只有骆驼才是我真正的朋友。于是我离开绿洲，沿着骆驼流下的血迹去寻找我的朋友。在我找到它的时候，只见它正卧倒在地痛苦地呻吟。我羞愧难当，为它包扎好伤口后抱着它放声大哭。

骆驼让我骑到它的背上，强忍伤痛站起身来，艰难地向沙漠外面走去。在把我驮出沙漠走到有人烟的地方时，它终于支撑不住轰然倒地。

敬爱的父王，通过这件事使我明白了一个道理，那就是待人处事一定要明辨是非，否则必将受到小人的愚弄。

法老听完二王子的经历，沉思了许久，然后点点头称赞他有了长进。

忘恩负义的人

三王子站出来说道："父王，请您听听我的故事！"

从前有一个商人，做生意的时候被人骗了，赔得一塌糊涂。因为他进货的时候还借了高利贷，放贷的人天天跟着后面追账，他最后只好把商铺抵了出去。这下他就成了一个穷光蛋。

商人走投无路，就想去跳海自杀。夜深人静的时候，他一个人来到海边。刚下到海里没走几步，看到汹涌的海浪，他害怕了，又退了回来。回到岸边，想到自己艰难的处境，觉得还是死了好，一了百了，便又向海里走去，海水刚到腰间，他又害怕了，就又退了回来。如此反复了好几次，始终没有勇气去自杀。

他悲伤地坐在海边，哀叹自己命运不济，痛恨自己连自杀的勇气都没有。

海中的黄鱼觉得他的行为很奇怪，便游到海边问他："你这是在干什么呢？为什么一会儿下海，一会儿上岸？你哭得这么悲哀，有什么伤心事吗？"

他边哭边对黄鱼说："我做生意赔了本，赔得一无所有，走投无路。我无颜去见父母妻儿，我想投海自尽！"

鱼安慰他："你这样想就不对了。做生意哪有包赚不赔的？大不了东山再起就是了！你在这里等会儿，我去拿个东西送给你。"

黄鱼说完游回了海底，不一会儿衔着一颗珍珠回来了。黄鱼把珍珠送给了商人，这是一颗又大又白又亮的天然珍珠，在市面上极为罕见，可谓是有价无市的珠宝。商人欣喜若狂，心想这次要发财了，有可以做生意了。

商人谢过了黄鱼，带着这颗珍珠回到了城市。他把这颗稀世珍宝送到了珠宝店，为他换来1000个金币。他用这笔钱购置了一座临街的小楼，下层做生意上层住人。他接受了教训，每一笔业务都要慎之又慎，生意慢慢地火了起来，虽然没有发大财，倒也吃喝不愁，日子过得挺逍遥的。

不久后，法老在街上贴出一张悬赏告示，说法老最心爱的公主得了一种怪病，一般的医疗手段无济于事，祭司说只有活黄鱼的鱼籽才能医好公主的病。法老许诺，谁第一个把活黄鱼送到王宫医好公主的病，就赏赐给谁豪宅骏马，奴仆成群，还要公主下嫁给他。

商人一看到那个告示就想到海中的那条黄鱼，心说这不就是送给我的机会吗。他连店铺都不回了，直奔海边。

商人装出一副哭哭啼啼的样子，向上次一样走下海里，又上到岸边。这样做了几次，那条黄鱼果然又出现了，关切地问他："人啊，你又遇到困难了吗？不要客气，你就直接说吧，或许我能帮你解决困难！"

商人见黄鱼离自己有点远，就向黄鱼招招手，小声说："你游到我跟前来，这件事很隐秘，不能让别人知道。"

黄鱼刚游到他的脚下，他就一把抓住黄鱼扭头就跑，边跑边说："实话告诉你吧，法老的女儿得了怪病，只有你的鱼籽能治好。等到我把你送到王宫，把你宰了医好公主，我就可以当驸马、住豪宅，还有成百个奴仆侍候我。这才是我想要的美好生活呀！以后我就有享不尽的荣华富贵了。"

黄鱼一边在他的手中拼命挣扎，一边悲愤地斥责他说："做人不该忘恩负义！在你走投无路的时候，是我送给你珍珠让你东山再起。现在你却恩将仇报，用我的生命换取你的幸福，你难道就不问心有愧吗？我劝你还是赶快放了我，这样今后你若遇到什么难处，我还可以帮你的。"

"我还需要你的帮助吗？我承认，你在我最困难的时候帮过我，我也很感激你。但是和驸马、豪宅和上百奴仆相比，你的一颗珍珠又算得了什么？你就别废话了，还是尽量享受你最后的生命吧！"

商人一边说一边飞也似的向王宫跑去。意识到商人不可能放过自己，黄鱼痛苦的闭上了眼睛，流出悲伤的眼泪。黄鱼的泪水刚落在地上，就变成了一颗颗晶莹剔透的珍珠，在阳光下反射着耀眼的光芒。忘恩负义的商人看到地上的珍珠，马上停了下来，心想黄鱼就在自己的手里，把这些珍珠捡起来也费不了多少时间。

让他没想到的是，他的手刚一碰到珍珠就被牢牢地粘住了，任凭他怎样用力摆脱不了。他只好哀求黄鱼："好心的黄鱼呀，你帮人就帮到底吧。你赶快让我站起来，我待在这里如何去见法老？又怎么能享受到荣华富贵呢？"

黄鱼声色俱厉地说道："像你这种恩将仇报、用别人的生命换取自己享乐的人有什么资格活着？你就在这儿等死吧！"黄鱼说完就变成一只飞鱼飞回了大海。

商人被牢牢地粘在那里欲哭无泪，后悔自己不该恩将仇报。荒凉的海滩阒无人迹，炎炎的烈日洒下万道金光，大地一片蒸腾，商人没多久就被晒死了。

父王，这个故事使我明白了一个道理，那就是做人应该知恩图报，忘恩负义之人是没有好下场的。

法老听三王子的故事，高兴地点点头，称赞他懂道理。

一事无成的巴拉

四王子站出来，说道："父王，我来给您讲个故事！"

巴拉是一个渔夫，从小跟随父亲以打鱼为生。一年到头辛辛苦苦地打鱼，但是家里的生活始终没有什么起色，过着清贫的日子。父亲去世后，巴拉对打鱼更是失去了兴趣，总想干点什么别的事情，过上幸福的生活。

这天，在他坐在海边又一次做白日梦的时候，忽然听到有人对他打招呼："巴拉，你好！"

巴拉吓了一跳，左右看了一遍，却连个人影都没有看到。以为是自己产生了幻觉，就又低下头思索有什么发财的门路。

"巴拉，我是变幻莫测的海神，你是看不到我的。"那个声音又响了起来，而且越来越近，"这些天我一直在观察着你。你最近忧心忡忡，肯定是有什么心事。说出来吧，孩子，无论你有什么愿望我都会帮你实现。"

听到海神的话，巴拉立马来了精神。他想：既然世上有这等的好事，岂不是不要白不要？做渔夫实在太辛苦了，不如去做鱼贩，一转手能赚好多钱。他脱口而出："我想去贩鱼！"

话音刚落，他发现自己真的成了一个鱼贩子，面前摆放着许多鲜鱼。他把这些鱼带到市场里，因为鱼的品质很好，人们都竞相购买，不一会儿就全部卖了出去，口袋里的金币叮当作响。他高兴极了，做鱼贩子真是来钱太快了！他跑到饭馆，点了一大桌子的美味佳肴饱餐一顿。

吃完了饭，他又在街上溜达着消食，不知不觉地就走到了王宫。王宫的卫士威风凛凛地站在那里，所有路过的人都要向他行礼致敬。巴拉非常羡慕卫士，他又不想当鱼贩子了，他想做王宫中的卫士。

于是他默念海神的名字，说道："我想当王宫的卫士！"话音刚落，他一下子变成一个全副武装的卫士，精神抖擞地在王宫中来回巡逻。可是不久他又感到厌烦了：这个工作纪律性太强了，不仅要听从上司的命令，还要按时巡逻，而且寸步不能离开王宫。要是能去当一个总督就好了，在地方上掌握着生杀大权，可以随意地吃喝玩乐，还有那么多的奴仆侍候。

于是他默念海神的名字，说道："我想当总督！"话音刚落，他真的成了一个总督，身着锦缎官服，坐在大堂上，两边有侍卫和奴仆侍候，想打谁的板子就打谁的板子，想要收税就收税，真是威风极了。可是好景不长，尼罗河决口了，河水泛滥，他的治下开始闹起了饥荒。法老闻报后就责成他尽快堵住决口，赈济灾民。但是他只会吃喝玩乐，哪里有治理地方的才能？因为工作不力很快就被法老解职了。他对自己当初的选择十分后悔，原来总督也不是好当的，还要受法老的管辖。他想如果能做法老就好了，天下的一切都是自己的，对谁都能发号施令、处置自己不满意的人，那种感觉一定特棒。

于是，他默念着海神的名字，随口说道："我想做法老！"话意刚落，他真的成为法老了。下面的大臣、祭司、先知、学者们山呼万岁，他感到万分惬意。穿的是绫罗绸缎，吃的是山珍海味，属下毕恭毕敬，出行前呼后拥。可是他连一个地方都治理不好，又哪里能应付得了繁杂的朝政？再加上他只顾吃喝玩乐、大肆挥霍，国库很快就空虚了。因为税负沉重，百姓们的生活苦不堪言，纷纷揭竿而起，四处狼烟动地，使得他焦虑不安、夜不能眠。他觉得当法老也不好，要为国事殚精竭虑，如果灾民们攻进王宫，他肯定会一命呜呼。看来做人真难，处处受限制。

他回想起以前做渔夫的时候，看到海中的鱼儿自由自在地游来游去，便默念海神的名字，说道："我想做鱼儿。"话音刚落，他发现自己已经变成一条鱼，自由自在地在浩瀚的大海中畅游,顿时感到从未有过的轻松:看来还是做鱼好啊,既没有贩鱼的劳累,也没有做官的劳心。他欣赏着海底世界的美景,千姿百态的鱼群忽来忽去,晶莹剔透的珊瑚形成美不胜收的形状,让人流连忘返。可是不久他又烦了,海底的美景再好,看多了也就没有意思了,还是外面的世界更精彩。他浮到浅水层,想要欣赏一下陆地和天空的美景。突然一只渔网撒了下来,将它牢牢地网在里面,任凭他怎样挣扎也冲不出去。他想,这可怎么办呢?要是出不去可完蛋了,做鱼还真不如做渔夫呢!

于是,他又默念海神的名字,说道:"我要当渔夫!"

话音刚落,他已经站在海边,手中仍攥着自己原来的渔网在打鱼呢。

父王,这个故事教导我们,做事情要专一,朝三暮四异想天开的人最终将一事无成。

法老听了四王子说的故事,高兴地点点头,称赞他从中得到不少的收获。

狮子和狐狸

五王子站出来,说道:"父王,请听我的故事吧!"

狮子和狐狸之间有矛盾。狮子是山林之王,命令所有的动物,只要它们有了猎物,必须先要进贡给狮子吃,狮子吃后才轮到它们,否则必将严惩不贷。而狐狸则对狮子的命令置若罔闻,从来都不给狮子进贡,反而到处散布狮子的坏话,说狮子不劳而获,影响了大家的正常生活,让大伙经常挨饿。鉴于狐狸的狡猾,狮子一直找不到收拾它的机会。

狮子与狐狸之间的矛盾日益加深,都想把对方整垮、弄死,才能心安。狮子以为自己力大无穷,谁都不是自己的对手,就狐狸那个小体格一爪子就能拍死;而狐狸认为自己才智无双,四肢发达头脑简单的狮子一骗一个准儿,绝对不是自己的对手。

这天狐狸饥饿难耐,就从洞里走出来猎取小动物充饥。正好发现前面有一只野兔在吃草,它便俯下身子在草丛中慢慢地爬了过去。一阵风吹来,草丛中的狐狸露出了身形,警觉地野兔发现了狐狸,蹦蹦跳跳地逃跑了。狐狸一见野兔跑了,马上追了上去,它是不会放过这只野兔的,不然它就要继续挨饿。

野兔为了生存亡命狂奔,狐狸为了食物穷追不舍。毕竟狐狸的速度快一些,眼看快要追上野兔了。不料附近传来一声狮吼，吓得狐狸胆战心惊，一个趔趄差点没有摔倒在地，野兔趁此良机一溜烟儿跑掉不见了。

狐狸的肚子都快气炸了：如果不是这头该死的狮子，到嘴的兔子肉怎么会没了！可是它知道自己在武力上不是狮子的对手，根本不敢和狮子当面翻脸。抬头看见狮子正在前面的高坡上，伸着懒腰向它看来，狐狸有了一个主意。

它装作毕恭毕敬、战战兢兢的样子走过去，对狮子说："尊敬的大王，您好！"

狮子根本就不拿正眼看它，爱答不理地说："是你小子呀，你今天怎么敢到我这儿来了？你从来不给我进贡猎物，就不怕我的惩罚吗？"

"大王，您误会了。不是我不愿意给您进贡，而是我体小力弱，根本就抓不到猎物呀。就像今天，我正想把这只肥美的野兔进贡给您，可是那该死的野兔却从我手中逃跑了，虽然我竭尽了全力，却仍然没有抓住它。这一切您都看见了，我真的是心有余而力不足呀！"

狮子心里非常清楚狐狸说的没有一句话是真的，只是在应付它。但是既然狐狸给自己服了软，又言辞谦卑，心想不如顺水推舟，化解了双方的恩怨，少了一个仇家，以后也不用担心狐狸的阴谋诡计了。于是它对狐狸说："嗯，我理解你的难处，以前的事就不说了。我也知道在所有的动物中你是最聪明的，就到我的身边做我的顾问吧。"

狐狸一听，这倒是个好机会，狮子这里猎物多的吃不完，也省得自己去绞尽脑汁地去打猎了；如果能够找到机会除掉狮子，山林中的所有动物就都不会再受到它的压迫了。

它赶紧装出一脸假笑，谄媚地说："我哪里敢想做您的顾问呢？只要能够跟随在您的左右，做您的奴仆我就满足了。"

狮子听了十分高兴，天真地以为狐狸是真心归顺自己，从此山林中，再也没有敢和自己炸刺的动物了！它慷慨地对狐狸说："既然你能认清形势归顺于我，我也不会亏待你。上来吧，我这儿有许多好吃的，让你吃个够！"

狮子是真的相信了狐狸，想赏给它一些剩肉，反正他也吃饱了，剩下的那些与其坏掉，还不如送个顺水人情收买一下狐狸的心。可是狐狸却不会轻信狮子，它认为凶残的狮子对自己成见很深，以前对自己恨之入骨，现在突然如此慷慨，背后肯定有什么阴谋，是设套让它钻呢！

正好这时候天阴了，好像要下雨的样子。狐狸趁机对狮子说："大王，谢谢您的慷慨。不过我现在真的不饿，我既然成了您的奴仆，以后不是随时都能吃吗？大王，您看这天色越来越阴，说不定一会就要下雨了，您还是赶快躲躲吧。"

"不就是下雨吗！有什么可怕的？难道你以前没见过下雨？真是大惊小怪！"

"大王，您看天上乌云密布电闪雷鸣，恐怕这场雨不小。如果大雨引起山洪暴发，咱们在这里会淹死的。"

狮子冷笑道："作为山林的大王，岂能像你狐狸一样地躲避区区的风雨？如此我的威严和名誉何在？我就在这里，看风雨能奈我何！"

"要是下的是暴雨您怎么办？"

"最多淋湿罢了，我还怕这个？"

"大风呢？"

"我靠在树干上，大风也吹不走我。"

"山洪来了呢？"

狮子听见山洪有点怵了，觉得自己无法抵御山洪的冲刷，就问狐狸："你现在是我的顾问，我想听听你有什么意见？"

狐狸眨巴眨巴眼，心道机会来了，就试探地说："您是山林中最伟大的王，必须要时刻保持您的威严。我把您绑在树上，山洪就不会把您冲走了。您看这个办法怎么样？"

狮子这时候已经把狐狸视为心腹，觉得狐狸真的在为自己的威严着想，就同意狐狸把它绑在树干上。狐狸找来一根又长又粗的绳子，把狮子结结实实地捆在一棵大树上。

不一会儿，瓢泼大雨倾盆而下，眼看山洪就要暴发了。狐狸得意地对狮子说："可恶的狮子，没想到你会落入我的手中吧？以前你是如何对待我的我没齿难忘。现在你的末日到了，你就待着等死吧！"

狐狸说完就急急忙忙地离开了那里，和其他逃难的动物一起跑到安全的地方。

狮子听了狐狸的话才意识到上了狐狸的当，但此时已是追悔莫及。当山洪袭来，淹没那片山林时，它也消失在山林之中。

父王，这个故事说明做人不能轻信他人，要能够分辨出别有用心者的用意，不然后果不堪设想。

法老听了五王子的故事，默默地思索了一会儿，点了点头，称赞他讲得好。

聪明反被聪明误

六王子站了起来，说道："父王，我也讲一个狐狸的故事吧！"

狐狸自以为很聪明，其他的动物都被它玩弄于股掌之上，可是它却不知道自己只是小聪明而已。它可以得逞一次、几次，却不会永远得逞下去。

有一天，两只羊正在山坡上吃草。狐狸看见了垂涎欲滴，仿佛羊肉已经到了嘴里。它慢慢迂回到羊的身后，把羊逼到山崖边上，得意地对羊说："现在你们已经在我的掌控之下，想要逃跑已经是不可能的事了。不过你们放心，我今天胃口不好，只能吃掉一只。你们商量一下吧，看看今天谁做我的食物。"

两只羊观察了一下周围的地形，发现确实无路可逃了。因为面前是狐狸，身后就是悬崖峭壁，摔下去也必死无疑。

那只大点的羊说："狐狸，看来我们两个是跑不掉了，但是我们谁也不想先死，毕竟能活一天是一天，你说对吧？我们商量了一下，觉得还是用比赛的方式决定谁先死比较好。方法是这样的：你站在那里不要动，我们俩从两边在相同的距离向你跑过来。谁先跑到你的跟前谁就明天死，落后的那只就是你今天的食物，你看行不行吗？"

狐狸想了想，觉得这是无所谓的事，反正它守住了山崖，根本不怕它们跑掉，权当给自己找个乐子，就同意了它们的提议。两只羊交换了一下眼色，分别退到了狐狸的两侧，然后飞快地同时向它跑过来。两只羊几乎不分先后地撞在狐狸的身上，坚硬的羊角当场就把狐狸顶了个半死。两只羊趁机逃走了。

狐狸懊悔不已，气哼哼的回到家中，养了好久才恢复健康。伤好后它又出来打猎了，这次它看到一只毛驴正在山林中低头吃草。狐狸大喜，心想虽然上次没有吃到羊肉，现在能吃上驴肉那就更好了。狐狸找了一条绳子，先把一头拴在树上，然后小心翼翼地来到毛驴身边，趁它不注意把绳子的另一头套在毛驴的脖子上，这样毛驴就跑不掉了。

狐狸套上了毛驴，兴高采烈地准备过来吃毛驴肉了。可是毛驴不但没有害怕，反而镇定自若地站在那里，冷冷地对狐狸说："狐狸，我知道你想干什么。不过你不知道我的老人是谁吧？我警告你，如果你胆敢动我一根毫毛，你就会死无葬身之地！"

狐狸一听，这家伙有后台呀，还是问个清楚吧，免得惹了不能惹的存在。它装作漫不经心地问道："哼！你只不过是一头小毛驴罢了，又有什么了不起的？我今天就是要吃了你，看看谁能把我怎么样？"

"我确实没什么了不起的，然而你知道狮子是我的大哥吗？你惹得起狮子吗？只要你吃了我，狮子肯定会把你撕得粉碎！"

"不可能！你凭什么说狮子是你的大哥？"

"我有狮子的手谕，上面写着不准任何动物伤害我，否则格杀勿论。"

"那你拿出狮子的手谕让我看看，如果你真有我就放了你。"

"你自己拿吧，狮子的手谕就夹在我的尾巴下面。"

狐狸半信半疑，按说毛驴不可能是狮子的小弟，但万一是呢？自己可惹不起凶狠的狮子呀！狐狸忐忑不安地绕到毛驴的身后，刚要去掀毛驴的尾巴，毛驴扬起双腿用力向狐狸踢去，踢得狐狸满脸是血晕倒在地。毛驴不慌不忙地松开绳子，一溜烟地跑进了山林。

狐狸养了几天伤又出来觅食了，这回它发现了一群野鸭。它想野鸭吃起来味道也不错，可惜抓住一只其他的野鸭就会飞走，得想个办法把它们都留下来才行，这样自己就可以吃个饱了。它想了一会儿，心中有了主意，就向母鸭扑过去，紧紧地咬住母鸭的脖子不放，觉得这样其他的鸭子也就不会跑了，它也可以慢慢地享用。

母鸭嘎嘎地挣扎了半天，却怎么也挣不脱狐狸的嘴巴，便对狐狸说："狐狸，看来我们都跑不掉了，况且被食肉动物吃掉本来就是我们的命运，我们认了。不过你这样生吃我们味道也不好呀，不如咱们一起飞到天宫里去，那里的御厨手艺高超，让他用调料把我们腌制好，做成烤鸭你不是吃的更舒服吗？"

狐狸一听就流下了口水，想起了几年前吃过的猎人吃剩下的一块烤鸭骨头，那鲜美的滋味，啧啧，到现在都忘不了呀！可是怎样才能到天宫呢？

母鸭这时又说了："你是担心没有办法到天宫去吗？这有什么可为难的！我们这么多的鸭子，轻轻松松地就把你叼到天宫去了！"

狐狸太想吃烤鸭了，急不可耐地同意了母鸭的意见。鸭子们有的叼着狐狸的耳朵，有的叼着它的爪子，在母鸭的指挥下飞上了天空，越飞越高。它们飞到一处荒山上面，下面都是坚硬的岩石。母鸭一声令下，所有的鸭子同时张开了嘴巴，狐狸尖叫着从空中掉下来，在岩石上摔成了肉酱。

父王，这个故事说明狐狸尽管贪婪狡猾、诡计多端，但是恰恰就是"狡猾"让他送了性命，正是"聪明反被聪明误"的典型啊！

法老听了六王子的故事，满意地点点头，表扬他这个故事讲得不错。

爱护动物的巴扎

七王子站出来，说道："父王，我讲一个人与动物的故事吧！"

偏远的山村里有一个叫巴扎的年轻人，从小父母双亡，无依无靠，只能给财主放牧获得一点残羹剩饭。

巴扎心地善良，特别喜爱动物。如果有动物受了伤，他就会采来草药为它们包扎好伤口，四处捉虫子喂养它们，如果是在寒冷的冬天，他会毫不犹豫地脱下自己的破衣烂衫为受冻的动物取暖，省下自己的口粮去喂饥饿的动物。动物们认为巴扎是它们的好朋友，经常依偎在他的身旁为他取暖。

财主特别讨厌动物，不允许任何动物待在他的院子里，即使是他喂养的牛、马也要让巴扎牵到远处拴起来。他拼命地役使它们，动不动就用鞭子抽得它们遍体鳞伤、血迹斑斑。他还以猎杀动物为乐，把被他滥杀的动物丢弃在野地里。

有一天早上，他想要骑马去赶集，马从马厩里出来的慢了一点，他就抽出鞭子把它打了个半死，倒在地上痛苦的呻吟。他却哈哈大笑着继续抽打。巴扎看不上去了，就劝他不要再打了，他转过身来又把巴扎也抽了一顿，罚他一天不准吃饭。然后财主扬长而去，还吩咐家丁不准巴扎去照顾伤马。

夜半时分，等财主和家丁都睡熟了，巴扎悄悄地爬了起来，拖着又饿又痛的身体爬到院子外面的马厩里。他艰难地给马清洗伤口、喂食草料，还把自己的衣服脱下来披在马背上，马的眼中流出感激的泪水。在巴扎的呵护下，马的伤势几天后明显好转。

这天夜里，巴扎又去喂马，看见马早早地等在马厩入口迎接他的到来。他一进马厩，马就亲热地把头拱进他的怀抱。

巴扎见它痊愈了，十分高兴，抚摸着它的头说："马儿呀，你受苦了！以后你可要当心些，财主太凶残了，即使我也护不住你呀。"

巴扎说完就把马牵到槽边，给它添上了草料就转身离去。刚走到门口就听见身后有个女孩说话："巴扎，请等一下，我有话给你说。"

巴扎一怔，马厩里怎么会有女孩呢？他转过身来问："是谁在叫我？"

"是我。"马说。

"原来你会说话呀！"巴扎惊喜万分，上前搂住马脖子，亲热得不得了。他又问："以前你怎么不和我说话呢？你跟谁学的呢？"

"我原本就是人。我是国王的女儿，魔鬼把我抢走要我做他的压寨夫人，我誓死不从。魔鬼一气之下把我变成马，它知道财主喜欢虐待动物，就把我送给了财主，以此来报复我。"

"原来是这样，"巴扎气愤地说，"公主，你还记得魔鬼在哪儿吗？我一定要杀了它为你报仇，找到让你恢复人形的办法。"

"还是算了吧，你不是它的对手。"

"你只管说吧。我想总会找到办法的。"

"它住在很远的地方，要渡过辽阔的大海，还要飞过高耸入云的山脉。你既没有船，又没有翅膀，如何能到达那里呢？"

巴扎为难了，闷闷不乐地走出了马厩。夜晚出来觅食的猫头鹰看到巴扎情绪低落，就问他有什么心事，巴扎告诉了它公主蒙难的消息。猫头鹰就把巴扎的难处传达给了其他动物，动物们立刻聚集在一起共同出谋划策。老鼠们把一棵大树从两头咬断，又把树干咬成一只船，让巴扎坐上去，又委托海中的鲨鱼照顾巴扎；然后动物们又动员巨鹰到对岸接应，让巴扎骑在巨鹰身上飞过高山。

巴扎在路上花了九天九夜的时间，终于来到魔鬼的住处。这是一座华丽的宫殿，宫门前很多人在进进出出，进去的人都带着美味佳肴。

巴扎正在考虑如何进入宫殿，突然一只梅花鹿跑了过来，说："巴扎，欢迎你。我们可把你盼来了！"

"你好，梅花鹿！你怎么知道我的名字呀？"巴扎十分奇怪地问。

"我们都知道你是动物的好朋友，当然知道你的名字了。"梅花鹿看了看四周，小声问他："公主在你们那里还好吧？魔鬼到现在还没消气，一提起她就怒气冲天，可我们却十分想念她，希望她平安无事。"

巴扎说："公主还好，不多吃了许多苦。"

梅花鹿高兴地说："太好了！我是公主的侍女。魔鬼把我变成梅花鹿，让我服侍它。"

"魔鬼在哪儿？我要杀了它为公主报仇雪恨！对了，既然你是魔鬼的侍女，那你知道如何能够杀死它吗？"

"魔鬼现在就在寝宫睡觉，它的魔力来源于它胸前的那个护身符。只要用手摩擦护身符，它就会达成人们的愿望。可是魔鬼随时随地都把护身符戴在胸前，任何人也不准靠近它，你是拿不到的。"

"这可怎么办呢？"

"人无法靠近魔鬼，但是动物们可以呀。我去找动物们商量一下，你就放心吧。"

梅花鹿说完就去找动物们开会。所有的动物踊跃发言，提出各种方法和建议，一个完美的计划终于出台了。

半夜的时候，魔鬼正在床上呼呼大睡，一条眼镜王蛇无声无息地爬到床上，在魔鬼的腿上狠狠地咬了一口。魔鬼疼得大吼一声，但是还没来得及坐起来就昏了过去了。老鼠迅速从洞里爬出来，咬断魔鬼绑着护身符的绳子，衔着护身符交给宫殿外的巴扎。巴扎把护身符收好，把宫中的奴仆全部赶走，然后把整个宫殿付之一炬，昏迷中的魔鬼在火海中化为灰烬。

巴扎摩擦了一下护身符，说："让公主恢复原来的样子，并且来到我的身旁！"

话音刚落，一位如花似玉的少女出现在他的身边，羞答答地看着巴扎；他又把梅花鹿变回侍女的模样。公主和侍女抱头痛哭，发泄了一阵之后，她们要求巴扎送她们回去。

巴扎摩擦了一下护身符，说："我要把公主和侍女送到国王那儿去！"

随后巴扎和公主以及侍女便站在国王面前了。国王见魔鬼掠走多年、日夜想念的女儿出现在面前，不禁老泪纵横。在公主向他讲述了事情的来龙去脉后，国王对巴扎深表谢意，并问他是否愿意娶公主为妻。看着公主期盼的眼神，巴扎忙不迭地连连点头，高兴的话都说不出来。

巴扎从此一跃成了贵族阶层，不再受苦受累。但他并没有忘记他的动物朋友，为了改善动物们的生活环境，他摩擦护身符，说："让所有的山林都青草茂盛、绿树成荫、泉水常流，让所有的动物快乐生活！"

父王，这个故事是说如果人类善待动物，动物也会帮助人类。

法老觉得七王子的故事很有意义，夸他从中悟出了深刻的道理。

旗鼓相当　各有所长

八王子见哥哥们都讲完了，就站出来向法老深深一躬，又向七个哥哥施礼，然后说道："父王、各位兄长，我讲一个小故事，请你们指正！"

在山林中生活着各种动物，它们之间的关系一直很融洽。有一天它们在一起玩耍的时候，讨论起谁的本事最大。当然了，所有的动物都觉得自己的本事大，自己才是最出类拔萃的那个，想要赢得其他动物的尊重。大家争执不下，就决定每个动物都说出自己的优点和对人类的贡献。

马第一个跑了出来，站在山坡上说它是最受人宠爱的，因为它善于奔跑，能够日行千里，是人们出行的最佳选择。人们还给它配上用珠宝装饰的鞍具，把它打扮得光彩夺目。在法老及文武百官旅行、狩猎时，它是他们的坐骑；在发生战争时，它又作为最重要的战争物资投入战场，为国家取得一场又一场的胜利。有鉴于此，人们对它更是怜爱有加，安排专门的马夫给它定时喂水、喂料，百般呵护，骑士们也经常轻轻地抚摸它的鬃毛，不吝夸赞之辞。

牛哞哞叫着说自己也不必马差。虽然它没有马跑得快，但是它强壮有力，对人类的贡献更大。人用它来耕地、驮运货物，拉动水车灌溉农田，在脱谷场拖碾子打谷，在磨坊把谷物磨成面粉，这些都是人类生存需要的最基本的东西。不然别说老百姓了，就连最伟大的法老、尊贵的将相、祭司、王子们都得饿死。即使是它死了，还能给人类做出最后的贡献，牛肉、牛皮都有很多的用途！

蜜蜂飞出来说，虽然你们两个说得有道理，但是也不能无视小蜜蜂的功劳。蜜蜂虽小贡献不小。没有它飞来飞去为植物传播花粉，哪里会有庄稼、水果的丰收？况且它采集的蜂蜜更是人类的调味佳品，不仅小孩子喜欢吃，大人们也不可或缺，即使是法老也赞不绝口。

骆驼慢腾腾地走出来说，它的本事是任何动物也比不了的。只要想在沙漠里出行，就离不开骆驼的帮助。骆驼吃苦耐劳的本领无与伦比，它可以连续几天不吃不喝，却不会耽误人类的旅行。在沙漠中，它不仅仅是一个长途运输的工具那么简单：炎炎的烈日下可以为人类遮挡阳光；沙暴来袭时为人类抵挡风沙；野兽进攻时就是人类的城墙；若是人类缺乏了食物，骆驼奶就是美味的饮料和食物，骆驼肉是人类主要的肉食，驼峰更是被人类列为八珍之一。

狗不甘落后，汪汪叫着开始展示自己的优点，吹嘘它与人类的亲密关系：人类把狗当作宠物，当作亲人，让狗在家中吃喝、睡觉。狗能为主人探路、追捕猎物，猎到野兔、鸟类后，狗还能为主人叼回猎物；当主人家来了小偷、强盗时，狗不但是第一个发出警报的动物，还可以攻击歹徒。狗的听觉、嗅觉十分灵敏，提前为主人发现危险的蛛丝马迹，让主人防患于未然。狗对主人的忠诚更是其他任何动物无法比拟的，颇受主人的青睐、爱护。

鸽子扑打着翅膀飞到高大的岩石上，骄傲地俯视着下面的动物，自豪地宣布它才是人类最喜爱的鸟类。因为鸽子非常聪明，记忆力惊人，可以充当信使为人类传递远方的信息。特别是在瞬息万变的战场，马可能也冲不出敌人的包围，而鸽子却能飞到空中送信，使敌人难以察觉。至于鸽子肉嘛，难道你们没有听说过"想吃飞禽，鸽子鹌鹑"吗？

母鸡不高兴了，走出来说，鸡才是人类生活中不可缺少的动物。它的丈夫公鸡每天清晨都会准时打鸣，让人类起床开始一天的劳作。如果没有公鸡的提醒，人类势必会耽误农时浪费时间。耽误了农时就会影响地里的收成；节省了时间就使人类的生命更有价值。母鸡下的蛋可以为人类补充营养，更加身强力壮。即使鸡的粪便也是上等的肥料！至于鸡肉，更是人们的家常便饭。

母鸡刚说完，忽然间一阵山摇地动。其他的动物正想发言呢，却被这突如其来的震动打断了。所有的动物都吓坏了，惊慌失措地看着左右，最后没有发现什么异常，便又想接着吹嘘自己。这时大地又动了，轰隆隆地说道：

"你们这些动物呀，只想着自己如何有本事、与人类的关系怎样密切，但是你们全都忘记了最根本的东西，那就是大地。试问如果没有大地，能有动物吗？不仅没有你们，就连人类、植物、沙漠、海洋都不会有！伟大的太阳神创造了天空、大地、空气和水，之后才有了人类、动物和植物。你们扬扬得意地宣扬自己如何有本事，我看到的恰恰是你们自私、渺小的一面。人类、动物、植物共存于天地之间，缺了哪个都不是一个完整的世界。如果没有天空、大地、空气和水，会有山林吗？如果没有了山林，动物又如何生存？况且，每一种动物都各有所长，马能做到的，牛未必能做到；同样，牛能做到的，马也未必能做到……所以你们这样比较毫无意义,你们应该多想想如何和睦相处、互相帮助才对。"

听了大地的话,所有的动物都陷入了沉思,它们都觉得大地说得很有道理。从此,它们相互之间彼此尊重、和睦相处,山林中充满了勃勃生机。

父王,这个故事很值得我们深思啊,我认为只有正确处理好了各个阶层的关系,才能治理好一个国家。

法老对八王子的感悟惊叹不已,没想到他年纪不大,却有如此深刻的认识!

法老站了起来,拉住八王子的手宣布:"我准备把王位传给你们的弟弟!令我欣慰的是,你们每个人都有着自己独到的见解,每个人都有治理国家的能力。那么,以后你们要和睦相处、互相帮助,为埃及的繁荣富强共同努力!"

八王子登基后,他的哥哥们果然没有辜负老法老的期望,对埃及的治理都做出了杰出的贡献。

法老斗魔鬼

太阳神听说埃及的某些地区动荡不安民不聊生,感到极为震惊,因此免去原来的法老,让天神哈里去担任埃及新的法老,尽快处理好这些问题,恢复安定祥和的生活。

哈里领旨谢恩后就收拾行囊准备上任。他下决心一定把埃及治理成一个繁荣富强的国家,否则无法回报太阳神对他的厚望。

恶魔肆虐

哈里很快就从天国来到埃及大地。展现在他面前的是一片荒凉,茫茫的沙漠寸草不生生机全无，只有逐水草而居的贝都因人骑在骆驼上驱赶着羊群到处放牧。唯有尼罗河三角洲一带繁荣一点，有一些农民在那里从事农业活动，但他们的生活却并不尽如人意，大部分人仍然没有解决温饱问题，病死、饿死的屡见不鲜。

哈里看到这一切极为不解，在他的印象中，埃及一直是一个富裕的国度，怎么变成现在这个样子了呢？

带着心中的疑问，哈里来到一个小镇。正当他准备找个人询问一下当地为什么这么贫困时，忽见好多人扶老携幼地出了家门，还有人和他们拉着手依依惜别。哈里停下了脚步，想要看看这究竟是怎么回事。忽然远处扬起了沙暴，向着小镇的方向飞快地扑来，那些人看见了沙暴，立刻哭喊着向远离沙暴的方向跑去，其他的人也迅速缩回家去关上了门。沙暴好像有眼睛一样，随着他们跑动的方向紧追不舍，不久就把那群人卷起来，带着他们消失在远方。

过了一会儿，风慢慢地停了，空气中的沙尘也落了下来，慢慢地小镇上的居民都走了出来，向着沙暴消失的方向指指点点议论着什么，个个神色惊慌叹声不止。

哈里变成一个普通的老者，问他们："刚才发生的那一切究竟是怎么回事儿？"

小镇的居民看见哈里是个陌生人，立刻露出惊恐的神色，根本不敢回答他的问题，纷纷向自己家里走去。只有一个白发老人因为行动缓慢被哈里拉住才不得不停了下来。老人见哈里的穿着打扮不像本地人，就叹着气告诉他："看来你是个外地人，难怪不知道这里的情况。原来我们这里可是个好地方啊，土地肥沃物产丰富，风调雨顺牛羊成群，家家都过着安居乐业的日子。可是后来来了一个魔鬼，这种日子已经一去不复返了。这个魔鬼神通广大，能够呼风唤雨，又变化无穷力能拔山，心狠手辣杀人如麻。它的饭量很大，一顿就要吃掉一百头牛、一百头羊、一百头骆驼，我们这点牲畜能让它吃几顿呀？很快家家户户就都没有了牲畜。于是它就命令我们想办法给它如数提供牲畜，否则就要拿人来抵数。刚才那些人就是没能按时按量供给它牛、羊和骆驼的，所以魔鬼就把他们卷走吃掉了。唉，你是不知道啊！现在我们这里人人自危，过着朝不保夕的日子，说不定什么时候就轮到我们被魔鬼吃掉了！"

老人一边说着一边流着伤心的眼泪。哈里听了十分气愤，发誓一定要除掉这个恶魔，让他的臣民过上安定平和的生活。

哈里来到王宫，当着文武百官和全国各地的学者、祭司、先知，宣布了太阳神任命自己为法老的法旨，正式就任埃及法老。他登基后的第一件事就是命令大家群策群力，拿出消灭魔鬼的办法。

首相听了法老的话，认为自己作为一人之下、万人之上的百官之首，为法老排忧解难是自己应尽的责任，就迫不及待地说：

"陛下，魔鬼的食物原本仅仅是牛、羊和骆驼。它之所以吃人，就是当地的牲畜数量太少，导致那些人不能按时向它提供牛、羊和骆驼。所以，解决这个问题的办法很简单，只要陛下颁发一道圣旨，让全国各地的总督把当地的牛、羊和骆驼全部送到魔鬼那里去。这样魔鬼就有了足够的食物，人的性命不就可以保住了吗？"

首相说完就骄傲地扫视着群臣和学者、祭司、先知们，仿佛自己的妙计天下无双。有些趋炎附势的小人更是见缝插针地拍马屁，为他喝彩、叫好，首相更是熏熏然不知自己是谁了。

法老刚刚登基，不知道首相根本就是一个不学无术的草包，加上有些大臣附和首相的意见，就觉得首相的话也不无道理。况且在他的心目中人的性命是最重要的，其他的一切都在所不惜，先稳住魔鬼，然后再想收拾它的办法也行。于是他立刻颁布圣旨，让全国各地的总督向老百姓征集牛、羊和骆驼，尽快送给魔鬼享用，以保全民众的生命。

圣旨迅速传遍埃及各地，各地总督不敢怠慢立即强力执行。官兵和衙役全部出动，不管是城市还是乡村，不管是田野还是沙漠，只要是牛、羊和骆驼，全部一头不留地将它们驱赶到京城。

其实首相出的主意再愚蠢不过，这样做的后果无疑是官逼民反。牛、羊和骆驼是老百姓最重要的生活物资，农民没有了牛就无法耕地，不耕地就没有收获，没有收获就得挨饿；牧民的大人孩子要靠羊肉、羊奶充饥，没了羊群只有死路一条；贝都因人世世代代靠骆驼经商来换取活命的粮食，没有了骆驼他们就只有束手待毙了。所有底层人民的切身利益都受到严重的侵害，引起他们的强烈不满，社会动荡不安，各地暴力反抗甚至揭竿而起频频发生，各级政府的统治岌岌可危。

埃及的人民处于水深火热民不聊生之时，魔鬼那边却又得寸进尺了。原来魔鬼见给他送的牲畜多了，就开始挑肥拣瘦了，老的不吃只吃嫩的，大的不吃专吃小的。这样一来，别说一个埃及了，就是所有的国家加在一起也无法满足魔鬼的欲望。首相的计划至此宣告破产。

法老得知各地暴乱不断的消息后，知道是首相的建议把自己推入了火坑，立刻罢免了首相，800 里加急通知各地停止征收牲畜；又把满朝文武、全国的学者、祭司和先知召集过来，看还有没有更好的办法来对付欲壑难填的魔鬼。

军队围攻

面对法老的问计，所有的大臣和学者束手无策。

这时王宫的卫队长站了出来，自告奋勇："陛下，我认为对魔鬼不能姑息养奸，不然它就会得寸进尺，终有我们无法满足它的一天，到时候仍然还是要以武力解决，给百姓们造成的伤害更大！我建议陛下立刻发布命令，调动全国最精锐的部队，我们人多势众，势必一鼓而下。小将不才，愿亲自领兵前往！"

法老也觉得不能对魔鬼无原则的迁就，他就同意了卫队长的意见，并任命他为统领，带一万人马前去讨伐魔鬼。

一万人马很快就做好了出兵的准备，卫队长骑着骏马，怀着为民除害的崇高理想带着部队出发了。百姓们听说要去攻打魔鬼，欢声雷动，箪食壶浆欢送军队出征，盼望他们能够打败魔鬼，重享幸福的生活。

卫队长领兵按照事先得来的情报来到魔鬼的住处。这里是一处沙漠中的绿洲，林木繁茂、鸟语花香，一泓清泉潺潺流淌，俨如一个世外桃源，然而此时无疑是人间地狱。魔鬼青面獠牙，浑身长满了黑毛，此时正靠在一棵大树旁，跷着二郎腿有滋有味地撕咬着一头牛，周围堆满了牛、羊和骆驼的尸骨。

魔鬼见前面来了一大队人马，以为又是给它送牲畜的，乐得哈哈大笑。得意地想着，看来人类是越来越识时务了，送的牲畜也越来越多。这次送来这么多，我一定要精挑细选，好好享受一番。

卫队长是有战斗经验的，见魔鬼还没有反应过来，立刻命令麾下的弓箭手放箭，刹那间万箭齐发，利箭如同雨点般射向魔鬼的头部、脸上、身上，然而锋利的箭头根本无法射入魔鬼的身体，纷纷落在魔鬼的脚下。原来魔鬼法力高强，已经练就了护身罡气，普通的箭枝根本不能给它带来伤害。卫队长见状大惊，急忙指挥近战兵种围住魔鬼，希望能用长枪和刀斧杀死它。可是无论是枪刺还是刀砍，魔鬼仍然是毫发未伤。卫队长这下慌了，急忙下令退出战斗。然而，已经晚了。

魔鬼被人类一顿箭射刀砍，早就火冒三丈，此时见人类的军队要走就立刻施展了法术。只见它伸了一个懒腰,刹那间变得身高十丈,腰粗如牛。魔鬼深深地吸了一口气,又猛地吹了出来,天地间顿时狂风大作飞沙走石,将几千人卷到半空;它又放小吹气的力度,风的速度也小了,半空中的人和马匹跌落下来摔成了肉泥;接着魔鬼又吐一口口水,地上立即波涛汹涌,平地成川,剩下的人马顷刻间被全部淹没了。

卫队长见机的早,骑着骏马避过了狂风和洪水,只身一人逃回了王宫。法老见一万人马全军覆没,又气又急,当时就吐血病倒了。

只是他想到魔鬼仍然在他的国土肆虐,他的人民仍然水火倒悬,长此以往必然国将不国,又有何颜面去向太阳神复命?他强撑病体,又召集文武百官、全国的学者、祭司和先知,拜托他们务必想出消灭魔鬼的办法,以不辜负太阳神赋予的神圣使命。

可是,满朝文武、全国的学者、祭司和先知都三缄其口,一言不发。法老再三追问,他们仍然无人能出一策。法老急怒攻心,只觉得眼冒金星、天旋地转,一头栽倒在地。众人急忙请御医前来急救,将法老送回寝宫休息。

法老醒过来以后,知道朝中的这些所谓的人上人已经给不了他任何帮助了,就决定在全国各地张贴榜文征集能人异士,许诺凡能降魔者,即以首相任之。希望重赏之下必有勇夫,找到可以打败魔鬼的勇士。

哈桑揭榜

哈桑出生在一个贫困的山区,为人正直,从来不怕什么妖魔鬼怪。他从小跟随父亲上山砍柴、下地耕作,在艰苦的劳动生活锻炼出了一副好身体。在魔鬼来到埃及之后,他家唯一的一头牛也被征集去喂了魔鬼,那时他就有了除掉魔鬼的念头,不过想到朝中大臣、学者那么多,他们肯定会有除掉魔鬼的办法,就打消了这个念头。

这天他去城里卖柴,在城门口看到了榜文,才知道魔鬼仍在埃及肆无忌惮的索要牲畜,而满朝文武束手无策。哈桑不声不响的揭了榜文,回到家里平静地对父亲说:"父亲,我想去杀了魔鬼。"

"你只管去吧,不用担心家里的事。"善良的老父亲没有阻拦儿子,反而为儿子勇敢的行为感到骄傲。

哈桑告别了父亲，日夜兼程地直奔京城。进城之后，他拿着榜文来到王宫的门口。但是守门的卫士不让他进宫，认为他只是一个边远地区的农民，想要见法老那不是异想天开吗？

卫士长正好路过王宫的门口，看见哈桑手里拿着榜文，知道这个肯定是应征除掉魔鬼的能人，只不过是故意打扮得土里土气的。卫士长就把哈桑带到法老面前，法老问他：

"年轻人，你是唯一一个揭榜的人。请问你有什么特殊的本领？"

哈桑向法老深深鞠躬，说道："陛下，我只不过是一个农夫，没什么特殊的本领。"

"那你想靠什么来除掉魔鬼呢？"

"靠我的勇气和智慧。我相信，伟大的太阳神是不会看着魔鬼恣意妄为、残害百姓不管的。"

法老觉得这个年轻人有点不靠谱，只有勇气怎么能杀死魔鬼呢？只是法老眼下无人可用，就暂且让他去试试吧，希望他能完成任务。

临行前，法老和哈桑一起向太阳神祈祷，法老默默念道："至高无上的太阳神啊，我已经查明了埃及动荡不安的原因了。这里来了一个魔鬼，它苛索无度贪得无厌，人民不胜其扰，牲畜损失惨重，社会动乱不安。请您庇佑埃及，指点杀死魔鬼的方法，以解救埃及人民于水深火热之中。"

法老不停地虔诚祈祷。突然，在他的面前出现了一位只有他才能看见的天神。天神对他说：

"法老，太阳神已经听到了你的愿望。他派我来告诉你：在你这儿为非作歹无恶不作的魔鬼叫作卜拉，原来是鳄鱼神塞巴克的手下，后来与塞巴克反目，被塞巴克放逐到了尼罗河的下游。既然他在人间作恶，必将受到严惩！"

"尊敬的使者，我们要怎样做才能制伏它呢？"

"虽然它炼成铜筋钢骨，刀枪不入，但是它也不是没有薄弱点的。眼睛就是它的命门，如果有人能够用神剑刺中它的眼睛，它就会立刻死掉。"

"我们在哪里才能找到这把神剑呢？"

"尼罗河中最大的那条鳄鱼腹中就有一把神剑。"

哈桑看见法老一直在自言自语，很是好奇，就问法老在说些什么。法老便将天神告诉他的话转告给了哈桑。

第三章　金字塔和法老的传说

哈桑听了，说："既然太阳神派天神告诉了我们如何杀死魔鬼的方法，陛下就静候佳音吧。"说完哈桑就告别了法老出发了。

鳄腹取剑

哈桑来到尼罗河的岸边，看见河中的鳄鱼成群结队，可是他根本分辨不出哪条才是最大的鳄鱼。他走到河边，俯下身子问一只小鳄鱼："你好小鳄鱼，你能告诉我哪条是尼罗河中最大的鳄鱼吗？"

小鳄鱼见有人来，吓得一下子钻进水里。过了好一会儿，它才浮出水面，看到哈桑没有伤害它的意图，就慢慢地游到他的附近。

哈桑又问它："你这个小家伙！怎么看见人连话都不敢说就跑了？"

小鳄鱼说："人类经常捕杀我们，所以见到人我们就会躲开保全性命。不过我觉得你和其他人不一样，挺善良的，也没有带捕猎的武器，应该对我没有恶意，所以我才过来见你。"

"真是聪明的小家伙！那你能告诉我哪条是尼罗河中最大的鳄鱼吗？"

"那是我们的大王。它住在尼罗河中的最深处。"

"我想见它，你有什么好办法吗？"

"不可能！即使是我们鳄鱼也很难见到它，更不要说人类了！它对人类深恶痛绝，只要见了人就会吃掉，你只要到了它的面前就会被吃掉的，我建议不要去。"

哈桑想了想，说："估计你也很想见到你们的大王吧？我有个主意，你把我衔在嘴里带到大王那儿，将我作为你的猎物送给它做见面礼，这样咱们不就都可以见到大王了吗？"

小鳄鱼觉得这个办法可行，就张开大嘴咬住哈桑的衣服游向鳄鱼王的宫殿。河中的鳄鱼们看见小鳄鱼咬着一个人去见大王，感到很奇怪，就尾随着他们看热闹。

鳄鱼王在躺在华丽的宫殿里发愁，不知道今天午餐的食谱该怎么安排。它很想吃人肉，可是摄于它的威名，人类已经好长时间不敢到这一带来了，吃人已经成了一件可遇不可求的奢望了，心里不免觉得有些遗憾。这时，有卫兵过来向它报告，说有一只小鳄鱼咬着一个人要献给它作为午餐，它一听就兴奋地站了起来，想要先吃掉那个人的一条胳膊解解馋。不过它随即就冷静了下来，这段时间即使是成年的鳄鱼都没有抓到过人类，这只小鳄鱼是怎么捕到这个猎物的？莫不是有什么阴谋？他的目的会不会是自己腹中的那把神剑呢？小心驶得万年船，不得不防啊！于是它又装作不感兴趣地躺在床上，用不耐烦的口气对卫兵说"宣"。

小鳄鱼咬着哈桑来到鳄鱼王的床前。装作昏迷的哈桑偷眼看了看鳄鱼王，发现这条大鳄鱼像船那么长，眼睛像井口那么大，嘴巴大的像城门，一排利齿如同尖刀一般。鳄鱼王见到哈桑口水马上不由自主地流了出来，但是为了维持王者的尊严只有强行压下心头的欲望，对小鳄鱼和蔼地说："孩子，你找我有什么事吗？"

小鳄鱼把哈桑扔到了一边，上前向鳄鱼王行礼致意，说："尊敬的大王，我一向仰慕大王的威严，始终不能得见天颜。今天此人因为酒醉掉进河里，恰好被我碰到，为了表达我的敬意，特向大王敬献此人，请大王一定要收下。"

鳄鱼王见哈桑昏迷在地，觉得这个人已经没有了威胁；而且小鳄鱼又很会说话，让它的心里十分熨帖；外面还有好多看热闹的鳄鱼在交口称赞小鳄鱼的忠诚和自己的伟大，最重要的是，呵呵，它太想吃人了。于是鳄鱼王嘉勉那只小鳄鱼几句，又赏给它几条鱼，然后就挥手让鳄鱼们退下。鳄鱼们刚一散开，鳄鱼王就迫不及待地张开大嘴，一口将哈桑整个吞进肚里。

哈桑眼前一黑，就觉得自己通过一个宽阔的通道到了一个温热湿润的所在。他明白他已经到了鳄鱼王的胃里。这个胃可真大呀，足有房子那么高。哈桑站了一会儿，开始四处寻找那把神剑。不一会儿，哈桑就看见胃的角落有一点刺眼的亮光，走过去一看，正是一把金光闪闪的宝剑！他兴奋地抓起神剑舞动起来。

突然，哈桑觉得脚下一阵翻滚，随即失去了平衡倒在鳄鱼王的胃里。原来因为他拿着神剑挥动，剑尖难免会碰到鳄鱼王的胃中，鳄鱼王疼痛难忍，便在河底翻滚不止。

这时鳄鱼王已经明白自己上当了，这个人果然是为那把神剑而来的，它心里也暗暗佩服哈桑的机智。为了保全自己的性命，它决定把哈桑给哄出来，就对他说：

"人类，你我远日无仇，近日无怨。我自忖也从来没有得罪你的地方，你为什么要这样折腾我呢？"

哈桑说："我没有伤害你的意图，只是要取走这把剑。"

"你拿走这把剑就是对我最大的伤害呀！这把剑是魔鬼放在这里的，如果你拿走了它肯定不会饶了我！"

"我只要有了这把剑就可以杀死魔鬼。等我把魔鬼杀了，你还会有麻烦吗？"

鳄鱼王对魔鬼也是又恨又怕，既然知道哈桑拿这把神剑是要去杀魔鬼，而除掉魔鬼对它来说又何尝不是一种解脱？又何乐而不为呢？

于是鳄鱼王就对哈桑说："好了好了，算我怕了你了。你就别再在我肚子里折腾了，我这就放你出去。"

鳄鱼王随即浮出水面游到河边，把头放到河岸上，嘴巴大大的张开。哈桑见鳄鱼王张开了嘴，就手持宝剑迅速从鳄鱼口中走了出来。

神剑除魔

住在岸边的百姓们看到竟然有人从鳄鱼的嘴里出来，无不叹为奇观。当他们知道哈桑从鳄鱼的肚子里取出神剑要去斩杀魔鬼时，全都肃然起敬，纷纷为他献计献策，为他做好启程的准备。

哈桑骑着人们送给他的骏马，直奔魔鬼住的绿洲。

哈桑来到离魔鬼驻地最近的一个村庄，向村民们讲述自己来这里的目的。村民们听说他找到了神剑可以杀死魔鬼，无不欢欣鼓舞。

哈桑对村长说："以前的战斗告诉了我们，强攻是难以战胜魔鬼的。所以我们必须要先限制住它的行动，才有可能攻击到它的命门，做到一击必杀。"

村长说："我们这里生长着一种特殊的植物，只要吃下去一点就可以让人昏迷。现在这里还剩下几头牛和几头骆驼，我们将这几头牛宰后涂上香料和这种植物，然后烤熟送给它试试。"

哈桑也觉得这个办法不错，就把村长的提议作为行动的第一方案。

村长立即安排村民们行动起来，有人去采集那种植物，有人去宰牛。一切都准备好后，就用剩下的几头骆驼驮着烤熟的牛肉，让哈桑牵着送给魔鬼。

魔鬼远远地看见哈桑只是牵了几头骆驼过来，心里十分生气，这些东西还不够它一口吃的呢！它暗下决心一定要好好的收拾一下这些刁民，不然以后他们送来的食物会更少。可是一阵风刮过，带来一股令人馋涎欲滴的味道。

随着哈桑的接近，香味也越来越浓。魔鬼终于发现这种香味是从哈桑牵来的骆驼上散发出来的。这个发现让魔鬼转怒为喜：虽然这次送来的东西很少，但味道与那些活牛相比不啻天壤之别，看来人类是尽心了！

哈桑拉着骆驼来到魔鬼的面前，先向魔鬼施了一礼，然后把熟牛肉从骆驼上卸下来。又装出毕恭毕敬的样子，把一大块一大块的熟牛肉递到它的口中喂它。看着色泽金黄、香气诱人的牛肉，魔鬼的心都快醉了；再看看哈桑殷勤地忙前忙后，完全不是其他人那种如丧考妣的样子，就像一个合格的仆人伺候自己的主人那样，魔鬼心里更是满意，便大口大口地吃起来。它吃完了熟牛肉觉得不过瘾，就想再去把骆驼吃掉，可是它刚站起来，就觉得一阵天旋地转，不由自主地就昏倒在地上。

哈桑看到魔鬼昏迷过去，急忙抽出神剑，对准魔鬼的眼睛用力刺去。魔鬼的命门被破，顿时化作一团火燃烧起来，不一会儿就变成一堆灰烬。

魔鬼被消灭的消息很快就传遍埃及大地，人们载歌载舞，庆祝他们又有了安静祥和的生活。

法老把哈桑请到王宫，把他任命为新的首相。从此，哈桑辅佐法老治理国家，恢复生产，埃及很快又富庶起来。

第四章

「广为流传的智慧故事」

朱哈的故事

古埃及有一个叫朱哈的人,他不畏权势、刚直不阿,风趣幽默又机智过人,经常帮助善良的人们,对那些贪婪吝啬、欺上压下的小人进行小惩大诫。

朱哈故乡苏尤里·哈斯尔镇上的宗教法官是个嗜酒如命的家伙。鉴于他本身就是宗教法官,当地的人们对他无可奈何。

一天,这个法官再次在家里喝得酩酊大醉,脱下外袍和帽子,连门都没关,就在院子里倒头大睡。朱哈正好路过他家,从门外看到经常在人前一本正经告诫大家不能喝酒的法官如此的丑态,感到又气愤又好笑,于是朱哈便顺手捡起法官的外袍,穿在自己身上回家去了。

法官一觉醒来,遍寻不见自己的外袍,气愤地喊来法警,说这是一件严重的盗窃案,性质极其恶劣,命令他们查遍全镇的各家各户,一定要把案犯尽快缉拿归案,从严从重处理!

法警们迅速出动,把整个镇子搞得鸡飞狗跳,终于查到是朱哈拿走了法官大人的外袍,法警们立刻把朱哈押到法官面前。法官一见自己的外袍穿在朱哈身上,顿时暴跳如雷,大吼道:"这件外袍是你的吗?你又是从哪儿弄来的?快点老实交代,免得皮肉受苦!"

朱哈看着脸色气得煞白的法官,轻蔑地一笑,轻描淡写地说:"事情是这样的,昨天我看到一个人喝得烂醉如泥,躺在地上不省人事,连外袍都扔到地上。于是我就把他的外袍穿走了。法官大人,我清楚地记得此人的外貌特征,还能够提供此人酗酒的可靠证据……"

"好了，好了，"法官急忙打断了朱哈的话，生怕他说出自己酗酒的事儿，无奈地说，"那个家伙真是个败类！既然这件外袍是那个酒鬼的，那你就穿走吧。"

朱哈的邻居是个吝啬鬼，还喜欢占小便宜。这天他打算带领全家去旅游，可是又担心自己养的20只鹅没人照料。于是他去朱哈家里，对他说："朱哈呀，我们想出去玩几天，你能不能帮我照看一下我的那些鹅呀？如果没人照料，它们肯定会饿死的。"

朱哈说："邻里之间就应该互相帮助嘛，这点小事只是举手之劳。不过你最好把鹅赶到我家来，这样我照料起来也方便一点。"

邻居觉得朱哈说的有道理，就把鹅赶到朱哈家的后院，对朱哈说："朱哈，一共20只鹅，我都赶过来了。这些天就麻烦你了。"

"没什么，你只管放心去旅游吧！"

邻居一走，朱哈就杀了一只鹅自己吃掉了。

过了一天，邻居旅游回来了，就到朱哈的家里来赶自己的鹅。朱哈告诉他："你的鹅都在后院，你去赶回家吧。"

邻居来到朱哈家的后院，看到那些鹅一个个活蹦乱跳的，非常高兴。可是他很快就发现鹅少了一只，就去问朱哈："我送过来的时候是20只鹅，现在为什么少了一只呀？"

朱哈理直气壮地回答道："我可是从来不识数的呀！我只知道那天你赶来一群鹅，现在这里还是一群鹅！"

邻居十分气愤，认为朱哈偷了他一只鹅，两人很快就吵了起来。不管邻居怎么说，朱哈一口咬定所有的鹅都在这里。邻居越想越有气，便拉着朱哈赶着鹅群来到法庭让法官做主。法官问朱哈："你的邻居说你弄走了他的一只鹅，究竟是怎么回事？"

"法官大人，"朱哈说，"我这人是从来不识数的。那天他将一群鹅赶到我家后院，让我在他外出旅游期间替他照料一下，结果他一回来就说少了一只鹅。我好心好意地帮他照料他的鹅，结果却被他诬陷我是一个小偷，真不知道他是怎么想的！"

法官想要用事实来开导朱哈，让他明白自己错在哪里，就命令20名士兵站成一排，然后耐心地对朱哈说：

"朱哈，站在这里的士兵一共有20名，也就是说与你邻居家的鹅的数目是一样的，这个你明白吗？"

"明白。"朱哈说。

"既然士兵的数目与你的邻居的鹅的数目是一样的，那么，每个士兵就会分到一只鹅，对吧？"

"这是一定的。"朱哈点头说。

于是法官命令士兵每人抓起一只鹅。结果，19名士兵手里有鹅，另外一个士兵的手中是空的。

"朱哈，"法官咧着嘴得意扬扬地说，"现在你明白了吧？如果士兵的数目和鹅原来的数目是一样的，那么每个士兵的手里都会有一只鹅。可是现在你也看见了，有一个士兵手里却没有鹅。那么，你告诉我，这究竟是怎么回事呢？"

朱哈一本正经地回答道："法官大人，那个家伙就是一个大笨蛋！人家都能抓到鹅，他怎么就抓不到呢？"

朱哈去逛动物园的时候，发现其他动物们都活蹦乱跳，只有驴一脸严肃，傻呆呆地站在那里。第二天他又去动物园，看到那头驴变得活蹦乱跳的，而其他动物却一脸严肃，傻呆呆地站着。

朱哈感到十分奇怪，便去问驴："驴，为什么你昨天表情严肃、傻呆呆地站在那里，而今天却是活蹦乱跳的呢？"

驴认真地向他解释道："你问这个呀？是这样的：昨天猴子给大家讲了个笑话，他们都听懂了，个个都很开心。我是直到今天才想明白这个笑话的意思——"

"噢，原来是这样呀——"这回，轮到朱哈笑了。

朱哈从集市上买了一口袋桃子，回去的时候看到有一群小孩在街上玩耍，便走过去逗他们："孩子们听好了，如果你们谁能说出我口袋里装的是什么，我就从里面掏出一个桃子送给他！"

话音刚落，孩子们便异口同声地说："里面装的是桃子！"

朱哈很奇怪，孩子们是怎么知道自己口袋里是什么的？但是他又不能食言而肥，只好心疼地把口袋中的桃子都掏出来分给孩子们,一边分一边问孩子们:"是哪个浑蛋告诉你们我口袋里装的是桃子的?我警告你们,那个混蛋绝对不是好东西!"

朱哈在集市上卖驴,将驴交给经纪人,让他帮自己卖个好价钱。经纪人瞧了瞧驴子,便站在驴子的身旁大声喊起来:

"瞧一瞧看一看呐,这头驴子不简单,拉车驮货赛牦牛,日行千里气不喘!"

集市上的人们听到经纪人的吹嘘,纷纷围了对驴子品头论足。有人说这头驴肩高腿长,肯定跑得很快;还有一个人说这头驴背宽蹄大,走起路来肯定是很平稳的,人骑着舒服。

听了这两个人的话,围上来看驴的人更多了。朱哈见人们纷纷竞价要买他的驴,心里反而郁闷起来,暗想:"原来这头驴有这么多的优点啊!我一定要买下来,不能让他们买走!"他随即由卖家变成了一个买家,出的价格一次比一次高,直到别人不再出价为止。既然他的出价最高,那这头驴肯定就要卖给他。朱哈高兴地把钱都交给了经纪人,牵着自己的驴回家。

回到家里,他兴高采烈地给他老婆讲述了他是如何过五关斩六将买回这头万中无一的驴子。他老婆听了他的故事,撇了撇嘴说:"看把你高兴的,告诉你,我在家里也照样可以省钱!今天上午来了一个卖奶油的,在这个傻瓜给我称奶油的时候,我趁他不注意把我的金镯子偷偷地放在秤砣上了,这样他就多给了我不少的奶油呢。而且我没有把金镯子拿回来,这样他就不会发现我捣鬼了!"

听了老婆的一番表述,朱哈更高兴了,他得意忘形地说:"看来我们一家人都得到真主的保佑了。我在外面赚,你在家里赚,这样赚来赚去,咱家就会越来越富了。"

朱哈准备给自己做一条裤子,就来到布鲁斯镇上一家布店里。他翻来覆去地挑选,终于找到一块合适的布料,可是他又觉得店主要的价钱太高。他跟店主一点一点地还价,最后以15个铜币的价钱成交。

当店主将布料包好准备交给他时,朱哈却又改变了主意,觉得大衣才是他最需要的,就对店主说:"我不想做裤子了,你能不能帮我换一件价值15个铜币的大衣?"

店主同意了，便给朱哈拿了一件大衣。朱哈接过大衣转身就走。店主急了，追出来一把拉住了他，气愤地说："这件大衣你还没有给钱呢！"

朱哈对店主说："看你说的，我是用布料换的这件大衣，为什么还要给你钱呀？"

店主又气又急，责问道："这是什么话！那块布料你根本就没有给钱呀！"

朱哈似乎受了天大的委屈，气急败坏地吼道："天哪，我怎么遇到这样一个不可理喻的笨蛋呢！那块布料我要了吗？我既然没有拿你的布料，你凭什么还要给钱？"

朱哈向邻居借了一个铜盆。过了几天，在他还铜盆时里面套着一个小铜盆。邻居很奇怪，就问他："我就借给你一个铜盆呀，怎么现在里面多了一个小铜盆呢？"

朱哈一本正经地说："你的大铜盆生了个小铜盆，所以我就把它们都送来了。"

他的邻居是个爱占小便宜的人，既然朱哈这么说，他就不再推辞，直接收下了。

过了几天，朱哈又来借铜盆了。邻居高兴把铜盆交给他，希望铜盆能够在朱哈家里再生一个孩子。可是许多天过去了，朱哈一直没有还他铜盆。邻居急了，便找上门去问朱哈："我的铜盆你用完了没有？"

"铜盆死了。"朱哈哭丧着脸说。

"不可能吧？铜盆怎么能死呢？"邻居满脸狐疑地问。

"怎么不会呢？既然铜盆会生孩子，那就说明铜盆是有生命的，有生命的东西当然会死了！"

在朱哈小时候，他父亲让他到集市上去买熟羊头。他跑到集市上，挑了一个大大的熟羊头拿着回家了。一路闻着羊头诱人的香气，他实在忍不住了，就撕下羊耳朵给吃了。这一吃不打紧，接着又把羊头的眼睛、舌头和肉皮全吃了，到家的时候只剩下羊头骨了。他父亲看了很生气，就问他："我让你买的是熟羊头，你怎么买了个头骨回来？"

朱哈却理直气壮地说："爸爸，您可得看清楚啊，这难道不是羊头吗？"

"那它的两只耳朵到哪儿去了呢？"

"这只羊是个聋子嘛！"

"那它的两个眼睛呢？"

"它是瞎子。"

"它的舌头呢？"

"它是个哑巴。"

"羊头上的肉皮呢？"

"它是个秃子。"

朱哈长大了，在结婚之前就和他的老婆在一起了，眼看老婆的肚子越来越大，就赶紧举行了婚礼。结婚后的第五天他老婆就生了。婴儿出生后的第二天，朱哈就拿来一本字典放在婴儿头上，他老婆对他的行为十分迷惑，问他："你这是在做什么？"

朱哈说："你不懂，我这是在给孩子做学前教育。你看，这孩子5天就走完了其他孩子10个月的路程。按照这个速度，用不了多久他就可以上学了，我现在给他字典就是让他预习一下将来的课程。"

朱哈的儿子慢慢地长成了一个小伙子。有一天，朱哈赶着毛驴带他去集市上买东西。朱哈见孩子走的满头大汗，很是心疼，就对儿子说："孩子，你走累了，骑到毛驴背上休息一会儿吧。"

儿子正不想走呢，顺势就骑到了毛驴背上，朱哈牵着缰绳继续往前赶路。旁边走路的人见了，便指着朱哈的儿子讥笑道："你这孩子真不孝顺！年纪轻轻的骑着毛驴，反倒让老子牵着驴走路。"

儿子听了感觉十分羞愧，便对朱哈说："爸爸，还是您来骑吧，让我牵驴。"

朱哈说："好吧，真是好孩子。"

于是换成朱哈骑驴，儿子牵着缰绳在地上走。

没走几步，又有人指着朱哈讥笑道："太不像话了！你这个当爹的真是狠心呐，自己悠哉悠哉骑着驴看风景，却让那么瘦小、羸弱的孩子为他牵着毛驴在地上走！"

朱哈听了，对儿子说："孩子，你听到了吧？不管是你自己骑，或者我自己骑都有人议论、不满。这样吧，反正这头驴很强壮，咱们就一块骑着毛驴走吧！"

于是儿子也骑到毛驴背上。可是没走几步,路人又议论纷纷:"这爷俩的心肠太狠了,这头毛驴有多么可怜!它怎么能驮得了两个人呢!"

朱哈一听,赶紧从驴背上跳下来,把儿子也抱下来,说:"孩子,干脆咱们谁也别骑了,牵着驴走吧。"

爷儿俩牵着毛驴走了不久,又有人议论开了:"没想到世界上还有这么傻的人,有驴不骑,非要走路!"

儿子对人们的议论很是郁闷,就停下来扯住朱哈的衣襟,委委屈屈地说:"爸爸,为什么我们怎么做都不对,老有人责怪咱们呢?"

朱哈无可奈何地对儿子说:"孩子,这就是众口难调啊!"

朱哈的夫人要出门,走前让他把家里的火炉生好。朱哈蹲在火炉边用力吹了半天,炉火就是烧不起来。他觉得很奇怪,夫人生火都是一吹炉火就起来了,怎么自己就不行呢?他想来想去,觉得应该是夫人比自己厉害的原因。于是他进屋把夫人的衣服穿到身上,然后蹲在炉子旁边猛吹了一口气。奇怪的是,炉火一下子就旺了起来。朱哈站起身来,无限感慨地望着熊熊的炉火,自言自语地道:"看来这火炉和我一样啊,都惧怕我的夫人。"

美丽智慧的佳米拉

古时候的埃及有一个国王,不仅有着很高的政治才能,而且也有着极高的艺术修养,尤其是在舞蹈方面,更是造诣非凡。他有一个庞大的舞蹈团,每次到了节日庆典和来了贵宾时,都会让舞女表演歌舞以烘托气氛。

在众多的舞女中，最受国王喜爱的是一个叫佳米拉的女孩。国王为她建造了一座富丽堂皇的宫殿，安排了 10 个女奴做她的侍女，如果她出门游玩或者有其他的活动，负责保护她安全的卫兵有 20 个之多。

佳米拉很漂亮，身材修长窈窕，显示着无穷的青春魅力。她的舞技更是卓尔不群，其他的舞女都望尘莫及。在跳舞的时候，佳米拉喜欢脱下鞋子，在腰间系上五颜六色的长长的飘带，加上她如云的长发，如同仙女下凡。她的舞蹈动作媚而不妖，细腻入微，善于通过身体各部位肌肉的抖动来表达内心的情感。佳米拉非常谦虚，如果其他舞女有擅长的舞技，她都会虚心请教。因此，她既可以跳热情奔放、活泼欢快的舞蹈，也能表演轻松舒展表现平常生活的舞蹈。

她的乐队是国王为她专门配备的，用蟒皮做面的陶制大鼓定音，以竖琴、铃鼓和马头琴状的"乌德"作为主乐器。鼓手把鼓放在左边的膝盖上，用灵活的十指在鼓面上敲出时紧时松、时缓时急、时重时轻的鼓点，来充分表达鼓手内心的喜怒哀乐，最优秀的鼓手能够按照节拍连续击鼓一天一夜。有一个叫吉卡的年轻鼓手，以他精湛的技艺打开了佳米拉的心扉，成了她的心上人。

一日，国王对佳米拉说："佳米拉，你的舞蹈已经成为我生活中不可或缺的一部分，每天我都需要看到你的舞蹈，否则做什么都提不起精神。嫁给我吧，我要让你永远待在我的身边。"

虽然很多舞女做梦都想成为国王的妻妾，但是佳米拉却有了心爱的人，于是她冷静地告诉国王："陛下，能够得到您的爱怜是我的荣幸。不过，我只是一个舞女，舞蹈就是我的工作。各国的王公贵族之所以和您频繁交流，保持良好的关系，就是为了欣赏我的舞姿，如果我嫁给了您，就无法为客人表演舞蹈。如果我不为他们献舞，他们肯定会来的越来越少，你们的关系也会越来越疏远，这对于我们国家的政治环境是极为不利的。再说了，您之所以喜爱我，就是因为我的舞蹈艺术，如果我不再跳舞，必然失去往日的魅力，您也失掉了一个怡悦您情操的对象。因此，我还是永远做您的舞女吧。"

国王不是很认可佳米拉的话："你嫁给我以后可以单独为我跳舞嘛。"佳米拉说："陛下，如果这样的话，对您的后宫和国内的统治会有深刻的不良影响啊。就拿王后殿下来说吧，她作为国母，在全国上下深受人们的爱戴，和您的感情也深厚无比。如果我嫁您为妃，肯定会分掉王后的爱宠，这样不仅会引起王后的不满，

第四章　广为流传的智慧故事

甚至会导致朝野的骚动，对您的统治极为不利。我也成了红颜祸水，恶名远播，遭万人唾骂。最后您只能赐我一死，才能平息汹涌的舆情。孰得孰失，请陛下三思。"

国王听了佳米拉的话，翻来覆去的思量，觉得她的考虑还是有道理的，就不再要求佳米拉嫁给自己了。从此，国王对佳米拉更是宠爱有加，举行宴会时，仍然让佳米拉为贵宾、祭司、奴隶主们献舞，在处理一些国事时也会听取她的意见。

宴会上的达官贵人观看舞女表演时，为了显示自己的富有，常常赏给舞女们金银首饰、珠宝玛瑙之类的贵重物品和金币，以博得舞女的好感。每当舞女翩翩舞至他的身边，王公大臣、客商阔少们就会情不自禁地将大把金币和其他贵重物品放进舞女的腰部的飘带中。像佳米拉这样的才貌双全的舞女，每次宴会都会得到大量的赏赐。她把大部分钱财交给鼓手吉卡保存，以备日后从王宫中出去后能过上富足的生活，另一部分则救济那些生活上有困难的舞女们，因此她赢得了众多姐妹的爱戴。

有一次，一个富有的商人看中了佳米拉，这个商人是国王的朋友，更是宫廷舞会的常客，佳米拉的每一次表演他都会来捧场，而且出手十分阔绰，往往一掷千金。有一个舞女得知了这个消息，羡慕地告诉佳米拉说："佳米拉，我们真的很羡慕你，那么多的人都是专门来看你的舞蹈。就像那个大商人，因为你的舞艺和美艳而拜倒在你的石榴裙下，他说即便是倾其所有，也要娶你为妻呢。"

佳米拉冷静地说："好妹妹，这种话是不可信的，这种人也靠不住。因为他追求的是一个人的美艳，而人的青春不会永驻，当一个女人年老色衰时，就会失去他的欢心，他就会转身去追求更年轻的姑娘，后果便可想而知了。"

富商找到国王，请国王同意自己娶走佳米拉。仅仅是一个舞女的佳米拉显然无法直接拒绝富商的要求，就请国王转告富商：她可以嫁给他，但是商人必须以一个王国作为聘礼，让她当女王。商人一听就知道，这是佳米拉不愿意嫁给自己，从此不再提亲，连王宫也不去了。

魔王听说了佳米拉的美艳和高超的舞姿，就想将她霸为己有。于是他来到王宫外面，告诉国王说："你必须要把佳米拉送给我，让她成为我的妻子，为我跳舞。不然我就毁掉你的国家，踏平你的王宫！"

国王吓得浑身发抖，只好先稳住魔王，然后急忙命人叫来文武百官商议对策。他说："魔王前来索要佳米拉，如果不答应他的要求，他就要杀死我们所有的人。

这对我们的国家来说是个巨大的危机,你们有什么解决办法吗?"

丞相说:"魔王凭借魔力为非作歹,无辜残杀我们的臣民,我们早已与他有不共戴天之仇!现在他又想要抢走佳米拉,真是异想天开,我们绝不答应他!他既然来了就不要想回去了,我们正好趁着这个机会为民除害。"其他的文武百官也赞成他的意见。

国王见手下的大臣群情激昂,也不再害怕,更不想落下胆小怯战的名头,在群臣和百姓面前丢面子,就命令首相率领禁卫军去消灭魔王。长枪手排着整齐的阵列一步步逼向魔王,弓弩手们拉开弓箭,刹那间万箭齐发,利箭如同骤雨般射向魔王,魔王却不慌不忙地吐出一口气,如同秋风扫落叶般吹落了满天箭雨,随后闯进长枪阵中,拳打脚踢地驱散了禁卫军。魔王像抓小鸡一样一把抓住首相,拧断了他的脖子,又拆下他的四肢扔进了王宫。

正在王宫中等候消息的国王如同热锅上的蚂蚁一样,焦躁地走来走去,突然发现天上落下几段血糊糊的东西,仔细一看发现是丞相的首级和四肢,顿时吓得魂飞魄散。接着卫兵屁滚尿流地跑进王宫,带来了丞相阵亡、禁卫军溃散的噩耗,而且魔王已经下了最后通牒,如果一个小时内再不交出佳米拉,就马上踏平王宫!国王听了差点儿没吓晕过去,赶紧叫来佳米拉,对她说:

"佳米拉,现在已经到了王国生死存亡的关头。我知道你不愿意向魔王屈服,但是如果你不答应他的要求,百姓遭屠杀,整个王国将不复存在。你看现在该怎么办?"

佳米拉考虑了一会儿,抬起头对国王说:"请陛下安心,不能因为我一个人连累大家,就让我跟魔王走吧。"

国王不忍心看着佳米拉进入火坑,就说:"你去与魔王打交道必定凶多吉少,你还需要什么帮助?"

佳米拉说:"只要给我一个人就行了。"

"你想要谁?"

"鼓手吉卡。"

"行,我马上就让人把他喊来。你此去要万事小心"

魔王看到佳米拉带着舞衣走出王宫,不由得露出獠牙放声大笑,震得四周的人们东倒西歪。魔王大笑一阵后,说道:"你们这些渺小的人类,竟然试图挑战我的威严！现在你们知道我的厉害了吧！佳米拉是我的啦！"

魔王说着就要拉佳米拉。佳米拉抬手阻止了他的动作："且慢，我可以跟你走，但是你必须答应我一个条件，不然我宁死也不会跟你走。"

"可以，别说一个，一万个条件我都可以答应。"

"你要答应我以后永远不再伤害我们的百姓，永远不能踏上我们的国土。"

"这个完全没有问题，天下也不是只有你们一个国家。现在你跟我走吧！"

"我还需要带一个人去。"

"不行！我要的是你一个人，其他人我要了干什么？"

"他是我的鼓手。你不是要看我跳舞吗？跳舞时如果没有鼓伴奏你觉得好看吗？如果你那里有符合我要求的鼓手，那自然就不需要让他去了"

"说得也有道理，那就让他跟上吧。"

魔王一手一个把佳米拉和吉卡抓在手里，猛地一纵消失在天空中。

佳米拉耳边呼呼作响，看到下面一会儿是沙漠，一会儿又是绿洲，一片片白云一闪而过，越过了重重高山、条条河流，终于一座高山上停了下来。魔王在一面峭壁前念动咒语，"轰隆"一声，峭壁上出现了一个巨大的石门，从里面走出来一些赤面獠牙、蓬头垢面的魔鬼，张牙舞爪地把魔王迎进洞里。

佳米拉走进了石门，发现洞里又是别有天地：这是一座金碧辉煌的宫殿，魔鬼们从各地抢来的金银财宝散落的到处都是，地下室里关押着各种肤色的人，这些人都是魔鬼们从各个国家掳掠来的，作为它们的食物储备，饿了就随便抓上来一个吃掉。

一个魔鬼的小头目见魔王只带回来两个人，非常奇怪："大王，您以前每次都捉来几十个人，怎么这次只带回来两个呢？"

魔王说："你天天除了吃还知道什么？我们也要提高一下我们的精神生活！这个姑娘擅长舞蹈，是埃及最好的舞蹈家，以后就是我的夫人，那个人是她的专职鼓手，为她伴奏的。"

魔鬼们听说魔王抓来了舞蹈家，不由得欢呼雀跃，大声嚷道："太好了，我们在山洞中住了几千年了，除了吃就是睡，都快闷死了！大王真是英明呀！我们要跳舞，赶快让那个鼓手敲起来吧！"

魔王笑骂道："你们跳的那能叫舞蹈吗？还是先欣赏一下女舞蹈家的舞艺吧！

佳米拉，快给我们跳一段吧！"

佳米拉穿上了艳丽的舞衣，给吉卡使了个眼色，吉卡便会意地敲起鼓来。随着节奏鲜明的鼓声，佳米拉轻舒长臂，缓慢而有优雅地走到大厅中间。随着一个极其优美的亮相，魔鬼们都被她的美艳惊呆了，一个个屏住呼吸、瞪大着眼睛盯着她的一举一动。鼓声越来越响，节奏越来越快，如同雨打芭蕉一般，佳米拉随着节奏浑身抖动起来，舞衣上的金银饰品反射出璀璨的光芒。魔鬼们目眩神迷，沉浸在如同魔音般的鼓声中，身体也不由自主地抖动起来。

魔王也在鼓声和舞姿中陶醉了，不由自主地走到佳米拉身边，随着她的动作亦步亦趋。魔鬼们见魔王都亲自上场了，更是没有了顾忌，拼命地晃动着他们的身体。吉卡用他灵巧的手指不停地敲着鼓面，激昂的节奏越来越快，佳米拉的动作也越来越难，越来越迷人。

魔王和他的手下全部的身心都投入到了鼓声和舞蹈之中，如同被催眠了一样，只要吉卡的鼓声不停，他们就不停地跳。吉卡的鼓声响了三天三夜，他们也一直连续跳了三天三夜，结果，魔王和魔鬼们都累死了。

佳米拉和吉卡打开了地下室，被魔王囚禁的人们得救了。佳米拉和吉卡将魔王的金银财宝分给他们，让他们各自回国与亲人团聚。他们操着各种不同的语言向佳米拉和吉卡表示感谢，盛情地邀请他们到他们家里做客、表演舞蹈。

佳米拉和吉卡开始启程回埃及。在路上，他俩不时地为人们表演埃及舞蹈，受到人们的热烈欢迎，既为陌生的旅客消愁解闷，也为普通人家的婚礼助兴。

一年后，他们回到了埃及，向国王报告了消灭魔王的过程，国王非常高兴，准备以重金奖赏佳米拉。佳米拉谢绝了国王的赏金，和吉卡离开了王宫，开始平民的幸福生活。

大魔术师沃包乃勒

在尼卜卡法老时期，创造万物、保护万物的卜塔神是人们最崇敬、最信赖的神，在古都孟斐斯城建有卜塔神庙，就连尼卜卡法老每年都要来这里拜祭，以表达对卜塔神的敬畏。

有一年，尼卜卡法老在拜祭卜塔神的时候，注意到旁边有一个老人郁郁寡欢，面带愁容。他知道这个老人叫沃包乃勒，是当地的一个大魔术师，也知道他平常是个活跃分子，口若悬河妙语连珠。可是，今天他这是怎么啦？看来是有心事了。

法老命人叫来大魔术师沃包乃勒，问他："沃包乃勒，你今天怎么了？是不是家里有什么事，如果有困难就告诉我，我可以帮你解决。"

沃包乃勒向法老深深鞠躬，说道："陛下，本来这件事我是不想对任何人说的，不过既然陛下开口了，我只能如实道来。您是了解我的，我这个人比较倔强，从来不向别人要求什么，从来不想麻烦别人，也没有欺负过任何人，因为我不愿意让别人觉得为难。"

尼卜卡法老点头说："是啊，你的为人我是知道的，你是一个宽厚的长者，一直都受到别人的尊敬。正因为如此，你应该快乐才对呀，为什么如此愁眉不展呢？"

沃包乃勒叹了口气，说道："陛下，事情是这样的，我的家里有一座典雅幽美的花园，因为我喜欢园艺，就在里面种满了奇花异草，经过多年的努力，花园终于初见规模，四时有不谢之花，八节有长青之草，鸟语花香景色宜人。我还在园中挖了一个小湖，在湖畔建造一座木屋，每当心情不好的时候，我就会坐在木屋里欣赏满园的美景，烦躁的情绪不一会儿就会得到缓和，让我的精神重新振奋起来。

"然而，前不久有一个无赖买通了我的花匠，进入了我的花园。如果他只是为了欣赏我花园的美景，那我也不会说什么，可是您知道这个焚琴煮鹤的粗坯都干了些什么吗？他在我的草坪上打滚，搞得草倒花歪；在我的小湖里洗澡，一池春水弄得污浊不堪，他还霸占了我的木屋，赖在那里不走。我很心疼我的花园，就去有礼貌的请他出去，可他却口出污言，对我的要求置之不理。而且我的花匠因为收了他的钱，还一直帮他说话。"

尼卜卡法老再也听不下去了，他打断了沃包乃勒话，气愤地说："这简直就是无法无天了嘛！他的眼中还有没有法律？沃包乃勒，你早就该告诉我了！在我的国度绝不允许发生这样的事，私闯民宅、霸占他人财物要受到法律的严惩，那个为了蝇头小利而背叛主人的花匠也该受到惩罚！这件事就交给我了，你就不要再难过了。"

看到法老对自己如此关切，沃包乃勒万分感激。他向法老连连鞠躬，感动地说："感谢仁慈善良的法律，感谢您对草民的支持，我就知道您不会放过这样的无赖！不过我已经惩治了那个无赖。"

法老对沃包乃勒的魔法颇有兴趣，问："你是怎么惩治他的？"

"陛下，您知道我精通魔法，我当然要用魔法惩治他。我用蜡烛做了一条小鳄鱼，告诉它：'你去藏进湖里，那个无赖到湖边的时候，你就把他拖到湖里，不到七天七夜不要放他出来！'然后就把小鳄鱼放到了湖里，它立刻就变成了一条大鳄鱼藏了起来。

不一会儿，那个无赖就从木屋里出来了。他就像是真正的主人那样，在花园里旁若无人的到处游玩，不时摘下一朵花嗅嗅又扔到一边，粗暴地摇动果树晃下几棵果子，随便尝了一口就随手丢弃，还捡起石块、木头扔进水里，玩得不亦乐乎。

"然而他的悠闲也到此为止了。刚到了湖边，那条大鳄鱼就从水中扑了出来，他还来不及反应就被鳄鱼一口咬住拖进水里。现在那个无赖已经在湖水中待了七天七夜了，再过一会儿大鳄鱼就要把他带出水面了。"

法老听了，非常想看看那个无赖的狼狈相，连忙吩咐左右："快，立刻准备车马，我要到沃包乃勒的花园里去。"

车驾刚到沃包乃勒的花园，法老就迫不及待地下车赶到湖边，对沃包乃勒说："赶快叫你的鳄鱼出来。"

沃包乃勒嘴中念念有词，对着小湖高声喊道："鳄鱼，出来吧！"

第四章　广为流传的智慧故事

话音刚落，湖中就翻起一片浪花，随后一条巨大的鳄鱼爬上岸来，嘴里还紧紧地叼着一个瑟瑟发抖的人。

法老从未见过这么大的鳄鱼，不禁大吃一惊；侍卫们更是如临大敌，抽出刀剑挡在了法老前面。

沃包乃勒告诉大家："诸位别怕，这条鳄鱼是我变出来的，只能吓唬吓唬人，根本没有杀伤力。"

魔术师说着就走近大鳄鱼，用手在鳄鱼的头上轻轻一抚，巨大的鳄鱼迅速缩小，很快就变成一根小小的蜡烛。

再看那个无赖，就像是一个鹌鹑似的蹲在水边，吓得浑身发抖，抱着头连人都不敢看。

法老看了看那个无赖，就问跟随在身边的大法官："按照这个人的所作所为，以帝国的法律应该怎么处置？"

大法官说："如果是一个平常遵纪守法的人做出这样的事，按照法律会责成他向主人赔礼道歉，并赔偿相应的损失，如果主人不再追究的话不会进行其他更重的惩罚。但是这个人就不能这样了，我认识他，他是这里的一霸。平常欺男霸女无恶不作，在这里的民愤很大。这次他的行为看似是私闯民宅，其实造成的事实是他已经霸占了这个花园，应该从严从重处理。如果我们今天不从重处理他，那就是对犯罪的鼓励，他以后也会更加肆无忌惮地侵犯更多人的权利，政府就成了罪犯的帮凶和保护者，老百姓对我们又会怎么看？因此，我的建议是处以死刑，以儆效尤。"

法老认为大法官的话很有道理，于是他就命令侍卫把那个无赖拉出去明正典刑。至于那个为了蝇头小利背叛主人的花匠，因为没有相关的法律条文来惩罚他，法老建议沃包乃勒解雇了他，同时法老昭告天下这个花匠的恶劣行径，从此以后再也没有人愿意雇佣他。最后他流浪街头，冻饿而死。

牧羊人与神女

　　太阳刚刚从东方露出他微笑的面容，牧羊人卡迈勒就进入了羊圈开始了他的工作。他把羊群赶到碧草如茵的草地上，让羊群自由自在地吃着甘甜的青草，而他则像往常一样躺在草地上，哼着小曲仰望着蓝天白云。

　　草地中间有一个小小的湖泊，湖水清澈见底，里面的鱼儿快乐地享受着悠闲的时光。小湖的岸边有一片野生的仙人掌树，有的甚至有两米多高。这些仙人掌长得茁壮挺拔，树上开满了黄色的花朵，一群群勤劳的蜜蜂采着花蜜，几只蝴蝶在花丛中翩翩起舞。这时仙人掌已经开始挂果，有的小如手指，有的大如鸡蛋，熟透的仙人掌果肉绛红，香甜可口。

　　太阳一点点地移到了南方，卡迈勒在草地上待的无聊了，就走到仙人掌树丛里想摘一些仙人掌果吃。他刚摘了几个，就看到六只天鹅从远方飞到了小湖旁边，身上的羽毛洁白无瑕，优美的身姿亭亭玉立。卡迈勒马上就被漂亮的天鹅吸引住了，他轻轻移动脚步，想要抓住一只白天鹅做他的宠物。但是还没有等他接近，就见白天鹅突然抖掉了身上的羽毛，变成了6个美丽的少女，然后下到了小湖中开始游泳！

初见神女

　　这简直就是一幅人间罕见的画卷：天上碧空如洗、白云袅袅，地上绿草如毯、羊群咩咩；岸边林木葱葱、鸟语花香，脚下流淌着清泉溪水，清澈的湖中几个美女在沐浴。这简直是一个仙境。在这6个姑娘中，最小的那个长得如同月亮般美丽动人,她皮肤白皙、身姿婀娜,在明媚的阳光下艳丽照人。姑娘们在湖里开心地嬉戏玩耍,后来她们比赛谁游得最快,终点就是湖心。她们刚到湖心,卡迈勒就迅速跑到湖边将最小的姑娘的羽衣抓在手中,又回到山坡仙人掌后面躲藏起来。

姑娘们终于洗好了,打打闹闹的爬上岸来,擦干身上的水珠后纷纷穿上自己的羽衣,准备飞回去。这时最小的姑娘惊叫起来:"我的羽衣呢?姐姐们,我的羽衣不见了。"

姑娘们说:"咱们的羽衣不是都放在这儿吗?你的羽衣怎么会不见了呢?真是怪事!"

姑娘们翻遍了这里的每一个角落,但是始终没有找到小姑娘的羽衣。太阳就要落山了,姐姐都等不及了,对小姑娘说:"天就要黑了,我们必须回去了,不然父王以后就不会让我们再下凡玩耍了。这样吧,我们先走,小妹暂且留下来继续寻找羽衣,找到后快点赶上来。"

小姑娘无可奈何,只好让姐姐们先走。她又在周围仔细地寻找了一遍,但连羽衣的影子也没有找到,急得大哭起来。卡迈勒就从隐藏的地方出来向姑娘走去。

小姑娘看见一个陌生的男子突然出现,吓得慌忙躲到一个草丛后面,问道:"你是谁?你想要干什么?"

卡迈勒回答得非常直白:"我叫卡迈勒,是个牧羊人。不要害怕,我已经爱上你了,是我把你的羽衣藏了起来。"

听了卡迈勒的话,小姑娘羞得满脸通红。她仔细地打量着卡迈勒,这是一个高大魁梧的小伙子,尽管衣衫破旧,却丝毫不能掩盖他的英勇气概。卡迈勒又问:"美丽的姑娘,请问你是何人?又来自何方?"

小姑娘说:"我是神王的女儿,来自遥远的天国。"

"那你怎么来到了这儿呀?"

"我厌倦了天国单调的环境,所以来到人间游历。"

"人间的生活虽然丰富多彩,但是人类所承受的苦难也更多。我们必须通过辛勤的劳动才能换来温饱,不像你们神仙神通广大,衣食无忧呀。"

"在我看来,用自己的汗水换来的东西才是最宝贵的,也更有意义。"

"那么,你愿意跟我一起生活吗?"

小姑娘羞涩地点了点头。

"那你以后不会离开我了吧？"

"不会的。我既然答应嫁给你，就不会反悔，任何力量也改变不了我的决定！"

卡迈勒取出羽衣打算交给神女。神女摆摆手，让他把羽衣藏在衣服里，自己施展神通变出一套漂亮的衣服穿上，然后大大方方地拉着卡迈勒的手，说道："走吧，你带我去拜见你的父母和乡亲们吧！"

卡迈勒和神女的婚礼

天已经黑了，平时早已到家的卡迈勒仍然没有回来，他的父母十分担心，在村头焦急地走来走去，等待着他的归来。他们终于看到了儿子的身影，但是看到跟着卡迈勒身后的那个天仙般美丽的姑娘时，他们一时惊诧地目瞪口呆。他们家太穷了，根本无力为儿子娶媳妇，现在儿子自己带回来这么漂亮的一位姑娘，真是意外之喜。两位老人欢欢喜喜地把姑娘迎进家门。

卡迈勒进了家门，第一件事就是把神女的羽衣藏在床底下，然后才出去招呼闻讯上门看热闹的乡亲们。他郑重地向父母和众乡亲们宣布，他要和这个姑娘结婚。

父亲听到儿子的话急忙把儿子拉到一旁，埋怨他说："你这孩子是不是高兴的傻了？这结婚要有新房子，新衣新被新家具，我们有吗？你连自己吃不饱饭，拿什么来养活这如花似玉的姑娘？等几天吧，我出去借些钱再给你们办婚事。"

父亲的话如同一瓢冷水浇到卡迈勒的头上，让他激动的心情冷静了下来。是呀，父亲说的一点儿也没错，一贫如洗的自己拿什么来操办婚礼，又拿什么来养活神女呢？他无精打采地蹲在地上，唉声叹气，苦苦思索能够来钱的门路。

神女明白了卡迈勒的心事，便笑着安慰他："卡迈勒，这些都是小事，你就不用担心劳神了。赶快去吃饭睡觉吧！"

第二天一早，当卡迈勒醒来时，惊奇地发现周围的一切都变了：原来破旧的泥土房变成高大宽敞的砖瓦房，衣满柜、粮满仓、牛羊成群……总之，结婚所需要的东西应有尽有。他高兴地找到父亲，说："父亲您看，结婚用的东西我都准备好了，您就赶紧给我们操办婚事吧。"

父亲却没有立刻答应。他从睡醒就迷惑不解：谁都知道自己家都穷得几乎揭不开锅了，怎么一觉醒来就成了屈指可数的富户了？这里面一定有问题，肯定在这个姑娘的手段！想到这里，他装作若无其事地告诉卡迈勒："孩子，你想得太简单了，仅仅有了这些是不够的。我们还需要一匹高头大马，好让你骑着去迎亲呀。"

卡迈勒又犯愁了，他到哪儿去弄高头大马呢？他心事重重地回到神女身边，神女安慰他道："不用担心，我们明天就有骏马了。"

又是一个新的夜晚，人们吃过饭后都入睡了。心里有事的父亲却没有睡觉，他悄悄地来到院子里，躲在隐蔽的地方注意着家里的动静。夜深了，周围万籁俱寂，他看到那姑娘拎着一件白色的羽衣从屋里走出来，只见她把羽衣披到身上，立即变成一只白天鹅飞到天上。白天鹅绕着他们的院子转了一圈，院子里便凭空出现了一匹高头大马。白天鹅又落到了院子里，随后又变成了姑娘，拎着那件白色的羽衣走进她的房内。这一切的发生都是悄无声息的，卡迈勒的父亲大惊失色，紧紧地捂着自己的嘴巴，他知道，这个姑娘绝对不是凡间的女子。

第二天，他把卡迈勒叫到自己房内，关好房门，把昨夜看到的一切都告诉了卡迈勒："孩子，这姑娘肯定是个魔女，这些新东西都是她给变来的。既然她能变来好东西，也必定能给我们带来祸殃，这样的姑娘是祸非福啊。让她走吧，我们要的是平平安安，宁可靠自己的双手来过穷日子，也不能招惹无法解决的麻烦。"

卡迈勒向父亲解释说："父亲，我知道她的来历。她并不是什么魔女，而是一位神女，她的父亲是神王。她们姐妹六人到湖里洗澡，是我把她的羽衣藏了起来，让她留下来的。她身为神女，却不迷恋天宫的荣华富贵，甘愿到咱们这个贫困家中来，这是多么难得呀！父亲，您受了一辈子的苦，现在应该享福了。你不用担心这个了，还是赶紧为我们操办婚事吧。"

父亲相信了儿子的话，开始为他举办热闹的婚礼。他盛宴全村男女老幼，请来村长当主婚人，还请求村长把村长家作为神女的娘家。

整个婚礼前前后后需要8天的时间。第一天，村长的夫人为神女梳妆打扮，给她穿上结婚礼服。围在房子外面的妇女们一边唱歌，一边敲起手鼓，一直闹到深夜方才离去；与此同时，有人给卡迈勒的房中端来一个大盘子。盘子的中间点着一根蜡烛，四周摆满鸡蛋，象征吉祥如意。村里的小伙子们在卡迈勒的家里载歌载舞，祝贺卡迈勒脱离了单身生活。

婚礼的第二天，在卡迈勒家中举行"升帆仪式"，其实就是在房顶平台上撑起一把大伞，再用几根木棍固定住。"帆"升起后，村民们在大伞下时而唱歌跳舞，时而相互交谈，品尝着卡迈勒为大家准备的食品、饮料。

第三天是新娘沐浴日。村长夫人为新娘准备好干净的浴室，让新娘在里面洗澡。新娘进出浴室时需要伴娘的陪伴，妇女们要向门两侧的墙上扔鸡蛋，这样做的目的是赶走恶魔，乞求太阳神保佑新娘安康。当天晚上，伴娘和其他妇女为新娘染红手指甲和脚指甲。

第四天专为新娘化妆。伴娘先在新娘的两腮上涂上淡淡的粉底和腮红，然后为她描眉，再在她的下唇上涂上口红。

第五天，村长夫人在家中举办盛大的宴会，村民们也把最拿手的饭菜和最好的食物送到村长家里，让所有的村民共享。这个宴会要持续到深夜。在半夜的时候，卡迈勒带着迎亲的队伍来到村长家里。在村长家门口守候的妇女看到了迎亲队伍，便进去通知新娘说迎亲的队伍来了，让她做好准备；然后又请村长去门口迎接。卡迈勒的父亲与村长互相问好后，村长将卡迈勒领进家，在伴娘的陪同下来到新娘的房中。卡迈勒来到神女的身旁，用手轻轻抚摸一下她的头顶，在神女身边坐一会儿，然后面朝新娘退出"闺房"，又带着迎亲队伍回到自己的家中。卡迈勒走后新娘家的男女宾客也纷纷告辞。过了一段时间，卡迈勒在几个亲友的陪伴下，再次来到村长家。村长带着他的儿子出来迎接卡迈勒，表示欢迎。卡迈勒感谢村长一家的盛情厚谊后，一个人进入神女的房间，与她单独交谈。过了一会儿，伴郎前来敲门，把卡迈勒带了回去。

第六天的凌晨，送亲的队伍从村长家中出发，他们敲着手鼓唱着歌陪伴新娘向卡迈勒家走去，很远就看见卡迈勒全家人打着灯笼等在门口。神女身着盛装，在人们的欢呼和庆贺声中姗姗步入卡迈勒的家中。卡迈勒的父亲和他的朋友杀牛宰羊，用牛血和羊血祛邪，为新郎新娘祝福，随后请村长和全村人吃饭。

第七天早晨，村长把卡迈勒一家邀请到家里，全村的人们聚集在神女的"娘家"再次欢乐歌舞一番。

第八天，卡迈勒请村长全家吃饭，然后又和神女一道回神女的"娘家"吃"娘家"的"告别饭"。到这里整个婚礼才算是完成，从此新娘算是嫁给新郎了。

在整个传统的民间婚礼过程中，神女一直沉浸在无比幸福之中。这种浓烈的乡土气息是她在天堂绝对感受不到的，她庆幸自己做出了一个正确的决定，同时感叹她的五个姐姐没有这个福分。

巫师的诬陷

巫师巴赫是一个江湖骗子,到处造谣生事、骗取钱财。他听说神女下凡的事情后,便想去卡迈勒所在的村子去施展一番"神通",告诉那里的村民自己比神女更有能耐,这样以后的一段时间他就不愁吃喝了。

他打扮成一个仙风道骨的老者来到卡迈勒的村子,宣称自己神通广大,能够为村民们消灾祛邪。听说村里来了这样一个"神人",村长马上跑来热情地接待。巫师和村长寒暄之后就直截了当地问他:"听说你们村来了一个神女?"

村长高兴地说:"是啊,这个神女不但长得很漂亮,而且为人心地善良,大家都很喜欢她。"

"哦,原来是这样呀。不过,我有一句话不知当讲不当讲。"

"还请大师明言。"

"村长啊,我看你们村子的上空黑气缭绕,可能不久后你们就要大祸临头了!"

"何以见得?"

"天机不可泄露,过几个月你就知道了。我近期会一直住在这里,如果有事情你可以去找我。"巫师说完就干净利索地走了。

这个巫师也算是有点本事的,他懂得一些气象知识,从这里的自然环境和其他的一下征兆,他判断此地今年必定有大旱灾,准备用这件事情来打击神女以完成自己的欲望。

果然,这个地方一连几个月都没有下雨,湖水都干枯了。地里的庄稼颗粒无收,人的饮水勉强能够保住,不过大部分的牛、羊都渴死、饿死了。

村长想起了以前巫师给他说过的话,认为这是一个有大神通的人,便去请他指点迷津:"大师呀,您的话已经应验了。现在我们的牛、羊都快要死光了,如果天再这样旱下去我们的日子该怎么过呀?这是为什么呢?我们又该怎么办?"

巫师知道鱼上钩了,就撕下了伪善的面具,说:"这一切都是因为那个'神女'的原因。其实她根本就不是什么'神女',而是一个魔女!是她施展邪术,让你们贫困交加,牛、羊也一群群地死去,而她家的生活却蒸蒸日上。想要改变你们的处境,只有把她赶走一条路。否则你们只有死路一条!"

村长一开始也不相信巫师的话,后来一想,事实可不就是如此吗?自从神女和卡迈勒成亲以后，他们小两口的日子倒是过得红红火火，吃喝不愁，家里牛、羊成群，粮食满仓，可全村的牛、羊都快要死光了，地里的粮食颗粒无收。从这一点来说，"神女"并没有给予村民们一个"神女"应当给予的帮助，是值得怀疑的。

村长找来卡迈勒的父亲，将巫师的话原原本本地告诉了他。卡迈勒的父亲听了，也觉巫师的话不是空穴来风。况且他本来就对神女的来历有怀疑，假如神女真的是个"魔女"，那么最后他家也不会有什么好结果。与其以后家破人亡，不如当机立断赶走魔鬼，这样全村人和卡迈勒也脱离了危险。

卡迈勒的父亲立即回了家，对儿子说："孩子，村子里的情况你也看见了，再这样下去所有的人都会完蛋。巫师说了，之所以发生这样的情况，都是因为你的妻子施展了邪术。以前我就告诉你这个女人是魔女，现在看来我的判断是正确的。你还是快些把她送走吧，我不能眼睁睁地看着全村的牛、羊乃至所有的乡亲都死光呀！"

卡迈勒对巫师的话嗤之以鼻，他劝父亲说："您怎么能够相信一个外来巫师的话？这个人肯定别有用心，有着不可告人的阴谋。神女的来历我一清二楚，她为咱家变幻出的牛、羊、马和粮食，都是为了孝敬您老人家和举办我们的婚礼，这一点村里的人是知道的，所以他们都没有埋怨神女。父亲，您就相信您的儿子和儿媳吧！"

"我并不是不相信你和神女，只要你们过得好我就满足了。不过你要知道三人成虎的道理，现在村长已经相信了巫师的话，又逢大灾之年，乡亲们都食不果腹衣不蔽体，而我们却天天吃香喝辣，我怕有人对你们不利啊。不如你们出去避一下风头，等年成好了再回来吧。"

看到父亲的态度很坚决，而且他也从人性方面分析了有可能出现的恶劣后果。为了不使父亲为难，卡迈勒与神女商量后决定暂时离开村子，到山林里住一段再说。

神女饱受苦难

看到神女和卡迈勒被赶出村子，巫师不由得心花怒放，这说明村长和村民开始信任他了，已经取得了阶段性的胜利。接下来他就可以施展手段，巩固自己在村长和村民心目中的印象，最终达到在村子里一言九鼎的地步。

于是他告诉村民们，他有能力与神灵沟通，让雨神降下甘霖解除旱灾，不过村民们必须每天提供美味佳肴以祭祀神灵。为了解除旱灾的威胁，让村民们能够生存下去，村长要求各家各户都必须把自己最好的食物送到巫师那里。巫师虽然当着大家的面放在祭坛上，但是，村民们一离开他就把祭品填进了自己的肚子，然后告诉大家神灵已经享用了他们的祭品。纯朴的村民们对他的话没有丝毫怀疑，仍然节衣缩食地献上祭品。

然而肆虐的旱灾没有一点减轻的迹象，村民们的生活逐渐难以为继，都快到了饿死人的地步了。在村民们的催促下，村长质问巫师："你说只要我们献上祭品，你就可以和神灵沟通为我们解除旱灾，为什么现在一滴雨都没有下？"

巫师狡猾地回答："这个就不是我的原因了。神灵已经知道了你们的诚意，每天都派雨神来到你们村子的上空。但是魔女离村子太近了，每次雨神一来到她就施法干扰雨神的工作，所以才一直没有下雨。现在你们只有把魔女赶到遥远的沙漠中去，才能得到雨神的帮助。"

村长找到卡迈勒的父亲，让他把卡迈勒和神女赶到沙漠中去。

听了父亲的话，神女不由得怒气填胸。当初她和卡迈勒被迫离开村子的时候，她就知道是巫师在背后捣的鬼，可是想到巫师或许可以帮村民们解除旱灾，她委曲求全来到了艰苦的山林。现在巫师又要借村长的手把她们赶到沙漠中去，这是在要他们的命呀！虽然她现在不敢和雨神联系让雨神降雨，但是并不代表她的法力没有了，如果她和巫师交手，巫师必败无疑。

神女怒不可遏地对卡迈勒说："亲爱的丈夫，我抛弃了天国无忧无虑地生活，离开了爱我宠我的父母亲人，来到下界吃苦受累，就是为了能和你在一起。可是这个邪恶的巫师为了达到他不可告人的目的，对我们百般陷害、步步紧逼，我已经忍无可忍了，我要和他斗法除掉这个败类！"

卡迈勒伤心得泪流满面，紧紧地抱着神女，劝她说："我知道你为了我做出了巨大的牺牲，我也不忍心让你承受这些艰辛。可是乡亲们是人云亦云、盲目无知的，现在他们是受了巫师的蒙蔽。你是天宫的神女，不要和这些肉体凡胎一般见识。大旱只是暂时的，早晚都会下雨，到时候他们自然会看清巫师的真面目。咱们就暂且到沙漠中去住一段时间，免得和乡亲们起冲突。如果你现在跟巫师撕破了脸，我们和乡亲们的误会就没法解开了。"

神女考虑了一阵，认为卡迈勒的话不无道理，就认可了他的意见。

他们带着简单的行囊离开山林，走进荒芜的沙漠。苍茫的大漠一片荒凉，四周死气沉沉渺无人烟。神女满腔悲愤，强抑着怒火，深一脚浅一脚地行走在沙丘上。祸不单行的是，一阵沙暴掩盖住了他们计划补充饮水的水源，让他们的处境更是雪上加霜。卡迈勒让神女留在宿营地，留下仅有的一点水，带着水囊只身去寻找水源。

卡迈勒忍着饥渴，在沙漠中跋涉了一天一夜，终于找到了一处长着青草的低洼地。洼地的下面肯定会有水！他欣喜若狂，开始拼命地用双手去挖沙子。他的指甲很快就磨掉了，不久坚硬的沙粒又把他的十指磨得鲜血淋漓，旁边的沙土都成了红色。终于，一股清泉从地下汩汩地流出来了！

卡迈勒先是喝了个饱，随后装满水囊，不顾疲惫开始了回程。他知道留给神女的水并没有多少，现在神女也一定断水了。然而他的身体实在太虚弱了，毕竟他已经一天一夜没有粒米入腹，又连续走了这么远的路。卡迈勒没走几步，就觉得眼前一黑，晕倒在沙漠中。一阵风沙袭来，他的身体被埋在沙土之中。

卡迈勒离开不久，神女就觉得心神不宁，总觉得有什么不好的事情要发生。这种感觉越来越强烈，她再也等不下去了，她要去找卡迈勒，她要和卡迈勒一起面对任何的危险。

她朝着卡迈勒离开的方向匆匆前行，一直来到卡迈勒挖出的清泉，却始终没有发现卡迈勒的踪迹。不过她知道就在这附近，因为这个水源就是卡迈勒挖出来的，旁边还有他的血迹。

神女焦急的观察着周围的一切，忽然发现远处的一个小沙丘下露出一片衣角。她精神一振，疯了似的跑了过去，拼命地用她娇嫩的小手向下面挖去，但是她挖出的只是卡迈勒的尸体！神女伤心极了，用她血肉模糊的双手抱着卡迈勒失声痛哭，豆粒大的泪水滴落在卡迈勒的脸上，手上殷红的鲜血与卡迈勒的血交融在一起。

奇迹出现了，卡迈勒慢慢睁开了眼睛，他又复活了！他们紧紧地拥抱在一起，诉说着自己的喜悦和担忧，彼此鼓励一定要活下去！

法老受命请神女回宫

我们把视线转向神女的姐姐们。她们回到天国后不敢隐瞒，向神王如实禀告了她们姐妹六人私自下凡洗澡、小妹丢失羽衣无法回宫的经过。神王听后勃然大怒，严厉地斥责了她们，随后又委派义务天神下凡，向埃及法老通报神女在下界失踪的事件，责成法老在全国进行盘查，找出神女下落，查明事情的原委并严惩偷盗羽衣的恶徒。

法老接到神王的旨意后不敢怠慢，立刻快马通知小湖所在地的总督，让他在本辖区内展开地毯式搜索，尽快找到神女，了结此案并向天神报告。

总督得知神女在自己辖区失踪的消息如同五雷轰顶，急忙派出手下最得力的捕快四处侦查，很快就确定神女曾经在卡迈勒所在的村子出现过。

总督闻讯后立刻赶往卡迈勒所在的村子，在村头正好碰见无所事事的巫师，便向他问道："老人家，听说你们村子来了一个很漂亮的外地姑娘，你知不知道她的具体情况？"

巫师一听总督打听神女，就知道总督肯定是负有寻找神女的使命，虽然他不敢隐瞒神女的下落，但是把责任推给卡迈勒的胆量还是有的。于是他一副无可奈何的样子回答说："我当然知道了。那姑娘是几个月前到这里的，她可是个好姑娘呀，不仅人长得漂亮，而且心眼好，全村人都喜欢她。只可惜呀——"

"可惜什么？"

"可惜她被一个名叫卡迈勒的给骗了，嫁给了他。那个卡迈勒就是一个二流子，天天游手好闲，坏事做尽。就像现在，大旱了几个月，赤地千里颗粒无收，牛、羊死了一批又一批，村里的人都在尽力抗旱救灾，不放过哪怕一点点的希望。可是唯独卡迈勒对这些视而不见，抛下年迈的父母，带着妻子跑到外面去了！"

"你知道卡迈勒现在住在哪里吗？"

"这个我就不知道了。只是听说他们先是去了一个环境清幽的山林，过了一段时间后忍受不了那里的寂寞，又去沙漠里的什么地方了。"

地方官被巫师的表演迷惑了，认为这是一个正直的人，就告诉了他实情："那个姑娘是天国神王的女儿。她和几个姐姐下凡游历时，在你们村子附近的湖边羽衣失窃，因此无法飞回天国，被迫留在你们村子里。按照你所说的情况，很可能神女的羽衣也是那个卡迈勒偷的。这件事你不要声张，暗中搜集卡迈勒的罪证，找到神女的下落，帮助我尽快缉拿卡迈勒归案，把神女送回天国。干好了这件事，不仅是我，就是法老、神王都会承你的情，荣华富贵指日可待！"

巫师又喜又怕。喜的是终于把总督糊弄过去了，以后前程似锦；怕的是万一神女要是揭破自己的阴谋，那就是死无葬身之地了。翻来覆去地想了许久，最后心一横："富贵险中求。既然神女对自己的手段无能为力，说明她也没有什么法力，大不了把她和卡迈勒一起干掉，这个世界上就谁也不知道自己的秘密了！"

总督将巫师所说的话迅速回禀了法老，法老命令御林军统领带领军队赶到总督那里，让巫师作为向导开赴沙漠，找回神女并逮捕卡迈勒。

卡迈勒和神女在沙漠中的生活过得十分艰难，他们随时携带的那点食物早已经吃完了，现在只能以仙人掌果充饥，好在没有了巫师的陷害，日子倒也平静。

这一天中午，正当他们要去采摘仙人掌果的时候，发现沙漠边缘扬起一团沙雾，离这里越来越近。卡迈勒以为是沙暴，急忙拉着神女躲避，可是神女却没有动，神色凝重地对他说道："卡迈勒，那不是沙暴，是骑兵带起来的沙尘，而且对方是冲咱们来的，咱们已经跑不掉了，见机行事吧！"

骑兵的速度很快，不久就到了他们面前。神女看见人群中的巫师后，心中顿时就明白了一切。

在巫师指明面前这两个人就是神女和卡迈勒后，御林军统领和总督迅速翻身下马，向神女大礼参拜后说道："启禀公主殿下，奉神王和法老之命，特来迎驾回宫。请神女公主殿下移步。"

神女说："有劳二位了。只是我已经与卡迈勒结婚成家，不忍分离。就请二位回复法老，让他转告父王，就说小女不孝，无法在膝前承欢，请父王恕罪。"

这时，巫师走上前去，对总督和御林军统领低声说了几句话，御林军统领又向神女施礼道："启禀公主殿下，据小将所知，之所以殿下落到这般地步，全部都是卡迈勒这个丧心病狂的家伙一手造成的。我们必须将卡迈勒抓捕归案，使殿下脱离苦海，我们对法老和神王也有个交代。"御林军统领说完就大手一挥，一班人马不由分说一齐扑向卡迈勒。

神女一看他们要动手，便上前护住卡迈勒，大声斥责道："住手！卡迈勒是我生死与共的夫君，岂容你们如此放肆！"

一众兵马不由一滞，随即看向御林军统领，御林军统领一拱手说："职责在身，请恕小将无礼。"仍然让手下去捉拿卡迈勒。神女见无法善了，被逼无奈施用了法术。只见她长袖一挥，刹那间狂风骤起，刮得天昏地暗、飞沙走石，把御林军统领、总督、巫师和士兵们吹得东倒西歪、站立不稳。神女见他们还要往前冲，就又挥动另一只长袖，狂风变成了龙卷风，把那些人统统卷起，远远地送出了沙漠。

不知道过了多久，御林军统领悠悠醒转，发现自己躺在村边的湖畔，总督、巫师和手下士兵、马匹都一个不少地昏迷在他的附近。他知道这是神女手下留情了，也不敢再去沙漠里自找没趣，便唤醒的他们，灰溜溜地返回了京城，向法老请罪去了。

神王亲自下凡

听了御林军统领的汇报后，法老的脸色阴得能攥出水来，心想这么好的一个讨好神王的机会却让这个无能的家伙给浪费了，毫不犹豫地把御林军统领给撤了。他知道即使派再多的兵马过去也没有用，也不敢瞒着神王，只好硬着头皮把事情的经过禀告神王。神王也没有责备法老，只是对女儿施法击退官兵大为不解。他想，既然是刁民卡迈勒欺骗了女儿，为何女儿还要帮着卡迈勒呢？看来其中有着不为人知的秘密。神王爱女心切，决定亲自到人间查个明白。

神王变成了一个普通人，安步当车地走向法老所说的村庄。离着村子老远，就见遍地都是焦黄的庄稼，进了村子更是令人震惊：比比皆是的死亡的牲畜触目惊心，村民们也饿得骨瘦如柴，走路都摇晃。神王从来没有想到人间还有这么悲惨的状况，更使他心痛不已的是，自己的掌上明珠竟然生活在如此恶劣的环境里！

神王就想去找几户人家调研一下，以便详细地了解民情，顺便再打听一下女儿的事。他又变成一个乞丐，首先来到巫师家里。只见巫师的住处富丽堂皇，巫师坐在那里享用着各种美味佳肴。神王心中暗想，这还真是朱门酒肉臭路有冻死骨啊。

巫师见门前来了一个异乡的乞丐，打搅了他吃饭的兴致，心中很不高兴，但是为了维持高人的风范又不得不装出和颜悦色的模样。神王假装向他讨吃的，巫师说："我可以给你吃的，我吃剩下的就足够你吃了。不过我不能让你养成不劳而食的坏习惯，你必须得为我干活才能得到这些食物！"

神王答应了，又问他："你们这里发生了什么事，怎么会死掉这么多的牲畜？村民们怎么都饿成这个样子？"

巫师不以为然地说："这个村子以前可不是这样的，牛羊成群粮满仓。自从这里来了一个魔女后，村子里是噩运不断，喏，现在你也看到了，就变成这个样子了。"

神王故意问:"什么魔女?她都做了些什么?"

"就是他们所谓的神女!她自称是神王的小女儿,我看她是魔王的女儿还差不多!自从她来到村中,这里就灾难频频,先是大旱,接着牛、羊都被渴死了,再后来村民难以生存下去。还需要什么证据?难道这些还不能说明问题吗?"

"不过我看你过的倒是挺不错的。看来你也是个有本事的人呐!"

巫师觉得这个乞丐很会说话,再加上这是一个外乡人,不怕他泄露自己的秘密,便满不在乎地说:"其实魔女什么的都是我编的。我懂得一些气象知识,知道这里今年必有大旱。之所以把大旱引起的牛羊死亡、村民遭殃的罪责都归到她的身上,就是要取得愚蠢的村长和村民们的信任。我告诉他们我能尽快结束他们的灾祸,条件就是他们得供我吃好喝好。你现在知道我为什么能如此享受了吧?当然我也没有骗他们,总是会下雨的嘛,只是早晚而已。至于神女所遭受的误解和苦难,那我只能说声抱歉了。"

神王听了不由得怒火中烧,恨不得一巴掌拍死这个无耻之徒。他强耐着性子帮巫师干了一会活就离开了。

神王随后来到村长家,向村长打听神女的事迹。村长告诉了他卡迈勒是如何无意中看到神女们下凡在湖中洗澡,他又是如何爱上美丽的小神女并藏起了她的羽衣,以及两个年轻人相爱、结婚的全过程。谈到后来因为天气大旱、听信巫师的话把卡迈勒夫妇赶出村子,最后致使他们流落沙漠历尽艰辛时,村长显得是那么的无奈和痛苦,他说:"我们听信了那个外乡人的话,认为那个姑娘是我们一切苦难的源头,相信他能够解救我们,把这对可爱的年轻人赶到沙漠中去了。现在看来可能我们做错了,那个巫师只会向我们要吃要喝,什么都没有改变,灾情还是越来越重,村民都已经到了生死关头,可我只能眼睁睁地看着,一点办法也没有。我们现在只能祈求神王的仁慈,降下雨水改变我们艰难的处境。"

神王听了村长的话长叹一声,辞别了村长。神王来到卡迈勒的家里,发现他的父母是一对慈祥、和善的老人。他们并没有因为他是个"乞丐"而疾言厉色,而是把家里仅有的饭菜拿出来招待客人。当神王装作无意间问起他们的家人时,老太太喜上眉梢地夸赞儿媳如何善良、勤劳,对自己是多么的孝顺,对乡亲们是多么的照顾。卡迈勒的父亲告诉神王,他曾经在半夜里发现儿媳变成一只白天鹅,随后家里就有了高头大马,他很后悔听了村长的话把儿子儿媳赶了出去,让他们衣食无着，他现在唯一的愿望就是希望她回到天宫的父母姐姐身边，不要和儿子一起受苦。

神王这时候已经完全了解了小女儿的情况，更加怜惜她的遭遇。在他与巫师、村长、卡迈勒父亲的谈话中，他知道了什么是人世间的市井百态、人情冷暖，觉得这是一种很新奇、很亲切的生活方式。与天宫中那种千篇一律的生活相比，凡间的生活显得更多姿多彩，更富有人情味。

他来到沙漠中神女的住处。但神女没有认出来他，只认为这是一个异乡的老乞丐，很可怜他，急忙搀住他，让他坐下休息；卡迈勒也给他送来清水和仙人掌果，百般安慰。神王亲眼看到女儿艰难的处境，不由得泪如雨下，欲言又止。神女看到这个乞丐也有着莫名的亲切感，就像小时候依偎在父亲的怀抱中那样。她情不自禁地开始向他诉说起自己在凡间的一切，她的经历、她的爱情、她的婚礼、她的家人，所有的喜怒哀乐都想和这个老人分享。

神王听了不胜唏嘘，他关切地问她："我听村里人说你是神女，你的父亲是无所不能的神王。你在天宫有享不尽的荣华富贵，为什么要在这个穷乡僻壤吃苦受累，还要看那些无知村民的白眼呢？"

神女笑着说："老人家，我一见到您就觉得非常亲切，在您身边我好像又感受到了父爱。这里的村民只是受了巫师的欺骗，其实他们是很淳朴的，对我也很好，还为我和卡迈勒举行了传统的婚礼。天宫里的一切是单调无趣的，而这里的生活是如此的丰富多彩，正是我长久以来所渴望拥有的生活。通过这次事件，我更加看清了人世间的善与恶、好与坏、苦与乐，也更加坚定了我留在人间与亲人同甘共苦的决心。如果父王能够知道我的际遇，也会赞成我的决定。"

神王知道女儿的性格，只要做出了决定，就没有任何人可以让她改变主意。再说了，他也看到了凡人生活的喜怒哀乐、悲欢离合，这种丰富多彩的生活是他在天宫无法给予女儿的。神王也不愿意活泼可爱的小女儿在冷冷清清的天宫终老一生。于是神王化作一阵清风离开了女儿和女婿，返回了天宫。神女见此，那里还不明白这是她的父亲来看望她了？她朝着神王离去的方向长跪不起，流下了幸福的眼泪。

卡迈勒很奇怪，就问神女："你这是怎么了？刚才那位老人怎么一眨眼就不见了呢？"

神女又哭又笑，激动地说："刚才那个乞丐是我的父王变的啊！父王来看望我们了！咱们的村子有救啦！咱们也可以回村子了！"

神王回到天宫立刻颁下法旨：命令雨神尽快为那块干旱区域降雨；命令天神下凡通知法老将巫师捉拿归案；命令财神向村民赐下牛、羊、马、骆驼和粮食。同时昭告天下，将六公主下嫁凡间的卡迈勒，并在天宫举行盛大的结婚典礼，赐予卡迈勒上天的能力，以方便公主随时探亲。

诸神们躬身领旨，退出大殿后立即各行其是。

不久之后，村子上空就普降甘霖，肆虐多时的旱灾一朝而尽；如帘的雨幕里，村民们跪在泥水里叩拜神王，感谢他结束了自己的苦难。法老亲自带人将巫师拿下投入大牢，并以盛大的仪仗到沙漠中将神女夫妇迎回村中。

从此，神女与卡迈勒一家幸福地生活在一起。

善良的尤素福

茫茫的沙海之中有一户牧民，一头骆驼、一顶帐篷就是这家人最值钱的家产。后来，他们的儿子尤素福来到了人世，给这个贫穷的家庭带来无尽的欢乐。夫妇俩对这个孩子视若珍宝，为了孩子能够健康成长，他们更加辛勤地劳作。

在沙漠那恶劣的环境下，尤素福一天天地长大了，变成像他父亲一样身高体壮英勇善良的男子汉。穷人的孩子早当家，目睹父母为维持生计而四处奔波的艰辛，优素福发誓，一定要让父母过上好日子，以回报他们的生养之恩。他对父母说："爸爸、妈妈，你们辛苦了一辈子，到现在还要日夜操劳，我心里十分难过。我想到沙漠的外面去闯荡一番，看看有没有机会来改变咱们的处境，让二老安度晚年。"

母亲不舍得儿子离开，父亲很开明，劝他的老伴："孩子已经长大了，应该有他自己的事业，不能把孩子一直拴在父母的身边。不敢与风雨搏斗的小鹰永远无法成为翱翔天空的雄鹰！就让他去吧，伟大的太阳神赐给了他一颗善良的心，但愿他可以造福全家，也使所有善良的人们得到幸福！"

尤素福辞别了泪眼模糊的父母，毅然踏上新的人生旅途。

相遇骆驼队

起伏不平的沙丘上，优素福顶着炎炎的烈日，汗流浃背地艰难跋涉。饿了，吃的是采集的树叶野果，渴了，喝的是水囊中快要发臭的淡水。好在他就是在沙漠中长大的，自幼贫穷的生活使得这些困难还打不倒他。

这一天，当他经过一个沙丘时，看到下面东倒西歪地躺了一地人和骆驼。尤素福知道，这应该是一个遭难的驼队，便急忙跑过去，关心地询问："各位，你们需要帮忙吗？"

驼队的头领有气无力地说："我们来自遥远的地方，要去京城做生意。前天遇到了沙暴与向导走散了，在这里绕了两天也走不出沙漠。小伙子，你知道去京城要往哪个方向走吗？"

"我知道。"

"附近有水源吗？我们已经断水一天多了，再找不到水喝，我们就坚持不住了。"

自幼生活在沙漠的尤素福当然知道哪儿有水，就带着头领每人牵着一头骆驼、驮上水囊出发了。水源其实离这里并不远，他们不久就到了。驼队的头领见到水，急不可耐地趴在泉眼上喝了个饱。随后他们饮了骆驼，又把水囊灌满，急急忙忙回到沙丘把水分给其他人和骆驼。

为了感谢尤素福，驼队的所有人一致同意送给他一头骆驼，一袋牛肉干还有其他货物。尤素福再三推辞，认为帮助他人是应该的，不应该要报酬；驼队的人坚持要他收下，认为救命之恩怎么回报都不为过，优素福无奈只好收下。不过他首先想到的是年迈又缺食少衣的父母，就请头领将牛肉干及其他货物顺路交给他的父母，自己骑着那头骆驼继续上路了。

妙计除狼群

又过了两天，尤素福骑着骆驼终于走出了沙漠，来到一片草原。优素福看见远方有个帐篷，就想过去看能不能找牧民要些食物。当他走到帐篷前面时，看见一个白发苍苍的牧羊人正在抱头痛哭，根本没有注意到有人过来。尤素福向老人鞠躬致意，有礼貌地问道："老爷爷，您为什么哭得如此伤心呢？"

老人慢慢抬起头来，哽咽地对他说："孩子，你不应该来呀，这个地方太危险了！"

"为什么？"

"以前我们在这儿生活得好好的。可是，不久前不知道从什么地方来了一群恶狼，不仅吃光了我们的羊，还把那些小孩子给吃了。牧民们害怕葬身狼口，就都迁移了。"

"那你为什么不走呢？"

"如果我们都迁走了，饥饿的狼群势必对我们紧追不舍，大家仍然摆脱不了危机。我老了，也活不了几年了，让狼把我吃掉，至少可以给乡亲们争取出一天的逃亡时间，他们的生存的概率也更大了！"

"狼是一种凶恶残忍而又欲壑难填的动物，只有杀死它们才是最好的解决方式。您这样以身饲狼，虽然品德很高尚，但是不能解决根本问题，狼群吃了您之后还是会继续追杀其他的牧民的。应该想个办法处理掉它们。"

"我们也知道这个道理，但是始终没有找出有效的办法！"

尤素福想了想，对老人说："这样吧，您赶紧骑着我的骆驼离开这里，这些狼就让我来对付吧。"

老人连连摆手道："这怎么能行？我怎么能让你这样的年轻人替我去死呢！不行，你还是赶紧走吧！"

"老爷爷，您就放心吧。我也是一个牧民，我有的是办法对付它们！"

尤素福说着就把老牧民扶上骆驼，让他离开了这个危险的地方。

老人走远之后，尤素福就去察看四周的地形。帐篷的后面是一片草地，草地的尽头则是一条悬崖，下面是深不见底的干涸的河谷。看到这条河谷，他马上就有了除掉狼群的妙计。他回到帐篷，找到一把铁锹，在悬崖的顶端挖了一个仅容一人的台阶，又在周围做好伪装。干完以后他便钻进帐篷，随便吃了点东西倒头便睡。

半夜的时候他被几声狼嚎惊醒了，他知道狼群来了，便翻身起来走出帐篷。暗淡的星光下，只见四周都是绿色的眼睛，宛如一点点的鬼火在草地上游动，一只如同牛犊大小的饿狼蹲在帐篷的门前，伸着长长的舌头死死地盯着帐篷，看来这个就是狼王了。看到优素福出来，狼王显得有些焦躁，穷凶极恶地问道："你是谁？住在这里那个老头呢？这里的人都到哪儿去了？"

尤素福冷静地回答："我是远方来的旅客，住在这里的那位老人已经走了。我年轻肉嫩，还比那个老人肉多，你们可以吃我呀。"

"我们这个家族有很多狼，你的肉再多也填不饱我们那么多狼的肚子！算了，还是先把这个小家伙吃掉垫吧一下，然后接着去追那些牧民吧，那么多人肯定能让我们吃饱了！"狼王说完就要上来吃优素福。

优素福后退一步，急忙阻止了狼王，大声说："等等，听我说一句，我有办法让那么吃饱！我知道草地尽头有一大群羊，足够你们吃上十天半个月的。"

"那太好了，我们先吃了你，然后再去吃那群羊。"

"你们确定吃掉我以后能够找到那群羊吗？"

"也对，那你就先带我们去找那群羊。"

"我提醒你们一下，那可是上千只羊呀！就你们这十几只狼又能抓到几只？肯定大部分都会跑掉。不如把附近所有的狼都叫来，把那群羊围住，这样一只都不会跑掉，然后你们就可以慢慢享用了，你觉得这个主意怎么样？"

狼王认为优素福说的很有道理，便仰首向天一声嚎叫。尖厉的狼嚎打破了夜晚的沉寂，随后远处也传来狼回应的叫声。

过了不久，附近所有得狼都围拢到了狼王左右，足足有上百只。

尤素福对狼王低声说道："我想你应该知道，羊的胆子是很小的，如果让羊群发觉你们的到来，它们就会立刻逃得无影无踪。我怀疑你们刚才的嚎叫已经惊动了它们，至少也让它们提高了警惕。不如我先到草地那边去侦察一下，如果羊群转移了我们就再想办法，如果没有我就学羊叫通知你们。你们听到羊叫后，就马上一起跑过去将羊群围住。记住了，动作一定要迅速，能跑多快就跑多快，最好一只羊也不让跑掉！"

狼王已经对尤素福描述的美好前景引诱得忘乎所以，觉得这个傻瓜怎么也逃不出自己的手心，毫不在意地采纳了他的建议。其余的恶狼想着即将到口的鲜美的羊肉，不由得垂涎欲滴，一只只地在那里摩拳擦掌，准备第一个冲到前面好挑一个最肥的羊。

尤素福装模作样地慢慢爬过草地，小心翼翼地来到悬崖边。在朦胧的月色下，趁着狼群的视线不好，迅速下到预先挖好的台阶上，身体紧紧地贴着后面的悬崖，然后开始"咩—咩—"地学着羊叫。

狼王听到羊叫声，第一个蹿了出去，其余的狼争先恐后一拥而上，一个比一个跑得快，唯恐自己落到后面挑不到肥羊。狼群的速度真的很快，当最前面的狼王掉下悬崖摔成肉泥时，其余的狼只根本就收不住脚步，一个接一个地摔到悬崖下粉身碎骨，得到它们应有的下场。

尤素福从台阶爬到草地，轻蔑地向悬崖下面看了一眼，头也不回地回帐篷里接着睡觉去了。

金蛙的回报

尤素福离开老人的帐篷，接着上路了。

这天上午他来到一个湖边，只见湖水清澈见底，微风吹来湖面泛起了层层涟漪，不时有鱼儿跃出水面，令人心旷神怡。优素福被面前的美景陶醉了，就打算去湖里洗一洗身上的征尘。他刚到湖边蹲下身来，就听见身边的草丛传来窸窸窣窣的声音。他捡起一根树枝，拨开草丛一看，发现一条蛇正在吞食一只青蛙，蛙头已经被蛇吞进口中，露在外面的身子还在痛苦地挣扎。优素福急忙用树枝猛抽蛇身，蛇疼痛之下只好吐出口中的青蛙，蜿蜒消失在草丛中。

那只青蛙却没有立刻逃走，仰起头看着尤素福，发出"呱呱"的声音。他这才注意到，这竟然是一只金蛙。金娃见优素福向自己看来，就对他说："谢谢你救了我，我会报答你的。"

尤素福说："不必了，拯危救难是每个人应有的美德。我不是因为想得到报答才救你的。"

"这可不行。我的父母一直教导我要知恩图报，如果我不报答你，他们一定会责怪我。"

金蛙说完就转身跳入湖中。过了一会儿，两只大金蛙和那只小金蛙从湖中跳了出来，每个爪子都握一块黄灿灿的金子。小金蛙的爸爸说："这个孩子很贪玩，一不小心就让它上了岸，结果被蛇怪的儿子盯上了。如果不是你在关键时刻施以援手，我们就永远失去了这个孩子。些微薄礼不成敬意，更难以表达我们的感激之情于万一，请你务必收下。"说完他们就把金子放到优素福的脚下。

尤素福听说这里有蛇怪，便问道："蛇怪住在哪里？你们为什么不除掉它呢？"

金蛙的妈妈说："这个蛇怪住在山洞里，昼伏夜出。它体型庞大、法力无边，我们都不是它的对手。它的孩子也很多，个个都会法术，专门吃蛙类、鸟类，甚至一些小型的兽类也成为了它的食物。"

尤素福想了想，对金蛙们说："这个妖怪如果不除掉的话，附近的小动物就永无安宁。我就替你们把它杀了吧！"

他取了一块最小的金子，来到最近的市场买了一大块香喷喷的酱牛肉和一把锋利的尖刀，然后又回到了湖边。傍晚的时候，优素福悄悄地来到蛇怪住的山洞外面。他挖了一个又小又深的洞，把尖刀的尖朝上放进洞里，上面露出半尺长的刀刃，然后用树叶盖住刀刃；接着又把冒着香喷喷的酱牛肉放在尖刀的后面。陷阱设好后他就藏在洞外的树林中等着蛇怪送命，顺便再把那些小蛇怪除掉。

金乌西坠，玉兔东升，柔和的月光在大地撒下一片银辉。月上中天的时候，蛇怪睡醒了，正觉得肚子饿呢，忽然闻到洞口飘进来阵阵肉香，便懒洋洋地爬到洞口，抬头就看见前面有一大块酱牛肉，这哪里还忍得住？只见蛇怪身子一弓，如同离弦之箭冲出了洞穴。刚要张开血盆大口去吞下牛肉，只觉得脖子下面一阵剧痛，原来是尖刀划破了他的喉咙。蛇怪痛吼一声，身体不由自主地向前冲得更快了，结果被尖刀把它从头到尾全部划开，五脏六腑流得满地都是。蛇怪还没来得及施展它的神通就倒地身亡了。

小蛇怪们听见的母亲的痛吼，纷纷出了洞口。有一个小蛇怪发现了躲在树林内的优素福，知道就是这个人类杀了自己的母亲。众蛇怪怒不可遏，张着大嘴就向尤素福袭来。尤素福不慌不忙，从地里拔出匕首与小蛇怪们展开了搏斗。小蛇怪们有的变成风用力吹他，有的变成雨使劲浇他，有的化作大刀砍他，有的化作长矛刺他。尤素福毫不畏惧，一一化解了小蛇怪的攻势，还不时将一条小蛇怪杀死在地。

天色大亮了，优素福和小蛇怪战斗了大半夜的时间，这才将最后一条小蛇怪拦腰斩断。不过他也因为耗尽了所有的力气而晕倒在地。

听说尤素福为它们除掉了生死大敌，金蛙和大雁、金丝鸟、山鹰们个个欢呼雀跃，都来看望这个给它们带来了平安的英雄。可是，它们的英雄却一直处于昏迷之中，嘴里还不时喃喃呼唤着他的爸爸、妈妈。

金蛙把它们的金子全都拿出来准备送给尤素福。金蛙爸爸对飞鸟们说："我们的英雄乐于助人，又孝敬父母，这种品质是难能可贵的。我们想要把这些金子都送给他一家，可是我们的速度太慢，就有劳你们把恩人和金子送回去吧。"

飞鸟们答应了金娃爸爸的提议，于是大雁驮起尤素福，其他的飞鸟每只衔住一块金子，排着整齐的队伍飞向尤素福的家乡。

自从尤素福走后，他的爸爸妈妈日夜盼望儿子早日归来。这一天，他们忽然看见天空中飞来一队鸟儿，最后落到他们面前，惊喜地发现鸟儿们把尤素福送回来了。

在父母的照顾下，尤素福很快就恢复了健康。他用金蛙送的金子在家乡建起一座庄园，还种了很多树，打了许多井用来造福乡亲们。

邻居穆萨的转变

尤素福就这样成了闻名遐迩的富翁，家里的生活有了翻天覆地的改变，庄园里建的房子如同宫殿般的雄伟壮丽，以便他的父母颐养天年。

尤素福并不仅仅关心个人的生活，对附近的穷苦牧民也关爱有加。当他看到牧民的孩子们只知放牧、玩耍，没有条件读书识字时，就决定到城市里请来教师教孩子们读书识字。

在沙漠地带有一种"平顶树"，或许是因为气候的原因吧，树枝横向生长得很长，树冠很大，但是并不像一般的树那样有树尖，所以在树下非常凉快。优素福把周边牧民的孩子们都召集到这里，让老师在树上挂上黑板教书育人。他还把学习成绩好的人留在自己的庄园里工作，并且教给他们孝敬父母、尊重他人的美德。

有一个叫穆萨的年轻牧民对尤素福的做法却不以为然。这个穆萨长得膀大腰圆，是劳作的一把好手，干起活来一个顶三个。不过他一直看不起那些教师，认为这些人四体不勤、五谷不分，根本比不上自己；而且为人粗鲁无礼，即使对父母也经常出言不逊，所以尤素福对他一直敬而远之。

这天，穆萨吃完了午饭就跑到给孩子们上课的"平顶树"倒头大睡。老师带着孩子们来上课的时候，见穆萨在这里睡觉，便叫醒他让他换个地方睡。穆萨这时正梦见自己发了大财，吃的是山珍海味，穿的是绫罗绸缎，家中骡马成群，身边美女成行。发现自己的美梦被老师给打断了，顿时火冒三丈。他从地上跳起来，不由分说地抓住老师一阵拳打脚踢，把他打得鼻青脸肿遍体鳞伤。其他的老师对穆萨的行为极为气愤，便集体向优素福辞职返回了城市。

穆萨对老师们的离去不以为意，又躺到"平顶树"下继续梦周公去了。不久他发现身边来一个老人，告诉穆萨自己是图特神，命令穆萨马上起来跟他走。穆萨一见图特神来了，顿时吓得屁滚尿流，急忙跪倒在地大叫饶命。他虽然鲁莽，但是他也知道图特神是科学文化的保护神、智慧和创造之神，是神的代言人，是主持正义之神，受到埃及人的广泛敬重。现在图特神竟然亲自来传唤他，看来自己的罪过一定不小。

图特神没有理睬他的求饶，转身就离开了，穆萨不由自主地跟在图特神的后面向前走去。

不知道走了多久，他们来到一块开阔的平原。穆萨发现平原中间有一条路，路两边的生活有着天壤之别：左边书声琅琅，人们衣冠整齐，言谈举止文雅得体，过着丰衣足食而又欢乐幸福的生活；而右边则是一片呼呼嘿嘿的劳作声，人们衣衫褴褛，好勇斗狠满口污言秽语，生命中所有的一切都以生存为目的，过着粗俗贫穷的生活。穆萨看到左边的人们，才知道世界上竟然还有如此美好的生活，他也很向往这种衣食无忧的幸福生活，不愿意过那种粗俗贪鄙的日子。图特神的伸手一指，他身不由己地走向右边。他害怕极了，大喊大叫、拼命挣扎着不愿意过去。但是事情不会以他的意志而转移，图特神的命令任何人也违抗不了。有人给了穆萨一把石头打制的锄，让他和那些奴隶一起锄地，稍有怠慢就有鞭子劈头盖脸地打下来。穆萨在这里做的是牛马活，吃的是猪狗食，最后生了病又被奴隶主扔到了野外喂野兽。心里一急他醒了过来，这才发现是南柯一梦。

回想起梦中的种种情景，穆萨吓出了一身大汗，心中涌起一阵阵后怕。他急忙找到尤素福，一五一十地告诉了他自己梦见的一切，赌咒发誓说以后再也不敢看不起读书人了，自己也要好好读书。尤素福首先赞扬了他知过能改的精神，然后又严厉地批评了他，告诉他正是因为他殴打了教师，所有的教师一气之下全都离开了这里，以致周围的牧民子弟也重新像以前一样处于失学状态，他无法达成读书的愿望了。

穆萨一听如同五雷轰顶，知道自己闯了滔天大祸，马上请求尤素福借给他几头骆驼，保证一定会重新请回那些教师。

他不眠不休地追了十天十夜，才在城门口追上了那些教师。那些教师一见到是穆萨这个侮辱斯文的家伙，根本就没有理睬他，直接走进城门把他晾在了外面。

穆萨明白，教师们对自己的恶劣行为极度不满，又知道不读书没有知识的严重后果，对以前的冲动后悔莫及。可是他已经对优素福保证过要重新请回教师们，如果这件事情办不成也无颜回去见江东父老，索性在城门外长跪不起，向教师们表明自己改过自新的态度。

穆萨虔诚地跪了三天三夜。图特神知道穆萨是真心诚意的，就命人给那些教师传旨，说浪子回头金不换，像穆萨这样知错能改的人，我们应该原谅他，给他改正的机会。

教师们不敢违抗图特神的法旨，就一起出了城门。穆萨看见教师们愿意出来见自己，顿时喜出望外，态度诚恳地向他们赔礼道歉，然后将他们一一扶上骆驼返回庄园。

穆萨从此就像变了一个人似的，勤奋好学尊师重教，多年以后，成了一个知书达理、足智多谋的人。再加上他又能识人善用、吃苦耐劳，很是受到附近乡亲们的尊敬。

尤素福看到穆萨完全转变了，很是为他高兴，慷慨地任命他为自己的庄园的总管，不久给了穆萨一个施展才能的机会，尤素福的庄园也愈发兴旺发达起来。

聪明人和糊涂蛋

魔鬼的下场

从前有个无恶不作的魔鬼,四处为非作歹,不管是谁家有了好吃的或者好玩的,只要魔鬼听说了就要过去抢为己有。在魔鬼的骚扰下,人们已经无法正常生活了,便向神王禀告了魔鬼的劣迹。神王怜悯人们的遭遇,就施展法术把魔鬼压到巨石下面。魔鬼从此再也无法胡作非为,人们的生活也重新恢复了平静。

多年以后,一个叫卜卡的小伙子上山砍柴,听到魔鬼在巨石下面大声哀叹自己的命运,卜卡就嘲笑它:"魔鬼,你没有想到会落到今天这步田地吧?你在巨石下动弹不得,我看你还怎么去祸害他人!"

魔鬼欺负卜卡年少无知,便满口胡言:"小伙子,你还是年轻不懂事呀!你以为神王把我压在这里是惩罚我吗?不不不!这正是神王对我的爱护啊。以前的我东奔西走四处奔波,成年累月都不肯主动休息,神王心疼我,就用这种办法强迫我休息一段时间,免得累坏了身体。"

卜卡疑惑地说:"你说的怎么和我们知道的大相径庭呀?大家都说虽然你本领高强,却从来没有干过一件好事,所作所为无不令人发指,所以神王才把你压在石头底下作为对你的惩罚!"

"看看,连你都知道我神通广大。我承认我曾经犯过错误,可是我对人们做过的好事更多啊!人类太自私了,只记住了我做过的坏事,却对我给予他们的恩情只字不提!"

"切!你能做出什么好事?"

"太多了！我给人们造大房子供他们居住，捕来山珍海味供他们享用，变成骏马供他们骑乘，还给他们的孩子弄来各种玩具。"

"真的吗？"卜卡对魔鬼的妖言半信半疑。但是心底的贪婪驱使他选择相信魔鬼，就试探着问魔鬼："那你能让我住上大房子、有吃不完的山珍海味、骑上高头大马吗？"

魔鬼一听，就知道这小子要上钩了，急忙说："当然可以了！不过你也看见了，我被压在巨石下，连动一下都是奢望，还怎么能帮到你呢？"

"也是，那就没有办法了。我走了。"卜卡失望地说着就想离开。

魔鬼急忙喊住他："别急着走，你听我说完嘛！只要你把我放出来，我不就可以大显神通了吗？不要急着摇头，对你来说其实很容易的，你只要用木棍将巨石撬开一条缝，我就能脱身。只要我出去了，保证你想要什么我就给你什么，我对天发誓决不食言，否则还让神王把我压在这里！"

卜卡被魔鬼忽悠的都不知道东南西北了，满心都是美好的未来，晕乎乎的找来了一根坚硬粗大的树枝。他把树枝插入巨石下面缝隙中，下面垫上一块石头用力一压，只见巨石微微一动，那魔鬼便从巨石下面蹿了出来。

魔鬼重获了自由，狂笑着在山坡上又蹦又跳，觉得一切都是那么的美满！天是那么的蓝，风是那么的轻柔，就连空气都有着自由的味道！他轻蔑地瞟了一眼正眼巴巴地看着他的卜卡，迈开大步跑下山去。

魔鬼来到镇上的一家饭店，撵跑了里面正在就餐的顾客，把饭桌上的饭菜一扫而空，还跑到厨房和仓库里，把老板采购的所有食品和酒水饮料吃喝得干干净净。酒足饭饱后，他又挑了一个高门大户，把这家人全部赶了出去，躺在人家的床上呼呼大睡。等睡醒了，他又去马厩牵出一匹高头大马，骑在马上在镇子里东游西荡。人们见魔鬼又出来为非作歹，纷纷逃离了家园，整个镇子顿时成了魔鬼的天下。

卜卡见魔鬼不仅不兑现诺言，还去破坏乡亲们的平静生活，是又悔又气，便将魔鬼告到了法庭。

法官听了卜卡的陈词，就派人将魔鬼叫到法庭，问它："魔鬼，卜卡把你从巨石下面解救出来，你为什么不兑现诺言，还到处为非作歹？"

魔鬼狡辩道："法官大人，你被卜卡给骗了。你想啊，我在那块巨石下面都动弹不得，卜卡一介凡人，怎么能搬动巨石放我出来呢？这个卜卡一派胡言，你应该判他诬陷罪。"

卜卡一听急了，对法官说："确实是我把他放出来的。如果您不信，咱们可以到现场演示一番。"

法官说："既然你们双方都各执一词，本官就去那里看看。不过，卜卡我要先警告你，如果事实真相不像你说的那样，你免不了牢狱之苦。"

魔鬼窃喜道："对，到现场一看就全明白了。"

他们来到山上，那块巨石赫然屹立，显然不是人力可以搬动的。魔鬼说："法官大人，这块巨石是卜卡可以搬动的吗？您应该相信了吧，我是自己出来的，与卜卡无关！"

法官说："耳听是虚，眼见为实。既然你在这块巨石下面好多年都没法出来，那么这次你是怎么出来的呢？你给我演示一下吧！"

魔鬼见卜卡撬动的缝隙还在，就摇身一变，化作一阵清风钻进缝隙，随即卜卡眼疾手快地抽出了树枝。缝隙消失了，魔鬼重新被压在巨石下，动弹不得。

法官指着魔鬼说："这回你老实了吧？为非作歹终究不会有好下场的！"

魔鬼追悔莫及，气愤地说："你们人类太狡猾了！早知道这样我就不会自己钻进来！"

魔鬼背人

有一个懒惰的魔鬼，在村子里以招摇撞骗为生，人们被它骗得多了，就对它有了防备，它也就再骗不了人了。魔鬼于是就变成一个乞丐整天沿街乞讨，倒也混个肚儿圆。不过就是这样它还是不满足，总想着要是能有人去替他要饭，自己等着吃就行了。

他看到那个叫哈亚的乞丐每天都能要到不少饭食，就想利用他来做这件事，就对他说："哈亚，咱们合伙去要饭吧，然后把要来的食物一起吃，这样咱们就能分享到更多的美味，即使哪天有人要不到东西也不至于挨饿。你看怎么样？"

哈亚觉得这个主意不错，就同意了魔鬼的提议。最初哈亚每天都把要来的食物和魔鬼分享，可是过了几天他发现魔鬼总是要不到食物，却把他带来的食物抢着吃了大半，自己反而要挨饿，心中极为不平。他埋怨魔鬼说："咱们当初说得好好的，大家都要努力去要饭。你怎么每天都要不到食物呢？"

魔鬼说："每个人的本事都是有大有小的。你能讨得那么多的东西，我却一无所获，这说明我没有你的本事大啊。"

哈亚听了魔鬼的话，觉得自己果然比魔鬼强，非常自豪，要饭时更加卖力气，要来的食物也多了起来，魔鬼吃得也更多了。

但是以后的日子魔鬼仍然还是天天一无所获，哈亚就明白魔鬼肯定有问题，这天他就装着出去要饭，然后在暗处观察魔鬼的举动。令人惊诧的是，他发现魔鬼在自己离开后却开始睡起觉来，这才知道自己上了魔鬼的当。哈亚非常气愤，就觉得给魔鬼一个教训。

这天，哈亚要饭回来时掏出一只白色的玻璃球，装作十分振奋的样子对魔鬼说："伙计你看，这是我在路上拾到的珍珠。我拿去让首饰店的老板看了，他说这颗珍珠价值连城。今后我就可以过上吃喝不愁的好日子了！"

魔鬼一看，果真是一颗又白又大的珠子！魔鬼心热了，暗想：我要是有了一个这样的宝贝，以后也会有享不尽的荣华富贵，再也不用吃别人的残羹剩饭了。他忙问："这东西你是在哪里捡的？"

哈亚说："就在村子外边。"

"咱们不如再去那里找找，说不定还有别的珠宝呢！"

哈亚心中暗笑，看来魔鬼动心了，便装作不情不愿地带着它出发了。

走了不远，魔鬼嫌走路太累，就对哈亚要起了赖皮，说："走了这么远的路，都快累死了。这么着吧，你先背着我走，等你累了我再背你，这样咱们就都可以休息一会了。"

哈亚一听就知道魔鬼又想出幺蛾子，就将计就计背起魔鬼，顺便实施下一步的计划。哈亚走了几步，趁着魔鬼不注意，把另一只更大的玻璃球扔到前面，装作激动万分的样子喊起来："你说的不错，这里果然还有。你看我又捡到一颗珍珠！"

魔鬼闻听急忙抬起头来，前面果然有颗珍珠，而且比先前那颗更大、更白、更亮！

魔鬼又惊又急，羡慕嫉妒恨地说道："哈亚，看来你的运气比我好啊。你都捡到两颗珍珠了，我却连珍珠的影子都没有看到。"

哈亚说："你要怪只能怪自己。你趴在我的背上怎么能看到地面上的东西？而我被你压得头都抬不起来,只能低着头走路,地面上有什么东西肯定看得一清二楚。"

魔鬼一听,觉得确实是这个道理,看来要是不想让哈亚得到珍珠自己独吞,就得让哈亚在自己背上才行。于是它急不可耐地让哈亚站住,然后从哈亚背上下来,接着蹲下催促哈亚赶快趴到他背上去。哈亚心中好笑,故意问:"你这是什么意思?我还有力气走路!"

魔鬼自作聪明地说:"我比你走得快,像你这样磨磨蹭蹭的什么时候才能找到其他的珍珠呀?好了,不要多说,就这样定了,以后我天天背着你。"

从此,魔鬼每天都背着哈亚出去寻找所谓的价值连城的珍珠。

房子和一小块土地

村子里有个老人,老伴很久以前就去世了,他又当爹又当娘的拉扯大了两个儿子。就在两个儿子成年不久,老人又因为过度的辛劳一病不起。虽然两个儿子积极地寻医问药,老人的身体却仍然每况愈下,他知道留给自己的时间已经不多了,就把两个儿子唤到床前,说道:

"孩子们,我快要死了。我这辈子没有出息,只置办下这座房子和一小块地。你们说说,看自己都愿意要什么。"

哥哥认为土地不劳作就没有出产,而房子里面什么都有,是可以直接享用的,就赶紧告诉父亲:"我不要地,只要房子。"

老人问弟弟:"你哥想要房子,你有什么意见吗?"

弟弟诚恳地说:"我尊重哥哥的意见。那我就要土地吧。"

过了不久老人便与世长辞。料理完父亲的丧事后,哥哥说:"弟弟,按照我们的约定,现在这座房子就是我的了。"

弟弟什么也没说,拎着自己很少的一些私人用品就到地里去了。他在地里用树枝树叶搭了个简陋的窝棚,开始了艰苦的新生活。

乡亲们都很同情老实憨厚的弟弟,有人送给他一些菜籽,弟弟按照季节种上了时令的蔬菜。弟弟干活不惜力气,又很勤快,不久蔬菜就获得了大丰收。他送给乡亲们一些蔬菜,又试着挑了一些到集市上卖,由于他种的菜品相好,要的价钱也不高,不一会而就全部卖完了。等地里的蔬菜卖完,弟弟也算是有了第一桶金，就在地头盖了间小屋，买了各种生活用品，生活开始安定了下来。

哥哥不思进取，又好吃懒做，整天在家里呼朋唤友吃喝嫖赌，很快就把父亲留下的财产挥霍一空，只剩下一座空荡荡的房子。但是哥哥仍然不思悔改，竟然把老人留给他的房子也给卖了。买房子的钱很快就花完了，他也真正成为了一个"上无片瓦，下无立锥之地"的人。

哥哥又把主意打到弟弟的头上，就找到了弟弟，对他说："弟弟，我现在身无分文，走投无路。念在咱们一奶同胞的份上，你就留下我吧！我的要求不高，只要有口饭吃就行。"

弟弟不忍心哥哥受苦，就收留了贪心的哥哥。可是，哥哥来到后仍然恶习不改，继续游手好闲，过着饭来张口、衣来伸手的日子。弟弟为了养活自己和哥哥，只有更加勤奋地劳作，天天起五更爬半夜，终于累病了，难以再下地干活。

哥哥看到弟弟病了，不但不给他找医生看病，反而趁着这个机会把弟弟地里的菜低价卖给城里的菜贩，换来钱供自己吃喝。地里的菜很快就被哥哥折腾光了，哥哥又偷偷地把土地和小屋卖掉，继续吃喝嫖赌。等这些钱花完，哥哥又到了一贫如洗的状态，乡亲们吸取了弟弟的教训，谁都不肯接济他，哥哥不久就冻饿而死在一个风雪交加的夜里。

弟弟被哥哥赶出了小屋，又不想给乡亲们添麻烦，就准备到山林中去将就一段时间，等养好了病再做下一步的打算。

弟弟拖着沉重的病体，三步一停艰难地移动着脚步，刚到树林里就晕倒在地。也不知道昏睡了多长时间，当他悠悠醒转时，发现身边躺着一只受伤的小鹿。小鹿的一条腿不知道是什么原因摔折了，骨头都露出来了。弟弟抱起小鹿，用山中的泉水给它冲洗伤口，又采来草药为它缚在伤口上，晚上还把小鹿搂到自己的怀里给它取暖。小鹿得救了，它腿部伤口不久就痊愈如初。弟弟倾尽全力喂养它，与它在一起玩耍，成了形影不离的好朋友。弟弟的病其实就是累的，如今不用再去菜地劳动，慢慢地身体也恢复了健康。

一天下午，小鹿从山林中出来，咬住弟弟的裤腿，示意他跟自己去某个地方。弟弟很好奇，就跟着小鹿一直往山林深处走去。小鹿把弟弟带到一个山洞前，突然消失了踪影。弟弟担心小鹿被山里的猛兽伤害，就洞里洞外的到处寻找小鹿，累得一身大汗，却始终没有小鹿的身影。弟弟无奈只好坐在山洞口旁边休息一会儿，准备等小鹿玩够了自己回来。

这时候太阳已经西斜了，阳光开始照进了山洞。弟弟的目光无意中扫过山洞，发现里面似乎有什么东西发光，他定睛看去，果然看到山洞里一个不引人注意的角落反射出金色的光芒。弟弟循着金光爬进洞里，找到一个有了缺口的大坛子，里面满满的装着一坛子黄金。联想到失踪的小鹿，弟弟知道，这只小鹿肯定是个神鹿，为了报恩特意带他找到这些金子的。

弟弟不声不响地分批取走了这些黄金，先是赎回了自己的土地和小屋，然后又慢慢地赎回了父亲留给他们兄弟的房子和土地。他成了一个有钱人，娶妻生子，有了深宅大院骏马良驹，可是他仍然不肯放弃劳动，依然辛勤的日出而作、日落而息。他也没有忘记乡亲们对他的帮助，不管是谁遇到了困难，他都会慷慨解囊给予帮助，是远近闻名的大善人。

哈桑和阿里

哈桑和阿里是一对好朋友，他俩年龄相当，从小在同一个村子里长大，简直就像亲兄弟一样。

随着岁月的流逝，他们渐渐地长大了。不过哈桑开始变得斤斤计较利欲熏心，而阿里却依然那样憨厚老实。

为了贴补家用，哈桑和阿里约定到山上砍柴运到集市上换钱。附近的山林已经被乡亲们砍的快没有了，山顶上倒是有许多树木，不过山高坡陡，很难爬到山上去，怎么运下来也是一个很大的问题。阿里没有被这个困难吓倒，他认为想要有收获必须要付出努力。在上山的时候，阿里一直走在前面，挥刀砍掉丛生的灌木开路，还不时回头照应总是落在后面的哈桑。

在一个悬崖边，他们看到一只老狼正在向鹰巢中爬去，想要吃掉里面的雏鹰。雏鹰的父母在天上凄厉的鸣叫着，奋不顾身的攻击着老狼，不过老狼很狡猾，化解了老鹰的攻势，逐渐地靠近了鹰巢。雏鹰的小命岌岌可危。

见此状况，阿里挥动短刀义无反顾地冲了上去，英勇地赶走了老狼；而哈桑却藏在山石后面瑟瑟发抖，连看都不敢看一眼。

老鹰见雏鹰转危为安，对阿里感激不尽，郑重其事地说："谢谢你，勇敢的小伙子！你救了我的孩子，我会永世报答你的。无论你需要什么，只要在这里连叫三声'山鹰',我就会实现你的任何愿望。"

阿里对老鹰的话很感动,但是他觉得自己救下雏鹰只不过是举手之劳,根本不需要老鹰什么报答,就对老鹰说"小事一桩,不值一提",然后转身就准备离开。

哈桑见状急了,从山石后面闪出身来,埋怨阿里:"阿里,你是不是傻了?你救了它的孩子,本来它就应该报答你,又不是你平白无故向它要的,你干吗不要?快点想想你需要什么!"

阿里对哈桑冒失的话很不满意,认为人不应该企望意外之财,就说:"我们只是想来砍些柴,如果对它要东西,那不是挟恩图报吗?"

阿里刚说完,他们面前就出现了一堆干柴,即使他们上山砍十次也没有这么多。哈桑兴奋得手舞足蹈,催促阿里快点背下去。

阿里谢过了老鹰,把大部分干柴让给哈桑,哈桑急不可耐地拢在一起,背起来头也不回地下山回家了。阿里又去砍了一些,和老鹰给的干柴捆在一起一开始下山。

在他回去的路上,他觉得背上的干柴轻若无物,轻轻松松就到了家;当他把干柴放到地上时,发现地上的干柴开始以肉眼可见的速度不断增多,一会儿就堆满了他的院子。他知道这是老鹰的报答,就对着鹰巢的方向深深鞠躬,感谢老鹰。这些干柴的质量很高,很快就有人上门求购,阿里卖了个好价钱,生活比以往好多了。

哈桑回去之后,越想越觉得阿里太傻:老鹰明明说要什么给什么,为什么不要呢?既然阿里不要,干脆我去要好了!反正不能便宜了老鹰!于是他瞒着阿里独自上山,来到鹰巢前大声喊道:"山鹰!山鹰!山鹰!"

老鹰果然出现了,看见只有哈桑一个人,就问他:"你来干什么?你那位好心的朋友怎么没有来?"

哈桑欺骗老鹰说:"他嫌累不愿意上山,让我替他给你传话。"

"好吧。我的恩人想要什么呢?"

"他说他想要一座新房子,要有仆人侍候,要一大片土地,有奴隶为他耕种。他说这些东西送到我那里就行了,由我替他管理。"

老鹰说:"没问题,你回去就可以见到了。"

哈桑见老鹰答应了,连告别的话都没有说,转身就走了。他跑到家一看,原来四面漏风的破茅屋果然变成了高楼大厦，好多衣着整齐的仆人站立在门前迎接他，毕恭毕敬地为他端茶倒酒，送上各种美味佳肴；房子旁边是一大片肥沃的土地，许多奴隶在地里辛勤的耕耘。哈桑埋藏在心中多年的愿望终于实现了！他觉得自己已经实现了人生的价值。

可是没有多久他又觉得不满足了，因为他虽然有了富足的生活，却没有足够的金钱供应他其他的开销。于是他不辞辛苦地爬上山，对着鹰巢再次大声喊道："山鹰！山鹰！山鹰！"

老鹰出现了，问他："怎么又是你呀？我的恩人呢？"

哈桑又撒谎道："他这个人太懒，又让我来见你。"

"好吧，那么我的恩人需要什么，你就直接说吧！"

哈桑忙不迭地说："我要金币，越多越好，最好让我花都花不完！"

老鹰说："没问题，你到家就有了。"

哈桑扭头就走，三步并作两步跑回了家。打开房门一看，房间里果然堆满了金灿灿的金币。他一头扑到金币堆上，手忙脚乱地把金币塞满衣服上的每一个口袋，然后又把自己埋进金币堆里开始构思以后的生活：先买一辆金马车，再建造一个纯黄金的房子，然后去向法老的女儿提亲，最好让太阳神为他们当主婚人……

不知道过了多长时间，咕咕叫的肚子把他从美梦中喊醒。哈桑觉得刚才的想法太逊了，既然老鹰能为他实现这个愿望，干吗要自己去努力呢？他一骨碌爬了起来，连肚子饿都不顾了，马上动身赶到山上，对着鹰巢狂喊："山鹰！山鹰！山鹰！"

可是，任凭他喊破了嗓子，老鹰始终不见踪影。

原来，老鹰见一直是哈桑来说阿里需要什么什么，但阿里却始终没有出现，就对哈桑有了怀疑，就亲自到村中看看究竟是什么情况。结果发现是哈桑假借阿里的名义，欺骗自己获得了大量财富。它十分生气，就施展法术把以前给哈桑的所有财产全部转到阿里那里，不再理睬哈桑的召唤。

哈桑却不知道这个情况，见老鹰不出现便继续大声叫喊。老狼听见了，还以为老鹰这里又出了什么变故，赶紧幸灾乐祸地跑过来看笑话。到了地方一看，原来是上次那个躲在石头后面的那个胆小鬼呀！老狼心说上次你那个朋友打我的仇还没报呢，这次就先拿你出出气吧，便猛扑上去把他给咬死了。

魔鬼和农夫

住在深山中的魔鬼在山里待腻了，就想到山下散散心。

他来到村头，见一个农夫正顶着大太阳在锄地，累得汗流浃背。魔鬼对农夫的勤劳很是不以为然，便嘲笑他：

"农夫，看来你注定就是个劳碌命了！你从年头忙到年尾，收的粮食还不够一家老小吃，天天还为他们的温饱发愁；你看看我，从来不用干活，动动嘴皮子就什么都有了，活的那叫个潇洒、自在！"

农夫连头都没抬，一边锄着地一边对他说："魔鬼，不管我获得的是多还是少，都是我用双手的劳动换来的，心里特别踏实；虽然我整天忙碌，但我的生活非常充实。你呢？整天挖空心思去琢磨如何坑蒙拐骗，得手后又担心人们的报复，无时无刻都要提心吊胆的生活，稍有风吹草动就吓得屁滚尿流，又有什么自在可言呢？"

魔鬼羞得满脸通红，但是对农夫的话又有点不服气，暗下决心要和农夫比试一番，看谁的生活方式更自在。

农夫的生活依然那么有规律，每天起早贪黑劳作，精心伺候土地，秋天把打下的粮食囤积起来，农闲的时候四处打零工挣点零花钱。虽然吃的是粗茶淡饭，穿的是土布粗衣，一家人却其乐融融，尽享天伦之乐。

魔鬼的日子看起来确实好像挺自在的：什么活都不用干，饿了去村子里偷一头牛或者羊饱餐一顿；渴了就到村子里的池塘美美地喝水；无聊了就玩，玩累了就睡。这日子别提有多惬意了！

村民们发现他们的牛、羊经常丢失，就知道是山中的魔鬼出来找食物了，就决定给他一个教训。一些年轻人拿着锄头铁锹埋伏在魔鬼下山的必经之路，在魔鬼又要去偷东西的时候，把魔鬼打得鬼哭狼嚎、抱头鼠窜。从此魔鬼饿了就吃山里的野果充饥，再也不敢偷村子里的家畜了，只有在渴极了的时候才偷偷去村里池塘喝水。看到农夫一家人天天笑容满面，心说还是农夫比自己活得自在。但他还是死鸭子嘴硬，不认输。

好长时间没有下雨了，农夫怕有旱灾，就在地头打井。魔鬼看见了，再次嘲笑他："你这个家伙真是个笨蛋！只是喝点水而已，需要这么辛辛苦苦地打口井吗？别打了，跟我学着点，渴了就去村子的池塘那里喝水，这才是聪明人的做法呢！"

农夫只是埋头干活，对魔鬼的话充耳不闻。井很快就打好了，从井底涌出甘甜的清水。不久后这里果然发生了旱灾，池塘里的水越来越少，最终涓滴不遗，农夫的水井成了村子里唯一的水源。

魔鬼见池塘里的水没有了，就向农夫要水喝。农夫说："当初我打井的时候，你说我是笨蛋，现在你却向我要水喝。那么咱们俩究竟谁是笨蛋呢？"

魔鬼羞惭得无地自容，一句话都说不出来。

魔鬼连输两阵，就想在其他地方找回面子。他想，农夫只不过是个见识浅陋的乡巴佬，怎么也比不上魔鬼聪明呀。就又找到农夫，说："咱们合伙种地吧。开荒、耕地这些力气活都是我的，你只负责种子和技术就行，不过地上的收获物要给我三分之二，你看怎么样？"

农夫知道魔鬼不怀好意，考虑了一会儿，对魔鬼说道："看来你是想改邪归正了，很好！既然你想走正路，作为鼓励，地上的东西都给你吧，我只要地下的。"

魔鬼大喜，心想乡巴佬就是乡巴佬，几句好话就把他给骗住了，看来农夫的智商就是没有我高，难道他不知道这些力气活我都可以用法术来做吗？

农夫让魔鬼翻地、整地，种下了红薯和土豆，然后又安排魔鬼勤浇水、施肥。庄稼的长势很好，地面上很快就长满了绿油油的叶子，看来今年会有一个良好的收成。魔鬼见了非常高兴。

收获的季节到了，魔鬼迫不及待地弄走了红薯秧、土豆藤。刚把那些叶子填进嘴里，却发现又干又涩，根本难以下咽。再看看农夫，从地里挖出的红薯和土豆个个又大又甜，便问他："你怎么只给我叶子，不给我红薯和土豆呀？"

农夫笑了笑，说道："咱们不是说好了吗？地上的全部归你，这些是地下的，都是你不要的东西。"

魔鬼愤愤不平，却又不能言而无信，只好气鼓鼓地说："明年咱们换个分法，地下的归我，地上的归你"。农夫答应了。

第二年的春天，农夫没有种红薯和土豆，而是种了小麦和玉米。

魔鬼辛苦了半年，终于等到了收获的季节，便心急火燎地催促农夫，让他快点把地上的东西弄走。而魔鬼翻遍了每一寸土地，除了一些虫子，没有找到一粒粮食！

好吃懒做的哈尔

在一个偏僻的小村里，有一个诚实的老人，一辈子只知道老实干活，辛辛苦苦地把两个儿子拉扯成人。在临终时他告诉两个儿子："我没什么财产，能留给你们的只有一句话，就是永远要做一个诚实的人。"

哥哥哈尔对父亲没有给自己留下遗产很是不满，对弟弟巴克说："弟弟，父亲信奉以诚待人，辛辛苦苦一辈子，到老还是一穷二白，害得我们也受了几十年的罪。看来光靠诚实是不会发家的，还得会动脑筋才行。"

巴克不同意哥哥的看法，反驳说："父亲是没有留下值钱的东西。但正是有了这种以诚待人的精神，咱们家的生活虽然俭朴，却十分安宁。难道说这还不够吗？"

"你说得不对，人的生活不能仅有精神上的富足，物质生活也必须提高。我不能像父亲那样一辈子碌碌无为，什么东西都不给孩子留下。我要去外面见见世面，不发财永远不会再回这个家！"他说完就收拾行李走出了家门。

哈尔来到了一座城市，看见城里和他们的乡村果然迥然不同：衣帽整齐的人们在街道上川流不息，高楼大厦随处可见，到处都是门庭若市的店铺。对于这个乡下人来说，城市的一切都充满了生机与活力，都是那么的新奇与神秘。他暗暗地下了决心，自己一定要成为一个城里人，一定要过上这种好日子。想到弟弟非要待在乡下，过着面朝黄土背朝天的生活，不由得可怜弟弟真是太愚蠢了。

太阳已经到了南边，饥肠辘辘的哈尔不由自主地走到一家烧饼铺前，看到刚出炉的香喷喷的烧饼，喉咙里好像有一只小手要伸出来。可是他手里连一分钱都没有，只好眼巴巴地站在那里看着。烧饼店的老板是个善心人，看出来这个乡下打扮的人饿了，就送给他一个烧饼。

哈尔谢过老板，接过来狼吞虎咽地几口就吃完了这个烧饼，感觉这是人间的无上美味。不过吃了后他却感觉更饿了，为了以后能够天天吃上这种美味，哈尔便对老板说："老板，你能把我留在你这儿干活吗？我不要钱，只要能吃饱就行。"

老板并不需要人手，原来的两个帮工已经足够了。不过看到哈尔很可怜，加上只是管饭也花不了多少钱，就收留了他。

哈尔因为一直干农活，饭量很大，每顿都要吃掉许多烧饼，老板的收入锐减。老板很奇怪，就问哈尔："自从你来了之后，店里的营业额越来越少，这究竟是怎么回事？"

哈尔诬陷另外两个帮工："只要你一离开，这两个家伙就开始吃烧饼，而且还往家里偷，每天吃的比卖的还多，你哪里还能赚钱呢？"

老板信以为真，立即开除了那两个人，整个烧饼铺子都交给哈尔一人负责。开始的时候哈尔干得很认真，逐渐取得了老板的信任；后来为了应付老板，哈尔就把烧饼做成两种，大的留着自己吃，小的放在柜台上卖。顾客们见这家的烧饼越来越小，都到别家去买了。老板看生意一天不如一天，不愿意继续赔钱，就把烧饼铺子给停了。哈尔没有了工作，只好流落街头。

正好有一个人在招泥瓦匠，说是要给城里的财主盖新房。哈尔正愁没地方吃饭呢，赶紧凑过去说自己砌墙的技术如何如何的好。财主轻信了他的花言巧语，就安排他砌砖。哈尔从来就没有盖过房子，所以砌出来的墙歪歪扭扭的不成样子。有人告诉他这样砌墙是不对的，他还振振有词地说别人不懂，结果墙刚砌了半人高就轰然倒塌。财主大怒，叫来家丁把他饱揍一顿，扔到了大街上。

哈尔从此在城里的名声是迎风臭十里，谁都知道这是一个大言不惭、吹牛不打草稿的家伙，人人避之不及，就更不用提雇用他了。他只好四处流浪，靠捡废品为生。

这天他来到神庙门前，见香案上摆满了各种祭品，不由得馋涎欲滴。他趁人不备藏到神庙的一个角落，在夜深人静的时候，他悄悄地溜进去把祭品吃的一干二净。神灵对他的行为很是生气，就将他变成一只苍蝇。哈尔的人虽然变成了苍蝇，但是好吃懒做、坐享其成的恶习仍然没有改变，不时嗡嗡叫着去叮咬祭品，神庙的侍者看见了，一下就把它拍的粉身碎骨。

自从哈尔走后，巴克更加勤恳地种地。因为少了两口人吃饭，巴克的粮食有了剩余，他就为神灵准备了比往年更为丰盛的祭品。神灵大为感动，便保佑村子连年风调雨顺，巴克的土地也连年丰收。巴克也逐渐富裕起来，慢慢地建房置地，最后成为闻名遐迩的富翁。

村民的小智囊纳吉

刚刚十岁的纳吉聪明伶俐又细心好学，在大人们处理事情的时候总是跟在后面，学习他们如何待人处事。然后在心里琢磨大人为什么要这么做，是不是还有更好的办法。由于他肯动脑筋，考虑事情又全面细致，久而久之人们都喜欢有事就找他问一下他的看法，他也都给出了有效的解决方案，被人戏称为"智囊"。

同村的卡赛姆对纳吉却看不上眼，认为这只是个乳臭未干的孩子，能有什么了不起的？自己的本事肯定比他大得多，只是自己不喜欢显摆，村民们不知道他的厉害罢了。

村子的附近是一片山林，每当小麦要收获的时候，山林中的象群就成群结队地过来，用长长的鼻子把小麦拔起，送进嘴里吃掉，给村民们带来极大的损失。眼看又是一年的麦收季节，象群肯定还会来毁坏他们赖以生存的小麦，村民们个个忧心忡忡，可是他们又没有对付大象的有效办法。于是大伙就准备去找纳吉，让他想办法治治大象。

村民们还没有到纳吉家，闻讯赶来的卡赛姆就拦住了他们，说："大象力大无穷又数量众多，蛮斗是不行的。我们换个角度想一想：它们为什么去吃小麦呢？那是因为它们饿了；那么大象喜欢吃什么呢？大象喜欢吃草和野果。这样办法就有了，我们给它们多准备些鲜草和野果，它们吃饱了就不会来吃小麦了！"

有些村民觉得卡赛姆说的有道理，就建议大家也不用去找纳吉了，按照卡塞姆说的做就行。这个方法仅仅实施了一天就被村民们抛弃了！白天浪费了一天时间去给大象打草、采野果，根本无暇顾及地里的小麦和家务。不仅浪费时间，大象吃了鲜草、野果后仍然习惯性地去吃小麦，如此下去他们仍然会像往年一样损失惨重！于是他们又去找纳吉想办法。

纳吉到地里找来了鼠王，对它说："鼠王，你们田鼠靠吃农民收剩下的粮食为生，现在象群每天夜里都要来吃小麦，再这样下去肯定就是颗粒无收的局面，不仅我们没有收获，你们也没吃的了。你看这事该怎么办？"

鼠王被纳吉描述的悲惨未来吓坏了，说："这事儿就交给我吧，我有办法。"

鼠王召集了所有的田鼠，让它们埋伏在田地的每一个角落。夜深人静的时候，象群再一次来到小麦田里。大象刚把鼻子凑到地上，老鼠们就趁机钻进大象鼻子里用力撕咬。大象疼得呜呜直叫，但是又对鼻子里面的老鼠无计可施，用力甩也甩不掉，使劲喷气也喷不出来。象群无奈只好退出了麦田，纷纷返回山林，从此再也不敢下山去糟蹋小麦了。村民们也有了个比往年好得多的收成。

第四章 广为流传的智慧故事

村里有个小偷，天天不是东家少了一只鸡，就是西家丢了一只鸭，可是大家都不知道谁是小偷。村长家大业大，粮多钱多，自然是小偷的老主顾，村长对此头疼不已却又无可奈何。

这年秋天，村长从集市上买了一包棉花和几匹布，准备把家里的被褥和棉衣都换成新的。谁知道刚拿到家里，村长就出去转一圈的工夫，棉花就被小偷偷走了一包。村长大为光火，想到纳吉一向足智多谋，就想去找纳吉看他有没有办法抓到小偷，既为自己挽回了损失，也为民除害。

快到纳吉家时，村长迎面遇到了卡赛姆。

卡赛姆问村长："你这样匆匆忙忙的是去干什么呢？不会是家里出事了吧？"

村长说："我的棉花丢了，肯定是那个小偷干的。我准备去找纳吉给我出个主意，这次我绝对不会放过他，一定要为大家除掉这个祸害！"

卡赛姆心中狂喜：表现我聪明才智的机会来了！他平静了一下心情，对村长说："这个小偷很狡猾的，村子里这么多人都抓不到他，纳吉那个小屁孩能有什么办法？幸好你遇到了我，不然你肯定要白跑一趟。我给你分析一下：天马上就要冷了，小偷偷你棉花的目的不是做棉衣就是做被褥。那么现在他已经偷走了你的棉花，肯定还要去偷你的布，不然他怎么做棉衣、被褥呢？我们不如藏在你家附近，今天夜里小偷一来就可以把他捉住。"

村长听了，觉得卡塞姆的话很有道理，就和卡赛姆一起藏在家里一个不引人注意的角落。他俩忍着蚊叮虫咬守了一夜，深秋的寒露打湿了身上的衣服，冻得鼻涕横流，却连小偷的影子也没有看到。

其实事情很简单，小偷已经偷了棉花，知道村长会有所防备，肯定不会再自投罗网了。

村长见卡塞姆的计策无效，只好再次来到纳吉家，请他帮忙抓住小偷。纳吉让村长尽快把全村人都召集起来，到时候他自有办法找到小偷。

等全村的人都到齐了，纳吉站到一张桌子上，大声说："各位爷爷、奶奶、叔叔、婶婶们，大家都知道，小偷又去村长家偷了一包棉花，而且这个小偷就是我们村的人。现在这个小偷就在会场上，就是那个头发上还沾有棉絮的人！"

纳吉刚说到这里，站在会场边上的一个人不由自主地伸手去摸自己的头发。他的手刚举起来纳吉就发现了，纳吉用手一指说："大家看，举手的那个人就是小偷!"

小偷被除掉后,村民们总算过上了安宁的日子。可是不久村子里来了一个魔鬼,他白吃白喝倒还能忍受,可是魔鬼喜欢抓来一个人殴打,看着他在自己的皮鞭下翻滚惨嚎,作为排除寂寞的乐趣。自从魔鬼来了以后,全村人的头上都蒙上了一层阴云,随时都有生命危险。

为了全村人的生命着想,村长就让大家献计献策,商量如何摆脱魔鬼的毒手。卡赛姆唯恐足智多谋的小纳吉先说出他的主意,就急不可耐地跳出来说:"我们之所以让魔鬼得逞,就是因为我们没有团结在一起。魔鬼只有他一个,我们村里这么多人,一人一巴掌就能把他扇成肉泥!我提议大家都拿出家里的武器,集中向他发动进攻。魔鬼要么被我们打死,要么被我们撵跑,但是无论是哪种情况,我们以后都不会再受到他的压迫。"

还没等纳吉说话,村长就采纳了卡赛姆的建议,决心一举消灭魔鬼。

魔鬼见村民们拿着各种各样的农具向自己扑来,便念动咒语,立刻变成了一个几十米高的巨人,而且三头六臂,面目狰狞。卡赛姆顿时吓得魂飞魄散,扔下手中的镰刀转身逃跑了。村民们英勇的与魔鬼展开了战斗,但是他们的战斗力太差了,根本没人是魔鬼的一合之将,许多人惨死在魔鬼的手中。

村长见战局不利,急忙下令撤退,这才保住了大部分村民的性命。

大人们聚在村长的家里,不住地唉声叹气,一筹莫展。卡赛姆不知道又从哪个角落蹦了出来,再次跑到村长面前献计:"村长,既然我们来硬的不行,那就来软的呗。"

村长斜了他一眼,轻蔑地说:"你又有什么高见?"

卡赛姆见村长不待见他,面红耳赤地争辩说:"我们每天供给魔鬼大量的吃喝,他就不会吃我们了!"

村长嗤之以鼻,厉声喝骂:"以前我们就少了魔鬼的吃喝吗?他还不是一样杀人为乐!我算是看透了,你就是一个嫉贤妒能的小人,整天只能出些上不来台面的傻主意!你赶紧有多远滚多远!"村长喊来纳吉,让他无论如何也要根除魔鬼这个祸患。

纳吉答应了。他找来一只口小肚大的瓶子,在里面装了半瓶蜂蜜水,故意在街上躲躲闪闪向家里走去。魔鬼看见纳吉鬼鬼祟祟的样子，觉得他拿的肯定是好东西，立马追上去拦住他，问道："小家伙，你拿的是什么东西？"

纳吉赶紧把瓶子藏在身后，支支吾吾一副不愿意说的样子。魔鬼看见愈发觉得纳吉手里的东西不简单，就拿出鞭子威胁道："快拿出来，不然我抽死你！"

纳吉装作很害怕的样子，不情愿地把瓶子拿到面前，魔鬼一把抢了过来，打开瓶塞喝了一口，嗯，不错，是甜的。魔鬼又问："这里面装的是什么？"

纳吉结结巴巴地说："这里面装的是长生水，是我祖上传下来的。不管是任何生物，只要喝了就会长生不老，而且越来越强壮。"

魔鬼大喜，长生不老可是他一直的追求啊，没想到在这个小村子竟然实现自己的愿望。他对纳吉说："好了，现在这水是我的了。看在这水的份上，今天就饶你一条小命，赶紧滚吧。"

魔鬼说完就举瓶痛饮，可是瓶口太小了，一点点地喝着很不痛快。魔鬼急了，对纳吉吼道："站住！瓶口太小了，我喝不痛快。快去给我找个碗来！"

纳吉装作很迷惑地说："你不是神通广大的魔鬼吗？你既然能变大，肯定也能变小呀！你变小以后钻进瓶子里，不就可以喝个痛快了吗？"

魔鬼一拍脑袋，对呀，我都忘了自己的神通了，竟然让这么个小屁孩来提醒，真是丢面子！他把瓶子放到地上，念动咒语，立刻变得比瓶口还小，飞进瓶中喝水去了。魔鬼刚进入瓶子，纳吉就迅速拿起瓶塞塞紧瓶口，然后猛烈地晃动水瓶，将魔鬼淹死在水里面了。

第五章

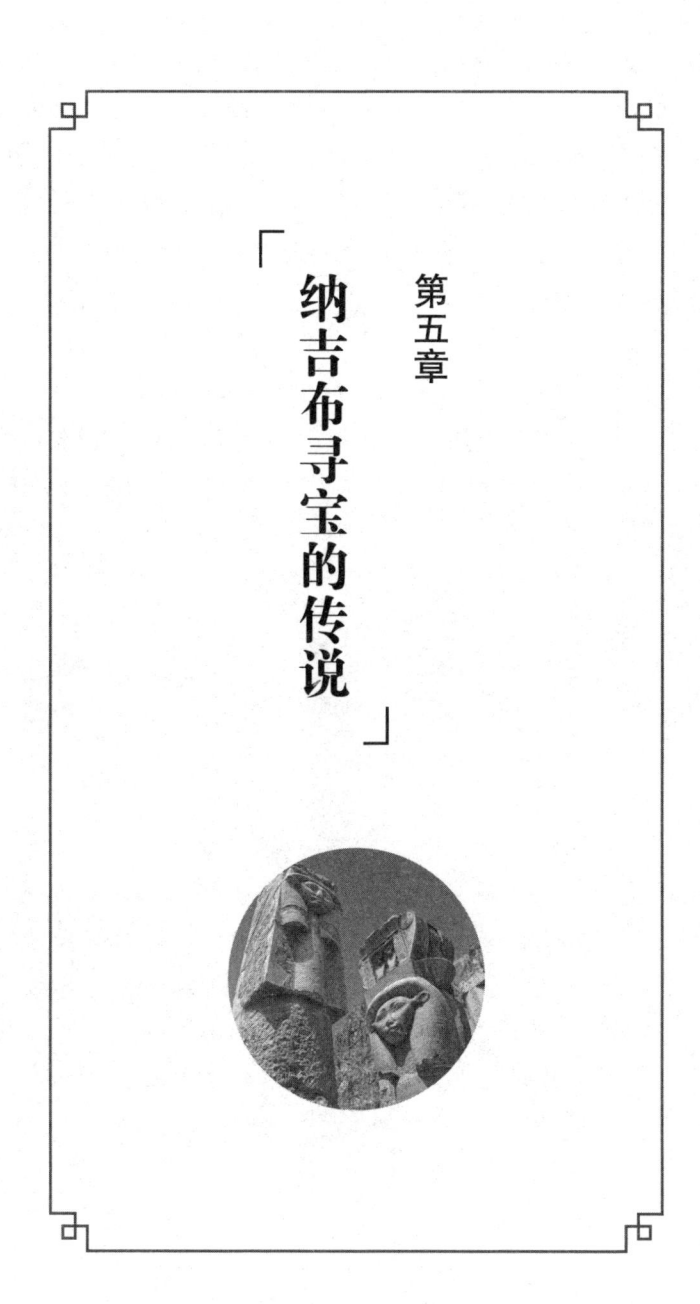

「纳吉布寻宝的传说」

第五章　纳吉布寻宝的传说

在一个偏僻的乡村里，有个老农总想着发家致富，但是始终未能如愿，心中一直不甘心。他知道自己的这一生已经无法完成愿望了，就把希望寄托在他唯一的儿子纳吉布的身上。

在他临死的时候，他告诉纳吉布说："孩子，我就要死了。但是我有个愿望一直没有实现，那就是让咱们家富裕起来。我唯一的遗憾就是这个，希望你能替我实现。"老农说完就咽了气。

纳吉布悲痛不已，埋葬了父亲后，就决定去外面寻找发财的门路，完成父亲未竟的愿望。

狮口脱险

因为家里贫穷，纳吉布只带了一点大饼就上路了。他也不知道自己的目的地究竟在哪里，只是发财的信念支撑着他，让他满怀信心地走向一个个陌生的地方。

不管是烈日还是暴雨，不管是严寒还是酷暑，纳吉布就像一个探险家一样，从一个村子走向另一个村子，从一个城镇走向另一个城镇。身上携带的大饼很快就吃完了，他不得不给人家打工以维持生存，找不到工作时就沿街乞讨，或采摘野果填饱饥肠辘辘的肚子。

他饿极了，来到一家大庄园门前，哀求守门人给他一口饭吃，守门人见他衣衫褴褛、蓬头垢面，就恶声恶气地拒绝了他，还放出一条大狼狗，将他咬得遍体鳞伤。纳吉布无奈只好离开了庄园，忍着剧痛撕破衣服，自己把伤口包扎好，一跛一拐地继续前行。富人们都嘲笑他，用唾沫唾他，用脚踢他，只有好心的穷苦人把自己的口粮送给他，他才勉强活下来。

几天后，他来到了一个山坡，又饿又累的他无心观赏那秀美的山色，昏昏沉沉地在草丛中摸到一个柔软的地方，准备在这里睡一觉。刚躺了下去，他就发现靠着的东西动了起来，还发出"呜呜"的声音。他勉力睁开眼睛，不禁吓出了一身冷汗：原来他靠着的是一头大狮子！

狮子正在熟睡，忽然觉得身子上有东西压了上来，睁眼一看，嘴边怎么有一个大活人呢？狮子高兴极了，它有好几天没有吃东西了，正在饥火难耐之时，这个人竟然自己送上门来，不吃都对不起老天。狮子慢慢站起身来，伸了伸懒腰，就要吃他。纳吉布见狮子张开血盆大口要吃自己，吓得大叫一声，站起来就要跑，可是他的身体太虚弱了，刚站起来就又扑通一声摔倒在地。狮子不慌不忙地走过来，用一只脚踩住纳吉布，准备享受自己的美餐。

纳吉布眼看自己就丧身狮口，灵机一动，对狮子说："狮子，等一下，你听我说。你看我骨瘦如柴，身上的肉还不够你塞牙缝儿的呢！再说了，我浑身是病，你吃了我说不定就会传染给你，以后你也别想活下去了。你想想，吃了我对你有利吗？"

狮子听了他的话，低头看看此人确实瘦骨嶙峋，浑身上下脏兮兮得散发着恶臭，觉得他的话不无道理，便对他说："人啊，就你这样的状态，我也不想吃你。可是，我不吃你我就会饿着，你说我该怎么办呢？"

纳吉布说："不瞒你说，我是从家里出来寻宝的，只要我找到了宝贝，就会成为一个富人，到那时候你跟着我，以后永远不愁吃喝了。狮子，如果你吃了我，你以后还是会像现在这样天天为吃喝发愁，无休止地为生存而奔波，难道这样的日子你还没有过够？"

狮子听纳吉布这么一说，仿佛看到了以后衣食无忧的美好未来，反之自己也不是这一会不吃就饿死了，权当给自己一个机会吧。于是狮子就放了纳吉布，自己去山林里寻找猎物去填肚子了。

被强盗劫持

这一天，纳吉布来到一座城市，这个城市四周围绕这深不可测的护城河，城门宽大宏伟，城墙高不可攀，上面密密麻麻地站着守城的士兵，个个剑拔弩张，严阵以待，好像在警戒着什么。

就在他远远地眺望城墙的时候，突然有两个人从身后抓住他，其中一人小声对他说："别说话，跟我们走！"

两个壮汉连拖带拉地把他弄到一片小树林中，来到一个武士打扮的独眼人面前。独眼人让那两个人松开了他，手中不停地把玩着一串用红珊瑚制成的念珠，锐利的独眼将他从头到脚地打量了几个来回，然后用沙哑的声音说："行，就是他了。"

纳吉布被眼前的一切弄得莫名其妙，便问："你们是什么人？把我带到这儿来干什么？"

独眼人说："兄弟，实话告诉你吧，我们是一伙强盗，这座城里有许多宝贝，真的可谓是价值连城呀，这些就是我们的目标。不过遗憾的是，我们的消息不知道怎么走漏了，城里的市长调集了许多士兵守在城头，强攻已经是不可能的了。既然无法强攻，那就只有智取了。所以我们制订了一个计划，不过其中最重要的一个角色无法由我们的人担任，而你就是那个角色最合适的人选。"

"'合适的人选'？你想让我干什么？"

"想要进城的关键是设法打开城门。我们的计划是让你假扮成国王的使者，声称要面交给市长一封国王的亲笔信，这样他们就不得不开门，到时候——"

"不行，不行，我从来不干违法犯罪的事。"

纳吉布一听要让他假扮成国王的使者，顿时吓得魂飞魄散，转身就要逃走。独眼人大手一挥，立刻围上来四个壮汉，将他牢牢地抓住。独眼人冷笑了一声，说："兄弟，你最好识相一点，如果你听从我们的指挥，事成后自然给你一份好处，如若不然的话现在就送你一命归天！"独眼人说着抽出一把锋利的匕首，抵住纳吉布的喉咙，独眼中露出嗜血的凶光，继续说："你好好想想，干还是不干，你现在给我个回话！"

纳吉布心里明白，这帮人都是杀人不眨眼的强盗，如果拒绝的话他们真的会杀了自己。只有保住生命才能完成父亲的遗愿，只好乖乖地答应独眼人的要求。

独眼人给纳吉布穿上一套华丽的衣服，骑上一匹配备着金鞍的骏马，又在他手里塞了一卷纸，还让两个打扮不俗的年轻人佯装成他的随从。趁着朦胧的月色，独眼人让纳吉布等三人大摇大摆地走近城门，吸引守城士兵的注意力，而他自己则带领一百名强盗悄悄地埋伏在吊桥附近的护城河边。

守城的士兵远远望见有一个人在两名侍从的陪护下，骑马来到护城河前，觉得来者应该有些地位，便急忙报告了市长。市长登上了城门楼，虽然看不清对方的模样，但从衣着打扮上观察，应该不是土匪强盗。他大声问道："你们是做什么的？"

纳吉布在马上紧张得浑身发抖，旁边的两名"侍卫"小声威胁他，如果不按照独眼人的要求回答就立马宰了他。他只好壮着胆子回答："我是国王陛下派来的使者，要面见市长，呈上陛下的亲笔书信。"

市长一听是国王派来的信使，不敢怠慢，连忙说道："请稍候，我这就让人放下吊桥、打开城门，请您进城。"

在吊桥放下的同时，城门也打开了。纳吉布骑着骏马，在两名强盗的挟持下走过吊桥向城门走去。那两名强盗刚进入城门，就立即抽出短刀杀死了守门的士兵，随后又砍断了吊桥的绳索。随着一声呼啸，独眼人带领一百名强盗一跃而起，挥舞着大刀冲进城里。守城门的士兵们慌乱中无法结成战阵，射出的箭也没有多少准头，很快就被强盗们突破了城防。

市长见城门被强盗们设计攻破，士兵们也被杀败，知道大势已去，已无法阻止强盗们的抢掠，就让一名亲信趁乱逃出城去向国王报信，自己自刎在城墙上。随着市长的自杀，城内群龙无首，失去了有组织的抵抗。强盗们则趁此良机突入城内恣意烧杀抢掠，金银细软掠夺一空。

独眼人见目标已经完成，便命令强盗们把财宝装上抢来的马车，迅速转移到了城外。就在城门边上，独眼人把纳吉布塞进一只木箱子里，又把木箱扔进护城河中，然后扬长而去。

国王得知强盗攻破了城池并且抢走了大批财宝，非常生气，就派了一员将领率领一千兵马星夜兼程赶来捉拿罪犯。大军浩浩荡荡开到城中，只见满目疮痍，惨不忍睹，而强盗们早已离开了这座城市。就在将领大发雷霆而又无计可施时，有一名士兵发现了护城河中的木箱有异样，将领命人将木箱打捞上来，发现了里面的纳吉布。于是将领就把纳吉布带回京城，交给了国王。

国王问纳吉布："你是什么人？是谁把你装进木箱扔进河里的？"

纳吉布不敢欺骗国王，便把事情的来龙去脉一五一十地如实告诉了国王。

国王说："不管你有没有加入强盗的队伍，仅仅从你帮助强盗骗开城门这一点来说，在客观上你已经成为了强盗的一员。朕给你个立功赎罪的机会：既然你认得匪首独眼人，如果你能协助官兵尽快抓到这伙强盗，那么朕将赦免你的罪行，并且不吝赏赐；否则等待你的必将是法律的严惩！"

听到自己有希望脱罪，纳吉布大喜过望，谢过国王之后就和将领回到那个城市，寻找可以抓到强盗的线索。在被强盗们劫掠的仓库门口，纳吉布发现了独眼人把玩的那串红珊瑚念珠。将领得知这个情况后，便让纳吉布去集市上把这串念珠卖掉。纳吉布不明所以，但也不敢多问，唯有照命行事。

将领挑选了几名机警的卫兵，化装成平民跟在纳吉布的身后。纳吉布乔装打扮后，来到集市中声称家中遇到了困难，要卖掉手中的红珊瑚念珠串救急。不一会儿，集市最大的那个古董店的老板就把他喊到了自己的店内。其实这个老板就是强盗在城中的眼线和销赃的负责人，他一眼就认出这串红珊瑚念珠是独眼人的心爱之物，在前天抢劫的时候不慎失落在城中。老板问纳吉布："年轻人，这串念珠是你的吗?"

纳吉布说:"不是我的难道我敢卖吗?"

"你想要多少钱?"

"一千个金币。"

"不行,这个价格太高了。"

"一点也不高,这可是我们家祖传的宝贝呀,如果不是急需用钱我根本不会舍得卖!"

"什么宝贝呀,这串念珠根本就不是珊瑚,是假货,最多给你一百个金币。"

"不要胡说八道,你不想要就算了,我另外去找识货的人。"

"不要着急吗,既然你家里有困难,就给你五百个金币吧,权当交个朋友。如果这个价格你再不满意那就真的爱莫能助了。"

其实能卖多少钱对纳吉布了来说无关紧要,五百就五百吧。纳吉布取了钱,回到将领那里,告诉了他着急卖念珠的情况,将领就让他和那几个卫兵守候在古董店门口,昼夜监视着那里的一举一动。果不其然,第二天的一大早店老板就溜出店门,向城外的一片山林中走去。

纳吉布等人隐蔽地尾随其后,发现了强盗们的秘密巢穴。他们把侦察到的情况报告给将领,将领立即调集官兵包围了强盗们的巢穴,经过一番激烈的战斗后消灭了强盗,独眼人也被逮捕归案,还缴获了大量的金银财宝。

鉴于纳吉布在剿灭强盗的过程中有立功表现,国王赏赐给他一笔金币,还给了他位于京城繁华地段的一个店铺。他的生活从此安定下来,过上了吃穿不愁的日子。

玩物丧志

纳吉布的最终目标是要成为大富豪,一个小小的店铺显然无法满足他的欲望。他以这个店铺作为起点,结交了许多商界的朋友,以便扩大贸易。

在他交往的众多朋友中,固然有许多良师益友,但是也有不少游手好闲之辈。这些人耻笑纳吉布,说他只知道守着一个小小的店铺,眼中看到的都是蝇头小利,没有什么大出息。还有一些赌徒三天两头找他去和他们赌博,他们对他说:"人世间最大的乐趣就是吃喝玩乐。像你这样天天守在店中,已经失去了挣钱的意义了。难道你不知道挣钱就是为了让生活过得更好吗?"

纳吉布说:"我出身于农民家庭,从小就是吃糠咽菜的生活。如今承蒙国王陛下的恩典,在偌大的京城有了一个立足之地,过上了衣食无忧的日子,这对我来说已经是如同天堂一样的生活了,我很满足,花天酒地不是我想要的日子。"

"你真是鼠目寸光!有钱不花,难道你还想让钱下崽呀?人生苦短,就应该及时享乐。像你这样的活法,也就是比城中的平民好一点。还是跟着我们见识一下什么是天堂般的生活吧!"

"我父亲是一个老实巴交的农民,一辈子没有享过什么福,但是他也没有埋怨过什么。现在我小有积蓄,生活安定,不愁吃喝,应该知足了。再说,我父亲生前经常告诫我,要乐善好施,要结交好人,多同情、怜悯、帮助那些孤苦无望之人;要远避邪恶,不要去做得不偿失之事。"

"有钱不会花才是得不偿失呢!你为什么有钱?因为这钱命中注定就是你的,既然是你的,那么你就有权花掉,不管你是用什么样的样式花。如果等到你老得走不动了,你还有精力去花吗?更何况,百年以后,即使有金山银山又有何用?"

城中的富商子弟、公子衙内轮番游说,以各种方式、甚至不惜强拉硬拽地带他出去玩。说真的,城里的生活的确丰富多彩,来自穷乡僻壤的纳吉布最终还是没有抵抗住诱惑,加入了他们的行列。

他们来到了一家豪华的饭店,点了满桌的山珍海味、美酒佳酿。一伙人风扫残云,酒足饭饱后让纳吉布去结账。纳吉布一算,仅仅这一顿饭钱就相当于他半年的开销!他左思右想,觉得这简直就是一个无底洞,就暗下决心,以后不再跟他们玩了。

但是尝到甜头的恶少们又怎么肯放过他?他们再次纠集到一起,又找到他说:"你怎么又像原来一样闷在店铺里呢?你这样辛苦,一天也挣不了几个钱,还是跟我们一起去享受生活吧。"

纳吉布坚定地说:"不行,一出门就要花那么多的钱,而且还有耽误店里的生意,这一来一去的损失我实在承受不起。"

"既然你觉得出门玩耽误挣钱,那咱们就在你家里玩吧。"

"在家里有什么好玩的?"

"玩牌呀!这样你不但可以不耽误店里的生意,还能挣更多的钱。"

纳吉布觉得这个玩法不错,就想尝试一下。那伙人拿来牌,教给纳吉布打牌的规则后,就试玩了几把。他们先故意输给纳吉布,让他赢了许多金币。看着面前那一堆光灿灿的金币,纳吉布喜不自胜,他觉得这种玩法太神奇了,不仅愉悦了身心,还能得到这么多少的金币。他被玩牌深深地吸引住了,兴奋得彻夜难眠。

第二天,尝到甜头的纳吉布迫不及待地把那些狐朋狗友喊到他家里来,又一起打牌。意料之中的是,今天除了一开始赢了几把,此后便节节败北,输了一些钱。赌博的心理就是这样,赢的时候总想再多赢一些,输了又想赢回来,输得越多越不甘心。白天没有玩过瘾,就挑灯夜战,渴了喝口凉水,饿了就在纳吉布家里随便翻出来一点什么吃的填一下肚子。

赌博成了纳吉布噩梦的开端。没有几天,他先是输掉了全部的金币,继而是店铺的货物,最后连房子也被当成筹码给输进去了。当他哀求他们留下自己的店铺的时候,他的那些所谓的朋友却露出了他们真实的面目,冷漠无情地把他撵了出去。他身无分文,衣食无着,就硬着头皮到以前的那些朋友家中投宿和借钱,可是却没有一个人收留他，反而板起面孔，极尽讽刺挖苦之能事，毫无回旋余地地把他轰了出去。

纳吉布终于认清了这些人的面目。他很后悔，自己不应该与那些坏人为伍，被他们的花言巧语所迷惑，失去了他所有的一切，再次回到了一贫如洗的状态。

巴格达之旅

纳吉布觉得，自己已经没有脸面继续留在这座城市里了，他决定去另外一个地方，洗心革面重新做人，以图东山再起。他又一次踏上了没有目的地的旅程。

几天后，他遇到了一个骆驼商队。他对商队头人说："头人，我已经无家可归。如果你能收留我，以后我愿做牛做马来报答你。"

头人见他外表忠厚老实，又在难中之时，便答应了他的要求。

纳吉布随着商队爬过高山、越过沙漠，终于来到千里之外的巴格达。头人把从埃及带来的纸、工艺品和铜盘、铜壶、铜烟锅等货物带到巴格达的民间大市场销售。

巴格达的民间市场人潮汹涌、生意兴隆。在这里，形形色色的商品琳琅满目，大大小小的商店鳞次栉比：有热气腾腾的风味小吃店，有喧闹嘈杂的阿拉伯咖啡馆，有林林总总的令人眼花缭乱的民间工艺品商店……这里完全称得上是寸土寸金，临街的房子没有一间不是行商的店堂。纳吉布看花了眼，完全陶醉于巴格达繁华的景象之中。

商队带来的货物在巴格达很快销售一空，趁着行情好，他们要回埃及再拉一批货过来。纳吉布告诉头人，他想留下来看看能不能做点买卖，下次再和驼队一起回去。头人答应了,给了他几个金币,让他万事小心。

纳吉布送走了头人,便准备找旅店投宿。他从街头走到街尾,所有的旅店都说客满。他转到另一条街,所有的旅店却都没有人投宿。他觉得很奇怪,就去问其中一家旅店的主人,店主说:"以前这条街的旅店也总是客满的。不过不久前发生了奇怪死亡事件,从那时起就再也没有人敢在这条街的旅店住了。"

"究竟是怎么回事?"

"不管是这条街的哪一家旅馆,客人当晚住下,第二天早晨就没命了。"

纳吉布是个不怕鬼怪的人,他不信邪,便对店主说:"给我开间房,我倒要看看究竟是怎么回事儿?"

店主以为他是在开玩笑,便说:"那你就随便住吧。只要你敢住,你想住多长时间就住多长时间,不要你付房费,而且免费提供饭菜。"

纳吉布听了十分高兴,身上没有几个大子,像这种天上掉馅饼的事儿,他巴不得多来几个呢。店主让他随便挑,他选了个豪华套间,高高兴兴地住下了。

店人给他送来了丰盛的晚餐,他也没有客气,甩开腮帮子饱餐一顿。吃饱喝足,纳吉布又去洗了个澡,浑身舒爽地来到卧室倒头就睡。

到了后半夜,就在他美梦正酣的时候,忽然觉得床开始摇动起来。他被惊醒了,发现他睡的床变成了大海中的一叶扁舟,在惊涛骇浪中颠簸起伏,面前还有一只怪兽,长着10个头,20只长臂,在他面前龇牙咧嘴、张牙舞爪。纳吉布先是大吃一惊,随即就镇定了下来,心想,好好的旅馆哪里会有大海?怎么会有怪兽?这肯定是幻觉,是人们所说的鬼魂在作祟呢!

他静下心来,怪兽越是嚣张,他越是清醒。怪兽使出了浑身解数,威胁、恫吓,即使用血红的长舌头舔他的脑袋,他也一动不动,就像欣赏一个小丑一样,平静地看着怪兽的表演。怪兽上蹿下跳地折腾了半天,见他毫不畏惧,反而没有了吓人的兴致,收起了长臂,缩回了脑袋,随后化作一缕青烟袅袅四散。

纳吉布看着周围一切又恢复了平静,像什么事也没发生一样,又躺到床上继续呼呼大睡。

第二天早上,店主找来了几个人,准备给昨天那个不要命的客人收尸。当他推开门后,却惊奇地发现,纳吉布竟然毫发无损的在床上呼呼大睡。店主对这种情况完全没有思想准备,一时间呆若木鸡,半晌说不出话来。

第五章 纳吉布寻宝的传说

很快，整条街上的人都知道了纳吉布没死的消息。所有开旅店的店主都来看他，来确定这个消息的真伪。

有一个店主不相信，一定要纳吉布到他的店里过夜，来证明纳吉布根本没有那么大的神力而过夜不死。

纳吉布欣然同意。傍晚的时候，他来到第二家旅店，再次住进最好的房间，享受店主提供的山珍海味，吃饱喝足，沐浴后蒙头大睡。

后半夜的时候，整个旅店又剧烈地震动起来。他觉得自己翻来覆去地被一阵风卷到天上，又从天上猛地掉到地面。刚开始他还有点害怕，想要看看是怎么回事，后来他却觉得很好玩，能够像鸟儿一样忽上忽下的在辽阔的天空中飞翔，可以说是一种常人难以体验的享受。

就在他心旷神怡地享受飞翔的快感时，突然一只巨大的老鹰向他扑来，几十米长的巨大翅膀遮天蔽日，张着铁钩般的鹰喙，锋利的爪子眼看就要抓住他的身子。他害怕了，正要逃跑的时候，忽然意识到：我是在旅店的床上睡觉呀，怎么可能会在天上飞呢？小小的旅店又怎么可能有这么大的老鹰呢？这次肯定又是幻觉！他不再担心巨鹰的猛扑与威胁，开始冷眼旁观。

巨鹰扑过来了，随着翅膀展开、收缩，带来阵阵呼啸的飓风，巨大的鹰喙、鹰爪就悬在他的头上、胸前，似乎随时都能刺穿他的身体。纳吉布却一动不动，泰然自若地欣赏着巨鹰的表演。巨鹰猛扑了几次，发现他对自己的威胁没有任何反应，凶猛的气势一下子消失了，偌大的翅膀迅速变小，大鹰爪也收起来了，整个鹰很快变成了一只山鸡，又从山鸡变成一只麻雀，最后从麻雀变成一只苍蝇，飞到旅店外面，消失在茫茫的夜色中。

房间里又恢复了一片静谧，只留下天空中飞翔的感觉，令纳吉布回味无穷。然而他也明白，那只是个幻觉而已，索性什么也不去想了，翻了个身沉沉睡去。

天亮了，店主蹑手蹑脚地来到纳吉布的房间外面，扒在门外听了半天，房内一点儿动静也没有。店主深深地叹了口气，自言自语道："我就说嘛，谁都逃脱不了惨死的下场，这个家伙也不可能是个例外！"

说着他推开房门走了进来，让他大吃一惊的是：纳吉布还活着，而且在床上在打呼噜呢！他觉得肯定是自己没有睡好看花眼了，用力揉了揉眼睛，又闭上眼休息一会儿才睁开眼睛，真的，他还活着！

"看来这个纳吉布不是平常人,既然鬼魂都吓不倒他,他肯定是从埃及来的天神!"这条街的店主们纷纷议论着,都争先恐后地要求他到自己的店里去住。

第三家店主含着热泪,央求纳吉布无论如何也要光临他的旅店,请他到店中祛邪降妖,因为前两个旅店在他住过以后就安然无恙,现在因为好奇而上门投宿的客人络绎不绝。

纳吉布却不过店主的盛情,而且从内心来讲也愿意帮助这些人,便跟第三家店主来到他的旅店。同前两夜一样,上半夜安然无事,到了下半夜,他听到有人轻轻地推门进来,他坐了起来,看到一个年迈的老人来到他的床前。老人一头白发,银白色的胡须长得到了腰间,红光满面的脸上带着慈祥的笑容,手中端着一只银制的果盘,盘中堆着一些他从未见过的仙果,令人垂涎欲滴。老人笑吟吟地对他说:"我听说你是从埃及来的天神。大驾光临巴格达,又为我们降妖除魔,实在让我们感动不已。我代表他们为你准备了上好的水果,请你品尝,请接受我们的这一番心意吧!"老人说着将果盘递到他的面前。

纳吉布见那仙果晶莹剔透,清香扑鼻,几乎就要忍不住伸手去拿了。不过他随即就意识到有地方不对劲:谁会在半夜三更的给人送水果呢?而且这个老人看着年纪挺大的,可是腰杆笔直,声音洪亮,除了白发白须,简直就是一个年轻人似的。看来这又是鬼魂在作祟!

想到这里,纳吉布从果盘上移开目光,死死地盯着老人的脸。二人对视良久,老人的眼神开始犹豫不安,红润的面容逐渐苍白,白发白须寸寸断裂落到地上,果盘中的仙果变成了纠缠在一起的条条毒蛇,又渐渐变成一堆泥土。老人的身体开始萎缩,越来越小,最后缩成一团,最后灰飞烟灭。

翌日一大早,店主就迫不及待地来到纳吉布的房间,见他正拥被高卧,高兴得手舞足蹈。他马上吩咐人大摆宴席,不管是认识还是不认识的人,都可以在这里尽情地大吃大喝。

现在这条街上只有一家旅店闹鬼了。这家旅店的主人央求纳吉布说:"来自远方的客人,求求你无论如何到我的店里住一夜。你可要一碗水端平呀!"纳吉布自然答应了他的要求。

又是一个下半夜,他在睡梦中忽然感觉到床前有人,睁眼一看,面前站着一个如花似玉的妙龄女郎。女郎的体态是那么诱人,她的微笑是那么甜美,身上散

第五章　纳吉布寻宝的传说

发着沁人肺腑的香气。女郎向他眉目传情，迈着轻柔的脚步向他走来，几乎就要上到他的床上了。

纳吉布并没有被美女所诱惑，他心里很清楚，前几夜都是鬼魂在作怪，今夜怎么会是真的呢？要知道鬼魂是会变化成人，邪恶总是披着美丽的外衣来诱惑人，一旦上当，后果可想而知。这个美女肯定还是鬼魂变成的！想到此，他的心里古井无波，一动未动镇定自若地盯着美女。

在纳吉布锐利的目光下，美女停住了脚步。过了一段时间，她变成了一个面目狰狞、鸡皮鹤发的老太婆，腰弯了，背驼了，原本诱人的香气变成了人欲呕的臭气，最后倒在地上变成一条毒蛇，向门外仓皇逃去。

纳吉布用他的沉着冷静战胜了鬼魂，这条街从此又恢复了太平，所有旅店的生意也重新兴隆了。店主们为了感谢纳吉布，送给他很多钱财和当地的货物。他就租了一个仓库，把钱和货物都放在了仓库里，准备跟随商队带回埃及。

不久，头人带着商队回来了，卖掉带来的货物后又买了一些当地产品，准备翌日返回埃及。

以为第二天要早点赶路，纳吉布在仓库旁边的屋子里早早就睡下了。半夜里，他被一阵响动惊醒了，而且响声越来越大。他翻了个身，觉得又是鬼魂作怪，不理它就是了。

突然，一把锐利的匕首架在他的脖子上。他这回是真的害怕了，因为架在他的脖子上的匕首冷飕飕的，绝对不是幻觉！他睁了眼睛，面前站着一个彪形大汉，头上蒙着黑色面罩，只能看到露出凶光杀气的眼睛，一只手抓着他的肩膀，另一只手握着匕首，恶狠狠地对他说："快把仓库钥匙交出来！不然要你的命！"

纳吉布知道这是遇到闻名于世、臭名远扬的"巴格达窃贼"了！正要想办法逃跑，这时又进来几个大汉，恶狠狠地说："时间不早了，赶快找钥匙！"

抓着纳吉布的那个人也急了，一把将纳吉布拉到地上，几个大汉拥上来，在他身上找到仓库钥匙。有个人说："把他绑在这里，能不杀人还是不要杀人了。"

几个大汉用绳子把纳吉布捆得结结实实地，然后打开仓库将里面的金银细软洗劫一空，然后扬长而去。

看着眼前的一切，纳吉布就像做了一个梦一样。他沉思良久，自言自语道："钱和货物没有了，还可以再得到它，性命才是最重要的啊。幸亏保住了性命，这真的要感谢伟大的太阳神的庇护呢!"

天亮了,当头人来找纳吉布的时候,才发现纳吉布被捆在地上、仓库里一片狼藉,知道纳吉布这是遇到了"巴格达窃贼"。他赶紧解开了纳吉布,安慰了一番,就带着他离开了巴格达。

地神的委托

纳吉布又返回了赤贫状态,但他感到欣慰的是遇到了好心的头人,便和商队一起回到了埃及。他谢别了头人,继续踏上探宝之路。

想到自己离开家乡后的经历,纳吉布感慨不已。只是眼下他一无所有,也没有能够发财的门路,只好漫无目的的到处闲逛。不知不觉地,他走出了城市,来到了乡间。这里的一切都显得那么亲切,仿佛又回到了故乡的山水田野之中,空气是那样的新鲜,泥土都渗透着诱人的芳香。

他躺在一片像地毯一样的草地上,想起了儿时倒在妈妈怀中那种温馨。可惜妈妈操劳过度,早早地就离开了人世,他在很小的时候失去了母爱。想到此,他不禁悲从中来,号啕不止。

大地之神盖布被纳吉布的悲恸感动了,就命令一个天神将纳吉布接到宫中。盖布对纳吉布说:"年轻人,我知道你费尽周折,四处奔波,但是一直没有完成你父亲的遗愿。我很赞赏你这种不屈不挠的精神,不过你也不必这样辛苦。我的宫中有你所需要的一切,作为我的客人,你可以永远住在这里,从此不用再为生活的问题而烦恼。"

纳吉布说:"尊贵的地神,非常感谢您的慷慨,对于您宫中的那些财宝我也非常心动。可是，我并没有为您做任何事情，不应该得到您的奖赏。很抱歉，我无法接受您的好意。"

"你说的也有道理。这样吧，我给你安排一个任务，按照你完成的完美程度，我会给予你相应的奖赏，完不成也会有适当的惩罚，你看可以吗？"

"我只是一个农民的儿子，又能为您做什么呢？"

"近来有许多生物都怨气冲天，严重影响世间的秩序。比如，水中的虾米抱怨自己成为了小鱼的食物，而小鱼又控诉大鱼吃它们；陆地的青草说兔子不该吃它们，兔子却又指控狼成为了它们的天敌……如此等等，不一而足。你去实地考察一下，看看如何解决这个问题。"纳吉布反正无事可做，便答应下来。

他来到野外，看见一只小鹿在悠闲地吃着青草。这时他听到青草抱怨道："人啊，你看我们青草在这里长得好好的，谁也没有妨碍。可是，每天都有一些鹿儿、羊儿、牛儿在吃我们，你们人类也肆无忌惮地践踏我们，严重干扰了我们的正常生活。"

纳吉布觉得青草说的有道理，便问鹿儿："小鹿，青草这么可怜，你为什么要吃青草呢？"

小鹿却不以为然，辩解道："我们自小到大吃的就是青草。再说了，如果没有我们去吃它，它就会越来越高、越来越大，最后泛滥成灾；即使我们吃了长高的青草，新的青草也随后就长了出来；况且我们把草籽、树籽散播到各地，让它们可以在新的地方生长，不也是一件好事吗？倒是我们这些鹿儿、兔儿、鼠儿这些小动物，常常受到狼、狐狸、豹子、狮子、老虎们的袭扰，害得我们无时无刻不胆战心惊，不得安宁！这个难道你不知道吗？"

纳吉布听了小鹿的申诉，就找到狼，斥责它道："狼，你们为什么要袭击弱小无助的小动物？难道它们不值得你们可怜、同情、怜悯吗？"

狼唉声叹气，无奈地说："人啊，你只看见那些小动物的可怜，却不知道我们这些小型食肉动物的悲哀呀。如果我们不吃那些小动物，不光它们泛滥成灾，我们也早就灭绝了。再说，我们狼、狐狸、斑马、牛、羊、野猪也有苦衷，也是成天提心吊胆的呢。就像狮子、老虎、豹子们，吃掉了我们多少同伴啊。你为什么就不去斥责它们呢？"

纳吉布对狼说的话无言以对，只好狼狈地走到了一边。在以后的一段时间，他又看到老鹰俯冲下来抓起一只鸽子,又飞回鹰巢,把鸽子撕碎去喂雏鹰;熊从河中抓起一条鱼,塞进血盆大口;蛇在吞食小鸟和老鼠;蜥蜴在吃虫子;大鱼在吃小鱼;小鱼在吃虾米……

看着眼前的一切,纳吉布感到自己是那么的弱小和无力。他第一次注意到,自然界的各种动植物、飞禽走兽之间的关系是那么的复杂,那么的难以理解。他觉得自己无法处理这些错综复杂的矛盾,就想把自己的所见所闻报告给盖布,让伟大的大地神来解决这个问题。

就在他准备回去的时候,所有的动物、植物不约而同地一齐向他围拢,每一个生灵都对他怒目而视,异口同声地说:"人啊,虽然我们之间有这样那样的矛盾,但是,你们人类却是我们共同的、最大的敌人!"

纳吉布对它们的愤怒很不理解:"我是来给你们调解矛盾的,你们怎么不但不感激我,还对我恶言相加呢?"

它们说:"你们人类是大自然的破坏者。我们的肉成为你们的食物,我们的毛皮成为你们的衣服,甚至还把杀害我们当作游戏;你们放火烧山毁掉了我们的家园;破坏山林、植被破坏了我们的生态;到处开荒、毁林侵占我们的活动区域……难道人类不是我们共同的敌人吗?"

听着动植物的声讨,纳吉布满面羞惭,一句话也说不出来,只好掩面而逃。他回到了地神盖布那里,向他详细汇报了他的所见所闻。盖布听了,无限感慨地说:"是呀,我以前觉得它们之间的矛盾到了不可调和的地步。现在看来,如何教导人类和大自然和谐共处才是当务之急呀,否则必将给所有的生物造成灭顶之灾!"

地神盖布认为纳吉布的工作卓有成效,找到了自然环境恶化的根本原因,开始对破坏大自然的人给予惩罚。

经过这件事情,纳吉布也获得了动植物的好感,成了它们的朋友。

纳吉布的堕落

纳吉布告别了地神盖布，又回到了人间继续他的寻宝生涯。

一天，他在漫山遍野的花香吸引下来到了一座山冈，不知不觉地迷失了方向。就在他不知所措的时候，看见一只小鹿从悬崖上摔了下来，躺在地上痛苦地呻吟。他急忙跑了过去，发现小鹿流血不止，伤势很重。他毫不迟疑地采了一些草药嚼碎敷在小鹿的伤口上，又撕破自己的衣衫给小鹿包扎好。天就要黑了，他担心受伤的小鹿被其他的动物再次伤害到，就把它抱进附近的山洞里，又去弄来青草和泉水喂它。过了几天，小鹿伤愈后欢快地跑进了山林。

纳吉布也下了山，刚到山脚下的平原，就遇到一条宽阔的大河，水深浪大无法徒涉。就在他焦虑万分时候，他救过的那只小鹿从远方出现了，蹦蹦跳跳地向他走来。他正要跑过去迎接他的朋友，小鹿突然变成一头背生双翅的雄壮骏马，马背上配有金鞍。纳吉布跨上去，刚一坐稳，骏马便奔跑起来，随后又展开双翼腾空而起，越过滔滔大河来到一个山冈上。

骏马停下让纳吉布跳下马背，对他说："纳吉布，如果你以后有需要我的时候，就喊我三声，我马上就会出现。"说完骏马不见了。

纳吉布游目四顾，发现面前是一片荒山野岭，渺无人烟，他也不知道该往哪里去，就信步向前走去。走了不久，一只活泼可爱的小白兔跑到他的面前，瞅了他一眼就转身往前跑去。当小兔意识到纳吉布没有跟上来时，就又回到他的身边重复刚才的动作。纳吉布明白了，小兔这是要带自己去某个地方，就跟着小兔向前走去。

小白兔把他带到一处悬崖跟前，这里的草长得又高又大，微风拂过，草丛中不时闪射出一丝金光。纳吉布扒开草丛，发现后面是一个深不可测的山洞，金光就是从山洞里发出来的。他蹑手蹑脚地摸索前进，金光也越来越耀眼。山洞的尽头是一座金库，有一条巨蟒盘在金库前，像一张圆桌那么粗，因为盘在那里无法估计它的长度，看样子最少也活了几千年了。巨蟒看到纳吉布，就抬起了脑袋，用洪亮的声音说：

"你好纳吉布，我终于等到你了。地神盖布曾经给我交代过，这里的金子你随便拿，想拿多少就拿多少，想什么时候来拿就什么时候来拿。"

巨蟒说完就打开金库让纳吉布进去。纳吉布刚进入金库的大门就被眼前的景象惊呆了：整个金库的四壁、大门、地板、柱子全是金制的！里面的金子大小不一、形状各异，堆的像小山似的。但是纳吉布只拿了一小块金子，谢过巨蟒就离开了。

小兔又把纳吉布送到山下，给他指明了方向就离开了。

纳吉布再次来到城里，用那块金子去买衣服，服装店老板一看到金子便惊叫起来："哎呀，你这块金子的成色太好了，我还从来没见过这么大的金子呢。看来你是大富翁啊，这套衣服就送给你了，以后多多关照本店就行了。"

他用这块金子去买烧饼，卖烧饼的更不敢要了，说："你开什么玩笑呀？你见过谁用金子去买烧饼呀？你随便从这块金子上扣掉一点，就能买下我这个烧饼店了！你以后只管来吃我的烧饼吧，吃到什么时候都没关系！"

他又去住旅店，店主人一见到这块金子就毕恭毕敬地把他请进最好的屋子，对他说："像您这样的富豪能够光临敝店，就是对我的认可，也是我最大的荣耀。以后这间屋子就永远为您留着，你想什么时候来住就来，想住多久就住多久，千万别提钱。"

纳吉布似乎觉得自己已经寻到宝贝了，那就是金库。仅仅从金库中拿出这么一小块金子，自己立马就身价百倍、变成了人上人，假如从金库中取出更多的金子，那不就是享用不尽的荣华富贵吗？

纳吉布想到这儿，想要出人头地的心更是火热。他在城里草草住了一夜，第二天天不亮就又来到河边，喊道："骏马、骏马、骏马！"

喊声刚落，骏马从天而降，对他摇头摆尾，说："纳吉布，你要我做什么？"

纳吉布说："快把我带到那个山冈上去。"

骏马展开双翼，驮着纳吉布飞腾起来，瞬间把他送到了山冈，随后小白兔又把他带到金库，巨蟒为他打开了金库的大门。看着那黄灿灿的金山，他想，这么多的金子，不拿白不拿，便捡大块金子装满一大包，背都背不起来了。他又拉又拽，好不容易才把金子弄到山洞外面。他实在没有力气了，就喊来了骏马，在骏马的帮助下回到他原来的家里。

纳吉布用这一包金子盖起了豪华的宫殿，买了一百个奴隶和一百个婢女，粮囤装满了粮食，牛圈里喂满了各种牛，豪奢的生活连城里的市长都望尘莫及。城里的达官贵人、豪门贵族也一改以前的态度，对他另眼相待，趋之若鹜，真可谓"杯中酒常满，座中客不空"。纳吉布也被这些人吹捧的忘乎所以了，天天恣意地吃喝玩乐，不求进取。

过了一段时间，他那一包金子已经花得差不多了。他想，反正金库里还有那么多的金子，只要再拿一些金子，这样的日子还能继续下去。而且他开始不满足于富人的生活，他想要拥有权力，要当市长。

他来到河边，喊道："骏马！骏马！骏马！"喊声刚落，骏马从天而降，对他摇头摆尾，说："纳吉布，你有什么事？"

纳吉布说："你怎么这么多的废话？快点带我到那个山冈上去！"

骏马一言不发地展开双翼，驮着纳吉布很快来到山冈。纳吉布轻车熟路地来到金库，也不与巨蟒多话，直接装了几袋子黄金，让骏马驮回到家中。

他带着一袋子金子到了市长那里，对他说："这些金子你想要吗？"市长是个贪得无厌的家伙，看到这么多的金子，激动得话都说不利索了："哇，是金子呀！虽然我辛辛苦苦地为法老服务了这么多年，可从来也没有得到过这么多金子。你的意思是要把这些金子给我吗？"

"对。这些金子对我来说只是九牛一毛，只要你答应我一个条件，它们就都是你的了。"

"什、什么条件？只要你给我金子，让我做什么都可以。"

"痛快。很简单，把你市长的职位让给我。"

"你想当市长？哎呀，纳吉布，这个可不行。你知道，市长都是由朝廷任命的，我说了根本不算呀。你还是换个条件吧。"

"那就算了吧。"纳吉布说着就作势要把金子拿走。

市长一看纳吉布要拿走金子急了,赶紧说:"好吧,好吧,这个市长就由你来当吧,快点把金子给我!"

纳吉布当上了市长,从此成了有钱有势的人。他滥用职权、助纣为虐、残害人民,搞得当地民怨沸腾、天高三尺。周围都是阿谀奉承之徒,每天都是酒池肉林的荒淫无耻的生活。

他没有多久就又不满足了,上次带回来的金子也所剩无几。他觉得每次去取金子都要召唤来骏马、上山、进洞的太麻烦了,这次一定要把金子全部拿走。

他急不可耐地来到河边,粗鲁无礼地高喊:"骏马!骏马!骏马!"

骏马应声而至,还没有停稳纳吉布就跳到马背上,命令道:"赶紧把我送到山冈去!"

纳吉布跑进山洞,巨蟒欢迎他,他粗暴地命令道:"快点打开金库,我要把金子全部拿走!"

巨蟒说:"没问题,你只管拿吧。你拿光了金子这座金库又会产生新的金子,很快充满金库。"

纳吉布听了巨蟒的话,心中的欲念更大了。他想:既然金库能自己产生新的金子,那又何必每次到这儿来拿金子呢?直接把金库拥为己有,让巨蟒按照自己的命令把金子送到官府去,岂不更好?想到此,他对巨蟒说:"我现在是本城的市长,这里的一切都在我的管辖范围之内,这座金库以后就是我的了,你以后只能为我一个人服务!"

巨蟒说:"这就不行了。我只是金库的看守,没有地神的允许,我不能将金库交付他人。你可以随便从金库取走你所需要的金子,要多少都可以,但是若想霸占金库是万万不能的。"

纳吉布听了火冒三丈,吼道:"我已经拥有这座城市,还要这座金库,我将成为全国最富有、最有权势的人,我要做法老,统治整个国家。你不过是一条蟒蛇,竟敢违抗我的命令,你难道就不想想后果吗?"

巨蟒耐心地劝导:"纳吉布,做人不能太贪心。人和动物一样,若想平安地享受生命,首先要安分守己呀!"

"我要拥有整个世界,我只要拥有这座取之不尽、用之不竭的金库,就能成为世界的主人！"

"世界的主人是伟大的太阳神，是任何人和任何力量都不能取代的！"

"不行！我要拥有一切，一切！"

巨蟒生气了，纳吉布已经变成了一个贪心不足、狂妄自大的人。它不再理睬他，认为他已经不可理喻了。纳吉布见巨蟒不再搭理自己，就不顾一切地冲进金库，疯狂地把里面的金子搬到洞外。可是，他刚把金灿灿的金子放到地上，金子就变成了黄土块随后又变成碎末，一阵风后飘散得无影无踪了。他吃惊地睁大眼睛看着这一切，不相信这是真的。他又搬出来一大块金子，可是又变成了黄土块，搬多少，变多少。他无计可施，想找巨蟒问问这是怎么回事，却发现巨蟒也不见了，周围一片沉寂。他害怕了，想先回去静静，再从长计议。然而，任凭他如何呼唤，骏马始终不再显现；他想找那只小白兔，小白兔也踪影全无。

没有办法，他只好凭着来时的印象慢慢摸索着往回走，原来经常看到的动物们也都不见了。

终于，他在山林里遇到一只老鹰，央求它说："老鹰，你能把我送到城里吗？"

老鹰爱答不理地说："你曾经是我们的朋友，因为你有一颗平常心。可是，看看你现在成了什么样子？你变成了一个贪得无厌、欲壑难填的人，你野心勃勃妄图统治整个世界！你自己回去吧，我是不会帮你的。不过我可以告诉你，从这里到你的住处需要走半年的时间！你以后应该吸取这个教训，重新做人。我原来也曾经以为自己天下无敌，翱翔天空、傲视大地，想抓谁就抓谁，想吃谁就吃谁。可是，事实证明，我不能像狮子那样去捕食斑马、小鹿；不能像大象那样去吃草；不能像鱼儿那样去吃虾米。于是我醒悟了，还是做一只普通的鹰才对。"老鹰说完就展翅飞向了远方，一会儿就不见了。

纳吉布只好继续艰难地徒步前行，路上又遇到一匹老马。他精神一振，要骑上去，马阻止了他："且慢。我年轻的时候日行千里、夜走八百，人们十分喜爱我，供给我上等的马料，那时我认为自己是世界上最好的马。可是，如今我老了，几乎就要走不动路了，人们也不再喜欢我，把我赶出家门；我还要时刻提防着猛兽的侵袭，以免变成它们的美餐！你自己走吧，我已经没有驮人的能力了。"老马说完就蹒跚着脚步离开了，不久便消失在树林中。

纳吉布叹了一口气，无奈地拖着沉重的双腿继续往前走去。不久遇到一只狐狸，瘸着腿没命地逃跑，一见到他立刻趴到地上求饶："不要打我，我再也不敢做坏事了，求求你给我一条生路吧！"

纳吉布很奇怪，问狐狸："你不是挺有本事的吗？怎么搞成了现在这副模样？"

"你还不知道呀？以前大家都说我是智多星，我也认为自己的智谋天下无双，偷鸡摸狗的事儿干的是干净利索，仿佛所有的一切都不会超出我的意料。可是常在河边走哪有不湿鞋的？我这次不慎中计，钻进了人类设的笼子里，结果没偷到鸡，反而被人痛打一顿，幸好逃了出来，不然命都没了。请你看在我决心悔过自新的分儿上，就饶了我吧！"

纳吉布感慨万分，这就是聪明反被聪明误啊，就放过了狐狸继续走他的路。

就像老鹰说的那样，他一直走了半年才回到那座城市。当他要进市政府的时候，卫兵们横着大刀、长矛拦下了他，他气急败坏地说："我是你们的市长，为什么不让我进去？"

卫士怒目以对，轻蔑地说："你算什么市长？半年前法老就下了旨令，免除了你用钱买通了的那个市长，并且处以重刑，并且发出通缉令，要缉拿你这个骗子归案呢！"

纳吉布一听，吓得扭头就跑，可是没跑两步就瘫倒在地上。原来，法老来视察这个城市，并奉地神盖布之命缉拿纳吉布问罪，他的手下已经将纳吉布团团围住。

法老斥责纳吉布道："纳吉布，你的父亲是一个贫困、老实农民，你也做过一些于民有益的好事，想发财是人之常情，但是你不该财迷心窍，以财窃权，以权压人，更不该痴心妄想做世界的主人。君子爱财、取之有道，做人必须以诚为本，任何歪门邪道、狂妄野心只会适得其反。看在你曾经给人民做出过贡献，这次就原谅你了，今后要悉心务农、勤俭持家、诚恳待人，这才是你要寻找的宝贝呢。"

纳吉布听了法老一席话，满面通红，羞愧难当。不过，从此他明白了一个道理，一个怎样做人的道理。

第六章

王子亚特与杜赫的传说

法老的心事

法老有10个儿子，每一个都英俊强壮，成为法老的骄傲，可是法老一直犹豫不决让哪一个儿子成为自己的继承人。每念至此，法老就不由愁上心头，饭不能下，睡不安寝。因为大儿子性情怪诞刚愎自用，行事我行我素从不听从别人的意见；其他的几个儿子也都是好高骛远眼高手低的人。唯独小儿子亚特正直善良，胸怀宽大，性情温和，做事总是设身处地，考虑别人的感受，不管对奴仆还是臣民都十分仁慈，最得法老的喜爱。法老有心让亚特继承王位，但是因为亚特年纪最小，又没有什么势力，又怕他稳不住场面，应付不了几个哥哥的阴谋。

亚特有一天做了一个奇怪的梦，他梦见他坐的椅子飘飘忽忽地升起来，下面的文武百官在向他叩拜欢呼。他把这个梦境告诉给父亲，法老一听就知道这孩子以后会成为一个伟大的帝王，是最合适的法老人选。法老高兴极了，急忙把他搂进怀里，轻柔地抚摸着亚特的头，亲热地吻着他的面颊。法老叮嘱亚特，一定不能把这个梦说出去，以免遭人暗算。

这个场面被法老的大儿子齐特看见了，见父亲如此疼爱弟弟，又想到父亲平日对自己的冷落，妒火上升，心中更加气恼，暗下决心一定要除掉亚特，以保住自己的王位继承权。齐特立刻转身走开，去找其他的兄弟。亚特的其他几个哥哥也不愿意看到亚特受到法老的宠爱。在他们看来，影响他们继承王位的最大障碍就是亚特，因此他们不谋而合，一致同意先除去亚特。

设计害手足

　　不过亚特毕竟是他们的亲弟弟，他们谁也不想背上杀死自己弟弟的恶名。老九克特想了个主意：我们不用亲手杀他，想要杀亚特的目的就是为了让他无法继承王位。如果设计把他扔到尼罗河里，不管是他顺河漂到遥远的下游，还是渔民将他救起带走，只要他能远离王宫、远离法老，无法继承王位，我们的目的不同样达到了吗？

　　其他几个兄弟都觉得这个计划可行，便一起来到法老御前，正好看见法老正亲切地搂抱着亚特在说笑，恨不得马上把亚特一把掐死！

　　齐特急忙向众兄弟使了个眼色，示意他们小不忍则乱大谋。他上前一步，对父亲说："父王，您这样整天宠着亚特会害了他的。您看，尼罗河风景如画、山林内猎物成群。您应该让他和我们一起出去游玩打猎，这样既陶冶了情操，也了解了民间疾苦。像现在这样只会让他成为一个只知道吃喝玩乐的废物啊。"

　　听了齐特的话，法老反而把小儿子搂得更紧了。疑惑地看着齐特说："跟你们去可不成。你们是不是对亚特有什么阴谋呀？"

　　齐特装出一副委屈的样子，说："您怎么能这么想呀！我们是他的亲哥哥，还能害他吗？我这不是为了他好吗！像这样天天待在王宫里，和坐牢又有什么区别？"

　　法老如释重负，感慨地说："是啊，你们是他的亲哥哥，不会害他的。不过我还是担心，他这么小，要是碰见魔鬼怎么办？"

　　亚特的哥哥们异口同声地说："我们这么多人，您还怕魔鬼把亚特带走吗？您就放心好了！"

几个儿子七嘴八舌的缠着法老，轮番央求他让小弟弟跟他们一块出去见见世面。法老最后耳朵一软，就同意亚特和哥哥们出王宫了。

刚走出王宫看门人的视线，9个哥哥就把亚特围起来，先是恶言咒骂，接着拳脚相加，又前拉后推地把他架到尼罗河边。见河边没人，几个哥哥就把亚特扔到尼罗河中去了。然后他们藏在河边的树丛里，欣赏着亚特拼命在河水中拼命挣扎、大喊救命的样子。

这时一叶扁舟从上游顺流而下，划到亚特身边救起了他。哥哥们听见亚特说自己是王子，不小心滑到了河里，请划船的人把他送到法老那儿去。可是船夫却不相信，认为他是在开玩笑。按照正常的情况，王子出门肯定会有大批的侍从和奴仆跟着，不可能一个人独自出来；即使按他说的是不小心滑到河里，也应该是在岸边，而不是河中心。船夫看亚特长得眉清目秀的，就想把他当奴隶卖了，自己也好弄几个钱花花。于是他把亚特捆在船上，用力地划着小船去了下游。

齐特几个看到亚特被人绑在小舟上带走了，心里就像三伏天喝了一碗冰水一样，别提有多痛快了。他们知道自己已经清除了最大的竞争对手，亚特永远也不会成为法老的继承人了。现在他们需要考虑的就是如何向父亲解释，来脱清自己的干系。最后还是齐特定下了一致的口径：父亲不是担心亚特被魔鬼夺走吗，那就说亚特真的被魔鬼夺走了好了！这样他们就只是一个保护不周的责任，谁也不会怀疑是他们害了弟弟。

他们在王宫外面等了好久，才装出一副失魂落魄的样子进入王宫，慌慌张张地跑到法老面前，哭诉道："父王呀，不好了。我们兄弟10人正在河边游玩，魔鬼突然从河里出来把亚特抓走了。我们没有保护好亚特，请您惩罚我们吧！"

自从亚特被他哥哥们带走后，法老就一直心神不定，总觉得齐特他们心怀不轨，亚特这一去凶多吉少。听了齐特的话，他已经明白了，亚特肯定是被这些别有用心的儿子们谋害了。他颤抖着站起身来，指着齐特他们愤怒地说："你们就不要再装了！在我面前玩这套把戏你们还太嫩了！手足相残，你们会得到报应的！"

被卖到庄园

船夫把亚特带到了奴隶市场上。这里摩肩接踵、人头攒动,叫卖声、讨价还价声、奴隶的哭泣讨饶声此起彼伏不绝于耳。

船夫一手抓着亚特的头发一手在空中挥动着,大声叫卖:"看一看、瞧一瞧,这样的孩子可不好找;唇红齿白皮肤细,浓眉大眼身量好;您若买到家里去,长大以后准是好劳力;读书识字有文化,说不定您就买了个好管家……"

一个来自偏远地区的奴隶主来到亚特面前,用手摆弄着亚特的脑袋、下巴,捏着他的肩膀,看了看牙齿,就问船夫:"这个小家伙多少钱?"

"10个金币。"

"太多了。长得又瘦又小,现在根本干不了重活,想要养大又要浪费我几年的粮食,不划算呐!就5个金币吧,不能再多了。"

"5个就5个,掏钱吧!"

"你这孩子是从哪儿弄来的?"奴隶主一边递钱一边问。

"是我自己的孩子,家里太穷,与其饿死还不如把他卖了给大家都留个活路呢。"

亚特被奴隶主放进骆驼驮的竹筐里,在沙漠里走了三天三夜,最后来到一个叫哈卜的地方,奴隶主的庄园就在这里。作为奴隶,他每天天不亮就得起来,被管家用鞭子驱赶着到地里干活,受尽了非人待遇。虽然他是个孩子,但给他安排的活和大人一样多。奴隶主让他爬到高大的椰枣树上,把那些熟透了的椰枣扔下来,粗糙的椰枣树皮把他柔嫩的大腿磨得鲜血淋漓。

他实在受不了,就告诉奴隶主他是法老的小儿子,希望奴隶主能够把他放回去。奴隶主哈哈大笑，一边用鞭子驱赶他去干活，一边说道："你是在给我说笑话吗？你要是法老的小儿子，我就是法老了。"

几年过去了，亚特已经长成了一个身强体壮、意志坚定的硬汉。他的内心深处有一个永不动摇的信念，那就是一定要活下去。他要活着走出庄园，他要活着回到王宫，他要告诉父王自己的遭遇和磨难，他要让真相大白于天下，他要让所有的恶人都喝下他们自己酿的苦酒。

庄园脱困

庄园中有一个叫杜赫的奴隶，身体强壮、聪明勇敢。他本来也是富家子弟，耐不住家里的单调生活偷偷了跑出来，结果被奴隶主骗到了庄园。杜赫曾经逃跑过几次，却没有一次成功，每次都被抓回来打得遍体鳞伤，但是他一直没有放弃逃走的信念。他发现亚特气质不凡、知书达理，便与他交成朋友，俩人私下潜心锻炼身体、保持体力，还练习武功。杜赫还把前几次逃跑时观察到的路线画成草图，与亚特密商逃离奴隶主庄园的方法。

这天奴隶主又要去奴隶市场了，准备购买一些"价廉物美"的货色，顺便再拐骗一些涉世不深的人做奴隶。奴隶主临行前嘱咐管家一定要好好看管庄园里的奴隶，严防再发生逃跑事件。

奴隶主走后，杜赫悄悄地通知亚特逃跑的良机来了。亚特万分激动，跪下来向伟大的阿蒙神祈祷，请神灵保佑他逃离虎口，尽快回到父王身边。

夜深了，一轮明月高悬在天空，洒下银色的光辉。庄园里一片寂静，劳累了一整天的奴隶们都在呼呼大睡；在管家的指挥下，打手们拿着木棍和皮鞭在庄园里来回巡逻，一点儿动静都不会放过。

杜赫与亚特从窝棚里走了出来，看门的打手厉声斥责："你们两个该死的家伙想干什么？不好好睡觉明天哪有力气干活？快点给我回去！"

杜赫机警地说："我们俩闹肚子，要去方便一下。"

打手说："闹肚子？快去快回，不许走远了！"

杜赫拉着亚特来到离窝棚不远的树丛中，机警地观察着周围的地形。那个打手走过来，恶狠狠地说："你们俩怎么这么慢，拉肚子也不能没完没了呀？"

杜赫闻言把事先埋在树下的腐烂的死狗拽出来，周围顿时一片恶臭。打手被熏得喘不过气来，捂着鼻子躲进屋里去了。

打手刚一进屋，他们就飞快地往山林深处跑去。他们跑了不远就遇到了一个巡逻的打手，便急忙趴到一块巨石后面躲了起来。那个巡逻的打手似乎听到了什么动静，举起手中的长棍搜索了起来。他走到杜赫和亚特藏身的巨石前面，竖着耳朵听了一阵，发现四周静悄悄的并无动静，以为是自己出现了幻觉，就把长棍扔到地上，靠着巨石打起盹来，不一会儿就发出细微的鼾声。杜赫轻轻碰了一下亚特，示意他赶快离开这里，然后捡起地上的长棍，蹑手蹑脚地离开了这里。

山林的外面就是一条河，只要过了河他们就安全了。但是他们刚走出山林，就忽然听见有人大喊："站住！你们是逃不掉的！"

他俩抬头一看，原来是埋伏在河边的打手发现了他们，正挥舞着鞭子地朝他们赶来。他俩不敢停留，拼命往河边跑，打手则穷追不舍。眼看打手追到了身后，鞭子在空中发出尖锐的呼啸，杜赫猛地一转身，扬起手中的长棍向打手的双腿打去。打手猝不及防，登时被打倒在地，杜赫紧接着一棍敲碎了打手的脑袋，打手身子一软，再也没有了动静。

杜赫拉着亚特就下到水里，可是河水太深了，没有走几步就淹到脖子了。这时听到动静的打手们追到了河边，舞动着棍棒和皮鞭要下河捉拿他们。就在这千钧一发之际，河里的鳄鱼来了。两条大鳄鱼驮起亚特和杜赫游向对岸，其他的鳄鱼冲向那些打手，吓得他们狼狈逃窜。

山洞遇险

杜赫与亚特终于踏上了河的对岸,这时候天已经亮了,他们谢过了鳄鱼就躺在河边准备休息一会儿。刚躺下没有多长时间,天空中忽然乌云密布,随后雷雨交加,他们只好找到一个山洞躲进去躲避风雨。亚特累坏了,一进山洞就倒地昏睡了过去。杜赫没有睡,等风雨稍微小了一点就出了山洞,准备去采些野果作为二人的早餐。

亚特一觉醒来,发现山洞里又变得一片漆黑。他朝洞口的方向望去,发现那里有两个光点一明一暗,他很好奇,就想过去看看究竟是什么东西。亚特刚站起来,就听到光点那里传来一阵急促的喘息声。他立刻醒悟过来了,这是怪兽的眼睛!怪兽嗅到山洞里有人的气味,就想钻进洞里吃掉他,可是怪兽的身体太大了,头虽然伸进了洞口,可身子却进不来。亚特急忙喊杜赫,却没有听到杜赫的回答,以为他已经被怪兽吞掉了。他想,等在这里也是死,与怪兽放手一搏说不定还能有个活路,就顺手拿起一块尖利的石头,狠狠地向那两个光点砸过去,只听怪兽发出一声惨叫,随即退出了山洞逃向山林。

由于用力过猛和极度的惊吓,亚特也晕倒在地。当他从昏迷中醒过来时,觉得好像整个身体都被绳子捆住了,而且绳子捆得越来越紧。他睁眼一看,原来他被一条大蟒蛇缠住了!亚特不想死,他好不容易从奴隶主的庄园逃出,还有未竟的大业在等着他去完成呢。虽然他的双手双脚无法动弹,可是他的头还是自由的,于是他一口咬住大蟒蛇的脖子,拼命撕下一块块蟒肉,大蟒蛇的身体慢慢地软下来。亚特脱身了。

舍身救友

亚特见大蟒蛇死了，索性就地生火烤了一些蟒蛇肉吃。看看蟒蛇的肚子不像是吃过人的样子，就知道杜赫一定是到洞外寻找食物去了。山林那么大，想要寻找也没有具体的位置，不如就在洞里等他回来，然后再一起继续逃跑。想到这里，他把蟒蛇肉放进洞内阴凉处，耐心地等待杜赫回来。

时间一点点的过去，雨停了，太阳也升到了中间，可是杜赫仍然没有回来。亚特担心他出事，就爬到洞口，看看能不能看到杜赫的身影。

亚特极目远眺，突然看到两个打手正押着杜赫往河边走去，杜赫落入了敌手！杜赫被押回庄园必死无疑，他不能在朋友有难之际见死不救，即使以身犯险也在所不惜！于是他拿起了那块尖利的石头，飞快地追了上去。

原来，杜赫在摘野果子时候不幸被两个追赶搜捕他们的打手发现了。打手悄悄地迂回到了杜赫的身后，一棍将杜赫打昏将他绑了起来，然后把他弄醒，准备押回庄园邀功请赏。

亚特在河边追上了他们，他以其人之道还治其人之身，也是悄悄地迂回到打手的身后一石头将其中一个打手击昏。另一个打手被突如其来的袭击吓呆了，正在不知所措之际，杜赫飞起一脚踢飞他手中的棍棒，随即一头将打手撞进尼罗河中，成为河中鳄鱼的一顿美餐。亚特解开捆绑杜赫的绳索，两人一起把那个昏过去的打手抬起来，又扔进尼罗河中。

两个好朋友终于又相聚了！亚特和杜赫回到了山洞，两人吃了一些野果和蟒蛇肉，又一起上路了。

沙漠危机

他们穿过山林来到山下，前面就是一望无际的沙漠。茫茫沙海有些地方平滑如镜，有些地方沙丘纵横。有时万籁俱寂悄无声息，有时又狂风大作沙尘滚滚。

亚特和杜赫白天在沙漠中艰难地跋涉，夜晚他们躲在大沙丘下歇息，用绳子相互连在一起，唯恐起了沙暴再度失散。

半夜的时候亚特被异样的声音惊醒了。他急忙推醒身边的杜赫，二人定睛一看，一群野狼已经把他们团团包围了！亚特和杜赫举起长棍，背靠背站着，关注着狼群的一举一动。双方怒目相对，相持良久，谁也不敢轻举妄动。

沙漠中的野狼很少见到人，也不知道人的厉害，所以它们在仔细地观察人的弱点，不敢轻举妄动。人狼双方对峙了好长时间，狼王终于不耐烦了，发出了进攻的嗥叫。狼群慢慢地动了，不时有一条狼发起试探性的进攻。

杜赫看到不远处有一座沙丘，便示意亚特向沙丘转移。他俩一边抵挡狼群的袭击，一边有意识地狼群引到沙丘处。他俩终于到了沙丘上，居高临下的他们对付起来狼群更是容易了，还打死了几只狼，但是其余的狼毫不退缩，死死地围在沙丘周围，不时发起猛烈的攻势。现在的形势对他们是不利的，时间长了他们势必会力尽身亡。时间一点点的过去，他们的动作越来越慢，眼看最后的时刻就要到来了！

在这千钧一发之际，沙暴突然毫无征兆地出现了！一股龙卷风将整个沙丘连根拔起，连同上面的亚特和杜赫一起卷上了天空。饥肠辘辘的狼群只好无奈地离开了。

驼队之殇

不知道过了多长时间,风慢慢地小了,亚特和杜赫落在地上。他们发现自己已经到了一片绿洲的附近,那里青草如茵,绿树成荫,到处都是成熟的椰枣和仙人掌果实。他们健步如飞来到绿洲,采下甘甜的椰枣和鲜嫩的仙人掌果充饥,缓解了连日来的疲惫。

他们在绿洲上休养了几天,正好一支驼队路过这里补充饮水,顺便让骆驼歇歇。亚特和杜赫找到驼队头目,问他要到哪里去。

驼队头目说:"我们要到京城销售一批货。"

"从这里到京城要走多长时间?"

"至少要走一个月。"

"我们也要去京城,你可不可以把我们带上?到了京城我们会给你报酬的。"

"当然可以。不过前面的路很不好走,你们要做好吃苦耐劳的思想准备。"

他们谢过驼队头目,便随着驼队上路了。这个驼队属于5个商人所有,拥有30头骆驼和几十个仆人和帮工。因为是第一次走这条路,驼队头目专门找到一个当地的向导为他们引路。

其实这个向导是一群土匪的探子,专门给携带大批货物的商队带路,把商队领进土匪的地盘然后杀人越货牟取暴利。他已经打探清楚,这个驼队带了不少的金银货物,并且通知了土匪的头目,约定好了动手的时间和地点。

几天以后,驼队走出了沙漠,进入了山区。这天他们走进了一条狭窄的山谷,两旁峭壁高耸,四周怪石嶙峋。一进山谷亚特和杜赫就感觉心神不安,警惕地观察着周围的动静。刚到了山谷的中间，向导一声痛呼，抱着脚坐在一块巨石的下面。他说是崴住脚了，其实是向土匪发出动手的信号。果然，向导的喊声未落，两旁的峭壁上箭如雨下，驼队众人纷纷倒在血泊之中。紧接着山谷的两头冒出两拨人马，把整个驼队堵在山谷中间。

土匪在山谷里横冲直撞，箭雨下幸存的驼队的人又丧生在他们的屠刀之下。亚特和杜赫早在向导呼痛的时候就意识到危险，机灵地躲在了骆驼身下，看到土匪进了山谷，急忙将死人的鲜血涂了一身，倒地装死躲过杀身之祸。

土匪们在作案现场不敢久留，急急忙忙地在向导的指点下搜出驼队携带的金银和贵重的货物，挑了几头健壮的骆驼驮着匆匆而去。

等到待土匪和向导走远了，亚特和杜赫才从地上爬起来。掩埋好驼队众人的尸体，又把一些食品和水驮到两头瘦骆驼背上，小心翼翼地牵着骆驼走出山谷，继续向京城方向走去。

女城脱险

过了几天，他们来到一座城市。让他们感到惊奇的是这里全是女人，没有一个男人，而且个个容貌奇丑无比。想要找个人打探一下这里是哪里，离京城又有多远，可是没有一个人能听懂他们的话，只是连连摇头，然后又如同见了瘟疫一样匆匆离去。

眼见这个城市如此诡异，他们就放弃了在这里休整并补充给养的打算。就在他们想要出城的时候，一个全部由女骑手组成的马队来到他们跟前，不由分说，抓小鸡一样把他们提到马背上，向城市的中心奔去。

城市的中心是一座金碧辉煌、高耸入云的宫殿，宫殿内所有的一切都是用金子做的，光彩照人。女王正襟危坐在一个硕大的金椅上，穿着用金丝织成的衣服。

女王看到亚特和杜赫时，丑陋的脸上掠过一丝笑意，微微张开的嘴唇里露出金质的牙齿。她好像犹豫了一下，说了一句什么，就见女侍卫搬来了两把金椅子，示意他们两个坐下。接下来女王说话了，可是他俩根本不明白她说的是什么；他俩也向女王诉说了自己的来历，女王也是瞪着眼睛什么都没有听懂。

女王叫来一个女侍卫，俯下身子对她说了一句话。不一会儿女侍卫就押来一位女郎，这女郎长得花容月貌，身上的衣着与这个城里的女人完全不同，美丽的容颜掩饰不住她满怀的愁绪。当她袅袅婷婷迟疑地走进大殿时，忽然看见坐在女王身前的亚特和杜赫时，圆圆的大眼睛露出惊喜的神情，就像在遥远的他乡遇到亲人一般的兴奋，但是她的神色随后又黯了下去。

女郎向女王施礼后，又恭恭敬敬地站在一旁。她应该懂得这里的语言，只见女王同她说了几句话后，她向亚特和杜赫翻译说：

"女王说二位相貌堂堂、威武雄壮，想把你们留在她的后宫侍候女王。请问你们愿意吗？"

亚特一见到女郎就惊为天人，这时又见她与自己语言相通，更加喜不自胜，脱口而出道："我当然愿意。我们在后宫能经常见到你吗？只要能够与你在一起，在哪里我们都愿意！"

不过遇事冷静的杜赫却坐在一旁一言不发。于是女郎告诉女王说亚特愿意留下来。女王笑了笑，或许是笑吧，亚特根本分辨不出来那是笑还是哭，太难看了。

她忽然好像又生气了，怒气冲冲地看着杜赫又对女郎说了几句话。女郎便问杜赫："女王问你为什么不说话？难道你不愿意留在她的后宫吗？"

杜赫坐在那里向女王微微欠身，表示对她的敬意，然后对女郎说："我一到这里，就发现这里的一切都与正常的人世间是不同的。我看姑娘你也不是本地人，应该也有着特殊的经历。女王的意思不用说大家都知道，我们留下来只不过是个高级奴隶罢了，不可能得到自由。我们之所以历尽千辛万苦，就是为了不当奴隶，想要过自由自在的日子。所以我不愿意留下。"

女王听杜赫说不愿意留下，顿时恼羞成怒地大喊起来，声音如同空中炸响一声惊雷，震得宫殿中的物品嗡嗡作响。亚特见杜赫不愿意留下，女王又大发雷霆，

第六章 王子亚特与杜赫的传说

就觉得有点左右为难。

女王让女郎转告杜赫："你既然到了这里，只能服从女王的旨意，否则只有死路一条！"

亚特听女王威胁杜赫，立刻打定了主意，表示要和自己的朋友生死与共，既然杜赫不愿意留下，他也不会留在女王的后宫。女王一看亚特也改变了主意，气得火冒三丈，气急败坏地命令女侍卫把他俩都押入地牢。

女侍卫押着亚特和杜赫来到王宫后面的一堵墙前，口中念诵咒语，隐藏在墙上的门悄然开启，他们走进一条不断下降的狭窄的通道，越走越黑。不知道走了多久，来到一处阴暗潮湿的地方，女侍卫又念起同样的咒语，一道小门自动开启。他们被推进小门，女侍卫念了咒语，小门自动关闭。

这里就是地牢，密不透风臭气熏天。小门被关上后就形成四面墙，分不清东南西北，更不知道门在哪面墙上；地面湿润滑腻，一不小心就会摔倒。亚特蹲在地上，对这样奇怪的遭遇欲哭无泪，没话找话地对始终不发一言的杜赫说："朋友，估计这次咱们真的要完蛋了。这个城市真是奇怪，只有女人，那些男人都去哪儿了呢？你知道这是怎么回事吗？那个女王看起来面目狰狞又性情怪僻，她究竟想怎么处置我们？那个女郎也很奇怪，长得那么漂亮，却和一群丑八怪待在一起，竟然还能听懂这里的话，她会是哪里的人呢？"

杜赫轻轻拍了拍亚特的手，安慰他说："不要想这些乱七八糟的了，后悔和着急一点用也没有，反而会令人丧失斗志。好好休息吧，说不定明天就有转机！"他说着拉起亚特，趴在他的耳边小声说道："女侍卫刚才念诵咒语开小门时，我已经记下了咒语了。她以为我们听不懂她说的话，可是她不会知道我有过耳不忘的奇异能力。你不用担心，今天晚上我们就可以出去了！"

亚特非常佩服杜赫的胆识和机智，就问他："咱们什么时候行动？"

"到半夜吧。那时候女王和她的手下基本上都睡觉了，我们的行动会更加顺利一些。"

"还是你考虑的周全，就按你说的办吧。"

夜深人静的时候，杜赫念起开门的咒语，小门应声开启。他们蹑手蹑脚地走出牢房，沿着狭窄曲折的小道往上爬，不久又碰上一堵墙，杜赫又念起开门的咒语，眼前出现了烛火的亮光。

他们迅速走出牢门趴在地上，杜赫又念了一遍关门的咒语，地牢的大门又悄无声息地关紧了。他们屏住呼吸静静地观察着四周的一切，没有感觉到有什么动静，就沿着宫墙开始寻找出宫的路。

前面有一排小房子，大部分房间漆黑一片，只有一间有灯光，门前有一个女侍卫在来回走动。他们停住了，又转到小房子后面，亚特好奇地从后窗户往里看了一眼，发现白天见过的那个女郎正坐在桌前低声啜泣。

亚特拉住了杜赫示意他向窗户里面看，低声说道："这个女郎如此哀伤，肯定有难言之隐。我们应该帮她逃离这里，不能扔下她不管。"

杜赫点了点头，说："你说的对，我们必须要把她救出来。可是她的门前有个侍卫把守，怎么办？"

亚特说："你设法把女侍卫引开，我进去救她出来。"

杜赫说："行，就这么办吧！"

于是杜赫挺起身来，大摇大摆地走了过去，引起了女侍卫的注意。女侍卫命令他站住，他毫不理睬，大摇大摆地继续往前走。女侍卫急了，挥舞着大刀追了过去。杜赫等身后的脚步声近了，猛地转过身来一拳打晕了女侍卫，又撕下她的衣服把她的嘴堵住。亚特在女侍卫离开房门的瞬间闯进房里，一把拉起女郎。女郎正在流着泪思念家乡，忽然看见房里冲进一个人来，着实吓了一跳。不过当她看清是白天在女王宫中见到的年轻人后，就平静了下来。亚特示意她不要作声，赶忙随他离开这里。她立刻明白了，正要跟亚特跑出房门，杜赫提着女侍卫走了进来。杜赫让女郎取出绳子，把女侍卫牢牢地捆绑在房中，三人才出了房门。

女郎带亚特和杜赫来到马厩，每人骑上一匹骏马，飞也似的离开王宫，向城外飞驰而去。

路上，女郎告诉了亚特和杜赫她的来历。她是一个国王的女儿，前些天国王得了一种奇怪的病，终日全身乏力，王宫里的御医束手无策。有个过路人自称能治好国王的病，但是他要一套纯金桌椅作为报酬。但是王国连年灾荒，国库空虚，根本无法完成这个条件。过路人见国王迟迟没有答应他，就知道国王拿不出这纯金桌椅。于是就给他出了一个主意：附近有一个"女儿国"，这里的女王会魔法，能够点石成金，国王让公主去求来一套纯金桌椅不就行了吗？国王犹豫了很久，最终还是采纳了他的建议，让过路人带着公主来了这里。公主随着过路人历尽千辛万苦来到了女王的国家。公主请求女王送给这个过路人一套金制的桌椅，以换取父王的性命。这个女王奇丑无比、性情残暴，根本没有男人喜欢他，所以她对男人有着变态的仇恨。她其实是一个巫婆，不管是人还是其他的物品，只要她念了咒语，用手一指立刻就会变成金子。为了解除自己对男人的痛恨，她把所有看不上她的男人都变成了"金子"：金地面、金椅子、金桌子，等等。她的"金子"宫殿以及里面所有的家具都是用男人变成的。女王答应了公主的请求，但是要求那个过路人留在她的后宫侍候她。过路人只想要女王送给他金制的桌椅，却不想永远陪伴这个丑八怪，而且对女王出言不逊。女王被他激怒了，就把他也变成了家具。由于公主知道了女王的秘密，女王便把扣在这里。

亚特听了公主的话觉得背上凉飕飕的，一阵阵后怕。他问公主："为什么女王没有把我和杜赫也变成金子呢？"

公主说："这个就要问你自己了。你不是满口答应'愿意'留在后宫侍候她吗？既然你'愿意'，她干吗要把你变成'金子'呢？"

"哎呀，竟然是这样！"亚特大惊失色。停了一会儿，他低声对公主说："我那时说愿意留下来，实际上只是想留在女王的后宫能经常看到你。"

听了亚特的话，公主的脸上泛起了红晕，娇羞地低下头来。不过她又很快抬起了头，面带愁容的叹息道："我现在最担心的就是父王，不知道他的病情减轻了还是……"

杜赫安慰公主说："公主不要担心，吉人自有天相。我们还是快些赶路吧。"

杜赫妙策

在公主的引导下，三个年轻人昼夜兼程来到了公主的王国。

进入公主的王国后，杜赫注意到这里阡陌纵横、土地肥沃，可是在田地里耕种的农民却屈指可数，很多良田都抛荒了。进城之后发现贫富差距极其明显，大臣和贵族住的是富丽堂皇的高楼大厦，老百姓住的则是年久失修的茅屋；而且街道上污秽不堪，游手好闲的人随从可见。看到这一切，杜赫不禁皱起了眉头。

公主带着亚特和杜赫进了王宫，一看到父亲，公主就像乳燕归巢般投向父亲的怀抱，老国王抱着女儿也是老泪纵横。自公主去后，老国王因为担心女儿的安全，病情又加重了许多，今天看到公主回来了，病情好像都轻了几分。国王得知是面前的两个年轻人救了心爱的女儿，一定要留他们在王宫里多住几天。

在王宫的这几天，杜赫仔细观察了国王病情，见他虽然终日有气无力不良于行，但是始终眉头深锁郁郁寡欢，就知道他是因为有了无法解决的心事，联想到进入这个国度后的所见到的情况，杜赫知道了国王的病因。

这天，杜赫专门拜见了国王，他说："陛下，您的病是心病啊。心病还要心药医，就是不知道陛下想不想治了。虽然国事如蜩如螗，不过事在人为，想要改变贵国的现状也不是不可能的。"

老国王惊奇地看着眼前的年轻人，心道他还是有点本事，竟然猜中了本王的心事。不过看出来容易，想要解决就困难了，也不知道他有没有解决这些困难的办法。就无所谓问道："年轻人，你觉得我应该怎么做呢？"

杜赫对国王说："陛下，您久在深宫，可能还不知道朝中的腐败已经到了什么地步。您的大臣在您的面前说的都是人民安居乐业、天下海晏河清的那些奉承话，但是私下里他们利用您的仁厚极尽贪污挪用、欺上瞒下之能事。底层的官员只顾升官发财，对民生的需求不管不顾；只顾敲诈勒索，不管百姓的死活。老百姓们对此敢怒不敢言，四处怨声载道、哀鸿遍野，以致良田荒芜、民不聊生。长此以往，不仅国将不国，就连陛下也会有不忍言之事啊！"

"我只知道国事如蜩如螗，没想到已经严重到了这种地步。依你之见，我该怎么办呢？"

"陛下，要想解决问题就要提纲挈领，就得从根源上治理。国事到了如此地步，根本原因全在大臣。陛下首先要肃清吏治严惩腐败，对那些只做面子工程的官员杀一儆百，同时通告全国；其次要对底层的人民奖勤罚懒，对于勤恳工作努力耕耘者予以重奖；对于懒散成性贻误农时者课以重罚。如此一来，则朝廷政通人和，百姓安居乐业，国富民强指日可待。"

老国王听了杜赫鞭辟入里的分析，解开了心里的郁结，身上的病情好了一大半。他当即按照杜赫的建议颁下圣旨，将几个只会溜须拍马、作恶多端的大臣绳之以法，又通令全国奖励耕织。不久后朝野风气为之一清，国库逐渐丰盈，社会安定繁荣。国王的心病没有了，身体也一天天的健康起来。

为了感谢杜赫和亚特，国王盛情邀请他俩留下来，并准备委以重任。亚特和杜赫婉言谢绝了国王的好意，执意要回到自己的家乡，老国王无奈，只好赠送了大笔的财物送他们离开。

公主不愿意他们离开，哽咽着紧紧拉住亚特的手不愿放开。亚特动情地对她说："公主不要伤心，两情若是久长时，又岂在朝朝暮暮。我回到京城禀报父王后，就会立刻来迎娶你，以后我们白头到老永不分离！"

智救少女

亚特和杜赫又踏上了归程。再有几天的时间就会抵达京城，想到就要见到久违的父亲，亚特的心情不由得一阵激荡，不由自主地加快了脚步。

就在此时，他们忽见前方扬起一团烟雾，知道前面一定发生了什么不好的事，就躲到路旁的一片树丛中。

那团烟雾越来越近，最后落在他们身旁的路上。烟雾散去，露出一个面目狰狞浑身是毛的魔鬼，手里还抓着一个如花似玉的少女。那姑娘长得明眸皓齿如花似玉，已经吓得晕了过去。

杜赫被少女的美艳惊呆了，心想，这个姑娘落入魔鬼的手中，肯定会是一个不幸的结局。一定要阻止魔鬼作恶，救出这个少女。于是他和亚特冲到魔鬼面前，厉声斥责："魔鬼，快点放下这个姑娘，不然就将你碎尸万段！"

魔鬼平时眼高于顶，见到竟然有人敢威胁他，顿时火冒三丈，狞笑着说道："你们两个算是什么东西？竟然敢管我的事，你们难道就不怕死吗？"

杜赫义正词严地说："怕死我们就不站出来了！"

亚特气愤地问："你凭什么劫掠这个少女？"

魔鬼不耐烦地说："像你们这样不知死活的人我见多了，以前都是一巴掌拍死了事。不过爷爷我今天心情不错，就和你们多说几句：千百年来，我一直都是这片大地的主宰。我给这里所有的地方官都下了命令，让他们每年必须向我进贡足够的贡品供我享用，如果他们做不到我就杀他全家老小。因为害怕我，他们每年都要千方百计地搜刮老百姓来供养我。可是，有个该死的地方官竟然断了我的供养，说什么老百姓自己都没有养家糊口的粮食了，更拿不出山珍海味来供养我，而且以后也不会有了。你们说这个地方官像话吗？我绝不允许有人违抗我的命令，这是对我尊严的挑衅！既然他跳出来要做那只鸡，那么我就成全他吧，真好也让其他的猴子们看看不听从命令的下场！我知道他有一个独生女儿，就是这个美人儿，爱若掌上明珠，平时都舍不得让她离家半步。所以我就把他的宝贝女儿带走了，以后她就是我的奴仆，我的玩物，就让他伤心难过去吧！哈哈哈……"

听了魔鬼的强词夺理的话，看着它嚣张的样子，亚特义愤填膺，恨不得立马上前把他打死。杜赫强忍心头的怒火拉住了亚特，对魔鬼说："看来这事情也不能全怪你，她的父亲也不是没有责任。"

魔鬼见杜赫有同情它的意思，脸色缓和了，对杜赫说："终于碰到一个明事理的人！你和那些人不一样，他们天天诅咒我，恨不得让我早点死掉。"

杜赫接着说："其实说白了，你不就是怕吃不到东西吗？这又不是什么了不得的大事，犯得着把人家的姑娘给抢走吗？我们是商人，刚好从远方贩来一些山珍海味，就送给你吃吧。你在这里等一会儿，我们到山的那边去给你拿来，肯定会让人满意的！不过你要保证不能动这姑娘一根毫毛，不然我们什么都不会给你！"

魔鬼听说有山珍海味，口水立刻流了一地，高声叫道："我果然没有看出，你真是个好人！你们赶紧去吧，我正饿着呢，放心，我肯定不会动这个黄毛丫头一下！走吧走吧！"

杜赫拉着亚特就往山里跑。走远之后，亚特奇怪地问："咱们不是应该干掉恶魔，救出那个少女吗？为什么又要给它山珍海味？咱们上哪里给它找山珍海味呀？"

杜赫胸有成竹的告诫亚特，"魔鬼太强大了，不仅力大无穷，而且会魔法。正面冲突我们占不了什么便宜，所以只宜智取不可强攻。既然这个魔鬼是个贪吃的家伙，我们就可以利用它的这个弱点打败它，救出那个姑娘"。

"你想怎么利用它这个弱点？"

"自然界中有很多东西是有毒的，但是它们都有着鲜艳的外表和鲜美的味道。刚才我们走过这里的时候，我就发现山林中有一些野果和鱼就是有毒的。我们把这些东西找来，再加上一些香料送给魔鬼，它肯定抵挡不了这些美味佳肴的诱惑，只要它吃下去，我们就赢定了。"

"这个主意不错。"亚特拍了拍杜赫的肩膀，对他竖起了大拇指。

他俩钻进山林,杜赫教给亚特分辨哪些是有毒的野果,让他摘下来放在一起,杜赫则去河里捉来两条毒鱼。他们把有毒的野果和鱼捣成烂泥,又加入一些香料,制成大丸子。"山珍海味"就这样新鲜出炉了!他们一共做了100个毒丸子,全部带了回去。

魔鬼的鼻子很尖,老远就闻到了丸子的香味。当它看到色香味俱全的丸子时,高兴得手舞足蹈,一把抢了过来,迫不及待地狼吞虎咽起来。不一会儿,100个大丸子全让魔鬼吞掉了。

突然,魔鬼捂着肚子倒在地上,疼得满地打滚,口吐白沫,发出震耳欲聋的哀号,周围的花草树木被它压得一塌糊涂。不一会儿,魔鬼就七窍流血躺在地上不动了。

少女这时已经醒了过来。见魔鬼死了,激动得热泪盈眶,对杜赫和亚特施了一礼,说:"谢谢你们救了我!你们杀死了为非作歹的魔鬼,拯救了这里所有的人,他们都会感激你们的!我永远都不会忘记你们的大恩大德!"

亚特说:"姑娘,你要谢就谢杜赫大哥吧。是他想出杀死魔鬼的办法,功劳都是他的,我只不过打个下手罢了。"

少女深情地望着英俊威武、智慧超群的杜赫,深深地鞠躬,说:"谢谢你救了我,以后无论你走到哪里,我都会陪伴在你的身边。"

杜赫很喜欢这个少女,也不矫情,对她说:"我也喜欢你。你放心吧,我会让你幸福的!"

亚特思乡心切,对他俩说:"这里不是久留之地,咱们还是尽快赶路吧。"

进入京城

他们到达京城时已日渐黄昏，从路人匆匆的行色中他们发觉京城好像发生了什么事情。在进城时，亚特看到把守城门的卫兵是以前的好几倍，城墙上还贴着一幅画像，很像自己小时候的模样。如今的亚特已长大成人，比当年离开京城时成熟多了，他预感到自己仍处于危险之中。

亚特把自己的脸涂黑、把衣服撕烂，打扮成一个黑奴，让杜赫和少女走在前面，自己跟随其后。

京城里一片混乱，街道上不时有一队全副武装的骑兵飞驰而过。人们行色匆匆，道路以目，回家后就紧闭房门，对外面发生的任何事情都不闻不问。

亚特他们看见对面来了一位老者，就迎上去和老者打招呼，打算问一下京城的近况。可是老者却对他们的问候置若罔闻，连连摆手，随后扬长而去。京城究竟发生了什么事情，搞得如此人心惶惶？带着心中的疑惑，亚特领着杜赫和少女向王宫方向走去。但是在王宫附近的广场上，他们被一支骑兵巡逻队赶上来抓了起来。

原来，这支骑兵巡逻队是齐特的骑兵。按照齐特的命令，日落之后就开始宵禁，凡是违反宵禁的都可以当场逮捕投入大牢，如有反抗可以以蓄意谋反的罪名格杀勿论。由于亚特满脸涂黑、衣衫褴褛，骑兵队长觉得这是一个逃奴，不容分说就送到了专门关押奴隶的监牢中。而杜赫仪表堂堂、少女长得眉清目秀，衣着打扮整洁得体，又一口咬定他们是进城做买卖的，骑兵队长认为是外地人不懂京城规矩，只是教训了一番，随后让身体强壮的杜赫做王宫的卫士，把少女送给齐特作为侍女。

再次入狱

亚特被关进伸手不见五指的牢中，地上、墙上污秽不堪，牢房中的气味令人欲呕。看守还克扣饮食，动不动就拳打脚踢，亚特在这里受尽了折磨。但是亚特始终没有自暴自弃，他一次次地告诫自己一定要坚持住，总有一天他会回到父王的身边。

他在牢中结识了一位老奴。从老奴的嘴里他得知法老已经年迈力衰，自从几年前小儿子失踪后又忧思成疾，几乎都不能上朝了。现在朝政被几个王子把握，他们争权夺利各行其是，以致朝纲紊乱民不聊生。特别是长子齐特蓄谋已久，为继承人的位置与众兄弟反目，加紧逼宫，使得法老的病情始终不见好转。老奴最后深深地叹了一口气，说："其实很早以前就有发生这些事的征兆了。在王子们还小的时候，法老就为继承人的问题大伤脑筋。"

亚特问："老人家，您怎么连这些东西都知道呀。"

老人说："我活了这么大年纪，知道的事情多着哪！据说当年法老最喜欢的是最小的儿子亚特，可是长子齐特阴沉狡猾，一直想要除掉亚特。大家都知道，亚特后来失踪了，按照齐特的说法，亚特是在他们兄弟几个到尼罗河边玩耍时被魔鬼抓走的，显然这是个弥天大谎！齐特能骗得了别人，却绝对骗不了我的眼睛。可惜呀！如果亚特没有失踪，他一定会继承王位、重振江山，埃及人也就能重新过上好日子，实现法老的夙愿了！可是看看现在是什么样子？齐特已经实际上把控了王权，他横征暴敛民不聊生，又结党营私排除异己，甚至对早已失踪多年的亚特也不放心，发下通令全城盘查。"

第六章 王子亚特与杜赫的传说

亚特装作没有听明白老人的话，故意问："难道亚特不是被魔鬼抓走了吗？齐特这么做又有什么意义呢？"

老人沉思一会儿，说道："你是外地来的人，当然不知道这里面的详情。看事情不能只看表象人云亦云，你要学会通过现象看本质。亚特被魔鬼抓走的说法是齐特传出来的，这种小人的话没有一点可信度，真实的情况根本不是这样。齐特大权在手后，他们兄弟间的矛盾日益尖锐，当年亚特失踪的真相才逐渐透露出来。当年在齐特的策划下，他们兄弟几个将亚特骗至尼罗河畔，趁着周围无人把他扔进了尼罗河中，直到有过往船只将亚特救起带走，他们才回宫向法老谎报说亚特被魔鬼带走了。但是齐特一直害怕亚特回来，如果亚特回来了他继承人的位置就泡汤了！现在你明白了吧？"

听了老人抽丝剥茧的分析，亚特感觉一个奴隶不可能有这样明辨是非的能力，就对老人的身份产生了怀疑，就起身向他躬身致敬，说："老人家，一个奴隶不可能知道这些，请问您究竟是做什么的？"

老人沉默良久，才对亚特低语道："一时嘴快，竟然让你看出来了，那我就实话实说吧。我以前是王宫的秘书，专门负责记载国家发生的重要事件，所以知道一些王宫的秘密。齐特知道我对他的所作所为不满，就把我贬身为奴，送到这个难见天日的地方。"

"原来是这样啊。"亚特对齐特的丧心病狂也有了新的认识。

老者心中对亚特的身世也非常好奇，就试探地问道："小伙子，从你一到这所牢房，我就觉得你言谈举止不俗，恐怕你也不是个黑奴吧？"

"我的事情一言难尽，以后我会告诉你的。现在还请老人家为我保密。"

杜赫入宫

杜赫自从当了王宫卫士,因为做事勤快、团结同僚,又处处一副对齐特忠心耿耿的做派,很快就取得了齐特的信任。齐特本来只是把他当成一个普通卫士,可是看到杜赫对自己满腔赤诚,又聪明伶俐思绪周全,而且在京城没有亲朋故旧,和其他的几个弟弟素不相识,对自己没有什么危险,就把他当成了心腹委以重任,经常派他到法老那里打探法老的想法向他禀报,以便自己不在法老身边也能知道法老的思想变化和王宫中的一举一动,而且有时候比自己亲自出面的效果还要好。杜赫见齐特对自己愈发信任,索性投其所好,千方百计地"讨好"齐特,在齐特身边的地位更加巩固。

每当杜赫在法老身边轮值时,他都尽心尽力地服侍法老,让法老感到温暖和体贴;他还建议法老少吃荤腥,多吃一点椰枣等民间食品,这样对他的身体有好处。法老觉得杜赫的话有道理,就命人进献上等椰枣食用,过了一段时间,身体果然比以前好了许多。他对杜赫这个年轻人也产生了好感,经常把他留下来陪他聊天解闷。

从法老的话中,杜赫知道法老对继承人的问题一直放心不下,法老对齐特的险恶用心了如指掌,知道一旦齐特即位势必天下大乱。他还埋怨说齐特不仅自己为非作歹,还带坏了他的8个弟弟,让他们不思进取,整天就知道吃喝玩乐欺压百姓,有时候真的想杀掉这几个儿子,可这样一来连不合格的继承人也没有了,所以心里非常矛盾。而且齐特为了篡夺政权,已经把手伸进了军队和王宫卫队中。法老对此已经有所察觉,可是朝中有些大臣看到齐特逐渐得势,就开始向齐特靠拢,想要获得从龙之功，开始对法老阳奉阴违。法老对这些心知肚明却又无可奈何。

后来，在一次谈话中法老忽然感慨道："和你聊天我感到很轻松，以前这些话就是那些大臣我都不会说，不知为什么会和你能谈得这么多、这么深？"

杜赫笑着说："这恰恰说明我与陛下有缘呀！我能来到陛下的身边，又得到陛下如此信任，都是伟大阿蒙神的眷顾啊！"

法老听了，也虔诚地点了点头，说："是啊，都是伟大阿蒙神的眷顾。希望阿蒙神再次大发慈悲，让我早日见到我心爱的儿子亚特吧！"

亚特晚上被关在黑暗的屋子里，白天又被驱赶到田里干活。他知道自己就在王宫附近，有时候真想冲进王宫去见父王，可是他明白不能冲动，四周都是齐特的人马，这样做绝对是飞蛾扑火自取灭亡。又想到失散多日的杜赫，亚特不禁忧心如焚，盼望着早些见到生死与共的好友。

杜赫已经打听清楚了亚特就在关押奴隶的牢房，也想把法老的近况尽快告诉他，可是一直没有机会。

这天晚上，杜赫终于找到机会来到牢房，命令卫士把亚特带来见他。卫士把亚特带来后杜赫就把卫士支走了，两个历经患难的朋友抱在了一起，都流下了激动的泪水。亚特问起杜赫那日失散后的经历，杜赫便将他如何取得齐特的信任，设法见到法老的详细情况一五一十地告诉了亚特。

亚特忙问："父王现在还好吧？"

杜赫说："这几天好多了。他很想念你，坚信你还活在世上，而且最终会回到他的身边。"

"你能把我带进王宫吗？"亚特激动得快要跳起来了。

"没有问题，明天晚上我就可以把你带进去。"杜赫胸有成竹地说。

第二天傍晚，杜赫又来到牢房把亚特押了出去。一路上，亚特低着头走在前面，杜赫在后面不时喝骂几句，推他一把。人们对这样的情景早已屡见不鲜了，认为只不过是又抓到一个奴隶，所以他们很顺利地来到王宫门前。

看门的卫士是齐特的人，对所有进出王宫的人都保持着密切的关注，见杜赫押着一个黑奴要进王宫，就上前盘问："喂，杜赫，这个黑奴是怎么回事？"

杜赫漫不经心地回答："法老近来心情烦闷，想找个人给他讲故事。我打听好久才找到这个家伙，据说他能连讲几天几夜的故事。这不，我就把他给带来了。"

卫士上下打量了一番亚特，觉得这个人也没有什么特别的，就挥手放行了，还打趣说："等他给法老讲完了，记得让他也给我们讲一段听。"

"小事一桩。"杜赫随口答应，然后继续带亚特往里走。

说来也巧，正好这时齐特见了法老从王宫出来，与亚特迎面碰着。亚特见到大哥不仅百感交集，虽然他是自己多年不见的亲哥哥，可他又是当年谋害自己的罪魁祸首。如果此时暴露了身份，不仅前功尽弃，自己必死无疑，甚至还有可能给父王带来危险。想到这里，他把头一扭，装作不认识的样子与齐特擦肩而过。

齐特看见亚特不由一怔，觉得眼前的黑奴似曾相识，只是想不起来在哪里见过，就立刻喊住了他们。杜赫命令亚特站好，然后问齐特："请问殿下有何吩咐？"

齐特目不转睛地盯着亚特，却问杜赫："这个黑奴是什么人？"

"回禀殿下，法老让我找一个人给他讲故事。这个黑奴见闻广博，讲起故事来精彩纷呈……"

"这黑奴是从何处来的？"

"他是从我的家乡来的。请殿下放心，我从小和他一起长大，对他的经历了如指掌。"

齐特对杜赫十分信任，既然他做了保证，那就没有什么好怀疑的了。再看看那个黑奴，满脸谄媚、一副低三下四的样子，一身污垢衣衫褴褛，和自己心目中想象的那个人不啻天壤之别，齐特突然感到一阵莫名的厌恶，不耐烦地挥了挥手，转身离开了宫门。

亚特吓得出了一身冷汗，见齐特转身远去，与强装镇定的杜赫对视了一眼，两人会心地笑了笑，继续向前走去。

父子重逢

法老刚刚赶走了齐特,正在思索齐特来见他的真实目的。显然齐特的野心越来越大,胃口越来越大,已经快要到了逼宫的地步了,法老的心情越发烦躁。

这时卫士进来通报,杜赫在外面求见。法老听说杜赫来了,紧锁的愁眉顿时舒展开了,传旨让他进见。

杜赫上前施礼,道:"陛下,您现在感觉还好吧?"

法老叹了一口气,说:"好什么呀,你也知道这些情况,我是天天都头疼啊。"

"我明白,陛下。今天晚上我给您找了个特别会讲故事的人,或许您听了故事就没有心事了。"

"那可太好了!你说的这个人在哪里呀?"

"就在外面。"

"把他喊进来吧。"

杜赫把亚特叫了进来,只见亚特眼含热泪,微微颤抖着拜倒在法老脚下,抬起头来欲言又止。

法老对亚特如此激动有点不解,惊讶地问:"小伙子,你是从哪儿来的?为什么如此激动?"

亚特见父王已经认不出自己,心中更为伤感,不由得失声啜泣起来。法老命人给他赐座,亚特仍跪拜不起。

杜赫说:"你赶快起来吧,陛下还要听你讲故事呢。"

亚特强忍悲痛慢慢站了起来,坐在凳子上开始讲故事:"陛下,我先给您讲一个发生京城的故事。有一个商人，生了10个儿子。多年奔波积累下了万贯家财，后来年迈力衰，便想退居幕后，让儿子来为他掌管家产，但是让哪个儿子来掌管一直拿不定主意。在他的10个儿子中，老大为人阴险，一心独霸家业不容其他兄弟染指。父亲喜欢最小的儿子，天天带在身边形影不离，其他的儿子对此很是惊恐，于是就想杀了小弟弟减少一个竞争对手。这天，老大与几个兄弟制定了奸计，把小弟弟从父亲身边骗走扔进了尼罗河中。就在小弟弟被在河中呼天天不应叫地地不灵的时候，上游漂下了一条小船，小弟弟船夫救到了船上。可是这个船夫也不是个好人，他财迷心窍将小弟弟当作奴隶卖给了一个庄园主。小弟弟被庄园主带到遥远的庄园，天天做的牛马活，吃的是猪狗食，好几次都差点死在了那里。后来小弟弟幸好遇到一位机智勇敢的好心人，他带着小弟弟逃出了庄园，历经千辛万苦，终于把小弟弟送回到日夜思念他的老父亲身边，他们父子得以团圆……"

法老听到这里不由得泪流满面、泣不成声。他哽咽着说："这个故事你是从哪儿听来的？故事的前半部分怎么与朕的经历如此相同呢？"

杜赫插话说："陛下，这个故事不仅与陛下的经历相似，而且还与您的其他王子有着密切的关系呢！"

"与我的儿子有关系？"法老警惕地仔细打量眼前的年轻人。突然，他好像想起了什么，一把拉住亚特的手激动地说道："难道你就是故事中的小弟弟？快告诉我你叫什么名字？"

亚特扑通一声又跪倒在法老面前，激动万分地叫道："父王，我就是您的小儿子亚特呀！"

亚特说着抹下脸上的黑泥，露出自己本来的面目。虽然已经分别了好些年，法老一眼就认出了这就是他朝思暮想的小儿子亚特！他紧紧抱住了自己的儿子，久久不愿分开。

杜赫也被眼前的情景感动得热泪盈眶，也很激动。但他想到殿外就有齐特的手下，不容儿女情长，便上前扶住法老，进言道："陛下，要注意您的身体，千万不能情绪过于激动。目前的当务之急是让亚特继承王位，尽早整顿朝纲。"

法老擦了擦脸上的眼泪，点头称是，随即发布命令调整宫中的警卫，严密封锁宫中的消息，冻结所有的军事调动，准备第二天早朝的时候宣布自己退位，由亚特就任新法老的圣旨。

亚特登基

翌日清晨，当太阳神向大地播洒出第一缕金色的阳光的时候，早朝如期举行了。群臣三呼万岁后，法老宣布圣旨："鉴于本王年迈体弱，难理朝政，即日起由朕的幼子亚特继承王位，成为新法老。"

文武百官见失踪多年的亚特回到了王宫，并且继承了法老的职位，都认为这是太阳神的旨意，纷纷跪拜参拜新的法老，表示愿意听从新法老的旨意。

亚特首先宣布任命杜赫为新的首相，然后调整了部分大臣的位置，又免去一批贪官污吏的职务，表示对以前阿附几个哥哥的大臣既往不咎。同时他着重强调安定团结的重要性，对于蓄意叛乱者一律从严从重处理。朝中的许多官员见新法老不追究自己以前的罪责，保住了荣华富贵，纷纷表示一定与齐特他们几个划清界限，拥护新法老的领导。至此，亚特的位置已稳如泰山。

再说齐特，自从他从离开宫门回到自己的府邸，总是感觉心神不宁，觉得自己错过了什么东西。直到第二天早上起床洗脸的时候，从脸盆中的水中看见自己的倒影，才猛地意识到，昨天在王宫门口碰到的那个黑奴不就是亚特吗！他后悔极了，当时就应该抓起来，怎么就鬼迷心窍把他给放进王宫了呢？他越想越悔，后悔当初没有直接把亚特整死，后悔轻信了杜赫，后悔让亚特在自己的眼皮底下混进王宫破坏了他的阴谋。他感到情况紧急，必须要采取断然的措施了。

齐特脸也顾不上洗了，喊来几个心腹，让他们立即分头通知他的八个兄弟尽快到他的府邸里来，告诉他们生死存亡的要事相商。

不久九个王子就会集一处，齐特神色凝重地对他们说："兄弟们，大事不好了！

亚特回来了，我亲眼看见了他！不管现在准备的是否充分，我们必须要立刻行动了，否则我们就将死无葬身之地！我们必须立刻把亚特抓起来，逼迫父王退位，让他宣布由我来继承王位。当然啦，我绝对不会亏待你们，老二你以后就是首相，老三你就是军事大臣，老四你们几个我也都会放到富庶的地方担任总督！"

几个王子被齐特几句话哄得晕了头，有的是害怕亚特秋后算账，有的是幻想着以后到地方了当个土霸王，都同意了齐特的建议，各自回去纠集心腹准备逼宫。

这时已是日上三竿，早朝也已经结束了。齐特他们几个骑着骏马领着一拨亲信私兵，气势汹汹地跑到王宫前面，却看到弓上弦刀出鞘的卫士正严阵以待。齐特他们知道法老已经有了防备，逼宫已经是不可能的事了，正要逃跑，后面又来了一支军队堵住了退路。领头的杜赫指着齐特说："齐特，你残害手足、阴谋逼宫、紊乱朝纲、欺凌百姓，犯下如此滔天大罪，还不束手就擒吗？"

不等齐特回答，杜赫一挥手，麾下的兵马就一拥而上把齐特兄弟几个捆了起来，准备交给法老发落。同时，杜赫又命令军队严把城门及加派人手巡逻街道，严防有人趁火打劫，同时贴出安民告示，宣布新法老即位，不日将大赦天下，安抚臣民。

亚特随即将被齐特关押的人全部释放，将他们搜刮百姓的钱财、粮食还给百姓，并从国库中拿出粮食、财物救济贫困者，全国上下一片欢腾。

亚特顾念手足之情，不希望老父亲白发人送黑发人，本想将齐特他们赦免，不过鉴于齐特等人素日作恶多端，不处罚又难以向天下的臣民交代，就给了他们一个立功赎罪的机会。亚特命令他们兄弟九个分别带领部队或者去把守边关，或者去征服"女儿国"的女王，或者去遥远的奴隶主庄园去逮捕奴隶主并解救那里所有的奴隶。如果这些事办好了，就将功折罪，办不好就二罪并罚。

亚特处理完王室内部事物后，随后在全国大力兴建公共设施、鼓励耕织、恤抚鳏寡孤独、兴办教育，国家日益兴盛起来。杜赫对亚特的帮助也非常大，首相的职位充分发挥了他的聪明才智，为国家的兴盛立下了汗马功劳。

国家的一切都走上了正轨后，亚特派使臣到遥远的王国向公主提亲，国王当然一口答应了，并派遣了大批人员送公主来成亲。王室的祭司挑选了黄道吉日，为亚特与公主、杜赫与少女举行了盛大的婚礼，有情人终成眷属。

第七章 人类之王俄赛里斯的传说

俄赛里斯就任人类之王的时候，人类的生活是相当艰苦的。他们不会造房子栖身，也不会缝纫衣服保暖；他们不会制造工具，只能用树枝驱赶追杀野兽；他们不会用火，捉到野兽后只能生吞活剥，如果他们捉不到野兽，就只能采集野果、野菜充饥。为了食物，人类之间经常爆发大规模的冲突，整个社会没有任何秩序可言。

俄赛里斯了解到这些情况后，便决定规范整个人类的行为。他严厉地惩治了不事生产的懒人和抢夺他人财产的强盗，教会那些勤劳勇敢的人们如何建造房屋、如何耕耘土地、如何从自然界中获得各种生产资料。人间不久就有了天翻地覆的变化：人们开辟了土地，种植了庄稼，逐渐丰衣足食、安居乐业，再也没有人为争抢食物而丧命。人类感谢俄赛里斯的教导理有方，因为他给埃及带来了美满幸福、欢声笑语。

巧计除魔

　　埃及变得繁荣富强、生活安康的消息很快就传到了遥远的魔鬼的国界。魔王刚听说的时候嗤之以鼻，压根就不相信埃及的变化。它知道以前的埃及人不会盖房子，只能住在阴暗的山洞、地穴里；没人会种地，只能吃野果、野菜；没有打猎的工具，只能捉些小兽打打牙祭。不过后来埃及人丰衣足食、无忧无虑的消息越来越多，魔王动摇了，就派了一个魔鬼到埃及去看看究竟是怎么回事。

　　埃及人从来没有见过魔鬼这种庞大的人形动物，也听不懂魔鬼的语言。魔鬼见无法与人类正常交流，气得大发脾气，动不动就打人。它张着血盆大口，四处抢夺人们的食物，稍有反抗就会把人杀死。人们没有办法对付这个怪物，只好三十六计走为上，扶老携幼背井离乡，到别的地方去生活。

　　这个魔鬼在埃及折腾了两年，搞得人心惶惶、秩序大乱。这家伙得了甜头，还告诉其他魔鬼说埃及真是个好地方，有吃有喝，谁也惹不起它，自己就是这里的土霸王。那些魔鬼听了，心里是羡慕嫉妒恨啊，暗道不能便宜都让它占了，于是呼朋唤友地都来到了埃及。

　　那些魔鬼来到埃及一看，更是艳羡不已。他们看到魔鬼住着宽敞明亮的房子，粮食满仓，牛羊成群，桌子上摆的是美酒佳肴，身旁站着的是仆人侍女，举手有衣穿，张嘴有饭吃。这种日子真的是美的不要不要的！它们都很羡慕它，便纷纷留下来不走了，它们强迫没有逃走的埃及人做它们的奴隶，让他们当牛做马来侍候自己。

　　魔鬼来的越来越多，埃及人的负担越来越重，他们终于到了不堪重负的地步。

第七章 人类之王俄赛里斯的传说

他们决定派人到京城去，把自己的不幸遭遇报告给俄赛里斯，恳请自己的王为他们做主，铲除魔鬼，让他们能够重新恢复自由，像以前那样安居乐业地过着幸福的生活。

选出的两名代表设法摆脱了魔鬼的监视，日夜兼程地赶往京城。见到俄赛里斯后，他们把这两年来的悲惨遭遇如实地禀告给俄赛里斯：

"尊敬的王，您的子民正在遭受魔鬼们的欺凌和压迫。在您的教导下，我们在这片土地上辛勤地耕耘，用自己的双手种出了粮食，盖起了房子，过着丰衣足食的美满生活。可是不知道从哪里来的魔鬼们却占据了我们的家园，掠走了我们的牛羊和食物，把我们变成它们的奴隶，逼迫我们为它们建造豪华的宫殿，为它们做牛做马，我们的生命朝不保夕！我们已经不堪重负，危在旦夕！陛下，请怜惜您的子民，恳请您除掉那些魔鬼，拯救您的子民于水火之中！"

俄赛里斯听完大惊失色。他久居京都，一直以为他治理下的国家蒸蒸日上、百姓安居乐业，从未想过他的治下有此等骇人听闻的惨事！可恶的魔鬼胆大包天，竟然敢危害他的子民，必须严惩以儆效尤！他决定亲自出手去铲除魔鬼，于是就对两个代表说：

"你们的情况我都清楚了。我绝不允许魔鬼在我的国度横行霸道！我马上就会过去铲除妖魔，让你们重新过上好日子。"

俄赛里斯安排好朝中的事务，随后就带了一批侍卫来到魔鬼们霸占的地方。当地的百姓见自己的王御驾亲征来消灭魔鬼，都非常感动，个个摩拳擦掌地聚集到俄赛里斯这里来领取任务。

俄赛里斯对众百姓说："大家知道，兵马未动粮草先行。魔鬼们身强力壮心狠手辣，我们必须要做好充分的准备才能取胜。我带来的兵马不多，而且这里因为魔鬼的肆虐也战备废弛，我们必须要做好充分的准备才能出兵。下面我把需要准备的工作分配一下……"

按照俄赛里斯的安排，百姓们开始有条不紊地分头行动起来，有的铸造锋利的箭和矛，有的削制木棒和弯弓，而魔鬼们却对此浑然不觉。

这一切都准备好之后，俄赛里斯又把百姓们召集到一起，说："鉴于敌强我弱，此战只能智取不可强攻，我们如此如此，必能成功。"

夜幕降临后，几个百姓扛着蜂箱到了魔鬼那里。魔鬼们一个个喝得迷迷糊糊，正围着篝火跳舞呢，看到有人扛着蜂箱过来还以为是给它们送蜜来了呢，就对那些百姓说："你们几个表现不错！我们正想吃蜂蜜呢你们就送来了。就放在这里吧。"

几个百姓没有听魔鬼的安排，边走边说："这里太暗了，我给你们放到篝火那里，免得你们看不清。"

他们刚放下蜂箱，魔鬼们就迫不及待地围在蜂箱跟前，你争我抢地打开蜂箱。蜂箱在它们的争夺中被打开了，可是蜂箱里面没有甘甜的蜂蜜，反而飞出了一群被激怒的毒蜂。密密麻麻地毒蜂铺天盖地地向魔鬼们扑去，魔鬼们痛得哇哇乱叫抱头鼠窜。可以说毒蜂在这场战斗是居功最伟的，所有的魔鬼都被它们蜇得鼻青脸肿遍体鳞伤，眼睛看不清东西，双腿迈不开脚步。就在魔鬼散开的同时，雷鸣般的鼓声响了，在俄赛里斯的带领下，所有老百姓拿着简陋的武器围了上来，在他们的同心协力下，很快就把入侵的魔鬼全部消灭了，这里的埃及人民恢复了太平安宁的生活。俄赛里斯的爱民如子、智勇双全给他们留下了深刻的印象，赞扬他是一位圣明的君主。

游历人间

经历了这次魔鬼入侵的事件，俄赛里斯觉得不能待在深宫中靠官员们的报告来治理国家，决定和妻子伊希斯一起深入民间，详细地了解人民的需求、及时地解决老百姓所遇到的民生问题。

在一个晚霞如火的黄昏，俄赛里斯夫妻来到了一个村庄。当地的祭司已经得到神灵的通知，说是他们这里将会有神灵降临。祭司就提前到村庄外面迎接俄赛里斯和伊希斯，并把他们安排在自己的家中住下。

俄赛里斯和他的妻子都有着非凡的神力。俄赛里斯以巨大的法力和无穷的智慧保护着埃及人不受外来魔鬼们的袭扰，让人们过上不愁吃、不愁穿的好日子；伊希斯的纤纤素手能神奇地解除人们的痛苦，她优美动听的声音能治好孩子们的疾病，明亮清澈的双目可以使垂死的病人转危为安。

这天，一个小孩被一根大木头砸昏了，他的母亲抱着他痛哭不已，却毫无办法。伊希斯在远方感知到了这一切，马上就出现在母子俩面前，轻轻地抱起昏死的孩子，在他的耳边温柔地说了几句话，又在孩子的额头、胸口摸了几下。

奇迹出现了，孩子的眼睛睁开了，手和脚也能动弹了，脸上露出天真的笑容，高兴地告诉他的母亲："妈妈，刚才这个漂亮的阿姨领着我到了一个特别好玩的地方，我在那里玩得可高兴了！"

孩子说着就从伊希斯的怀中下到地上，欢蹦乱跳地跑到一边去玩耍了。那位母亲还以为自己是做梦呢，不敢相信这神奇的一幕会发生在自己的眼前。她激动地再三向伊希斯道谢，觉得这位美丽的女士具有无边的神力。

当地的法老听说了俄赛里斯和伊希斯的神奇事迹，觉得应该见见这种江湖奇人，就把他们召到了王宫。法老问俄赛里斯："大师仙乡何处？来到敝处有何贵干？"

俄赛里斯平静地回答："我的家乡在阿鲁大地。我和我的妻子喜欢四处旅行，只是路过贵国，不久我们还要去其他的地方。"

"阿鲁大地？这个地方很陌生啊。我一生去过许多地方，自问见识也不算浅陋，怎么从来都没有听说过什么阿鲁大地呀！"

"阿鲁大地离这儿很远很远，你不可能去过那里的。"

"要是这么说的话，你想要回去也很困难了吧？"

"我当然有办法回去。不过我现在还不想回去，因为我还有任务没有完成，还要继续去更遥远的地方。"

"如此看来，你真的是一位伟大的旅行家。我听说贤伉俪才智过人、本领超群，还有着种种神奇的能力，请问你们愿意留在王宫，把这些教给我的手下吗？"

"这是我们的荣幸，陛下，很愿意为您效劳！"

就这样，俄赛里斯和伊希斯来到法老的王宫，教他们为人做事的道理，教他们建筑的技术，教给他们用音乐来陶冶自己的情操，还向他们讲述神的故事。俄赛里斯对他们说："你们必须明白，那些你们顶礼膜拜的石雕泥像只是人的作品，它没有任何神力，更不会保佑你们。神只生活在我们头顶的苍天上，就像伟大的太阳神，他的光辉每天都照耀着大地，把光和热赐给人类和大地万物，他才是生命的源泉。太阳神是人类的保护神，是人类命运的主宰。"

王宫中的人们都被俄赛里斯的博学深深吸引住了，从他和伊希斯那里学到了许多知识，都纷纷要求他俩长期留下来。可是他们不能只留在王宫一个地方，因为外面还有更多的人需要他们教导，还有更多的事务需要他们去处理。

这天，俄赛里斯又要以普通人的身份出宫去了解百姓疾苦了。刚走到法老处理政务的大厅，就感觉到那里有一种紧张压抑的气氛。他看到法老和一些大臣坐在上首，武官胡特卜愁眉苦脸地站在下首一言不发，显然有什么事情发生了。于是俄赛里斯走过去问他："胡特卜，这是怎么了？你今天好像有什么心事。"

胡特卜低声道："别问了，你赶紧走吧。不然法老会找你麻烦的。"

俄赛里斯更加好奇了，追问道："这到底是怎么回事？难道你犯了什么错误吗？"

胡特卜一下子爆发了，大声说："我有什么错？我只不过是看不惯那些阿谀奉承的小人和贪官污吏……"

法老猛地站了起来，打断了胡特卜的话："你还敢狡辩？你只不过是一个小小的武官，竟敢煽动部下对我表示不满，你知道这是什么罪名吗？"

胡特卜见法老生气了，只好上前鞠躬，分辩道："尊敬的陛下，请您耐心地听我解释——"

法老用力拍着桌子，怒不可遏地吼道："你解释什么？你这是阴谋造反！你这是想篡夺王位！我什么都不想听，这个案子就这么定了！大法官，你把指控书给他念念！"

大法官拿起了指控书，念道："陛下的仆人胡特卜，在担任军队首领期间，煽动——"

法老不耐烦地打断大法官的话，说道："你听到了吧？你还有什么可说的？"

胡特卜不甘示弱，反问道："陛下，我想知道，是谁指控的？他们有什么证据？"

法老恼羞成怒："你只要知道有人指控你就行了，其他的你无权知道！"

胡特卜据理力争："陛下，这些所谓的罪证都是假的，都是我的敌人为了陷害我捏造的。您心里非常清楚，我是您的忠实仆人，时时处处都在维护着您的尊严，从来没有做过损伤您利益的事，我更不会背叛您！"

法老显然不想听他说什么，不耐烦地挥挥手说："你什么都不用说了，我也不想听你的胡搅蛮缠。你阴谋篡位的证据已经有了，你就老老实实地接受这个罪名吧！卫士，把他推出去砍了！"

旁边的卫士正要上前，俄赛里斯阻止了他们，对法老说："陛下，这可是性命攸关的大事，您应该进行详细的调查才是。如此草菅人命可不是明君所为！"

法老见俄赛里斯插话更加生气了，指着俄赛里斯骂道："你只不过有点小聪明罢了，又有何德何能来评价我的对错？又凭什么来左右我的判决？"

俄赛里斯面不改色，严肃地说："陛下，我只是要提醒您，要依法办事，不能以个人的好恶剥夺他人的生命！"

法老一直高高在上，从来没有人敢反对他的决定，像今天这样在大庭广众之下被人当面指责，是他从来没有想象过会发生的。法老都快要被气疯了，歇斯底里地吼道："快来人，把这个没有上下尊卑的家伙也推出去砍了！"

俄赛里斯轻蔑地说："你必须重新审理胡特卜的案子，你们也没有那个能力杀我！"

法老实在忍不住了，从一旁的侍卫那里抢过一把长矛就向俄赛里斯的胸膛刺去。俄赛里斯侧身躲过长矛，随手抓住矛头，目光炯炯地逼视着法老，说道："我最后一次警告你，这个案子必须重新审理，不然你必将受到上天的惩罚！"

看着俄赛里斯逼人的目光，法老想起了他们夫妻的神奇手段，他害怕了，身子一软像一摊泥似的瘫在地上。

在俄赛里斯的坚持下，法老不得不命人重新调查胡特卜案件。结果不言而喻，那些贪官污吏看不惯胡特卜的正直，就炮制出揭发胡特卜造反的指控书，利用法老的残忍好杀来借刀杀人。

经过这个事件，法老的昏庸无能、不辨是非、忠奸不分朝野尽知，从此名誉扫地。法老羞愧之下一病不起，不久就离开了人世。由于他没有后代，文武百官一致推举俄赛里斯为他们的新国王。

在俄赛里斯的英明治理下，这个国家的国力蒸蒸日上，人民的生活也越来越好。俄赛里斯和伊希斯善待国民，经常到民间深入察访，为人民排忧解难，深受人民的信任和爱戴。

首次被害

俄赛里斯弟弟赛特听说哥哥又做了一个国家的法老，心里十分不服气，认为自己也不比哥哥的才能差，为什么他能做人类之王甚至还能兼任一个国家的法老，而自己什么都没有呢？于是他就从天上来到埃及，准备谋夺哥哥的王位。俄赛里斯也知道赛特是个不安分的人，他们从小就有着很深的矛盾，就把他安排到了王宫外的一所豪宅居住，并且尽量减少与赛特的接触。

赛特在这里住了很长时间，虽然也结交了许多人，收拢了不少地痞无赖作为手下，但是一直找不到谋害俄赛里斯的机会。这天，他终于想出了一个好主意，就带着一匹布去见俄赛里斯。这匹布又密又滑，在阳光下闪烁着晶莹的亮光。

俄赛里斯听说赛特又来求见，很是头疼，考虑到已经拒绝了他好多次，这次还是不见有点说不过去，就派人把赛特放了进来。

赛特笑吟吟地捧着布走进俄赛里斯的书房，热情地说：“哥哥，以前我小不懂事，没少惹你生气，现在我想通了，打虎还是亲兄弟嘛，你就原谅我吧。前几天有个海外的商人送给我一匹布，这么好的东西我不舍得用，就送给你做件斗篷吧。”

俄赛里斯觉得好奇怪，赛特平时和自己一副不共戴天的样子，怎么今天像变了一个人似的，就随口敷衍道：“兄弟，谢谢你的好意。不过还是你留下吧，你有这份心我就满意了。”

赛特说：“哥哥，看你说的什么话！你是一国之君，就应该享受最好的东西。你该不会是生气我只送你布料没送你成品吧？那你可就冤枉我了，说来惭愧，我不知道你的尺寸呀。其实我这次进宫就是想量一下你的尺寸的，现在拿来这匹布

第七章 人类之王俄赛里斯的传说

只是想让你看看布料的质量。"

俄赛里斯看看弟弟的神情，好像不是装的，连忙说："好吧好吧，我收下就是了，让宫里的裁缝做就行了。就不用麻烦你了。"

赛特急忙摆手说："哥哥，宫里的裁缝哪懂什么流行的样式？我在外面认识一个裁缝，做的衣服那叫个新潮、前卫！这件事你就交给我吧，我来给你量量尺寸，做好后包你满意！"

见弟弟对自己如此尽心尽意，俄赛里斯觉得赛特真的变了，打心眼感到高兴。他想，毕竟是亲兄弟啊，手足之情比什么都珍贵，能够缓和关系比什么都强啊！于是就任凭赛特摆布。

赛特装模作样地给他量了尺寸，然后说："好了，我这就把布交给那个裁缝做斗篷去！"

不久，赛特真的送来了一件斗篷。俄赛里斯披上斗篷，觉得大小很合身，做工也十分精细，特别是上面的那些饰品，一看就是精心挑选的，披上这件斗篷整个人就显得精神了很多。俄赛里斯很高兴，连声夸赞道："不错不错！这件斗篷你费心了！它就是你对我的一片情谊啊，我真的不知道应该如何感谢你的好意。"

赛特假惺惺地说："这算得了什么呢，千万别过意不去！今天晚上我那里有个宴会，如果你真的想谢我，就穿着这件斗篷去帮我壮壮场面吧！"

俄赛里斯没有马上答应他的邀请，说自己公务繁忙，到时候看吧。

回到寝宫，俄赛里斯告诉伊希斯，赛特邀请他赴宴，问她对这件事有什么看法。伊希斯不同意他去，说："你最好不要去。再说了，你不是曾经发誓不再见他、也不到他家去的吗？"

俄赛里斯有点犹豫，说："我是发过誓，不过我觉得他现在好像改邪归正了，还是去一趟比较好。"

伊希斯不认为赛特会有改变，劝他："这件事没有那么简单，俗话说江山易改本性难移，赛特怎么可能突然就变得这么好？我怀疑这是一个陷阱，我们不得不防！"

俄赛里斯听不进伊希斯的逆耳忠言，反驳道："你说的这些都是猜测，没有一点证据。我却是清清楚楚地看到他改了，那种由衷而发的亲热不是装出来的，我觉得他不会搞什么阴谋诡计。"

伊希斯见丈夫固执己见，流着泪继续劝他："你还是三思而后行吧。我总觉得这个阴毒小人不怀好意。"

这时到了需要出发的时间，俄赛里斯执意要去赴宴，就换了一件衣服，吻了一下妻子就走了，临行前告诉她一定在半夜之前赶回王宫，让她不用担心。

伊希斯见拦不住丈夫，只好眼睁睁地看着他离开，心里却莫名地烦躁起来，总觉得丈夫要一去不回了。

这时候烦躁不安的还有一个赛特，他唯恐俄赛里斯发现他的阴谋不来了，在大门外面急得团团转。终于，他看到了哥哥走上了他家所在的街道，就迫不及待地迎了上去，殷勤把俄赛里斯领进家里。

俄赛里斯坐到宴席的首座，赛特与他的同伙们激动万分，争抢着向国王敬酒。俄赛里斯见弟弟真心实意地亲近自己，进一步对他放松了警惕。

酒宴正酣的时候，赛特站了起来，等大家都安静下来后说："伟大的陛下，尊敬的各位贤达，我前些日子碰巧得到了一只箱子，可以说是埃及工艺品的集大成者。相信大家都没有见过，现在就请大家欣赏一下。"

他打了个响指，就见四个侍者抬着一只特别大的箱子进来了。箱子看不出是什么木材制成的，但是看起来非常结实；箱子上面嵌金描银，雕刻者各种美丽的图案，还镶满了金银珠宝，在明亮的灯光下反射着耀眼的光辉。看到这只价值连城的箱子，俄赛里斯有一刹那也心神动摇了。

一直在留意着俄赛里斯的赛特放心了，看来自己的计划又离胜利近了一步。他又给大家加了一把火："诸位，这只箱子是我给大家准备的一件特别的礼物，只要你能正好躺进里面，那它就是你的了！"

人群一下子沸腾了，所有的人都想把这个箱子据为己有，纷纷上前试试自己的运气。可是这个箱子是赛特为他的哥哥特制的，肯定他们要空欢喜一场了。

看到所有的人都遗憾而去，俄赛里斯坐在首位却一动不动，赛特走到俄赛里斯面前，说："哥哥，难道你不去试试吗？或许这个箱子的尺寸正好适合你呢，不过说实话，也只有你尊贵的身份才能拥有这么贵重的箱子！"

赛特的同伙也在一旁起哄："是啊，只有伟大的法老陛下才能拥有这只箱子呢！"

俄赛里斯动心了，半推半就地躺进了箱子，赛特和他的同伙就一拥而上盖上了箱子盖，锁上一把巨大的锁头，还用铁条在箱子外面紧紧地箍了几道。然后这些无恶不作的人就把箱子扔进了尼罗河里。

心神不定的伊希斯一直在家里耐心地等待着丈夫。夜深了，伊希斯太困了，不由自主地开始打盹。在这种半睡半醒的状态下，伊希斯好像听到了丈夫在惊恐不安地喊她救命。伊希斯一下子就醒了，发疯似的推开房门跑出宫外，她看见远处有点灯光闪烁着向尼罗河的方向移动，不一会儿就消失在尼罗河中，四周又恢复了平静。她知道肯定有什么事情发生了，但是她绝对想不到的是，她心爱的丈夫已经被他的弟弟害死了。她恍恍惚惚地回到寝宫，却没有了一点睡意。

天亮了，太阳缓缓地从东方升了起来，在王宫的墙壁上洒下一层淡淡的金辉，可是她的丈夫仍然没有回来。伊希斯派遣侍女去问赛特自己的丈夫为什么没有回来，赛特一口咬定哥哥早就离开了，还找了一大群人作证。

听了侍女的回报，伊希斯轰的一下子蒙了，她觉得脑海中一片空白，俄赛里斯究竟去了哪里呢？她马上召集了朝中的大臣和军队的将领，要求他们立刻派出足够的人手，务必要找到俄赛里斯。

几天过去了，人们翻遍了整个底比斯城，却始终没有找到俄赛里斯。伊希斯心里明白，她的丈夫肯定是被阴险的赛特给害死了！她后悔自己没有阻拦丈夫去赴宴，否则也不会有不幸发生。

一天傍晚，赛特带着一支庞大的军队来到了底比斯城前。随后，他派人通知伊希斯要和她见面谈一下，伊希斯知道赛特是要谋取她丈夫的王国，当即拒绝了他的要求。可是赛特的使者告诉伊希斯，赛特希望接任法老，并且要求伊希斯嫁给他，否则王国之内鸡犬不留，还交给了伊希斯一封信。

伊希斯接过信看都没看，几下子把信撕得粉碎，接着就把使者赶了出去。她冷静地想了想，就把王宫的卫队长喊了过来。新任的卫队长就是胡特卜，因为感激俄赛里斯从法老手中把他救了下来，对法老夫妇忠心耿耿。

伊希斯向胡特卜讲述了发生的一切，问他："胡特卜，你看怎么办呢？"

胡特卜听后怒火中烧，说道："尊贵的王后，法老的失踪显然就是赛特干的，现在他竟然又这样卑鄙要求，我们是绝不会答应的，我们的军队一定会誓死抗争到底，保卫王后的安全。"

伊希斯的脸上露出笑容，她心里有底了，为了进一步了解情况，她又问："那么军队的士气如何？"

胡特卜斩钉截铁地说："您放心吧，大家与我的想法是一致的，我们都决心誓死保卫埃及,捍卫正义,粉身碎骨也在所不惜!"

随后伊希斯与胡特卜具体拟订了作战方案,统筹安排都城的人力物力。

赛特得知伊希斯拒绝了自己的要求,恼羞成怒,立刻挥动大军开始攻城,胡特卜组织兵力和叛军展开了殊死的搏斗。激战进行了七天七夜。在第八天的早上,因为敌强我弱,城门被攻破了,大批的敌军涌入了城内烧杀抢掠,城里尸横遍野,血流成河。

敌军步步紧逼,我军节节败退,最后只剩下王宫一个据点。胡特卜率领禁卫军死战不退,以鲜血和生命守护这伊希斯的安全,赛特的几次进攻都被打了下去。赛特见守军的意志坚定,强攻的伤亡太大,就又派人告诉伊希斯,说只要她放弃抵抗同意答应嫁给他,他就会立即停止进攻,并且保证王宫内所有人的安全。

伊希斯直截了当地告诉使者:"你转告赛特,让他不要做梦了,他害死了我的丈夫,我绝不会答应他的,就让他放马过来吧!"

赛特再次碰了一鼻子灰,然而他更渴望得到伊希斯了,他重金悬赏,募集了大批敢死队,许诺打下王宫后,除了伊希斯其他的人和财物任他们挑选。又一次大规模的攻势开始了,胡特卜带领的守军此刻已是精疲力竭箭尽粮绝,王宫终于失守,胡特卜也战死沙场。

战争的结局已经不可能逆转了。伊希斯好像对自己的未来没有一点担心。她不慌不忙地洗了个脸,又把有点乱的头发梳好,然后拿出了一些珠宝分给她的侍女,让她们尽快逃出王宫,然后她关上了寝宫的门,谁也不知道她在里面做了什么。

赛特以敢死队为先导,付出了巨大的代价终于来到了寝宫,他迫不及待地一把推开了寝宫的门,一只美丽的金丝鸟扑啦啦地飞了出去,把他吓了一跳。他平静了一下心神,想要去安慰他受惊的嫂子,可是他却惊恐地发现寝宫里空荡荡的什么都没有!

伊希斯的努力

伊希斯并不是失踪了，那个飞出去的金丝鸟就是她变的，既然她的丈夫一直没有回来，她就趁着这个机会自己去寻找他，无论他在哪里，无论付出什么代价！

伊希斯变成的金丝鸟飞遍了尼罗河下游的每一个地方，希望能在这里找到俄赛里斯。每到一个地方，她就变回成人打听俄赛里斯的下落，如果没有消息就又变成金丝鸟飞向另一个地方，接着向人们询问丈夫的消息。然而伊希斯始终没有打探到俄赛里斯在哪里，她无奈只好到尼罗河的上游去碰碰运气。

这天金丝鸟来到了尼罗河的岸边，看见一个妇女来这里打水，就变回伊希斯去和妇女攀谈起来。在谈话中妇女说道："我的丈夫曾经在尼罗河谷遇到过森林中的精灵，精灵的首领叫贝斯。贝斯说尼罗河中发生了一件怪事，一只箱子逆着河流向尼罗河的上游移动，里面散发着埃及国王的气息。"

这是迄今为止伊希斯得到的第一个有价值的线索，她的心激动的怦怦乱跳。她按捺住兴奋告别了那个妇女，到了没人的地方又变成金丝鸟向尼罗河的上游飞去。

几天后伊希斯飞到了白尼罗河和青尼罗河的交汇处，这下她不知道该往哪里去了。正好有一群孩子在岸边做游戏，她就停下来变成人去打听箱子的消息："孩子们，你们谁见过一个闪闪发光的箱子吗？"

有个孩子告诉她："我见过。去年夏天我在这里玩的时候，一只又宽又大的箱子从下游向上游漂去，那个箱子非常漂亮，上面雕刻着美丽的花纹。我想把它捞上来，可是它太重了，我根本拉不动，只好眼睁睁地看着它漂向青尼罗河！"

伊希斯谢过了孩子，给了他一些礼物，又变成金丝鸟飞向青尼罗河。

不久，在岸边的森林里她发现了一间茅屋，就打算去茅屋里休息一会。她太累了，一年多来，她飞遍了埃及北部的角角落落，忍受着肉体的疲惫和精神上的压抑，一次次地有了希望，又一次次地失望。她飞进了茅屋，里面没有人，只有一堆干草，显然这是一个猎人打猎时的临时宿营地。她躺倒了干草堆上，不一会就进入了梦乡。

不知道过了多久，一阵美妙的歌声把她从梦中惊醒。她一轱辘爬了起来，不顾浑身的疲惫，强打精神飞向歌声传来的方向，准备去问问歌手是否知道俄赛里斯的消息。

刚进森林，她就看到不可思议的一幕：一个头上长着羊角的男人手持精美的横笛，吹着旋律优美的曲子，一大群精灵随着笛声又唱又跳。伊希斯立刻意识到这个人就是精灵的首领贝斯，就马上变成人向他走去。

精灵们看见来了人，就停下了歌舞好奇地看着她。伊希斯走到贝斯的身前，躬身施礼，有礼貌地问："尊敬的精灵首领，我听说你曾经在尼罗河中见过一个装饰精美的箱子？"

贝斯急忙还礼，答道："是的，美丽的女士。不过你是谁？你问这个干什么？"

"我是埃及的王后伊希斯，正在寻找我的丈夫俄赛里斯。我听说那个箱子里有我丈夫的气息。"

贝斯更加恭敬了，再次向伊希斯行礼，说："尊敬的王后，我可以确定您的丈夫就在那个箱子里面，不过箱子里面已经没有了生命的迹象，而且那个箱子也不在尼罗河里了。"

伊希斯已经预料到这种结果，因此对贝斯的话并不是很惊讶，只是有点痛心，又问："那你知道那个箱子现在在什么地方吗？"

"当时青尼罗河的上游下了暴雨，结果河水暴涨把它冲到一片杨树林中，箱子碰巧卡在一棵杨树的树杈上。不知道是什么原因，那棵树立即疯长了起来，没过几天树干就有上百米高，把那个箱子也包在了里面。今年春天，比布里斯国王来这里打猎时发现了那棵高大的杨树，正好他建造大殿需要柱子，就把它砍下来运回米利卡德尔王宫了。"

伊希斯总算得到了确切的线索，开心地说："谢谢你，贝斯。"

贝斯先是表示不用客气，接着又有点不好意思地说："伊希斯，我知道您是一个善良的女神，有着伟大的力量。可是，因为我们和人类长得不一样，人类常常奚落取笑我们。您能让人类以后不要再歧视我们吗？"

伊希斯毫不迟疑地说："没问题！我保证人类以后不会再歧视你们了。善良的、助人为乐的精灵应该得到人类的尊敬！"

贝斯非常高兴，就派精灵将伊希斯送出森林，领她踏上通往米利卡德尔王宫的方向。

森林外不时有行人走过，伊希斯没有机会变成金丝鸟，只好一路小跑前往米利卡德尔王宫。

第二天的早上，伊希斯终于到了米利卡德尔王宫。在朝阳的映照下，王宫是那么的金碧辉煌、宏伟壮观。一个美丽的宫女从外面向王宫走去，伊希斯拦住了她，问道："请问你们的国王在宫里吗？"

宫女说："国王出去打猎了，请问你有什么事吗？"

伊希斯说："我想找他要点东西。既然他不在宫里，我就在这里等着吧。"

宫女见伊希斯美丽端庄又雍容高贵，觉得她的身份一定不一般，就十分亲热地与她攀谈起来。伊希斯也觉得这个宫女聪明可爱，就教给她一种天国最流行的发型。宫女更高兴了，问道："夫人，我看你气度不凡，你能告诉我你是什么人吗？"

伊希斯半开玩笑地说："我是个医生。"

这是有人从宫门里出来，大声喊着让宫女赶快进宫，说王后正在找她。宫女急忙向伊希斯告辞："美丽的夫人，我必须要走了。请问你要一直等在这里吗？"

"是的，我要一直等到国王回来。"

宫女来到了王后跟前，王后见宫女的发型很漂亮，就问她："你从哪里学来的这种发型？"

"刚才我在宫门外面遇到一位夫人，是她教给我的，她还是一个医生呢。对了，小王子病了好多天了，要不让她给看看？或许她能治好呢。"

"她能有这个本事？王宫里的御医都束手无策，她一个江湖郎中能治好吗？对了，她来这里干什么？"

"她说她是来找国王要什么东西的。"

王后心里起疑心了，说："找国王要东西？你去把她叫进来，我问问她究竟要什么。"

宫女飞快地跑回到伊希斯面前，兴奋地带她进了王宫。伊希斯刚进大门就看见了一根巨大无比的柱子，感觉俄赛里斯就在这个柱子里！她激动得满面通红，急忙转过头跟着宫女继续向前走，免得有人看见了产生怀疑。

伊希斯来到王后面前，落落大方地行了一个礼，然后站在了一边。王后见伊希斯举止高雅气度不凡，就知道这个妇女绝对不是江湖游医，急忙让伊希斯坐下，问道："宫女说你是一个医生，我的儿子病了，宫里的御医都查不出病因。你能给他看看吗？"

伊希斯说："先把王子殿下抱来吧，我要先看看是什么症状。"

王后派人将小王子抱来，说："我和国王成婚好多年了，只有这一个儿子。从上个月开始，这孩子一直这样昏睡不醒，但是又没有其他的症状，我们找遍了宫中和民间的名医，他们都一筹莫展。如果你把他治好了，我和国王会答应你的任何要求！"

伊希斯接过小王子，仔细地检查小王子的身体和神情，只见小王子的身体瘦小孱弱，睡梦中不时发出痛苦的呻吟。她抬起手来，温柔地抚摸着小王子，从头到脚任何一个部位都没有放过。奇迹发生了：小王子慢慢睁开了眼睛，漆黑的眼仁显露出智慧的光芒；鲜红的嘴唇微微张开，带着一丝满足的笑意；接着他的身体开始了变化，皮肤变得洁白如玉，身上的肌肉以肉眼可见的速度越长越多。那个瘦小孱弱的孩子不见了，躺在王后面前的是一个比普通的孩子要健壮的多的小王子！

王后捂着自己的嘴巴，简直不敢相信自己的眼睛。她和国王的心病没有了，他们的国家将来也会有一个健康的国王！王后把伊希斯送到了国宾馆，告诉她等国王回来之后，王后要和国王一起给予她最高的奖赏！

两天后，国王回来了。刚到王宫，就有人告诉了国王小王子病愈的好消息。国王一听大喜，立刻扔下了猎物跑到王子的卧室。果然，他的儿子成了一个健康的孩子！

国王喜出望外，和王后一起穿上正式的礼服来到国宾馆会见伊希斯，对她高明的医术赞不绝口。最后，国王说道："尊敬的客人，我不知道该如何报答你的大恩大德，因为我觉得我准备给你的任何宝贝都无法代表我的心意。我把这个权力交给你，只要是我的国家有的，不管是任何东西都任你挑选。"

伊希斯平静地说："国王陛下，感谢您的慷慨！这些都是我应该做的，小王子吉人天相，即使没有我也自能痊愈，我不想因此挟恩图报。如蒙恩赐，请陛下把您王宫中的那根柱子送给我。"

"那根柱子？"国王有点心疼了。本来他觉得伊希斯会要些金银珠宝之类的东西，不管她要得再多都在所不惜，这根柱子是他要建的一座宫殿的主材，给了她自己的宫殿可就遥遥无期了。可是人不能言而无信，刚才的话说得太满了，要是不答应国王的脸面往哪儿搁呀？只好答应了伊希斯的请求。

伊希斯欣喜若狂，向国王借了100名士兵，用大刀把柱子一层层地剥开，最后露出来一只金光闪闪的箱子！她按捺住万分激动的心情，让国王取出一大块亚麻布铺在地上，把剥开的木头放到上面，浇了一些油，然后念诵了一段咒语。念完后她告诉国王："这些木头保护过神的身体，你要好好地保存，记得四时八节按时祭祀，神就会永远保护你的王国。"

这个时候国王已经意识到伊希斯不是凡人，对她的话一一照办。

第二次被害

伊希斯告别了国王一家，让士兵们帮她把箱子送到尼罗河畔。士兵们刚一离开，伊希斯就迫不及待地打开了箱子。俄赛里斯就在里面！他的身体还是那样威武雄壮，他的面容还是那么和蔼可亲！可是，任凭伊希斯千呼万唤，她的丈夫还是一动不动！

俄赛里斯国王面容依旧，还是那么和蔼可亲。只是任凭伊希斯千呼万唤，就是醒不过来。

伊希斯泪流满面，把俄赛里斯的尸体抱出来放在地上，然后跪下祈求拉神的慈悲。她哭得梨花带雨，肝肠寸断，周围的万物生灵都被她的悲伤感染，个个鸦雀无声。天空好像也感受到了她的悲恸，先是微风拂来，接着小雨凄凄。

不久，天空中传来阵阵仙乐，刹那间风停雨住，拉神乘着太阳船来到俄赛里斯的上方。拉神用手轻轻一抚，俄赛里斯的身体就有了变化，先是眼皮轻颤，接着手指动了，随之就有了呼吸……他终于复活了！

俄赛里斯和伊希斯双双跪倒，虔诚地向太阳神表达自己的谢意。太阳神离开后，夫妻俩紧紧地拥抱在一起，互诉着分别后的衷肠。鉴于目前赛特已经完全掌控了埃及，他们就在河边搭了一座茅屋，暂时在这里隐居下来。

两年之后，他们的儿子何路斯出生了，给他们艰苦的逃难的生活增添了一抹喜色。他们在河里捕鱼，在林中打猎，美好的大自然给他们提供了生活所需要的一切。他们用自己的双手建设着美丽的新家园，精心地养育着何路斯。

光阴似箭，岁月如梭，何路斯慢慢地长大了。他用父亲给他制作的短矛在河水里捕鱼捉虾、在树林里追捕小动物。他越长越高，身体也越来越壮实，打猎和战斗的技能日益增长，看着茁壮成长的儿子，夫妻俩露出由衷的微笑。

每天晚上，夫妻俩就抱着孩子坐在明月繁星下面，给他讲述埃及的历史、赛特的罪行，教育他要做一个正直、勇敢、坚强的人，要苦练本领，长大后向赛特报仇、夺回失去的一切。

荒野中的生活无疑是艰苦的，为了保证娇妻爱子的营养，俄赛里斯必须经常去打猎，附近的猎物渐渐少了，他的狩猎范围越来越大，有时候要走出去七八天才能找到猎物。森林里的毒蛇猛兽那么多，而俄赛里斯只有自制的长矛防身，随时都能遇到危险；况且赛特也不会放弃寻找他们，万一他得到了自己一家的消息，肯定不会善罢甘休。所以每次俄赛里斯外出狩猎伊希斯都非常担心，直到他扛着猎物回到家里才能松下一口气。

俄赛里斯又出去打猎了，可是这一次他用的时间太长了，这都快二十天了，仍然没有一点回来的迹象。伊希斯心急如焚，不时跑出去张望，希望看到丈夫的身影。

太阳落山了，伟大的太阳神即将结束他这一天的旅行，可是俄赛里斯仍然没有回来。伊希斯失望地拉着何路斯准备回去，刚一转身，她惊喜地发现远方走过来一个高大的身影，看来她朝思暮想的俄赛里斯回来了！但是紧接着伊希斯就开始紧张起来，这个人的身材虽然和丈夫相似，但是他没有带着猎物，而且走路的姿势也不对。来人越走越近，伊希斯也越来越觉得来人非常熟悉，应该是自己认识的人。

果然，来人先是一阵阴险的奸笑，然而开口说道："嫂子，好长时间没有见到你了，你还是那么的漂亮，那么的迷人！这个小家伙就是我的侄子了吧？长得真帅！看来你非常吃惊，怎么，看见你的弟弟不高兴吗？不要害怕，你知道我是不会伤害你的。这个地方可真荒凉呀，你就不感到寂寞吗？还是跟我走吧，免得这里的风雨侵蚀了你娇艳的容颜，那样我会心疼的！"

看到心狠手毒的赛特来到这里，伊希斯吃惊之后就有了不祥的预感，她感觉俄赛里斯一定出事了。于是她不理赛特的甜言蜜语。直接问道："他去了哪里？你把他怎么样了？"

赛特仰天一阵狂笑，道："嫂子，你还是那么的聪明！没错，我又把他给弄死了！"

伊希斯气得浑身发抖，怒目圆睁，怒斥道："你这个丧尽天良的东西，他可是你的亲哥哥呀！你一而再、再而三地加害于他，你的良心让狗吃了吗？你这样做究竟是为了什么？就不能让我们过几天舒心的日子吗？"

赛特被伊希斯骂得恼羞成怒："为了什么？我不服气，我不甘心！为什么他什么都比我强？为什么他是高高在上的国王而我只是一个平头百姓？为什么你要嫁给他？我也想成为国王，拥有享不尽的荣华富贵！我也想把你抱在怀里，尽享美人的柔情！你要是答应了我，这一切会发生吗？"

伊希斯不想听这些令人恶心的话，她只想知道她丈夫怎么样了，再次问道："俄赛里斯在哪里？"

赛特好像真的高兴了，声音都带着不加掩饰的愉悦，说："我的哥哥是真了不起啊，他把自己分布到了埃及的每一个区域！你再也找不到他了，即使你找到了，你有本事把一堆烂肉复活吗？现在你该死心了吧？就乖乖地跟我走吧！我可以给你他永远也给不了你的幸福！"

伊希斯知道赛特不会骗自己，赛特和丈夫的仇恨已经化不开了。她的心都碎了，但是她不会在赛特面前流泪，因为这只能显示她的软弱，根本没有任何帮助。

她平静地告诉赛特："你高兴得太早了，我会找到我的丈夫复活他的，哪怕走遍千山万水。至于你，等待你的绝不会是什么好下场！"

伊希斯说完就拉着何路斯准备离开，她要带着儿子去寻找俄赛里斯。赛特苦苦寻找了几年才找到伊希斯，当然不会让她再走掉，他施展神力把手变大，一把抓住伊希斯母子把他们塞进尼罗河上的船里。

荒堡逃生

伊希斯和何路斯在船上航行了几天几夜，最后来到一座阴暗的城堡。赛特押着他们进了城堡，每一道门在伊希斯母子过去后就立刻紧紧地关上，送到一个坚固的房间。赛特还在城堡里留下众多的卫兵作为看守，一对老夫妇照料伊希斯母子的生活起居。

日子一天天地过去，伊希斯一直没有放弃去寻找俄赛里斯的决心。她一遍遍地提醒自己，为了自己的儿子，为了自己的丈夫，一定要活着走出去。她相信，正义一定能战胜邪恶，恶魔也绝不会有什么好下场。

刚到这里的时候，赛特几乎每天都来探望伊希斯，一是害怕伊希斯有什么不测，二是来劝说伊希斯答应嫁给他。可是令他没有想到的是，伊希斯的意志竟是如此坚定，尽管现在她们母子身陷囹圄，却仍对俄赛里斯痴心不改。所以，任凭赛特舌灿莲花，许下了天大的好处，伊希斯仍是一言不发，对他给出的条件不屑一顾。赛特见利诱不成，就开始了威逼，他告诉伊希斯，给她三天的时间考虑，如果到时她还是不答应，就会把她和何路斯给杀掉。

伊希斯知道，赛特是真的会这么干的，看来必须要离开这个地方了，以防他狗急跳墙对何路斯下毒手。可是城堡里警卫密布，凭她们娘俩根本没法逃出去，除非得到太阳神的帮助。她开始在心中默念："万能的拉神呀，请帮助我逃离险境吧！"

第二天深夜，就在伊希斯搂着何路斯默默祈祷的时候，一个高大魁梧的男子突然出现在她的面前。伊希斯吓了一跳，以为这个人是赛特派来的杀手，来取她们母子的性命。就在她站起来准备和来人拼命时，那个男子却低声说道："伊希斯，不要惊慌。我是太阳神派来救你们的。"

"不可能！太阳神不会派一个凡人来救我们。"

"我也是天上的神。"

"那我怎么不认识你？"

"我是智慧神图特，在人间我不能暴露我在天上的样子。我的任务就是帮你们逃出去。"

伊希斯喜出望外，衷心地感谢太阳神的仁慈，竟然派来了智勇双全的智慧神图特，图特有一种神奇的能力，在任何地方都可以通行无阻，不管是墙壁还是门都无法挡住他前进的脚步。他带着伊希斯和何路斯向城堡的大门方向走去，每次当他走到那一扇扇沉重的门前时，紧闭的门就悄无声息地自动开启。在这伸手不见五指的夜晚，伊希斯母子竟然可以分辨出周围的一草一木，而城堡里的卫兵对他们的行动视若无睹。

他们走出了城堡，来到一片空旷的原野。这时图特停了下来，对伊希斯说："伊希斯，咱们现在已经到了安全的地方。我还有其他的事情要去处理，你们这儿等着别动，我的仆人一会就会过来，由它们护送你们去南方。再见吧！"

图特说完就消失了。伊希斯默默地向图特离去的方向躬身致谢，抱着何路斯坐在空旷沉寂的原野等待着图特的仆人。天就要亮了，她们已经等了好长时间，可是仍然没有看到图特的仆人。伊希斯开始有点不安，她担心赛特知道她们逃出的消息后来追杀她们母子，以赛特睚眦必报的性格，他是一定会斩草除根的，她不能再落到他的手中。

就在她焦急地向四周眺望的时候，忽然听到一个奇怪的声音："您等急了吧？我们来了！"

伊希斯很奇怪，附近没有人呀？难道遇上了什么精灵？她的心里有点害怕起来。

随后那个声音又说话了："你好，伊希斯，我们到了！"

伊希斯这才听出声音是从自己的脚下传来的。她蹲下去仔细一看，看见地上有7只巨大的蝎子！可能这些蝎子就是图特的仆人，作为一个女神，伊希斯见识过许多奇形怪状的生物，并不像凡人那样觉得不可思议。她说："你们是图特派来的了吗？"

一个蝎子说："是的。我们奉命前来保护你和何路斯。我叫泰凡，是一个出色的侦察兵。"

另一只蝎子说："我叫拜凡，走在队尾负责断后。"

另外5只蝎子也都通报了自己的姓名，介绍自己的具体岗位和职责。看来这群蝎子就是专门干这个的，它们的分工非常明确。

伊希斯十分高兴，有了这群蝎子，她的心里踏实多了。她说："好吧，此地不宜久留，我们赶紧出发吧。"

蝎子们听了，迅速排好了护送的队形：泰凡走在最前面警惕地注意周围的风吹草动，后面隔了几步5只蝎子把伊希斯和何路斯围在中间，拜凡远远地落到后面断后。这支神奇的队伍浩浩荡荡地出发了。

天不久就亮了，这时候在原野上走路还可以忍受，可是太阳越来越高，原野上也开始热了起来。伊希斯抱着何路斯走得汗流浃背气喘吁吁，她早就累了，真想停下来休息一会儿，可是她们还没有走出城堡的势力范围，恶魔赛特随时都有可能追上来，那时她和何路斯最好的结果也是被他再次抓回去。为了她们娘俩的自由，为了早点找到俄赛里斯，伊希斯告诉自己不能休息，咬着牙艰难地一步一步向前跋涉着。

何路斯虽然年龄不大，但却很懂事，他知道是谁造成了他家破人亡的惨剧，他也看到了母亲承受的一切，幼小的心灵里已经埋下了对赛特的仇恨。他能够看出母亲此刻很难受，他十分心疼，不时地询问母亲累不累，要不要休息一下。来自何路斯的关心让伊希斯十分感动，为了可爱的孩子，她要继续走下去。

黄昏的时候，母子俩在蝎子的护卫下来到了塔布城。她们这个奇怪的组合来到了塔布城的王宫，伊希斯求见当地的国王和王后，希望能够在此地暂时居住一段时间。

这个国家的王后一见到蝎子就怒不可遏，她讨厌蝎子，从不允许蝎子出现在王宫里。就是因为伊希斯母子带着蝎子，她拒绝了她们留在这个城市的要求，还警告城里的所有居民，如果谁收留了这对母子必将受到严惩。

城里的人同情地看着疲惫不堪的伊希斯母子一步一瘸地向城外走去，但是摄于王后的淫威，谁也不敢把她们留下来。善良的伊希斯也不愿意连累这些百姓，强忍着疲惫走出城门，走上通往沼泽地的路。

刚到了沼泽地，早已又累又饿的伊希斯母子就坐到了地上。看着躺在草上呼呼大睡的儿子，伊希斯的心一阵阵地痛。她对塔布城的王后生气了，作为一个王后，怎么能没有一点儿同情心？怎么能见死不救呢？她越想越生气，觉得要给她一个教训，让她长点儿记性。可是，该如何教训她呢？她找到被王后歧视的蝎子商量办法。

蝎子们明白了伊希斯的意图，就围在一起议论了一番，最后商量出了一个办法。随后6只蝎子把它们的毒液都注入泰凡的尾巴上，于是泰凡就成了毒性最强的蝎子王。

在夜深人静时，泰凡无声无息地迅速爬过层层宫墙，来到小公主的摇篮边，抬起尾巴蜇了小公主一下。

剧烈的疼痛让小公主大哭起来，毒液迅速产生了作用，小公主全身都变成了紫黑色，开始浑身抽搐，不一会儿就昏死过去。

小公主的哭喊声惊动了乳母，随后整个王宫都知道了小公主昏过去的消息。宫女们乱成一团跑来跑去，慌乱中一个宫女碰翻了一盏灯，窗帘被点燃了，随后火势迅速蔓延，整个宫殿烈火熊熊。

宫女们把奄奄一息的小公主抬到院子里，得到消息赶来的王后失魂落魄地大呼小叫。可是，仆人和宫女们平时经常受到她的嘲笑和打骂，一点也不同情她。现在见她这个样子，都是在心中暗暗得意，没有一个人去安慰她，更没有人主动去做什么。王后哭得撕心裂肺，不断祈求各路神仙来救救她的女儿，可是显然没有神仙听到，或者连神仙都不愿意帮她。

这时，尾随蝎子王来到王宫的伊希斯看不上去了，她也是一个母亲，能理解失去自己的孩子是什么心情。她看到小公主太可怜了，这么小的一个孩子，又是那么的清纯可爱，就是因为她母亲的自私和暴虐，竟然承受这么大的痛苦。不管她的母亲如何，小公主都是无辜的，不应该让她来承担这个责任！

伊希斯动了恻隐之心，她走到那位哭得死去活来的王后的身边，说道："王后，之所以小公主遭此不幸，完全就是因为你对蝎子有偏见造成的。我不忍心小公主受罪，就帮你治好她吧。"

王后听后也顾不得什么面子了，紧紧抓住伊希斯的手，哽咽着央求道："那你快救救她吧，她可是我和国王的心肝宝贝，没有她我就活不下去了！"

这时天已经亮了，伊希斯抱起性命垂危的小公主，默默地念着咒语，把手轻轻地放在小公主的额头，小公主的头马上由紫黑色变成粉红色，随后从她的头部开始，脸部、颈部、胸部及至四肢的那种紫黑色慢慢地消失了。不过蝎子王的毒性太强了，小公主现在还不能动弹。于是伊希斯将小公主抱到阳光下面，开始高声呼唤着伟大的太阳神，期盼着太阳神以他无边的神力拯救小公主，使她尽快脱离危险、恢复健康！

太阳神听到了伊希斯的呼唤，以他无上的慈悲赐予了小公主健康。小公主慢慢睁开紧闭的两眼，唇边露出了笑意，伸展了一下四肢，她终于活过来了！这时候王宫中的大火也被扑灭了，好像一切又变得和以前一样了。

伊希斯把小公主递给了王后。接过小公主的王后仔细看了看她的女儿，发现她还是像以前那样健康活泼。

王后既高兴又惭愧，对伊希斯说："尊贵的客人，请原谅我的错误。昨天我因为厌恶蝎子而把你们拒之门外，是我的不对。"

伊希斯说："同情和帮助落难者是人的美德，我们不应该失去这些。"

"我一定会记住的。那么，现在我能为你做点什么呢？"

"没别的什么要求，只要为我们母子俩安排一个清静的地方，让我们在这里休息一段时间就行了。"

"这个容易，王宫里有的是房间。你们就放心吧，你们娘俩在这里想住多久就住多久，吃的、穿的我会安排的，如果有其他需求就直接告诉我好了。"

伊希斯又回到了沼泽地，把何路斯和蝎子带回了王宫，她们在王宫里度过了一段安宁的日子。

然而，俄赛里斯还没有找到，一直待在王宫里免不了会走漏风声，万一让恶魔赛特知道了，他势必会过来抓她们。伊希斯决定尽早离开这座城市，继续前进，一定要找到俄赛里斯，光复埃及。

她告别了国王和王后，让蝎子王泰凡集合队伍，按照原来的队形保护着她们继续前进。又是一段长时间的艰苦跋涉，她们克服了各种困难来到了阿姆，受到当地居民的热情欢迎，把她们的生活安排得井井有条。

伊希斯决定在这里安家，等何路斯长大后就去寻找俄赛里斯。既然这样，就没有必要再让蝎子们留在这里了，毕竟蝎子们是图特的仆人，服侍图特才是它们的责任。于是伊希斯谢过蝎子们，让它们回去向图特复命了。

刚开始伊希斯母子借住在一户人家，这家人非常善良，尽管他们的生活也不富裕，但还是想方设法让伊希斯母子过得更舒服一些。伊希斯感受到了这家人的好意，不愿意给他们添麻烦，就在村子外面搭了一个茅屋搬了过去。

泰凡的叛变

为了养活自己和儿子，她就到外面去打零工，帮人家洗衣、干杂务，换来一点儿吃的拿回来。每天清晨，她都会把孩子托付给一个邻居，自己到处找活干，一边四处打听俄赛里斯的消息，一边还要注意赛特及其同伙的动向，防备他们得知自己的下落而下毒手。每天傍晚，当她拖着疲惫的身体回到家，看到天真的何路斯安然无恙，她那颗悬着的心才会放下来，至于什么劳累，什么烦恼，这些她都不会在乎。

小何路斯慢慢地长大了，他也更懂事了。为了帮助母亲，他开始在家里主动地干些力所能及的活儿。每次看见母亲拖着疲惫的脚步回来，他总是笑脸相迎端茶送水。看到儿子如此懂事，伊希斯心里踏实多了。她坚信，何路斯就是未来的俄赛里斯，就是埃及的未来，何路斯的健康成长就是她的寄托和希望。

就在伊希斯认为可以安稳一段时间，让她把何路斯抚养成人的时候，新的灾难来了。她不知道,一个阴谋正在酝酿,而阴谋的目标就是年幼的何路斯,伊希斯将再一次面临着灭顶之灾。

原来,蝎子王泰凡蜇伤小公主后,见到小公主奄奄一息很快就要死去,认为自己神通广大,谁也无法化解自己的剧毒。不料伊希斯却因为同情心驱除了它的毒液,挽救了小公主的性命,伊希斯也因此受到王后的热情款待。这使得蝎子王感到很没有面子,觉得伊希斯抹杀了自己的劳动成果,便对伊希斯产生了不满,但是主人图特命令它们把伊希斯母子护送到安全的地方,它一直不敢向外人说出自己的想法。在伊希斯让它们回去后,这种不满逐渐变成了怨望,为了发泄心中的怨气,它就背着图特和其他的蝎子找到赛特,向赛特诉说心中的委屈。不过慑于图特的威严,它不敢泄露伊希斯的行踪。即便如此赛特也如获至宝,他眼珠一转就想出了一条毒计,便怂恿蝎子王去毒死何路斯,以显示它的"威力"和"尊严"。这个借刀杀人之计既能最大限度地伤害伊希斯,又能满足蝎子王的虚荣心,可谓一石二鸟,借蝎子王的手达到他的罪恶目的。

蝎子王上当了,它怀着证明自己的想法来到伊希斯的家里,准备趁何路斯不备的时候把他蜇死。不过何路斯的警惕性很高,它刚出现何路斯就发现了。何路斯本以为这个以前的"护卫"是来找他叙旧的,但是很快就从蝎子王的动作看出来者不善,就在泰凡准备蜇他的时候,他和泰凡展开了搏斗。不过年幼的何路斯不是蝎子王泰凡的对手,不久就被泰凡蜇了一下,剧毒立刻流满他的全身,何路斯倒在了院子里。

伊希斯外出打工回来了,拿着何路斯最喜欢吃的食物,刚推开大门,就看见何路斯面目全非地躺在院子里!她的第一个反应就是,赛特和他的同伙来了!不过从何路斯身上的颜色来看,他应该是被蝎子王蜇死的,伊希斯万万没有想到,曾经与她们患难与共的蝎子王泰凡竟会下此毒手!她试了一下何路斯的鼻息,她心爱的宝贝儿子已经死了!她眼前一黑也晕了过去了。

不知道过了多长时间,伊希斯悠悠醒转。她听到许多乡亲们围着她呼唤着她的名字,痛惜她们母子的不幸遭遇,而且有一个熟悉的声音在焦急地呼喊着她。伊希斯努力睁开眼睛,她惊喜地发现,她的妹妹奈弗提斯就在身边!

原来,奈弗提斯从图特神那里打听到了姐姐来了这里,就准备来探望姐姐和外甥,不料到了姐姐家,就看伊希斯和何路斯双双倒在地上。此时见伊希斯醒过来，便问："这是谁干的？你怎么也晕了？"

伊希斯把头埋在妹妹的怀里放声痛哭，边哭边说："是赛特这个恶魔！这个忘恩负义的东西先是害死了俄赛里斯，又屡次逼迫我嫁给他，现在又怂恿蝎子王把何路斯给蜇死了！"

奈弗提斯知道，以自己和伊希斯的法力无法去除蝎子王的毒液，只有太阳神才有这个能力。于是她就和伊希斯一起仰望天空，悲悲戚戚地祈告道："无所不能的太阳神啊，请您救救何路斯吧！"

在她们周围的乡亲们也随着她们祈祷："威力无比的太阳神啊，只有您的力量才能让无辜者摆脱死神、重获生命——"

太阳神听到了伊希斯、奈弗提斯和百姓们的愿望，在太阳船上命令智慧神："图特，伊希斯又遇到麻烦了，你去把何路斯救回来！"

图特见太阳神给了任务，一眨眼的工夫就到了伊希斯的面前，对她说："不要再哭了伊希斯，太阳神让我来救何路斯了。你放心吧，何路斯一会儿就会自己爬到你的怀里。"

图特说完就俯下身去，用手轻轻地抚摸着何路斯的身体，轻轻地念着咒语。他伟大的神力立刻就有了效果，何路斯肿胀的身体慢慢地消了肿，身体有了动作，脸上也有了血色，不一会儿就自己站了起来，看到泪流满面的母亲，他马上投入了伊希斯的怀抱。

图特神告别了奈弗提斯和伊希斯母子，一转身就不见了。

托付何路斯

奈弗提斯怕姐姐母子再次遇到危险，就陪着她们度过了三年的时间。何路斯也更大了，虽然还不能自己独自生活，但是已经可以照顾自己了。伊希斯去寻找俄赛里斯的念头更加强烈了，她总觉得如果再不去寻找可能以后就真的找不到了。

不过伊希斯也知道，想找到俄赛里斯，并不是那么容易的，这一路谁也说不准要经历多少艰难险阻，把何路斯带在身边给自己增添困难不说，也是对孩子的不负责任。奈弗提斯给他出了个主意：离她们住的不远有一个岛屿，当地的人们都叫它神秘岛，她们的朋友哈陶尔祭司就住在岛上，伊希斯可以把何路斯送到那里，让哈陶尔照顾何路斯，这样伊希斯就可以轻装上阵了。伊希斯眼睛一亮，这是个好主意，而且哈陶尔神通广大，何路斯的安全也有了保证。

她们做好了充分的准备，天不亮就启程了。她们没有和当地的乡亲们告别，在这几年的共同生活中，伊希斯和他们有了深厚的感情，不忍心看到他们分别的泪眼。

几天后她们来到神秘岛对面的海岸，恰巧附近有一艘渔船，他们就请求渔夫把她们送上神秘岛。不料渔夫听了连连摇头，惊恐地说道："你们饶了我吧，我是绝对不会去那里的！那个岛上住着恶魔，人到了那里就会被吃掉。我活了这么长的时间，从来没有见过有人敢上岛，更没有见过有人从岛上出来！"渔夫说完就摇着船走了。

伊希斯对渔夫的举动非常生气，而奈弗提斯不但不生气，反而高兴地说："太好了，没想到神秘岛还有这么恐怖的传说！最好这个传说能传到赛特那里，这样他就不敢贸然上岛了，何路斯的安全就又加上了一层保险！"

伊希斯想了想，觉得妹妹说的有道理，也同意了她的看法："嗯，如果真的是这样，那我就更放心了。既然渔夫走了，那我们就让哈陶尔接我们吧。"

奈弗提斯运足力气朝岛上呼唤："哈陶尔，请过来一下！"

从岛上传来一个苍老的声音："是谁呀！我都在这里隐居了几百年了，怎么还有人来这里找我，真是奇怪。"

奈弗提斯喊道："我是奈弗提斯，盖布和努特的女儿，有要事找你！"

不一会儿，岛上出来了一个白发苍苍的老太太，她看到真的是伊希斯和奈弗提斯，急忙向她们行礼表示歉意，又施展法术让她们来到岛上热情招待。伊希斯谢过了哈陶尔的招待，就说希望能把自己的儿子何路斯留在这里，并想让哈陶尔保护何路斯的安全。哈陶尔高兴地接受了伊希斯的委托，说一定会照顾好何路斯的生活，保证不会有任何人能够伤害到她的儿子。

全家团聚

何路斯的安全有了保证，伊希斯终于减轻了负担，她可以继续去寻找俄赛里斯了。她依依不舍地吻别了何路斯，和哈陶尔、奈弗提斯告别，开始了新的历程。

想要找到俄赛里斯的尸体无疑困难重重，因为可恶的赛特把俄赛里斯分尸后抛到了埃及的不同地方，她需要在茫茫原野、崇山峻岭、江河湖海中一点点的寻找，并且不能漏下哪怕一块指甲，因为只有找到俄赛里斯的每一块骨肉，还要把它们拼成一个完整的尸体，她才有复活俄赛里斯的希望。这个工作太困难了，如果是一般的人估计就要放弃了，可是伊希斯不会知难而退，她有决心，也有能力完成这个工作。

伊希斯不放过埃及大地的每一寸土地,因为她对俄赛里斯的爱,她能够感应到俄赛里斯的血肉,不管它在云雾缭绕的山顶,还是在毒蛇密布的深洞。在她不懈的努力下,被切碎的俄赛里斯的尸体越来越多地被她发现。她把这些尸骨小心翼翼地包起来放好,在每块尸骨散落的地方都修建起一座宏伟壮观的庙宇,庙宇里塑起俄赛里斯的金像以示纪念。

这天傍晚,她来到了阿拜多斯。伊希斯累了,就躺在一块石头上休息。夜色渐渐浓重起来,周围的一切是那么的宁静、安详。突然,一颗流星从远方掠了过来,带着玫瑰色的火焰,在漆黑的夜空中划出一道亮丽的红线,最后变成一团火球落在离她不远处的河边。伊希斯的心怦怦乱跳,总觉得这个奇怪的现象和她的丈夫有关,赶忙跑了过去。她惊喜地发现,这个流星竟然是俄赛里斯的头颅!

这个意外的发现使得她既惊诧万分,又兴奋不已。她把丈夫的头颅收好后,在这里修建了"阿拜多斯庙",雕刻了两尊巨大的花岗岩全身塑像,一个是她,一个是她的丈夫。

经过艰苦的努力,伊希斯终于找到了俄赛里斯的大部分尸骨。她把已经找到的残骸一小块一小块地拼凑在一起,俄赛里斯快要成形了,现在就剩下他的生殖器还没有找到。她知道任务还没有完成,她还必须继续寻找下去。可是整个埃及大地她都找遍了,一直都没有找到,而且她的感应也告诉她,俄赛里斯的生殖器已经不在人间了。她该去哪里寻找呢?

就在她坐在河边叹息时,一个头戴月轮的青年人出现在她的面前,对她说:"伊希斯女神,请不要悲观。俄赛里斯的生殖器被一只鳄鱼吞食了,这条鳄鱼落到了渔夫的手里。渔夫把鳄鱼的皮和肉拿走了,生殖器扔在了地上。我母亲穆特让我把它送给你。"

说着,青年人掏出一个包裹,递到伊希斯颤抖不止的双手里。

就这样,俄赛里斯所有的肢体、器官都找齐了。她的妹妹奈弗提斯听说后也来了,帮助她昼夜不停地修整尸体。当新的一天来临的时候,俄赛里斯的身体变得完整无缺了,就连一个伤疤都没有。

伊希斯兴奋不已,容光焕发地站在尸体前,举起双手朝着东方开始祈祷,祈求太阳神再次复活俄赛里斯。在太阳神的帮助下,俄赛里斯又一次获得了生命。

谢过了太阳神，伊希斯带着俄赛里斯去神秘岛接回了何路斯，一家三口终于团圆了。他们回到了在阿姆的家，在那里度过了一段幸福快乐的田园生活。

就任冥国之主

又过了几年，何路斯长成了一个壮实、英武的男子汉。他的长矛没人能拿动，他的弓没人能拉满；不管是武艺还是摔跤，附近的人从来都不是他的对手；他还是一个游泳高手，可以一口气游过几十里的海面，他还可以在水里一待就是半天，这个绝技其他人都无法做到的。

乡亲们都很看好何路斯，他们都觉得何路斯不是一般人，一定是出生于帝王之家，他的血管中流淌着神明的血液，只是落难到了这里，将来总要回到他真正的家。

何路斯也觉得他家有很多与别人迥然不同的地方。虽然父母亲天天都是耕地织布，谈论的也都是所有的农家都会谈论的话题，只是教导他如何善于待人、处事，可是从来不提以前的事情，好像他们没有前半生一样。何路斯也有了分析推理能力，心里开始有了怀疑：他究竟是出身于什么样的家庭？他的父母又是什么人？以前又发生了什么事？

对于何路斯的疑虑，俄赛里斯夫妇一清二楚。俄赛里斯和伊希斯商量了一下，觉得既然儿子已经长大成人，也就应该知道家世和使命了。

就在何路斯18岁生日的那天，俄赛里斯把何路斯叫到跟前，拉着儿子的手，摇了一下他宽厚的肩膀，问他："孩子，前几天有很多军队从咱家门前路过，你看到了吗？"

何路斯知道父亲有什么话给自己说，或许今天就会告诉自己家世的秘密了吧？他兴奋地看着父亲忧郁而又激动的眼睛，说："是的，父亲，听说南方爆发了叛乱，这些士兵是奉命前去平叛的。"

"他们必败无疑。因为是他们所效忠的国王是个恶魔，横征暴敛逼反了百姓，他们并不是正义之师！至于我为什么说国王是恶魔，等会就会给你答案，现在我问你另外一个问题，如果你是一个战士，你觉得你最需要的是什么？"

"一匹马，一匹训练有素的骏马！"

"你为什么不要一头狮子呢？"

"作为一名战士，他本身就是一头狮子，要狮子又有什么意义？而一匹训练有素的骏马可以帮助他更好的杀敌立功。"

"很好。那么，作为一名战士，在战争中需要怎么做？"

"他应该英勇杀敌，为夺回失去的家园而冲锋陷阵，为遭到耻辱和不幸的亲人报仇雪恨！"

"好极了！"俄赛里斯显然对于何路斯的回答十分满意，"现在我告诉你为什么我说国王是个恶魔。"

何路斯聚精会神地听着，从父亲平淡无奇的叙述中，他知道了父母这么多年经历了多少惊心动魄的事情。在底比斯的幸福生活、辛苦的巡游、人们的爱戴和尊敬、恶魔赛特的出现、赛特的破坏、第一次被害、母亲去寻找父亲、第一次复活、何路斯出世……

听着父亲惨痛的往事，何路斯泪流满面悲恸欲绝，时而拳头紧攥，时而怒目圆睁。他没有想到，父亲竟然经受了这么多磨难；他没有想到，母亲承受了如此多的痛苦。他在心里暗暗发誓：一定要除掉赛特，为父母亲报仇雪恨，让埃及人民重见天日！

俄赛里斯最后告诉何路斯："孩子，现在已经到了复仇的时候了。遗憾的是，我无法亲手去复仇了，前几天太阳神已经给了我命令，让我去天国做其他的工作，我也无法再照顾你们母子了。以后你要好好孝敬你的母亲，你要知道，你的母亲为了这个家、为了培养你长大成人付出了多少心血和精力，又经历了多少常人无法忍受的苦难。而且你还担负着为正义而战、为拯救埃及而奋斗的历史使命。我相信，在万能的太阳神的护佑下，在埃及人民的支持下，你一定能取得最后的胜利！可能你也觉察到了，你已经有了太阳神赐予的神力，那么，你就去迎接命运的挑战、去完成太阳神赋予你的神圣任务吧！"

何路斯试着挥了挥手，果然发现一股澎湃的力量在自己的体内涌动，看来父亲所言不虚。他激动地跪在父亲面前，发誓道："放心吧父亲，我会牢牢记住您的教诲，一定竭尽全力去完成您未竟的事业！"

俄赛里斯要去天国了，何路斯也要去开始他的复仇之旅了，一家人离开了生活了十几年的家，乘着一叶扁舟顺着尼罗河向下游驶去，他们无心欣赏两岸的风景，都在思索着如何去掀开新的历史的篇章。

不久他们就到了阿拜多斯，当头戴王冠的俄赛里斯的巨大雕像出现在他们眼前时，他们知道，又一次的分离就要来临了。

一家人来到了岸上，俄赛里斯紧紧地抱住伊希斯和何路斯，激动地说：

"我必须要走了。我真的不想离开你们，我想和你们一直生活在一起，我想亲手砍下赛特的头颅，我想亲自把埃及人民从赛特的暴政中拯救出来。可是我不能违背伟大的太阳神的旨意，我必须到天国去履任新的工作。令我深感欣慰的是，何路斯已经长成了一个勇士，还有了太阳神赐予的神力，他也明白了自己的使命。孩子，去勇敢地战胜敌人吧，你要好好保护你的母亲，太阳神会保佑你的！"

何路斯听着俄赛里斯的临别嘱咐，不住地点头。伊希斯还希望能留住丈夫，哽咽着说：

"我经历了千辛万苦才把你复活，为的就是一家团聚。这种平平淡淡的团圆生活咱们才过了几年，为什么你又要离开我们？难道你就不能多陪陪我们吗？要不我就陪你去吧。"

俄赛里斯听了也潸然泪下，紧紧地抱着伊希斯，轻轻吻了一下她的头发。可是，他仍然坚定地说：

"不行啊，亲爱的伊希斯，太阳神紧急调动我回天国有重要的任务，这次我不能带着你。再说了，你也知道赛特的力量和法力有多厉害，他又是多么的狡猾，何路斯更需要你的帮助。只要你们打败了赛特，完成了复国的大业，以后我们有的是时间在一起。"

伊希斯和何路斯都紧紧地抱着俄赛里斯，哭喊着不想让他离开。

这时，光芒四射的太阳上传来太阳神的呼唤声。俄赛里斯拭去眼角的泪水，狠狠心推开了娇妻爱子，坚定地说："太阳神在催我，我必须要走了！不要难过，今日的分别就是为了我们以后永远的团聚！"

俄赛里斯说完就化作一道金光，消失在无尽的天空。

伊希斯和何路斯泪流满面，尽管千般不舍也无可奈何，只有默默地祝福自己的丈夫和父亲。

何路斯的复仇

送走了俄赛里斯，母子二人又登上了小船，继续她们的征程。很快她们就来到发生叛乱的地区，根据太阳神的旨意，凡是攻击太阳神，以及在动乱中鱼肉百姓的恶棍她们都要一概处死。何路斯还变成一个带双翼的太阳圆盘，在高空观察赛特的军队和起义百姓的分布情况。

他从天上看到恶魔赛特横征暴敛敲骨吸髓，官员横行霸道贪污腐败，军队堕落腐化一触即溃，整个埃及的社会秩序一片混乱，到处哀鸿遍野怨声载道，赛特的统治已经岌岌可危。

何路斯看到发生叛乱的地区双方势均力敌，义军虽然无法打败赛特的军队，但是也牵制了赛特大部分的武装力量。于是他就来到其他治安相对良好的地方，变回人的模样来到劳苦大众之间，动员和组织他们反抗赛特的暴政。这时候整个埃及就是一个火药桶，有了何路斯这个火星马上就爆炸了！已经活不下去的人们揭竿而起，用木棍和锄头武装自己与赛特的军队展开了殊死搏斗。何路斯在起义的百姓中挑选出青壮，配上最精良的武器，给他们最严格的训练，组成了一支士气高昂的军队。

在何路斯的打击下，赛特的军队节节败退，很多部队溃散，也有识时务地投降了何路斯。凶残的赛特见已经有了众叛亲离的迹象，就凶狠地处死了一些叛逃者，又重新牢牢地掌握住了军队。这时他也看清楚了，想要正面迎战何路斯已经不可能取得胜利了，说不定手下的某个将领还会砍下自己的脑袋去向何路斯换取以后的荣华富贵，就把他的部分死忠变成鳄鱼和河马潜伏在何路斯必须要经过的河中，企图在何路斯的士兵没有防备的时候来个绝地反击。可惜他失算了，当何路斯得到先锋部队报告河中出现了大量河马和鳄鱼时，就意识到这是赛特的诡计。他指挥部队排着整齐的战斗队形，长枪如林铁盾如壁，一步步地压到河边，开始慢慢地收割那些河马和鳄鱼的性命。那些河马和鳄鱼见何路斯的部队不到河里来，就知道阴谋败露了，纷纷变回人形想负隅顽抗，可是没有阵型的他们又如何能挡住士气如虹的何路斯军？没有多久他们就被勇士们杀得落花流水，几乎全军覆没。

几个侥幸逃得一命的亲信狼狈不堪地回到了赛特那里，报告了他们惨败的消息。赛特知道大势已去，但是他又不甘心就此认输，就纠集了最后的力量，准备御驾亲征，与何路斯进行最后的决战。

京城的百姓向正在休整的何路斯传递了这个消息，何路斯知道，决定胜负的最关键的时刻已经到来了。

想到父亲的遭遇，想到母亲承受的苦难，想到埃及人民生活在水深火热之中亟待解救，他浑身热血沸腾，恨不得现在就去把赛特碎尸万段。可是何路斯没有冲动，而是开始仔细检查战备工作。当他确定所有的战备工作都做好了的时候，他把全体将士都召集了起来，召开誓师大会鼓舞大家的士气：

"恶魔赛特现在已是穷途末路，纠集了他最后的一小撮力量要与咱们决一胜负，他这是自不量力，想要自取灭亡！这一战关系到我们这些人和整个埃及的命运，所以此战只能胜不能败！"

随后伊希斯站到了台上，向将士们揭露了赛特及其同伙的忘恩负义的行径和贪婪无度的嘴脸。将士们纷纷表示，为了自己的美好生活，为了埃及的未来，一定要打败赛特这个恶魔，让他得到应有的下场。

为了彻底消灭敌人，何路斯做了巧妙的战斗部署：以偏师埋伏在赛特军队必经之路两侧，赛特来的时候不动，等赛特败退时再迎头痛击；主力部队则在预定的战场隐藏好严阵以待，准备以逸待劳，同时骑兵作为最后的打击力量进行追击。

赛特气势汹汹地带着军队过来了,这时候他的士兵经过长途跋涉已经筋疲力尽,无精打采地进入何路斯布下的包围圈。何路斯见机不可失,就立刻挥动令旗下达了全军突击的命令!刹那间伏兵四起箭如雨下,赛特的军队仓促迎击,很快就被杀得人仰马翻溃不成军,溃败不可避免地发生了。赛特在出兵的时候就以最后的亲信组成了督战队,此时在后面用刀枪威逼着士兵不准后撤,还凶残地杀死了几个逃在最前面的以儆效尤,可是兵败如山倒,急于逃命的士兵冲破了督战队的阻拦,一路狂奔而去。

赛特无奈,只好随着败退的军队回撤,却又被埋伏在来路的何路斯军团团围住,成了瓮中之鳖,经过一场血战,赛特的军队全部被消灭了。

恶魔赛特见全军覆没,身边也就剩下寥寥的几个亲信,龟缩在一块大石头后面吓得浑身哆嗦。在士兵的欢呼声中,何路斯手持长矛赶了过来,指着他的鼻子怒骂道:

"你这个无恶不作的家伙,你想到你会有今天的下场吗?"

赛特见何路斯来了,就知道今天难以逃命,嘶哑着嗓子咆哮道:"我真后悔当初没把你给宰了!来吧,看是你杀了我,还是我杀了你!"

赛特说着就抡起大刀向何路斯猛砍过来。何路斯不慌不忙地一偏身子,大刀就落到旁边的大石头上,把那块石头劈成两半。

两个人打了一会儿,毕竟何路斯年轻力壮,赛特不久便感到精疲力竭,被何路斯打得步步后退。于是就让几个亲信挡住何路斯,自己撒腿就跑。

赛特跑到了河边,回头一看,远处何路斯已经解决了他的几个亲信,已经向这边追过来了。这时真正是前无退路后有追兵!正在着急的时候,他突然想到河里的鳄鱼神赛巴克,就向他求救。

这个赛巴克人身鳄头,法力很大,无论何时何地都可以变成鳄鱼藏到河里、沼泽地或乱石滩中。他是十三王朝的保护神之一,埃及人把他视作保护他们的一个神灵,经常献上大量的祭品来祈求他的保护。他还是一位巨匠造物主、法尤姆省的保护神,在当地享尽了荣华富贵。

他知道赛特是个奸猾卑鄙的恶魔,曾经害死过俄赛里斯和何路斯。但是他认为如果救下了赛特,可能比拿下赛特送给何路斯得到的好处更大。在贪婪的欲望指使下,他浮上了水面,问赛特:"如果我救了你,你能给我什么好处?"

赛特知道鳄鱼神贪财好权，就投其所好地说："我把所有的财宝都送给你，还让人们崇拜你，让你有享不完的荣华富贵！"

赛巴克一听到财宝，就高兴得见牙不见眼，利令智昏之下就张开嘴巴，让赛特钻进去藏在他的肚子里。

何路斯拿着长矛追到这里的时候，却不见了赛特的踪影，就问鳄鱼神："赛特呢？你看见赛特去哪里了吗？"

赛巴克面不改色地说："我没有看见他啊，可能他去其他地方了吧！"

何路斯想不到赛巴克会骗他，就带着人去其他地方找赛特去了。

何路斯一走，赛巴克就对藏在他肚子里的赛特说："喂，你出来吧，何路斯被我骗走了，你没事了！"

赛特狼狈地从赛巴克的嘴里爬出来，看到何路斯真的带着人走远了，就一屁股坐到岸上，擦着头上的冷汗开始休息。

赛巴克等了半天，见赛特一直不说话，就催他："我说，你现在已经安全了，该兑现你的诺言了吧！"

鳄鱼神不了解赛特，忘恩负义就是赛特的本性，既然他安全了，又哪里会愿意把他的财宝都给赛巴克呢？所以他根本不理会赛巴克的话，等赛巴克催急了，就随口敷衍道："你等着吧，过几天我就派人给你送来！"

赛巴克又哪里听不出来他是在敷衍自己？鳄鱼神十分生气，正要与他理论的时候，看见何路斯又带着人杀回来了，就知道何路斯发现自己骗他的事了。既然赛特不愿意给自己财宝，那也就没有必要与何路斯结仇了，鳄鱼神也不再说话，直接沉入了河水里。

赛特见鳄鱼神走了，很是奇怪，正想把他喊出来让他护送回京城，就听见身后杀声震天，扭头一看，顿时吓得魂飞魄散：何路斯端着长矛都已经到他的身后了！

赛特勉强举起大刀迎战，可是他已经吓破胆了，又累又怕之下一身的功夫发挥不出来平时的十分之一，最后被何路斯一矛刺进了胸痛，赛特惨叫一声，倒地身亡。

周围的人们顿时发出惊天动地的欢呼声，庆祝何路斯取得了胜利，欢呼正义终于战胜了邪恶！

赛特被杀死了，埃及又回到了正义者的手中。何路斯派人把各地的实力人物都召集到了京城，商谈如何重建埃及和他重掌埃及大权的问题。

俄赛里斯的老部下和何路斯的同盟者都认为，既然何路斯是俄赛里斯的儿子，理所当然的就是埃及新一任的王；那些赛特的帮凶见何路斯的实力很大，也见风使舵的表示效忠何路斯，拥护他登上王位。为了能够尽快的平息埃及的动乱，让人民重新过上幸福的生活，何路斯也不计前嫌，尽可能地接纳了这些人的投靠。

赛巴克的救赎

看到新王即位，埃及获得了重生，自己以后又能过上安居乐业的生活，所有的人都欢呼雀跃，尽情地挥发心中的喜悦。

可是有个家伙的心情可就不怎么好了，他就是在最后的决战中帮助过赛特的鳄鱼神赛巴克。他当时财迷心窍做了错事，受到人们的鄙视，从那以后再也没有人给他送祭品；而且何路斯大获全胜又重掌埃及大权，说不准什么时候想起来这事就会来找他算账。这种受人鄙视又提心吊胆的日子把他折磨的一夜一夜的睡不着觉，他觉得要为何路斯做点什么，求得他的原谅来改变自己的处境。可是他又不知道何路斯需要什么，万一拍马屁拍到马蹄子上不就雪上加霜了吗？他实在想不出主意，就来到众神之主太阳神面前，请教他道：

"伟大的太阳神，您知道我一时糊涂把赛特给藏起来了，做了助纣为虐的事情，现在我十分后悔，想做些什么对何路斯有益的事情，来弥补我的过失，这样我的心里会好过一点，可是我又不知道该做什么，您能给我一些指示吗？"

太阳神见赛巴克认识到了自己的错误，而且态度也诚恳，便给他出主意说："何路斯是个孝顺的孩子，非常关心俄赛里斯的身体。既然你想为他做点什么，我建议你去找四个孩子,让他们做何路斯的儿子,长大后负责保护俄赛里斯的内脏器官,这样俄赛里斯的寿命就能够得到延长,何路斯也就会原谅你了。"

赛巴克又说:"您这个主意很好。可是,我去哪里找四个孩子呢?要是我去抢普通人家的孩子何路斯还是不会放过我的。"

太阳神说:"你到湖中去,他们就在荷花上。"

赛巴克谢过太阳神,急急忙忙地回到家里,连夜织了一张网。第二天早上,他带着网来到湖边,仔细地观察湖中的每一朵荷花,终于在湖中最大的那朵荷花上发现了四个小孩。这四个孩子的形状有着巨大的区别:一个是豺首,一个是人首,一个是狗首,一个是鹰首。他知道这四个小孩就是太阳神所说的"孩子"了。为了不惊动他们,他变成一条鳄鱼,用嘴衔着网小心翼翼地从水下游向那朵荷花。到了荷花附近,他就张开网用力撒了过去,把整朵荷花连同四个小孩都网住了。

赛巴克带着四个小孩去见何路斯,对他说:

"何路斯,我不该财迷心窍把赛特藏到我的肚子里,差点让你报不了仇。我做了错事,就应该受到惩罚,人们对我的怨恨是我咎由自取,我不怪他们。为了求得你的谅解,我想为你做点事。我给你带来四个儿子,他们长大后会很好地保护你父亲俄赛里斯的内脏器官,让他健康长寿,保护埃及人民更长的时间。"

何路斯看到四个活泼可爱的孩子,知道赛巴克是真心悔过,对他的气也消了,训诫了赛巴克几句就放下了他藏匿赛特的事。

何路斯精心地培养这四个孩子,当成亲生儿子一样看待,教导他们要做正直、勇敢的人,稍大一点就教给他们武艺和法术。在他们长大后,何路斯让四个儿子去负责看护父亲俄赛里斯的内脏,以保持俄赛里斯健康的体魄、旺盛的精力。四个孩子的具体分工是这样的:依姆赛提和伊希斯重点保护肝脏,让狗首的哈庇和纳夫塞斯看护肺部,让豺首的德穆特夫和尼特保护胃,让鹰首的卡布赫斯努夫和赛巴克保护肠子。

保护俄赛里斯的尸体

还有几个冥间的神也参与到保护俄赛里斯尸体的工作中。

例如赛尔克特就是保护死者的四位女神之一,她是太阳神拉神的女儿。赛尔克特是蝎女神,在埃及人的壁画和雕塑中,她的形象是头顶一只蝎子的女人,有时是蝎身女人头。她也是婚姻的保护神,负责把男女婚配在一起,让他们生儿育女,使人类繁衍不息,即使是结婚仪式也是她创造出来的。把有情人组成对儿,让男性和女性成双配对地快乐地生活着,使他(她)们。她的任务是保护俄赛里斯的脏器,用香料保护尸体免受污气浊水侵害而腐烂。

安努毕斯负责护送灵魂前往另一个世界和尸体防腐事宜。安努毕斯是俄赛里斯和奈弗提斯的私生子。

奈弗提斯是努特最小的女儿,她从小就喜欢大哥,想要长大后嫁给俄赛里斯,但是俄赛里斯却娶了她的姐姐伊希斯。在神族兄妹结婚的规定下,她只好嫁给心地不良的赛特,也许是报应,赛特没有生育能力,奈弗提斯一直都没有孩子。在一次宴会上,她设法灌醉了俄赛里斯,私通后生出安努毕斯。

作为一个私生子,安努毕斯的命运是不幸的,出生之后就被他的母亲抛弃。好心的伊希斯并没有因为这个孩子是俄赛里斯的私生子而移恨于他,反而可怜安努毕斯的遭遇,收养并把他养大成人,将其培养成为一个文武双全的青年。安努毕斯曾跟随俄赛里斯征战了很长时间,在战斗中智勇双全,后来成为俄赛里斯手下一名颇受重视的将领。

俄赛里斯死后,他身体的防腐工作就是安努毕斯安排的,是他提出把俄赛里斯的尸体包成木乃伊来保存更长的时间，所以安努毕斯被称为"木乃伊包布之主"。据说埃及人葬礼上的仪式也是安努毕斯创造的。

俄赛里斯的灵魂后来变成了一只贝努鸟，也叫"不死鸟"，它五百年才来人间一次，给埃及人带来好运、丰收和幸福。

贝努鸟有着五彩斑斓的羽毛、长长的尾翼，身体像个苍鹭。在它刚刚出生不久，它的父亲在和天神争斗中被杀死了。它很伤心，就在父亲的尸体上涂满了没药，衔着父亲的尸体飞到了太阳城，在太阳神的帮助下复活了它的父亲。

太阳神对贝努鸟的孝顺很是赞赏，又觉得贝努鸟的外形很漂亮，所以在天界和人间巡游的时候会偶尔变成贝努鸟的样子。这时候它就可以在宇宙间自由自在地飞翔，还可以发出悦耳动听的声音。天神们只要看到这只神鸟飞来，便纷纷跪拜、迎候，因为它是太阳神的化身。

贝努鸟也给了俄赛里斯极大的帮助。在他被赛特害死后，他的灵魂就附在了贝努鸟的身上，正是在贝努鸟的帮助下，他分散在各地的骨肉才没有腐烂。太阳神授权俄赛里斯统治人类后，就让贝努鸟飞到人间帮助俄赛里斯，贝努鸟在人间做出了杰出的贡献，人类为贝努鸟建立了许多神庙，以表达人类对贝努鸟的敬意和祈求好运的愿望。贝努鸟每次到人间也都会视察自己的神庙，在展现自己风采的同时也听取人们的愿望，对那些虔诚崇拜它的人类给予赐福。